모둠몸

저자 **송원일**

고신 신학대학원

목회학 박사(Doctor of Ministry)

모뭄몸

ⓒ 송원일, 2024

초판 1쇄 발행 2024년 10월 18일

지은이   송원일
펴낸이   이기봉
편집   좋은땅 편집팀
펴낸곳   도서출판 좋은땅
주소   서울특별시 마포구 양화로12길 26 지월드빌딩 (서교동 395-7)
전화   02)374-8616~7
팩스   02)374-8614
이메일   gworldbook@naver.com
홈페이지   www.g-world.co.kr

ISBN   979-11-388-3598-5 (03810)

모뭄몸

송원일 지음

좋은땅

머리말

일본에서는 한국을 비난하고 비하는 책이 출판되면 대부분의 서점에서 베스트셀러가 됩니다. 도쿄를 비롯한 10여 개의 대도시에서는 일본 전범기를 앞세우고 피켓, 플래카드, 확성기를 동원하여 구호를 외치는 극렬한 혐한 시위가 수십 년째 이어져 오고 있습니다.

"한국인을 모두 죽여라."

"한국 여성들은 겁탈해도 된다."

"조선 여자는 우리의 노리개다."

"조선인은 짐승이다."

"한국은 없어져야 할 나라다!"

"일본은 한국에 사과할 필요 없다."

"독도는 일본 영토다."

"위안부는 거짓말이다."

"강제 노동은 조작이다."

이러한 자극적인 시위와 발언은 한일 관계를 악화시킬 뿐이며, 결코 어떤 문제도 해결하지 못합니다. 우리는 이러한 행동을 멈추고 대화와 이해를 통해 문제를 해결해야 할 것입니다.

한국은 단 한 번도 다른 국가를 침략한 적이 없습니다. 한국은 오랜 기간 동안 많은 발전된 문물을 일본에 전수해 주었습니다. 그러나 근대에 이르러 부강해진 일본이 기록된 것만으로도 715차례에 걸쳐 한국을 침략했습니다. 일본은 낙후된 한국을 잘살게 해 주기 위해 침략했다고 주장합니다. 그리고 공업을 발전시켜 놓았다고 하며 그에 대한 보상을 요구합니다.

이러한 역사 왜곡이나 은폐, 부정 역시 두 나라 간의 신뢰를 저해하는 일입니다.

아직도 한국 국민의 마음속에는 일본이 36년 동안 한국을 강제 지배하면서 자행했던 고문, 처형, 수탈, 강제 노역, 위안부 문제 등이 깊은 상처로 남아 있습니다.

일본이 진정한 사과와 반성을 통해 새로운 관계를 구축하려는 의지를 보인다면, 한국도 기꺼이 손을 내밀 것입니다.

한일 두 나라가 상호 존중과 이해를 바탕으로 경제, 기술, 환경 등 여러 분야에서 협력한다면, 공동의 번영을 가져올 수 있을 것입니다.

목차

제1장

제국주의 민사법정

'다게노야 이사오 변호사 2층 203호'

직사각형의 작은 간판이 내걸린 낡은 목조 2층 건물 입구에서 오오타 다나베는 엉덩이를 길게 빼고 좁고 침침한 계단 위를 올려다보고 섰다.

나무 계단은 발이 많이 닿는 부분이 닳아서 움푹움푹 파여 있었다.

계단 밑에 서서 오르기를 주저하고 섰던 다나베가

'염병할….'

하고 짜증 섞인 소리를 내고는 계단을 오르기 시작했다. 그는 지난날 몇 차례 이 건물 앞을 지난 적이 있었다. 그때마다 그는

'어떤 미친놈이 이런 곳에 변호사 사무실을 차렸어?'

하며 변호사 간판에 멸시의 눈총을 보내곤 했었다.

사람들이 화계동 갈보촌이라고 부르는 이곳은 우범지대로, 허름한 건물들이 자리 잡고 있는 곳이고 법원과의 거리마저 멀었다.

그런데 그가 소송을 당해 소장을 받아 들고는 제일 먼저 떠올린 곳이 이 변호사 사무실이었다.

그는 승소할 가능성이 없는 이 소송을 싸구려 변호사를 사서 재판을 최

대한 질질 끌면서 매달 수령하고 있는 배당금이나 오랫동안 받아먹으려는 심산이었다.

다나베가 발을 옮겨 놓을 때마다 나무 계단은 삐걱삐걱 소리를 냈다. 좁고 침침한 2층 복도에 올라온 그는 변호사 사무실 문을 당겨 열고 안으로 들어섰다. 사무실 안에는 60세 전후의 노인이 홀로 작고 낡은 책상에 앉아 있다가 코에 걸린 돋보기 너머로 다나베를 보며 물었다.

"어떻게 오셨소이까?"

"소송을 당해 상담하려고 왔는데요."

"이리로 앉으시오!"

다나베는 다게노야 변호사가 가리키는 의자에 가서 책상을 가운데 두고 변호사와 마주 앉았다.

"소장을 가지고 오셨으면 어디 봅시다."

다나베는 양복 안주머니에서 소장을 꺼내 변호사에게 주려고 엉거주춤 책상을 짚고 일어섰다. 책상이 좌우로 흔들리며 찌극찌극 소리를 냈다.

소장 3장을 속히 넘기고 네 번째 장에 눈길을 둔 다게노야 변호사가 말했다.

"착수금은 삼십오 원이외다."

"……"

"지금 계약을 하시겠소? 생각해 보고 다시 오시겠소?"

삼십오 원은 정미소 공원의 세 달 월급에 해당하는, 다나베에게는 적지 않은 금액이었다.

"소송이 끝날 때까지 비용은 전부 얼마나 듭니까?"

"재판이 얼마나 오래 걸리느냐에 따라 다르오만, 대략 팔십 원 안팎으로 생각하면 될 것이외다."

"그렇게 많이 듭니까?"

"……."

"재판을 한다면 승산은 얼마나 있겠는지 알려 주시면 결정하겠습니다."

"승률은 구십팔 파센또(퍼센트)요."

"소장도 자세히 안 보시고 어떻게 승률이 구십팔 파센또인 줄을 아십니까?"

"우리끼리이니 얘기요만, 원고는 조선인이고 당신은 일본 사람 아니오."

다나베는 도박에 젖어 살아가고 있었다. 세일즈맨의 직업적 특성상 그는 언제나 정장을 착용하지만, 그의 정장 차림은 신사다움을 보이기 보다는 깡끼(깡패 같은 기운)를 풍긴다. 그의 아래로 처진 뭉툭한 코는 영리하지 않아 보였고, 깊게 패인 주름과 지친 눈빛은 그가 걸어온 거친 인생의 흔적을 고스란히 보여 준다.

다나베는 몇 군데의 변호사 사무실을 더 찾아다니다가 며칠 후 다게노야 변호사를 다시 찾아가 사건을 의뢰했다. 그로부터 약 2개월 후, 다게노야 변호사의 요청으로 다나베는 다시 그의 사무실을 방문했다.

다게노야 변호사는 책상 위에 펼쳐진 다른 사건 서류들을 뒤적이며 물었다.

"소장을 검토해 보았소. 다나베 씨는 원고가 제기한 동업관계 해소 소송이 왜 부당하다고 생각하시오?"

"분명한 동업자인 제가 원고에 의해 일방적으로 회사를 떠나라는 요구를 받는 것이 부당하지 않습니까?"

"하지만 당신은 정미소에 투자한 것도 없고, 실권도 갖지 못한 명목상의 동업자 아니오. 원고가 나가라면 나가야 하지 않소?"

"삼화정미소는 저의 기여가 상당합니다. 만약 제가 없었다면 정미소 영업도 제대로 할 수 없었을 겁니다."

"원고는 당신과 동업하기 전부터 정미소를 운영해 왔지 않소. 당신이 없었다면 영업이 불가능했을 거라니, 그게 무슨 말이오?"

다나베는 속으로 분노가 치밀었다. '이 영감탱이가 이길 확률이 구십팔 퍼센트라고 해서 돈을 받아놓고, 이제 와서 자신이 없으니까 원고 편을 들면서 헛소리를 늘어놓는 거야?'

"조선인은 회사 설립도 할 수 없습니다. 더군다나 조선 사람이 어떻게 조선총독부에서 쌀 도정 수주를 따낼 수 있겠습니까? 그건 전부 제가…"

다게노야 변호사는 다나베의 말을 중단시키며 가로막았다.

"원고의 동의 없이 당신이 정미소 기계들을 무단으로 떼어서 처분했다는 것이 사실이오?"

"그건… 그건… 돈이 급해서 가불을 요구했는데 거절당해서 몇 차례 기계를 처분해 썼습니다."

"……."

"변호사님! 이 소송을 최대한 질질 끌어서 원고가 돈을 내놓게 하거나, 아니면 제가 동업자 자리를 최대한 오래 유지할 수 있도록 해 주십시오!"

변호사는 정색하며 말했다.

"그건 잘못 알고 있는 것이요. 재판은 끝다고 끝어지는 게 아니오."

1주일 후, 다게노야 변호사가 다나베를 다시 불렀다.

"거기 편히 앉아 원고에 대한 이야기든 당신 자신에 대한 이야기든 뭐든 떠오르는 대로 말해 보시오. 내가 듣겠소. 아무 이야기나 좋소. 앞으로도 시간이 있을 때마다 여기 와서 그렇게 하시오."

"그자가 저를 만나기 전에는 도락구(트럭) 네 대하고 도정기계 여섯 대밖에 없었습니다. 그나마 도정기계 한 대는 고쳐서 쓸 수도 없는 낡은 것이었고요. 그자는 황해도 지방 일대를 다니면서 쌀을 사 가지고 인천에 와서 도정을 해서 배다리 시장에 내다 팔았어요. 그자의 사업 규모는 고작 그 정도였어요."

"……."

"그러던 놈이 나를 만나 동업을 하면서 내가 조선총독부에서 따 오는 도정 수주로 저렇게 큰 부자가 된 것입니다. 지금은 조선반도에서 이화정미소 다음으로 큽니다."

변호사는 책상 위 서류에 눈을 박은 채 다나베에게 물었다.

"도락구 네 대만 해도 원고는 상당한 재산가가 아니었소?"

"……."

"계속하시오!"

"그 조선 놈은 저하고 이팔제로 동업을 했는데 그것도 말이 이팔제이지 실은 나에게 조금 떼어 주고 지가 모두 차지해 갔습니다."

변호사가 다나베를 돋보기안경 너머로 바라보며

"당신 말은 원고가 이팔제로 당신과 계약을 해 놓고 그것에 못 미치는 배당을 주었다는 것이오?"

하고 물었다.

"이자는 앵정(숭의동의 일본 이름)에 농장이 있는데 닭만 해도 칠만 수나 됩니다. 정미소에서 나오는 쌀겨를 나하고는 상의도 없이 모두 가져다가 닭과 돼지 사료로 쓰는 겁니다. 또 그 짐승에서 나오는 거름을 쓰기 위해 주안 일대의 땅들을 매입해서 배밭과 복숭아밭, 포도밭도 가지고 있어요. 정미소에서 쌀겨를 농장으로 실어 가는 것도 정미소 도락구들을 쓰는 겁니다. 이게 전부 조선총독부 때문에 생기는 소득인데 저 혼자만 차지하는 겁니다."

변호사가 내려다보고 있던 서류에서 눈을 떼고 의자 등받이에 기대앉았다. 그는 코에 걸쳤던 돋보기안경을 벗어 들며 못마땅한 표정으로 다나베에게 물었다.

"당신이 조선총독부에서 받아 오는 쌀 도정 수주에서 발생하는 이익금에서만 이십 파센또를 받기로 하고 삼화정미소와 동업계약을 맺은 것 아니오?"

"……."

"그렇소, 안 그렇소?"

"네."

"'네'란 그렇다는 것이요, 그렇지 않다는 것이요?"

"그렇습니다."

"그렇다면 원고인 삼화정미소 김정국이 그의 소유인 도락구를 사용하는데 왜- 당신의 동의가 필요하다는 거요?"

"……."

"……."

다나베를 바라보던 변호사가 읽고 있던 서류로 다시 시선을 떨구며 말했다.

"계속하시오!"

"그렇지만 사료로 쓰는 쌀겨는….."

"쌀겨 역시 총독부가 소유권을 주장한다면 모를까 당신은 아니오."

"……."

다나베는 서류를 뒤적이고 글을 쓰며 딴청을 하고 있는 다게노야 변호사를 상대로 독백을 하듯 지껄이는 자신이 민망해서 머뭇거렸다.

"듣고 있으니 계속하시오!"

변호사가 재촉했다.

"……."

"계속해요! 무슨 말이든 좋으니."

삼화정미소 김정국 사장에게는 이겨 보았자 득이 없는 재판이 약 1년여를 끌어오다가 마침내 모든 심리가 끝이 났다. 그는 한국인이 일본인을 상대로 소송을 벌여 이기는 사람이 없다는 말은 들었다.

그렇지만 김정국 사장은 그런 말이 믿어지지 않았었다.

'그래도 정도가 있지. 이처럼 명백한 사건을 법원이 무조건 일본인 편만 들 수 있겠어?'

드디어 선고일이 다가오고 판사가 판결문을 읽어 내려갔다. 원고 김정국의 승소였다.

김정국은

'그러면 그렇지. 일본인들도 사람인데.'

하고 생각했다.

오오타 다나베는 심기가 불편한 얼굴로 다게노야 변호사 사무실에 들어섰다. 예전에는 사무실 문을 열고 들어서면 실내 구석구석이 한눈에 들어왔다. 그런데 오늘은 전에 없던 칸막이가 사무실 입구에 세워져 실내를 가리고 있었다.

'빌어먹을 놈의 영감탱이. 이 칸막이도 내 돈으로 산 것이겠지?'

다나베가 심술이 가득한 얼굴로 앞을 가로막고 있는 칸막이를 피해 옆으로 비켜섰다. 주전자를 들고 엉거주춤 서서 컵에 물을 따르던 다게노야 변호사가 다나베를 보며 물었다.

"어서 오시우! 오차 한잔하시겠소?"

"됐습니다."

다나베가 퉁명스럽게 대답했다.

"앉으시오!"

"……."

"그래, 이리 일찍 어쩐 일이시오?"

컵에 물을 따라 들고 책상으로 돌아가 앉으며 다게노야 변호사가 물었다.

"이제 재판에 졌으니 어떻게 해야 합니까?"

"오신 김에 도장을 찍어 주고 가시오! 항소를 해야 하니까. 그리고 선임료는 오십 원이오."

다게노야 변호사가 서류 양식을 올려놓은 선반을 뒤적거려 항소 양식을 꺼내 오며 말했다.

"항소요? 무슨 놈의 항소를 합니까? 안 합니다아. 더 이상 낼 변호사 비용도 없고요."

"……."

"재판에 이긴다고 해서 그동안 없는 돈에 야금야금 백 원이 넘게 냈는데, 책임을 지십시오."

"……."

"저쪽에서 화해금으로 준다고 했던 이백 원을 받아 주시든가요!"

"이백 원은 그때 이야기이고 지금은 저쪽이 승소를 했는데 돈을 내놓으려고 하겠소?"

"그러니까 내가 뭐라고 했습니까? 이백 원을 준다고 할 때 받겠다고 하지 않았습니까?"

"당신이 삼백 원을 내라고 했고 원고는 이백 원을 고집했소."

"……."

"수천 원 이상을 받게 될지 누가 아오. 항소를 해 놓고 기다려 봅시다."

다게노야 변호사는 살담배 파이프에 불을 붙이며 알쏭달쏭한 말을 했다.

"사실, 이 소송은 처음 소장을 받고 포기할까 하다가 변호사님이 이긴다고 해서 시작한 것입니다."

"포기하려던 소송이었다면 패소했다고 해서 억울할 것도 없지 않소?"

"아 변호사 비용으로 백 원 이상을 썼지 않습니까아? 이긴다고 했으니 책임지시고 소송 비용이라도 반환해 주십시오."

"내가 승소 확률이 구십 파센또라고 했소."

"아. 구십팔 파…"

"……."

"원고에게 항소를 하지 않는다는 조건을 걸고 제가 쓴 소송 비용이라도 받아 주십시오."

"그러면 우리 이렇게 합시다. 이제부터 꼰뗀젠씨(contingency)로 합시다."

"아. 좀 알아먹기 쉽게 일본말로 하세요!"

다나베가 짜증을 냈다.

"이번부터는 소송 비용을 내가 부담하겠소. 대신 소송에서 이기면 성공

사례비는 승소액의 반을 받겠소. 그리고 이번 소송에서 또 지면 지난번에 받은 수임료 백 원을 돌려드리리다. 동의한다면 항소장에 붙일 인지대 이십 원이나 주고 가시오."

"아 소송 비용을 안 받겠다고 하더니 금방 또 돈을 내라는 겁니까?"

"이십 원은 변호사 비용과는 무관한 법원에 내야 하는 인지대요. 청구 금액이 커서 인지대가 많은 거요."

"……."

"좀 생각해 보시겠소?"

다게노야 변호사는 펜촉으로 잉크병을 찌극찌극 소리 나게 우벼 파며 물었다.

"아 생각하고 말고가 뭐가 있습니까? 그렇게만 되면 좋지요. 그렇지만 솔직히 말해서 변호사님은 사무실 하나 얻을 돈이 없어 화계동 갈보촌 입구에 이따위 사무실을 얻어 쓰고 있는 형편에 나한테 물어줄 돈이 어디 있습니까?"

다게노야 변호사는 다나베의 면박에 반박이라도 하려는 듯한 눈초리로 그를 쳐다보다가 말없이 눈길을 돌렸다.

부드럽지만 강한 눈빛과 주름진 얼굴, 백발의 머리를 지닌 60세의 변호사 다게노는 법과 대학 교수로서 오랜 경륜을 쌓아 온 법조인이다. 그는 노련한 법률 전문가로서 자신의 분야에 대한 깊은 이해와 신뢰를 쌓아 왔으며, 정확한 법률 해석으로 명성을 얻었다. 많은 이들이 그를 신뢰받는 조언자로 알고 있다.

긴 세월 동안 쌓은 경험과 지혜로 매사에 신중을 기하며, 그의 말과 행동에는 단단한 결단력과 깊은 이해가 담겨 있다. 그러나 그의 명성 있는 변호사로서의 경력에도 불구하고, 한 가지 흠이 있었다. 바로 그의 도박에 대한 집착이다.

다께노는 일본과 마카오를 오가며 경마에 많은 돈을 쏟았고, 그로 인해 적지 않은 빚을 지게 되었다. 결국 그는 파산하고, 법원 앞에 있던 호화로운 사무실도 타인의 손에 넘어가면서 지금과 같은 초라한 신세가 되었다.

"이것은 조금 전에 우리가 세운 약정을 서면화한 것이오. 오늘 저녁 여섯 시에 제물포에 있는 고마천 청요릿집(중국요릿집)으로 이 약정서를 가지고 나를 찾아오시오!"

"왜-요?"

다나베가 의아한 표정으로 물었다.

"나와 보면 느끼는 바가 있을 것이오."

다게노야 변호사의 말에 다나베는 말없이 창밖만 응시하고 있었다.

"가 보시우!"

오후 6시 다나베는 조선반도에서 처음 개점한 청요릿집 고마천을 찾아갔다. 다나베는 웨이터의 안내를 받아 원형 테이블 6개가 놓인 방에 가서 테이블 하나를 차지하고 앉았다.

웨이터가 따라 주고 간 녹차를 마시고 앉아 다나베는 식당 안 이곳저곳을 둘러보고 있다.

웨이터가 다시 와서

"요리값은 변호사님이 지불한다고 하셨습니다."

하고는 주문을 받아 갔다.

다나베는 값이 비싼 팔보채를 주문했다.

병풍식 미닫이문 8개 중 4개를 열어 놓은 별실 안 테이블에 앉아 있는 다게노야 변호사가 보였다. 문에 가려 그의 일행 모두를 볼 수 없었지만 그는 대략 7명 정도의 사람들과 둘러앉아 마작을 하고 있었다.

화장실을 다녀와서도 한동안을 멍하니 앉아 있던 다나베가 투정을 부렸다.

'쌍놈에 영감탱이! 사람을 오라고 해 놓고 뭘 하고 자빠졌어?'

그는 다게노야 변호사와 마작을 하고 있는 이들을 살펴보았다.

다나베를 향하여 다게노야 변호사가 앉아 있었고 그의 좌측 옆자리에는 흰 눈썹이 길게 난 노인이 그리고 우측 옆자리에는 검은 뿔테 안경을 낀 베토벤 머리를 한 사내가 앉아 있었다.

웨이터가 팔보채 접시를 받쳐 들고 들어와 다나베 앞에 놓아 주었다. 맛있는 냄새가 물씬 풍겨 왔다. 큼지막한 접시 안에는 양념을 듬뿍 뒤집어쓴 홍합이 입을 딱 벌리고 있었다. 칼집이 난 뽀얀 오징어도 해삼과 함께 김이 피어오르는 청경채 위에 놓여 있었다.

"저 영감 여기 자주 옵니까?"

다나베가 종업원에게 물었다.

"누구요? 다게노야 변호사님이요?"

"……."

"여기가 저 사람들이 모여 노는 소굴이에요. 매일 저녁 열댓 명씩 여기 모여서 놀아요. 조금 있으면 더 와요."

다나베는 다게노야 변호사 일행을 힐끔 쳐다보고는 껍질을 벗긴 큼직한 새우와 청경채를 젓가락으로 함께 집어 입에 넣고 씹었다.

"음, 맛있네. 과연 일류 요릿집 요리는 맛이 있구먼. 이 요리 이름을 적어 가야지."

게걸스레 음식을 먹고 있는 다나베의 귀에 다게노야 일행의 말이 들려왔다.

"최근 니체의 글에 대해 에-또 어떻게 생각하십니까? 신의 죽음에 대한 에-또, 그의 주장은 참으로 충격적이지 않습니까?"

그 목소리에 다나베는 음식 접시에 박고 있던 음식을 가득 문 얼굴을 번쩍 들었다. 다나베를 등지고 앉아 있어 그의 얼굴은 볼 수 없었다. 하지만 그 목소리는 분명 며칠 전 법정에서 판사의 제지에도 굴하지 않고 다나베에게

"당신 에-또, 노름꾼이잖아! 그래서 당신 마누라도 에-또, 도망간 거잖아? 중학교를 나왔다면서 에-또, 여기에 쓰여 있는 이 내용도 에-또, 몰랐단 말이야? 에-또, 당신 지게꾼이야? 당신 에-또, 위증을 하면 감옥에 처넣어 버리겠어!"

하고 사생활까지 들춰내며 원수같이 물고 늘어지던 상대방 변호사 모리모도의 목소리였기 때문이었다.

다나베는 에-또라는 말버릇이 있는 모리모도의 목소리를 단번에 알아챘다.

"그의 주장은 유럽 사회의 도덕적 기반을 뒤흔들었지. 법조인으로서 우리가 마주하는 도덕적 갈등도, 어쩌면 이 새로운 시대의 사상적 변화와 맞물려 있는 게 아닐까?"

다게노야 변호사는 다시 패에 눈을 돌리며 말했다.

식당 종업원이 쟁반에 술병을 받쳐들고 다녀갔다.

다게노야 변호사가 다나베가 들으라는 듯 필요 이상으로 소리를 높여

"도지리 판사."

하고 불렀다.

"네, 은사님!"

"자네가 그쪽에 가서 유학을 했으니 자네 생각을 들어 보세."

"니체의 철학이 불러일으킨 도덕적 혼란이 오늘날까지 이어지고 있죠. 하지만 법의 세계에서는 여전히 절대적 기준이 필요하다고 생각합니다. 신의 존재와 같은 기준이요. 우리의 역할은 그런 기준을 세우고 지키는 것 아니겠습니까?"

베토벤 머리의 도지리 판사가 말했다.

다게노야 변호사가 의자 등받이에 기지개를 펴듯이 기대앉으며

"도지리 판사! 다음 주에 자네한테 내 사건 하나 배당 갈 걸세."

"아, 네!"

"이 친구가 원고 대리인이지."

다게노야 변호사가 모리모도 변호사를 가리키며 말했다.

"아, 네. 은사님!"

그들의 이야기는 계속 이어져 나가고 있었다.

"물론입니다. 하지만 니체가 말한 '초인'의 개념처럼, 법조인도 시대의 변화에 맞게 스스로를 끊임없이 갱신해야 하지 않을까요? 인간의 본성을 이해하고, 그것을 법적으로 해석하는 능력이 그 어느 때보다 중요해졌습니다."

다게노야 변호사 일행이 주고받는 말을 촉각을 곤두세우고 듣고 있던 다나베가 주먹을 불끈 쥐고 몸을 부르르 떨며

"요-이씨(일본인들이 결의를 다질 때 내는 소리)."

하고 부르짖었다.

원고 김정국, 피고 오오타 다나베 상고심 재판이 열렸다.

"부채질하지 마! 부채질."

법정의 질서를 맡고 있는 간수가 방청객을 향해 호령을 했다.

9시 30분이 되었는데도 판사는 아직 입정하지 않았다.

변호인석인 앞자리에 앉아 있던 김정국의 변호사가 방청석으로 걸어오며 김정국에게 따라 나오라고 턱으로 법정 밖을 가리켰다. 그는 김정국에게 화해에 대해 생각해 보았냐고 물었다. 김정국은 변호사가 왜 거듭 화해를 종용하는지를 불편한 심기로 물었다.

"민사소송의 구십 파센또 이상이 선고까지 가기 전에 화해로 끝나는 것이오. 그렇게 화해로 끝나는 것이 양쪽 모두의 안전에 좋은 것이고요."

하고 모리모도 변호사가 말했다.

김정국은 마지못해 300원을 다시 화해 대금으로 제시했다. 화해는 결렬되었고 재판이 시작되었다.

판사가 양쪽 변호사를 불러 밖에 나가서 다시 한번 화해를 시도해 보라고 소송관계자 모두를 법정 밖으로 내보냈다.

김정국은 변호사의 권유에 못 이겨 500원까지 화해 금액을 올렸다.

다나베는 그의 변호사에게 그 금액에 화해하겠다고 했다. 그런데 다게노야 변호사가 딱하다는 듯 혀를 끌끌- 차며 다나베를 법정 안으로 끌고 들어가 버렸다.

김정국은 고등법원에서 패소했다. 그리고 대법원에서도 다나베에게 패소했다. 판결문은 삼화정미소의 소유권은 다나베에게 있다고 명시하고 있었다.

정미소를 빼앗긴 김정국 사장은 농장도 정리해야만 했다. 정미소에서 쌀을 도정하면서 나오는 쌀겨를 농장으로 가져다 가축 사료로 사용해 왔었는데 이제 그것이 불가능해졌기 때문이었다. 그는 이 억울하고 분한 일을 어디에 호소하고 도움을 청할 곳이 없었다. 그는 지난 동안 나라 잃은 백성은 보호받을 수 없다는 사실을 모르고 지내 왔었다.

그는 일본이 우리나라를 신탁통치 한다고 했을 때도 그리고 한일합방을 한다고 했을 때도 백성들이 살아가는 데는 예전과 달라질 것이 없으리라고 믿었었다. 중국의 지배를 받고 살던 민족이 이제 지배자가 일본으로 바뀐 것뿐이라고 생각했었다.

그는 독립운동가들을 향해서도 공명심에 사로잡힌 어리석은 사람들이라고 비웃었다. 5만의 군사를 거느린 고종 황제도 일본의 침략에 대적하지 못하고 나라를 빼앗겼는데, 이제 와서 변변한 무기조차 없는 오합지졸 기백 명이 모여 세계 군사강국인 일본을 상대로 싸워 독립을 쟁취하겠다는 발상이 코미디 같았기 때문이었다.

그는 독립운동가들이 찾아와서 후원금을 청탁했을 때도 이를 가볍게 거절했었다.

한국을 강점한 일본은 한국인으로부터 상권을 빼앗고, 일자리를 빼앗고 한국인의 이름으로는 공장도 회사도 설립할 수 없게 했다.

일본은 토지조사국이라는 것을 만들었다. 그리고 궁원전, 역토, 둔토라는 명분을 붙여 한국 농토의 1/20인 전답 73만 3천 정보(약 72만 6천9백2십1 헥타르)와 한국의 임야 40%를 농민들로부터 빼앗았다.

일본은 그 빼앗은 땅을 일본에서 불러들인 무직자와 농부들, 가다쿠라, 후지흥업, 동양척식회사 등에 무상으로 나누어 주었다. 그리고 그들에게 영농 자금이라는 명목으로 300원씩(당시 80kg짜리 쌀 1가마 가격은 9원)을 무상으로 주어 한국인을 상대로 고리대금업을 하도록 하여 더 많은 농토를 빼앗고 한국인들의 위에 군림하도록 하였다. 이 같은 일본의 한반도 수탈 정책을 보면서도 그는 '나와는 상관이 없는 일' 그것은 조선총독부가 국정을 다스리는 데 필요한 통치수단이라고 여겼었다.

일본의 수탈로 민생고는 극에 달했고 밥 달라고 우는 어린 자식들과 허기를 견디지 못한 아낙네들이 절망에 빠져 치마를 뒤집어쓰고 우물로 뛰어들었다. 야산에는 소나무에 목을 매고 늘어져 있는 흰옷(한복)을 입은 시체들을 쉽게 볼 수 있었다. 또한 강이 있는 다리 위에는 심각한 얼굴로 다리 아래를 내려다보고 서 있는 사람들을 흔히 볼 수 있었다.

조선총독부는 전국 방방곡곡 다리가 있는 곳이면 어김없이 "조또 오마치!(잠깐 참고 기다려라!)"라는 팻말을 세워 놓았다.

이처럼 조국이 암울한 시기에도 삼화정미소 김정국 사장은 일본이 한반도에서 약탈해 가는 쌀[연 생산량 1천2백만 섬(2천4백만 가마) 중 5백만 섬(1천만 가마)]을 도정하여 시모노세키로 가는 배에 실어 주며 부를 쌓아 왔다.

김정국은 매년 공장을 증설했고 쌀 창고를 늘려 지어야만 했었다.

그는 한 병에 쌀 한 가마니 값인 고급 정종을 마시며 지내 왔었다.

정미소를 빼앗긴 지 2년의 세월이 흘렀는데도 김정국의 억울하고 분한 심정은 조금도 누그러지지 않았다. 다만 정신적, 물질적인 고초를 겪으면서 그의 병들었던 정신만은 건강해져 갔다. 그는 지난날 느끼지 못하고 살던 자신의 잘못들을 불현듯 깨닫고 소스라쳐 놀라곤 했다.

'내가 무슨 짓을 하며 산 것인가? 일본 놈들이 수많은 내 동포를 굶겨 죽여 가며 빼앗아 가는 쌀을 나는 일말의 가책도 없이 도정해서 배에 실어 주고 떵떵거리며 살았단 말인가? 아니야, 그건 내가 아니야. 내가 무엇에 홀렸던 거야.'

그는 후회와 죄책감에 시달렸다. 그는 그 고통에서 벗어나 보려고 변명도 해 보고 스스로를 달래 보기도 했지만 마음의 평정을 찾을 수 없었다.

그는 오늘도 이른 새벽 부채산 속에 있는 연못을 찾아와 연못에 돌을 던져 넣고 앉아 있다.

'일본이 우리에게 하고 있는 이 천인공로 할 만행들을 좀 봐! 이런 악인들 밑에서 우리 아이들이 살아가게 버려둘 수 없어. 아이들의 장내를 위해서라도 우리는 일본을 이 땅에서 몰아 내야 해.'

"가자! 만주로 가자!"

일본 놈들을 이 땅에서 몰아내는 데 이 한 목숨을 보태자.

"오빠!"

독백을 하고 있던 김정국은 자신을 부르는 울음 섞인 동생 정림이의 목소리에 놀라 뒤를 돌아보았다.

"어! 너 여기 어떻게 왔어?"

"어머니가 나를 깨워서 오빠를 따라가 보라고 했어요."

"왜?"

"오빠가 죽으려고 하는 것 같다고…."

"……."

"오빠! 왜- 잠 안 자고 매일 여기에 와서 이래?"

정림이가 사르르 주저앉으며

"오빠! 나는 오빠가 죽을까 봐 무서워요."

하며 이슬이 맺힌 풀잎들을 스치고 지나와서 흠뻑 젖은 그녀의 치마폭에 얼굴을 묻고 운다.

정순례의 남편 김정국은 논과 밭의 일부를 팔아 독립운동가 단체에 헌납한 후, 어디론가 사라져 버렸다. 소식이 6년 동안이나 끊긴 남편을 수소문하여 찾고 있던 정순례가 마침내 남편의 행방을 알아냈다. 그러나 그녀는 남편의 근황을 알고 크게 놀라고 실망했다.

김정국은 표정과 눈빛에서부터 악의라고는 찾아볼 수 없는 사람이었다.

그의 얼굴은 학식 있는 사람만이 지닐 수 있는 지적인 분위기가 배어 있었다.

그런 사람이 테러리스트가 되어 수류탄과 권총을 몸에 품고 일본군 수뇌들을 암살하려고 찾아다니고 있다니 그녀는 믿을 수가 없었다.

그녀는 죽음의 위험에 노출되어 있는 남편을 테러리스트 집단에서 구해내어 집으로 데려오겠다고 결심했다.

1927년 3월 19일, 정순례는 세 자녀를 데리고 북경으로 향해 떠났다. 시어머니에게는 영변 친정 조카의 결혼식에 다녀오겠다고 거짓말을 했다.

친정에 가면서 전실 자식인 영일이는 두고 가라는 시어머니의 말을 그녀는 끝내 거역하고 아이 셋을 모두 데리고 길을 나섰다. 자녀 셋을 데리고 가는 이유는 만약 김정국이 그녀를 따라 집으로 돌아오지 않으려 한다면, 그곳에 아이들을 두고 떠나겠다는 위협을 하기 위해서였다.

집을 떠난 지 10여 일 만에 정순례의 네 가족은 북경의 위성도시인 통센의 타이산 여관에 도착했다.

"이거이 잘못 찾아온 거이 분명하구만. 독립운동을 한다고 들었는데 여귀(여기)는 여관이 아닌가 말이야?"

정순례는 주소가 적힌 종이를 들고 타이산 여관 입구에 서서 안을 기웃거리며 혼잣말을 해 댔다. 그녀는 김정국이 한만 국경에서 총칼로 무장하고 피투성이가 되어 일본군과 싸우고 있다고 들었다. 또 어떤 이는 김정국이 북경에서 육철포(권총)를 몸에 품고 일본의 수뇌들을 암살하겠다고 찾아다니고 있다고 했었다.

그녀는 불안한 마음으로 타이산 여관의 육중한 나무문을 밀고 안으로 들어섰다.

"야야! 영일아! 오마니를 따라 들어오지 않쿠선 무얼 하고 섰네? 날래(빨리) 들어오라우!"

지나가는 전족한 여인의 뒤뚱거리는 걸음걸이에 온통 정신을 팔고 선 영일이를 돌아보며 정순례가 짜증을 부렸다. 여관 문 안으로 10평 남짓한 작은 마당이 있었고 그 앞에 두 번째 문이 버티고 있었다. 정순례는 열려 있는 두 번째 대문 안으로 영일이의 등을 밀어 넣으며 말했다.

"'아바지' 하고 불러 보라우! 날래!"

그들이 들어선 두 번째 대문 안에는 약 50평 규모의 마당을 중심으로, 육중한 기와 지붕을 덮은 건물들이 어둑한 그림자를 드리우며 둘러싸고 있었다. 이 건물은 보통의 집 다섯 채를 합친 것 같은 큰 규모의 전통 중국식 건물이었다. 한때의 호화로움과 웅장함은 사라지고 오랜 세월 동안 풍화와 기후 변화에 시달리며 생긴 깊은 균열과 부서진 벽이 수리되지 않고 방치되어 있었다. 퇴락한 건물은 희미한 햇살조차 삼켜 버리는 듯, 음습

한 기운을 풍기며 오래된 먼지와 습기로 가득 차 있었다.

정면 멀찍이 보이는 또 하나의 건물에는 그 건물을 통과해 지날 수 있는 문비 없는 커다란 아치형 통로가 있었다. 그 통로는 건물 뒤에도 또 다른 건물들이 있음을 짐작하게 하고 있었다.

등을 쿡쿡 찌르는 엄마의 신호에 따라 영일이는 아버지를 벌써 일곱 번이나 외쳐 불렀다.

"누구를 찾아오셨습니까?"

외출에서 돌아오던 30세가량의 사내가 한복을 입은 정순례를 보고 그녀의 등 뒤에서 다가오며 한국말로 물었다.

"아이고, 우리래 김정국 씨를 찾아왔습네다."

정순례가 사내를 향하여 돌아서 반가운 표정을 지으며 대답했다.

"김정국이요? 이곳에 그런 사람은 없는데요."

"내래 여귀 주소를 개지구 왔습네다. 이거이 여기래 맞디요?"

정순례는 주소가 적힌 종이를 사내에게 내밀었다.

"주소는 맞습니다만….."

"김정국 씨래 이 아이들 아바지야요. 우리래 인천서 예까지 왔습네다."

사내는 주소가 적힌 편지 봉투를 정순례에게 돌려주고도 세 아이를 번갈아 살펴보며 떠날 줄을 모르고 서 있었다. 사내가 보기에 사내아이 둘은 웃음이 터져 나올 정도로 이제남 동지를 꼭 빼어 닮고 있었기 때문이었다.

"잠깐 여기서 기다려 보세요. 아니요, 따라오지 마시고 거기들 계세요! 얘-! 네 이름이 뭐냐?"

"김영일이요."

이름을 묻고는 건물 안으로 사라졌던 사내가 잠시 후 3명의 사내를 대동하고 다시 모습을 드러냈다. 그 가운데에는 목발에 몸을 의지한 이제남 (김정국의 가명)이 놀란 표정으로 정순례 일행을 향해 급히 다가오고 있었다.

"영일아! 부인! 어떻게 여길?"

김정국이 다가와 영일이의 머리를 쓰다듬으며 황당한 표정으로 정순례에게 물었다.

정순례가 6년 만에 보는 김정국은 말라서 목 밑의 빗장뼈가 선명하게 드러나 있었고 볼이 움푹 파여 있었다.

예전에 너그러워 보이던 그의 눈초리조차 무언가에 쫓기는 듯 산만하고 불안해 보였다.

"안으로 들어갑시다!"

김정국의 뒤를 따라가며 정순례는 어떻게 해서든지 이번 기회에 그를 꼭 집으로 데리고 가겠다고 다시 한번 다짐했다.

"아이들 키우느라고 수고가 많소, 부인!"

"여보, 중병이라도 들은 겁네까? 와 몸이 이리 되셨습네까?"

"아니, 난 괜찮소."

"여보, 우리 집으로 돌아갑세다아! 당신 이러다가 죽습네다. 집에 가서 몸도 추스르고 아이들 키우문서 삽시다래. 예?"

"내 가능한 한 속한 시일 내에 집에 한번 다녀가리다. 아이들 데리고 집에 가서 기다리고 계시오!"

"당신 지금 죽게 생겼시오. 도대체 무엇이 부족해서 이러고 다니십네까?"

영옥이를 무릎에 앉히고 영일이의 뺨을 어루만지며 김정국이 동문서답을 한다.

"부인! 일본이 우리에게 하고 있는 이 천인공로할 만행들을 보시오! 우리는 일본을 이 땅에서 몰아 내어야만 하지 않겠소? 이런 악인들 밑에서 우리 아이들이 살아가게 버려둘 수 없지 않소? 아이들의 장내를 위해서라도 우리는 싸워야 해요."

"무슨 말을 하고 계십네까? 당신은 지금 아이들 장내 걱정을 하고 있을 형편이 아니야요. 당신의 건강 상태를 좀 보시라요! 당신은 곧 죽게 생겼시오."

"나는 저녁 5시 열차로 상해에 가야 하오. 내 빠른 시일 내에 집에 한번 가리다. 집에 가서 기다려 주시오!"

세 시간 후면 떠나겠다는 김정국의 말에 정순례는 충격을 받았다.

'이거이 도대체 무스게 경우이며 이거이 사람이가 짐승이가? 우리래 몇 년 만에 만나는 거이며 우리래 몇천 리 길을 찾아 이곳까지 왔는데.'

그녀는 배신감을 느끼며 심장이 두근거렸다. 그녀는 내색하지 않으려고 노력의 노력을 다하며 태연한 척 말을 이어 나갔다.

한 시간이 훨씬 넘도록 두 사람은 서로의 주장만 되풀이했다.

"셰익스피어가 삶을 사는 지혜는 지금 가지고 있는 것을 즐기는 것이라고 하지 않았습네까아 네?"

"······."

"영일이 아바지! 내래 혼자서는 아이들 못 키웁네다. 무엇이 부족해서 그러는가 말입네다?"

"부인. 나는 이미 다른 인생을 사는 사람이오. 부인은 집으로 돌아가서 아이들 훌륭하게 키워 주시오! 부탁이오!"

"내래 인물이 누구한테 빠지기를 합네까아, 배운 것이 남만 못하외까? 얼마든지 좋은 곳에 시집갈 수 있었는데 당신이 아이 낳아 키우문서 잘 살아 보자고 해설라무네 유치원 때려티구선 숫테녀로 아이 딸린 홀아비한테 시집 왔수다. 그런데 이제 와서 당신이 다른 인생을 살갔다구 한단 말이디요? 좋시다. 나는 나대로 이 길로 고향으로 가설라무네 다른 인생을 살아 보갔수다. 당신 아이는 당신한테 여기에 두고 갈 거이니끼니 당신이 키우시라요. 영옥아, 가자우!"

노기 띤 얼굴의 정순례가 영수를 업고 일어섰다.

그녀의 말은 사실이었다.

유치원을 운영하던 정순례는 보모와 학부형의 관계로 김정국을 처음 만났다. 전문학교(대학)까지 졸업하고 미모까지 갖춘 정순례는 그녀가 얼마든지 유능한 총각을 선택해 결혼할 수 있음을 알고 있었다. 그럼에도 그녀는 김정국의 인품에 끌렸다.

그는 상처한 홀아비로서 깊은 고뇌가 그의 내면에 자리 잡고 있었겠지만, 겉으로는 지적이고 신뢰할 만한 인물로 보였기 때문이었다.

물론 그가 가진 재산도 정순례의 결단에 영향을 미쳤지만…

그녀는 운영하고 있던 유치원을 접고, 3살 된 아들이 딸린 7살이나 나이가 많은 홀아비와 결혼을 했던 것이다.

그런 그가 가정을 버리고 일본군 수뇌들을 암살하려고 찾아다니는 테러리스트가 될 줄은 정순례는 상상도 하지 못했다.

"이보시오, 부인! 왜 이러시오?"

김정국이 황급히 정순례의 앞을 막아섰다.

"비키라우요! 당신이 가정을 버리고 다른 인생을 살갔다는데 어카갔소,

떠나는 수밖에. 와요? 이 아이는 당신 자식인데 내래 와- 데리고 간단 말이오. 당신이 키우시라우요!"

정순례의 앞을 막으며 김정국이 밖을 향해

"이 동지!"

하고 급히 불렀다. 그는 이 동지에게 정순례가 하는 말을 영일이가 듣지 못하도록 아이를 데리고 나가 달라고 했다.

정순례는 이성을 잃은 듯 한껏 목소리를 높였다.

"이조 오백 년간 떼놈의 지배를 받던 것을 이제 일본 놈으로 바뀐 것뿐인데 와 야단법석들을 티는가고 당신이 말해 왔디 않았시까? 나라를 찾는다고 칩세다. 백성들이야 개뿔이나 달라질 거이 무에야? 나라가 있을 때는 언제 나라래 백성들 보살펴 준 적 있었시까? 당파 싸움이나 하고 백성들 잡아다가 족치기나 했었디."

김정국은 동지들 보기가 민망했다.

"제 가정은 돌보고 사랑하지 않으문서 나라와 백성은 사랑한다는 놈은 가짜야!"

정순례가 빽- 소리를 질렀다.

영문도 모른 채 아버지 친구에게 이끌려 와서 외진 공장 마당을 서성대고 있던 영일이는 두 시간쯤이 지나서야 여관으로 돌아올 수 있었다. 영일이는 두리번거리며 아버지를 찾았다. 그러나 아버지는 더 이상 어디에서도 볼 수 없었다.

———— 제2장 ————

중국 공산혁명에 투신

정순례에게 1주일 내로 돌아오겠다는 약속을 하고 김정국은 주은래가 주도하는 상해 봉기에 참가하기 위해 상해행 열차에 올랐다.

김정국이 상해에 도착했을 때, 그곳에는 수만 명의 노동자와 농민들, 그리고 6,870명의 한국인 독립운동가들이 만주, 소련, 하와이, 한국에서 달려와 집결해 있었다. 중국 공산당과 봉기 참석자들은 공안부의 저지에 여러 번 봉기가 좌절되었다. 공산당 수뇌부가 한인들을 찾아와 전투 경험이 많은 한인들이 선봉을 맡아 달라고 요청했다. 이에 한인들은 의용군 부대를 결성해 전투 대열의 앞자리에 섰다. 팽팽한 긴장 속에서 봉기 참가자들은 의용군 대장으로 선출된 김정국의 돌격 명령을 기다리고 있었다.

"돌격!"

마침내 김정국이 하늘을 향해 높이 든 권총을 쏘며 고함을 질렀다.

"죽여라! 죽여!"

의용군들이 함성을 지르며 공안부 3층 건물을 향해 달려 나가자, 노동자들도 그 뒤를 따랐다.

"두두두두, 두두두두."

달려오는 의용군을 맞이하듯, 공안부 건물과 12사단 사단장 관사에 설치된 기관총들이 불을 뿜었다.

"죽여! 죽여!"

기관총탄이 날아와서 의용군들의 살점을 한 움큼씩 떼어내어 공중으로 날려 버렸다. 비처럼 쏟아지는 총탄을 견디지 못하고, 의용군들이 일제히 땅바닥에 엎드렸다.

"나를 따르라!"

다시 일어나 소리치는 김정국의 뒤를 따라, 의용군들은 함성을 지르며 돌진했다.

"죽여!"

"죽여!"

"두두두두, 두두두두."

기관총 소리가 귀청을 찢는 듯했다. 그때마다 수십 명이 고목나무처럼 쓰러져, 다시는 일어나지 못했다.

"죽여! 죽여라!"

함성을 지르며 돌진하던 의용군들은 결국 기관총탄에 쫓겨 출발 지점으로 되돌아왔다. 미처 도망치지 못한 이들은 시체 뒤나 도로변 개천에 몸을 숨기며 총탄을 피해 엎드렸다.

의용군들과 공산당원들이 지나온 길은 이미 죽은 시체로 덮여 있었다. 천지를 뒤흔들던 총성이 잦아들고, 하늘은 화약 연기로 자욱했다. 곳곳에서 고통에 겨운 신음 소리가 들려왔다.

"이 동지! 이 동지, 나 좀 도와주시오! 이 동지, 어디 있소? 이 동지-이!"

우마차 바퀴에 기대어 앉은 사람이 절박하게 외쳤다. 그가 소리칠 때마다 눈에서 붉은 피가 울컥울컥 솟구쳐 나왔다.

총성이 완전히 멎고 잠시 고요가 흘렀다.

"아 아 여보! 불쌍한 당신!"

속삭이는 듯한 소리가 고요 속에서 애처롭게 들려왔다.

한국인 의용군들은 5시간 반 동안의 치열한 전투 끝에, 많은 희생을 치르고 공안부 건물을 마침내 함락시켰다. 오후 4시, 도시의 질서는 겨우 회복되었다.

김정국은 중국 공산당(홍군)에 편입되기 위해 귀화하는 한인의용군의 통역을 맡아 식사도 거른 채 하루 종일 바쁘게 움직였다.

공산당 지도부와 한인의용군들은 장개석과 그의 군대의 입성을 환영하는 깃발과 현수막을 밤을 꼬박 새워 만들었다. 국민당의 장개석 총통이 일본과 싸우기 위해 공산당과 연합하여 북벌하기로 약속하고 다음 날 아침 상해에 입성하기로 되어 있었기 때문이었다.

다음 날 새벽 5시.

상해 시가지 외곽 멀리로부터 한 줄기 긴 나팔 소리가 은은하게 울려 퍼졌다. 그로부터 약 7-8분이 지날 무렵이었다.

"장개석 군대가 들어온다!"

누군가 외치는 소리에 김정국도 거리로 뛰쳐나왔다.

"장개석 만세!"

"국민당군 만세!"

거리에서는 봉기 참가자들이 장개석과 그의 군대를 향해 만세를 연호하고 있었다.

시가지 동쪽 200-250미터 전방에서 드디어 장개석 군대가 모습을 드러냈다.

그들의 입성을 바라보고 서서 김정국은 환희에 차 눈물을 흘렸다.

"장개석 만세!"

"국민당 만세!"

"대한독립 만세!"

김정국은 목이 터져라 소리쳤다.

그런데 거리를 가득 메우고 점점 가까이 다가오는 무리들은 군복 차림이 아니었다. 그들은 제각각의 복장을 하고 아무렇게나 뒤섞여 걸어오고 있었다. 그들은 총을 든 사람도 있었고 창과 청룡언월도를 들고 있는 사람도 있었다.

장개석 만세를 연호하던 봉기 참가자들은 점점 가까이 다가오는 오합지졸들을 보며 의아해했다. 목청껏 외치던 만세 소리가 급속히 잦아들었다.

순간 그 무리들이 "와-" 하고 함성을 지르며 봉기 참가자들을 향해 달려왔다.

김정국은 소스라치게 놀랐다.

그들은 봉기 참가자들을 칼로 찌르고 언월도로 목을 쳐서 죽이기 시작했다. 김정국은 그가 나온 공안부 건물을 향해 달아났다.

달려가는 그를 장개석의 폭력배 3명이 추격하여 공안부 건물로 들어왔다. 그들은 건물에 있던 공산당 간부들과 한인의용군들로부터 총격을 받고 달아났다.

장개석의 폭력배들은 손을 들고 항복하는 한인의용군들과 노동자들을 소 마차에 묶어 사지를 찢어 죽이고 기차 화덕에 산 채로 넣어 불태워 죽였다.

오전 10시, 폭력배들이 살육의 광란을 벌이고 있는 시가지에 백군(장개석의 국민군) 2사단 병력이 진군해 들어왔다. 백군은 거리에 있던 봉기 참가자 만여 명을 체포했다.

　오후 1시가 지났을 무렵 백군 병사들이 공산당 간부급 인사들과 천여 명의 한인의용군들이 은신하고 있는 공안부 건물을 겹겹이 포위했다.

　그곳에는 공산당 지도부도 설치되어 있었다.

　오후 1시 45분, 백군이 대포 6문을 트럭 뒤에 달고 와서 공안부 건물을 향해 설치해 놓고 건물 안에 있는 사람들에게 선전포고를 했다.

　"포 사격을 시작하겠다. 공산당이 아닌 사람들은 건물에서 즉시 모두 나오라! 십 분의 여유를 주겠다."

　최후통첩이 있은 지 채 오 분도 지나지 않아 공산당 지도부의 간부급들 400여 명이 공산당이 아니라고 일제히 손을 들고 공안부 건물 밖으로 나왔다. 그중에는 이번 봉기를 주도했던 주은래도 끼어 있었다.

　국민당의 장개석은 연합하기로 한 공산당을 배신하고 2사단 병력과 그의 사조직인 폭력배 두목 황곰보(황진룡, 암흑가의 3대 거두)를 시켜 이날 새벽 5시, 나팔 소리를 신호로 봉기 참가자들을 기습 공격 하도록 한 것이다.

제3장

황금색 옷을 입은 저승사자

이번 상해 봉기에서 공산당은 간부급 당원만 5만 명이 죽었다.

2사단에 체포된 봉기 참가자 2만 명 중 천여 명이 다음 날 아침 8시 사단 연병장 한복판에 먼저 세워졌다.

그 속에 김정국도 불안한 얼굴로 끼어 서 있었다.

2사단 병사들이 장전된 총을 겨누고 포위하고 있는 가운데 포로들은 그들이 무엇을 기다리고 있는지, 어떤 대우를 받게 될 것인지를 모른 채 약 두 시간 동안 웅성거리고 있었다. 사람들 사이에서 주은래가 어젯밤 풀려났다는 말이 돌았다. 그 말은 사실이었다. 주은래는 사단장과 직접 아는 사이는 아니었으나 인맥으로 연결된 관계였다.

오전 10시, 발목을 덮는 긴 황금색 창파오를 입고 예모를 쓴 사내를 대동하고 사단장이 나타나 단상 위에 높이 놓인 의자에 가서 앉았다.

"시작해!"

사단장이 대상을 모를 누군가에게 명령했다.

총을 멘 6명의 병사가 포로로 잡혀 온 사람들 가운데 앞줄에 서 있는 50명을 끌어내어 단 밑에 사단장을 마주 보도록 횡으로 세웠다.

사단장을 따라 나와 단 밑 한편에 비켜서 있던 황금색 옷을 입은 사내가 일렬로 세워 놓은 포로들을 차례로 살피고 지나가며

"이자! 이자! 이자!"

하고 17명을 손가락으로 가리켰다. 그리고 그가 사단장을 돌아보며 말했다.

"저자들은 공산주의자들이오."

그가 지목한 사람들을 병사들이 끌어내어 따로 세웠다. 사단장이 들고 있던 지휘봉을 우측으로 까닥였다. 병사들이 공산주의자라고 지목받은 사람들을 100미터가량 떨어진 곳으로 끌고 갔다. 병사들은 끌고 온 포로들을 무릎을 꿇려 한 줄로 앉혀 놓고 구령에 따라 등 뒤에서 머리를 향해 총을 쏘았다.

수십 발의 요란한 총성과 함께 무릎을 꿇려 한 줄로 앉혀 놓았던 공산주의자들이 일제히 앞으로 고꾸라져 쓰러졌다.

김정국은 예상치 못한 이 광경을 보고 크게 놀랐다.

6년을 넘게 중국에서 살아온 김정국은 중국이 아직 법이 확립되지 않았다는 것은 알고 있다. 그러나,

'아무리 법이 없는 중국이라지만 불문곡직하고 사람을 끌고 가서 파리 목숨처럼 죽이다니! 저 황금색 옷을 입은 자는 누구이며 그가 어떻게 공산주의자와 비공산주의자를 저처럼 가려내는 것일까?'

김정국은 지금까지 살아오면서 이처럼 혼란스럽고 두려웠던 적이 없었다. 50명의 포로가 또다시 사단장 앞에 나열해 세워졌다. 황금색 옷이 그들 앞을 지나가며 19명을 손가락으로 가리켰다. 지목된 이들 역시 100미터 떨어진 처형장으로 끌려가서 같은 방법으로 총살을 당했다.

그들 중에는 한인의용군들이 많이 섞여 있었다. 공산주의자로 지목되어 처형당하는 사람 중에는 공산주의자라고 하기에는 무리가 있는 단순 봉기 가담 노동자들이 있었다. 오히려 황금색 옷을 입은 사내에 의해 공산주의자가 아니라고 석방된 사람들 중에는 많은 공산당 간부들이 끼어 있었다.

6년의 중국 생활과 16개월의 중국 감옥 수감생활을 했던 김정국은 중국을 알 만큼 안다고 생각해 왔었다. 그런 그도 지금 벌어지고 있는 이 황당한 상황을 전혀 이해하지 못하고 있었다.

'저 황금 옷을 입은 자는 누구인데 어떻게 공산주의자와 비공산주의자를 선별하는 것일까? 저자는 그동안 공산주의자들 속에 숨어 은밀히 관찰해 온 자인가? 그렇다고 해도 그가 수만 명의 공산주의자들을 일일이 기억하고 식별해 내는 것이 과연 가능한 일일까?'

김정국의 머릿속에서는 의문에 의문이 꼬리를 물고 솟구쳤다.

사단장 앞에 끌려 나갈 김정국의 차례가 점점 가까워지고 있었다. 포로들은 사람들이 끌려 나가 총살을 당하는 광경을 목격하면서부터 약속이나 한 듯이 모두 땅바닥에 널브러져 있었다. 그들은 모두 초조한 표정들을 하고 있었고 말하는 사람이 없었다.

김정국도 죽음에 대한 공포로 마음의 평정을 찾을 수가 없었다. 그 와중에도 김정국 앞에 앉아 있던 작고 마른 사내가 조금이라도 재판(?)을 늦게 받으려고 재빨리 김정국의 뒤로 옮겨 가서 끼어 앉았다.

공산주의자로 지목받은 29명을 군인들이 끌고 가서 총살하는 소리가 요란하게 들려왔다. 또다시 50여 명이 끌려 나와 사단장 앞에 세워졌다.

"잠깐! 잠깐 중지하시오! 점술가 양반!"

중지를 명령한 사단장이 황금색 옷을 입은 자를 점술가라고 부르며 가까이 오라고 불렀다. 그 호칭에 김정국은 자신의 귀를 의심했다.

앞으로 다가온 황금색 옷에게 사단장은 불만스러운 표정을 지으며 말했다.

"이자들은 공산혁명을 하겠다고 공안부를 습격하고 공안원들을 죽인 공산주의자들이요. 내가 보기에는 이들 중에 공산주의자가 아닌 자는 거의 없소. 그런데 점술가 양반은 저자들 중에 반수 이상이 공산주의자가 아니라고 하니 점괘가 잘못 나오는 것 아니오?"

"사단장 말씀이 맞소이다. 아까 그 사람들의 8할은 공산주의자들이었소이다."

점쟁이가 대답했다.

"그런데 왜 절반도 안 되는 자들만 공산주의자들이고 나머지는 아니라고 하는 거요?"

"아니기는 내가 뭐가 답답하다고 아니라고 했겠소이까? 다만 내 말은 기어이 처형시킨 자들은 철저한 공산주의자들인 반면에 석방시킨 자들은 죽일 것까지는 없는, 말하자면 어린아이 수준의 애송이 공산주의자들이라는 그 말이지요."

"점쟁이 양반! 애 자라 어른 되지 어른이 원래 따로 있소? 애송이 공산주의자들도 철저히 추려내도록 하시오!"

사법제도가 확립되지 않은(법이 없는) 중국에서는 검사, 판사, 변호사도 없다는 사실을 김정국도 알고 있다. 또한 중국인들은 믿기 힘들 정도로 다양한 미신을 일상생활에서 신봉하며 따르고 있다는 것도 알고 있다. 하지만 유무죄를, 더욱이 사람이 죽고 사는 문제를 점쟁이에게 맡겨 처리한다는 것은 그는 알지 못했었다.

포로들의 판결이 다시 시작되었다. 그러나 50여 명씩 끌려 나와 그중 20여 명 정도가 처형되고 절반 정도는 석방되던 비율이 달라졌다. 이제는 50명이 끌려 나가면 그중 10명 정도만 석방되고 나머지 40명 정도가 공산주의자로 지목되어 처형당했다.

이제 3-4회 후에는 김정국이 끌려 나갈 차례가 되었다. 김정국은 자신이 살아남을 가능성은 극히 희박하다고 생각했다. 두 다리가 훈훈해 오고 조바심이 났다.

끌려 나와 늘어서 있는 포로들 앞을 점쟁이가 지나가며 지목하는 소리가 들려왔다.

"이자! 이자! 이자!"

김정국의 머릿속에서는 죽음에 대한 두려움과 걱정이 소용돌이치고 있었고 그의 심장에서는 격렬한 방망이질이 일어나고 있었다.

"중국말 할 줄 아는 사람이 있으면 말 좀 해 주세요! 내가 왜 공산주의자라는 겁니까? 나 공산주의자 아니에요오-오-."

점쟁이에게 공산주의자라고 지목을 당한 한인의용군이 사형장으로 끌고 가려는 병사에게 저항하며 외쳤다.

"나는 예수를 믿는 사람이란 말입니다. 나는 조선의 독립을 염원해서 이곳에 온 것뿐이에요! 누가 통역 좀 해 주세요! 네?"

그 사람은 뒤를 돌아보며 포로들을 향해 한국말로 계속 외쳐 댔다. 그러나 누구 하나 나서려고 하지 않았다. 그동안 공산당 지도부에서 통역을 맡아 왔던 김정국은 그 사람이 자신을 향해 애원하는 것같이 느껴졌다.

그러나 그는 자신도 두려움과 걱정으로 죽을 지경에 있었고 또 지금 이 상황에서 그 같은 말을 통역해 줘 보았자 소용이 없을 것이 분명해 보였기 때문이었다.

"누가 통역 좀 해 주세요, 네-에? 내가 공산주의자가 아닌데 이대로 죽을 수는 없지 않아요?"

포로들에게서 아무 반응도 얻지 못하자, 그는 사단장을 향해 돌아서며 한국말로 호소했다.

"댁들이 사람을 잘못 본 겁니다. 죄 없는 사람을 이렇게 죽이면 안 되잖아요. 나는 공산주의에 대해서는 알지도 못합니다."

잠시 지켜보던 병사들이 그를 거칠게 잡아끌고 갔다.

50여 명씩 끌려 나가서 10명 정도만 석방되고 나머지 40명이 공산주의자로 지목되어 처형당하는 가운데에서 김정국은 구사일생으로 풀려났다. 그는 아무리 생각해 보아도 오늘의 생존은 천운이었다. 그는 매일 이른 새벽에 깨어 몇 시간씩 그를 위해 기도하시던 어머니를 떠올렸다. 그는 어머니의 지극정성의 기도가 하늘에 닿았다고 확신했다.

김정국은 자신이 처형을 면한 이유를 어머니의 기도 때문이라고 생각했지만, 실제로는 그의 인물 덕분이었다.

비록 현재의 고된 삶으로 그의 얼굴에는 피로가 묻어났지만, 원래 그는 고생과는 거리가 먼 사람처럼 보인다. 한때 건장하고 살집이 있었으나, 모진 고문과 시련으로 지금은 다소 마른 체형으로 변했다. 그의 얼굴에는 학식이 있는 사람만이 지닐 수 있는 지적인 분위기가 배어 있었다.

그는 내면의 깊은 고뇌에도 불구하고 지적이고 신뢰할 만한 인물로 보였다.

인상과 외모로 유죄와 무죄를 판단하던 점쟁이는 김정국에게서 좋은 인상을 받고 그를 석방했을 것이다.

김정국은 3일 동안 밤낮을 꼬박 걸어 한인의용군들이 흩어질 경우 재집결하기로 정해 놓은 산속에 도착했다. 의용군들은 그곳에서 흩어진 병력이 돌아오기를 1주일 동안 기다렸다. 의용군들이 소비에트가 설치된 곳으로 가기 위해 떠날 준비를 했다.

계속되는 굶주림으로 수척해진 핏기 없는 얼굴의 의용군들이 인원 파악을 하기 위해 줄지어 섰다. 남루한 차림에 풀 죽은 모습의 의용군들이 차례로 외쳐 대는 번호 소리가 314에서 멎었다.

조국의 해방을 염원해서 상해로 달려왔던 한인 독립운동가 6,870명이 이번 상해 봉기에서 모두 죽고 314명만 살아남은 것이다.

그날 100여 명의 의용군들이 희망을 잃고 그들이 떠나왔던 만주와 하와이, 소련 그리고 한국으로 되돌아갔다.

그러나 김정국은 한국으로 돌아갈 수가 없었다.

그나마 조국의 독립을 기대해 볼 수 있는 곳은 중국의 공산혁명뿐이었고, 또한 그가 의열단에서 활동하고 있을 당시 훈춘의 일본 영사관을 습격하여 참사관을 처형하고 기밀문서들을 소각·폐기한 일이 있었기 때문이다. 그 사건으로 일본 군경은 김정국을 검거 대상 1호에 올려 놓고 그가 국내로 들어오기만을 기다리고 있었다. 또한 중국에서 활동해 왔던 의열단 단원들은 중국 말고는 몸을 의탁할 곳이 마땅치 않았다.

6년 전인 1921년 12월 20일 정미소를 빼앗긴 김정국은 얼어붙은 압록

강을 걸어 만주로 건너갔다.

그는 집 한 채 나오지 않는 만주 벌판을 하루 종일 걸어 용정으로 가서 명동학교에 입학했다. 그는 그곳에서 문무쌍전의 혹독한 훈련을 6개월에 걸쳐 받았다.

사격 훈련이 끝나면 완전 군장에 40kg의 모래 배낭을 지고 구보로 산을 타는 훈련을 시작했다. 이 훈련은 달 없는 깊은 밤에도 종종 실시되었다. 교관들은 학생들을 인솔하여 30리 밖 험준한 산속에다가 흩트려 놓고 밤을 새워 산속을 헤쳐 돌아오게 했다. 그는 눈뜨면 1. 불의에 반항 정신, 2. 임무에 희생정신 등을 외치며 훈련에 훈련을 거듭했다.

그곳에서 6개월 동안 정신교육을 받고 난 김정국은 몸과 마음이 전과 다른 사람이 되어 있었다. 그는 빼앗긴 조국의 독립만을 생각하게 되었고 공명심 따위는 사라진 지 오래되었다.

그는 어떻게 죽어서 조국의 독립에 이바지할 것인가만을 생각하게 되었다.

명동학교를 졸업한 김정국은 독립군에 편입되어 전투에 나섰다. 그러나 독립군들이 일본군을 상대로 벌여 오고 있는 전투는 몇십 명 단위의 소규모로, 전투라고 하기에도 부끄러운 수준이었다.

더욱이 3면이 바다인 우리나라는 독립군들이 국내로 깊숙이 들어가서 전투를 벌이기에도 제약이 따랐다.

밤이 되면 그는 9명과 조를 이루어 두만강을 건너가 두만강 변에 주둔하고 있는 일본 군영을 기습 공격 하곤 했다.

기습 공격을 당한 일본군은 다음 날 날이 밝으면 군대를 이끌고 두만강을 건너와서 이미 피해 버리고 없는 독립군을 대신하여 만주에 살고 있는 한인들을 보복 살해 했다.

피해를 당하는 그곳에 살고 있는 교민들은 독립군들을 원망했다.

독립군들이 이렇다 할 성과도 내지 못하면서 일본군을 건드려 놓고 피해 버려 교민들에게 피해를 입힌다는 것이었다.

독립군과 교민들 간 갈등이 점점 심화되었다.

그곳 교민 사회에는 중국 마적들로부터 교민을 보호할 목적으로 만들었던 보민회(국민을 보호하는 회)라는 단체가 있었다.

보민회는 마침내 독립군들의 신상과 기밀을 일본군에게 넘겨주어 체포를 도왔다. 수백 명의 독립군들이 보민회의 친일 행각으로 검거되어 처형당했다. 독립군들 역시 친일 행각을 하는 보민회 간부들을 체포하여 처형했다.

김정국은 이 같은 암울한 현실에 좌절했다. 또한 그는 고작 일본군 하급 병졸들을 상대로 끝이 보이지 않는 소규모 전투를 이어 나가는 독립군의 어려운 처지에 대해서도 실망했다.

전투라고 부르기에도 민망한 소규모 전투로는 일본군에게 전혀 타격을 줄 수 없기 때문이었다.

김정국은 적은 인원으로 일본에 타격을 줄 수 있는 수단은 테러밖에 없다는 신념을 굳히고 상해로 건너가서 의열단에 입단했다. 의열단은 온건한 방법의 독립운동이 한계에 다다랐음을 인식하고 폭력한 방법, 즉 무장적이고 공격적인 파괴, 방화, 공포적인 투탄 작전으로 그 운동의 방향을 전환하고 있는 조직이었다.

그러나 의열단은 테러 집단으로서의 경험과 지식이 없었다. 그로 인해 의열단은 성과도 내지 못하면서 많은 인명 손실만 내고 있었다. 의열단은 매년 100-200명의 대원이 일본 군경에 체포되어 고문을 당하고 투옥되었다. 그리고 그중 40-50명은 처형을 당하고 있었다.

김정국 역시 중국 공안에 체포되어 일본 경찰에 넘겨졌다. 중국 공안은 일본에 잘 보이기 위해 한국 독립운동가들을 잡아 일본 경찰에 넘겨주고 있었다. 일본 경찰은 그를 즉시 신의주 감옥으로 압송했다.

경찰에서 그는 김정국이 아닌 북경 영정로에 사는 이제남이라고 우겼다. 혹독한 고문은 끝날 줄 모르고 9일째 이어졌다. 매일 같은 질문을 반복해서 받으며 그는 기절했다가는 깨어나고 깨어났다가는 기절하기를 반복했다. 그는 이번에는 살아서 세상 밖으로 나가지 못하리라고 생각했다. 그가 받고 있는 고문이 너무도 혹독했고 또 지속적인 데다가 같이 활동하던 동지가 밀고자가 되어 있었기 때문이다.

의식을 잃었다가 깨어날 때마다, 그는 끈질기게 이어지는 생명력이 원망스러워 탄식했다.

그는 사선을 넘나들 때면 이미 죽어 사라진 아들을 한없이 기다리실 어머니를 생각하며 가슴 아파했다. 그는 살아 있었을 때 어머니께 편지 한 통 하지 않은 것을 뼈저리게 후회했다.

그는 19일간 생사를 넘나드는 고문을 받고 귀신같이 변해 버린 모습으로 간수의 등에 업혀 법정에 나왔다.

험하게 변해 있는 김정국의 모습을 보고 밀고자이며 증인인 백연학이 가책을 받고 이제까지의 증언을 번복했다.

백연학은 그가 사람을 잘못 보았다고 증언했다. 김정국은 이제껏 살아오면서 그때처럼 기뻤던 적은 없었다. 신의주 감옥에서 풀려난 그는 지팡이에 몸을 의지하고 북경으로 돌아왔다.

그가 북경으로 돌아왔을 때 천안문 옆에 있던 의열단 북경 지대는 북경에서 60리 떨어진 외곽 도시 통센에 있는 저렴한 여관을 빌려 본부 겸 숙소로 쓰고 있었다.

그러나 상해지도부는 북경 지대에 벌써 3개월째 아무런 지령도, 자금도 내려 보내지 않고 있었다.

의열단은 상해 임시정부로부터 받아오던 지원금마저 끊겨 심각한 자금난에 봉착해 있었다.

김정국은 상해 본부의 지령을 기다리는 동안 집을 떠나온 지 6년 만에 처음으로 어머니께 편지를 썼다. 아직도 그가 살아 있음을 '꼭' 어머니께 알려 드리고 싶어서였다.

의열단은 극심한 궁핍까지 겹쳐 사기가 극도로 저하되어 있었다. 의열단은 존폐의 귀로에 서 있었다. 바로 이때였다.

국내외에 있는 한인 독립운동가들과 독립군들에게 한 줄기 서광이 비쳤다.

중국의 국부 쑨원이 공산당을 창당했던 것이다. 그 공산혁명은 군벌과 지주들에게 착취당하고 억압받던 농민과 노동자들을 흔들어 깨우며 중국 전역으로 들불처럼 번져 나갔다.

공산당은 봉기에 성공하는 즉시 일본과 싸우기 위해 북벌을 하겠다고 선포하고 한인 독립운동가들에게도 동참해 줄 것을 호소했다.

한국의 독립운동가들은 이것이 조국 독립의 서광이 비추는 것이라고 생각하고 눈물을 흘리며 기뻐 뛰었다.

4월 1일 주은래가 주도하는 봉기를 돕기 위해 국내외에 있던 한인 독립운동가들이 앞다투어 상해로 달려가고 있었다.

김정국 일행도 4월 1일에 맞추어 상해행 열차표를 어렵게 구입해 놓고 그날이 오기를 기다리고 있었다.

그런데 그때 김정국이 어머니에게 보냈던 편지의 봉투에 적힌 주소를 들고 아이 셋을 데리고 정순례가 북경으로 찾아왔다.

─── 제4장 ───

타이산 여관에 억류

상해에 갔다가 1주일이면 돌아오겠다던 김정국은 보름이 지나도록 오지 않았다. 정순례는 그녀를 속이기까지 하는 변해 버린 남편이 야속하고 실망스러웠다. 1주일을 더 기다리던 정순례는 집으로 돌아가기로 결정했다.

다음 날 작은 보따리 하나를 들고 아이들과 함께 여관을 나서는 정순례를 여관 주인이 막아섰다. 지난 보름 동안 정순례가 투숙하며 지불하지 않은 숙박비와 김정국 일행이 밀려 놓은 여관비 80원을 갚고 가라는 것이었다.

정순례가 가지고 있는 돈은 25원이 전부였다. 그녀는 여관비가 밀려 있는 것을 알고 있을 김정국이 반드시 돌아올 것이라고 확신하며 다시 여관에 눌러앉아 기다렸다.

한 달이 지나고 두 달이 지남에 따라 정순례가 가지고 있던 돈은 급속히 줄어들고 있었다.

그럼에도 김정국 일행은 나타나지 않았다.

여관 주인은 곡식 창고로 쓰던 공간을 비워 그곳에 영일네 식구를 옮겨 놓고 감시를 소홀히 하지 않았다.

다급해진 정순례는 시집에 돈을 보내 달라는 편지를 보냈다. 그러나 한 달이 지나도록 시집에서는 돈도 답장도 오지 않았다.

그녀는 친정 경조사에 간다고 시어머니를 속이고 북경에 온 일과 전실 자식인 영일이는 데리고 가지 말라는 시어머니 말을 거역했던 일을 거듭 거듭 사죄하고 돈을 보내 달라고 다시 편지를 보냈다. 한 달이 지났는데도 역시 시댁에서는 답장이 없었다.

그녀는 와락 겁이 났다. 그녀는 친정에 큰 부담이 될 것을 알지만 돌아가는 즉시 갚을 터이니 100원만 빚을 내어 보내 달라고 편지를 보냈다.

영일이는 중국에 와서부터 엄마의 눈치를 많이 살폈다. 인천에서 할머니와 함께 살 때는 밤에 이불에 오줌을 싸도 야단을 치지 않던 엄마가 북경에 온 이후로는 걸핏하면 매를 들었다. 오늘도 영일이는 엄마에게 매를 맞았다. 밖에서 동네 아이들과 함께 놀던 영일이가 집(여관)에 들어왔을 때였다.

동생 영수가 달려 나오며

"우리 만도우 안 먹었-다. 우리 만도우 안 먹었어."

하고 영일이에게 소리쳤다.

영일이는 급히 방으로 달려 들어가서 엄마와 영옥이의 얼굴을 번갈아 살폈다. 영일이와 눈이 마주친 여동생 영옥이는 고개를 숙였고 엄마는 웃음을 참지 못한다.

"아니야- 부엌에서 일하는 아줌마래 썩어서리 버리게 된 빵 한 조각을 준 거를…"

"아 이-이-."

"……."

"나만 안 주고-오-."

"너! 계속 이럴 거이가?"

결국 영일이는 매를 맞았다.

영수는 엄마한테 핀잔과 교육을 받고서도 몇 차례 더 영일이에게 자기들끼리만 먹었던 음식 이름을 말하며 안 먹었다고 말해서 영일이가 알아차리도록 했다.

조선체신국은 외국에서 한국으로 들어오고 나가는 편지를 모두 뜯어 검열하고 있었다. 해외에서 활동하는 독립운동가들이 국내 인사들과 교신하는 것을 차단하기 위해서이다. 더욱이 중국 등지로 보내지는 송금에 대하여는 독립군에게 후원금 등으로 전해지는 것으로 간주하여 철저하게 압수했다.

여관에 억류된 영일네는 김정국이 나타나기만을 간절하게 기다리며 3개월째를 보내고 있었다. 영일이는 동네 아이들과 어울려 놀면서 벌써 중국말을 제법 잘했다.

영일네는 돈을 절약하기 위해 밀가루를 사서 수제비를 쑤어 먹고 고구마로 연명해 왔는데도 가지고 있던 돈이 3원밖에 남지 않았다. 영일이는 수제비를 먹고 체했는지 한동안 수제비를 먹지 못했다. 영일이는 수제비만 보면 몸서리를 쳤다.

걱정과 울분으로 나날을 보내고 있는 정순례는 영일이가 수제비를 더 이상 먹지 못하고 굶는 것을 보면서 버려 두기도 하고 밥투정을 한다고 때리기도 했다.

영일이는 하루하루 허약해져 갔다. 뼈만 앙상해져 가는 영일을 보며 정

순례는

'저러다 저 아이 죽겠구나. 어쩔 수 없지. 내가 어떻게 할 수가 없는데. 제 애비 놈이 나쁜 놈이라 그런 거야.'

하고 생각하다가도

'저 어린 것이 무슨 죄가 있어? 집에서 잘 지내고 있는 아이를 여기까지 데리고 온 내가 잘못이지.'

하고 반성을 했다.

정순례는 제일 값이 싼 밀가루를 사서 수제비를 만들어 먹으며 연명해 나가고 있었다.

수제비를 먹지 못하는 영일이에게 달리 먹을 것을 줄 수 없는 그녀는 수제비를 끓이고 있는 불 앞에 영일이를 데리고 앉아 밀가루 반죽을 뭉쳐 막대기에 꽂아 구워 주었다.

영일이는 그것을 과자처럼 바삭거리도록 구워 주면 어느 정도 먹었다. 그러나 밀가루가 부족해 조금밖에 구워 주지 못하는 것을 영옥이와 영수가 달라고 졸라서 뺏어 먹기 일쑤였다.

영일이를 데리고 앉아 반죽한 밀가루를 나뭇가지에 꽂아 불에 굽고 있던 정순례가

"나쁜 놈."

하고 불쑥 욕을 했다. 엄마 옆에 쭈그리고 앉아 있던 영일이가 놀라서 엄마의 얼굴을 얼른 올려다본다.

"아니야, 너 말고. 네 애비인가 하는 놈 말이다."

"……."

"나쁜 놈. 너희들 이다음에라도 혹시 네 애비인가 하는 놈을 만나면 아

예 아는 척도 하지 말라우! 알갔네?"

"웅."

"세상에, 여편네는 그렇다 치더라도 제 새끼들이 줄줄이 찾아왔는데 여관비에 잡혀먹고 도망을 테? 개같은 놈."

영일네가 북경에 온 지 4개월이 지난 7월 중순이었다. 북경의 여름은 한국보다 덥고 건조했다.

영일이는 바지 양쪽 궁둥이가 손바닥만큼씩 뚫어져 그 뚫어진 2개의 구멍으로 궁둥이뿐 아니라 허리를 숙일 때면 고추까지 보였다. 영일이 몸의 뼈들은 모두 드러나 있었고 마른 얼굴은 눈과 머리만 유독 커 보였다.

영일이는 영수와 함께 역 광장의 과일 행상들 주변을 매일 돌아다녔다. 그러다가 과일 행상 앞에 앉아 과일을 깎아 먹는 손님을 발견하면 그도 그 옆에 쪼그리고 앉아 손님이 깎아 땅에 떨어트리는(참외 껍질의 경우 먹을 것이 가장 많았다) 과일 껍질을 얼른 주워 먹었다.

정순례도 이런 광경을 자주 목격했다. 그때마다 그녀는

'그렇게 해서라도 죽지만 말고 살아라!'

하고 울음 섞인 목소리로 웅얼거리며 그 자리를 도망치듯 떠나곤 했다.

결국 정순례가 가지고 있던 돈이 모두 떨어졌다. 밀가루마저 오늘 한 끼만 먹으면 모두 떨어진다.

그녀는 마지막 남은 밀가루를 탁-탁- 털어 수제비를 쑤었다. 끓인 수제비를 그릇 4개에 나누어 담던 그녀는 손을 멈췄다.

'이것이 마지막 양식인데….'

그녀는 그녀의 몫과 영일이 몫으로 떠 놓았던 수제비 그릇을 보이지 않는 곳에 숨겼다.

그녀는 널빤지에

'싼값으로 일해 드리겠습니다.'

라는 글을 적어 목에 걸고 매일 거리를 헤매고 다녔다.

그러나 영일의 가족이 살고 있는 통센은 북경 외곽에 있는 작은 마을이었다. 그곳은 기차역을 조금만 벗어나도 눈에 보이는 한계까지 농지와 황토 흙만 날리는 광활한 들판이 펼쳐져 있었다.

정순례는

'하루 종일 사람 몇 명 볼 수 없는 이런 곳에서 무슨 일자리를 찾겠나?'

하는 비관적인 생각이 들었다.

북경은 6월 말부터 7월 말까지 200밀리에 달하는 장맛비가 쏟아져 내린다.

식량이 떨어져 마음이 조급해진 정순례는 비가 오락가락하는 궂은 날씨임에도 일감을 찾아 거리로 나왔다.

그녀는 어느 농가에 들어갔다가 짓궂은 사내에게 희롱만 당했다.

중국인들은 85%가 글자를 읽지 못하는 소위 문맹이다.

중국인들 대부분은 지금 정순례가 목에 걸고 다니는 팻말의 뜻이 무엇인지도 알지 못했다.

오후 3시경 그녀는 소득 없이 집으로 돌아왔다.

그녀는 영일이를 불렀다.

"내래 어젯밤 꿈에 너희 아바지를 보았다. 아마 너희 아바지래 올라는지 모르갔으니 역전에를 나가 보고 오라우!"

"비가 오는데 가?"

"지금은 뜸하지 않네. 날래 가 보고 오라우!"

"엄마는 저번에도 그랬는데 안 왔으면서-어, 나 배고픈데."

"오마니가 심난해서 정 죽갔어 야, 날래 말 들으라우!"

"……."

"기차가 들어올 때까지 기다렸다가 샅샅이 잘 살펴보고 오라우! 알갔네?"

"나 배고파서 못 걸어가겠는데…."

영일이가 밖으로 나가고 10분여가 지났다. 정순례는 어제저녁에 감추어 두었던 수제비 두 그릇을 가지고 들어왔다.

"영옥아! 영수야! 먹으라우! 날래 먹고 자라우! 영일이가 들어오문은 자는 척하고 일어나지 말라우! 알간?"

아버지가 올 것 같다는 엄마의 말에 기운을 내서 역으로 나온 영일이는 기차가 들어올 때까지 기다렸다.

"너는 너희 아버지를 몰라봐도 네 아버지는 너를 알아보고 '영일아.' 하고 부를 거이니끼니 걱정 말고 사람들 사이를 돌아다녀 보라우!"

엄마가 한 말대로 그렇게 했지만 영일이를 부르는 사람은 없었다. 영일이가 여관으로 돌아온 것은 오후 5시가 지나서였다.

"엄마-아!"

방 안은 조용하고 모두 이불을 덮고 누워 있었다. 영일이는 그것이 무엇을 말하는지 알고 있었다. 이럴 때 고분고분 엄마의 말을 듣지 않으면 매를 맞게 된다는 것 또한 알고 있었다. 그러나 그의 조심스러운 투정은 절로 나왔다.

"엄마! 아버지 안 왔어."

"안 왔든?"

"웅! 나 배고파 죽겠는데."

"양식이 떨어져서 밥을 못 했으니까니 일찍 자라우!"

"나 오늘 하루 종일 아무것도 못 먹었는데….”

"식량이 몽땅 떨어져서 줄 밥이 없는데 나를 보고 어카란? 엉? 내래 어드메 가서 몸뚱이라도 팔아 오란? 내래 걱정이 태산 같아 죽갔는데 계속 시끄럽게 굴간?"

영일이는 엄마의 호령에 못 이겨 방 한구석 벽을 향해 모로 누워 소리 죽여 울었다.

다음 날도 정순례는 광고판을 목에 걸고 거리를 헤매고 다녔으나 일감을 찾지 못했다.

그날 밤 그녀는 걱정과 두려움으로 잠을 이루지 못했다. 밖에는 천둥과 번개를 동반한 비가 밤새도록 내리고 있었다.

'어떻게 하면 좋을까?'

그녀는 뜬눈으로 밤을 지새웠다.

날이 밝았다.

그녀는 이틀째 굶고 있는 아이들을 위하여 식량을 구해 와야만 한다. 그러나 그녀는 식량을 구할 곳도 도움을 청할 사람도 없었다. 걱정과 조바심으로 그녀는 손과 발이 저리고 가슴이 조여드는 고통을 느낀다.

밖에는 비가 줄기차게 내리고 있었다.

그녀는 아이들을 등지고 벽을 향해 바짝 붙어 망연자실하고 오전 내내 누워 있다.

그녀는 이제 꼼짝없이 차례로 죽어갈 수밖에 없다는 생각이 들었다. 두려움이 그녀를 엄습해 왔다.

'빠르면 2-3일, 길어 보았자 4-5일이면 우리 모두 죽게 되겠지?'

그녀는 이 사태가 너무도 황당하고 터무니가 없어 꿈만 같았다.

그녀는 그들의 처지가 무섭고 억울해서 벌떡 일어나 앉으며 엉- 엉- 소리쳐 울었다. 세 아이는 영문도 모른 채 우는 엄마에게 달려들어 끌어안고 따라 울었다.

"그치라우! 그치라우!"

울음을 그치고 정색을 하며 정순례가 우는 아이들을 떼어 놓았다. 그녀는 먹지도 못하는 아이들이 울음으로 기운을 빼는 것도 싫었지만 영일이와 몸이 닿자 소름 끼치도록 싫었다. 정순례는 벌떡 일어나 필기도구를 챙겨 들고 밖으로 나가며 중얼거렸다.

'새끼들이 굶어 죽는데 내래 가릴 거이 무에이 있고 못 할 일이 어드메 (어디에) 이서?'

그녀는 여관 주인을 찾아갔다. 그녀는 먹을 것이 떨어져 며칠을 굶고 이제 죽게 되었으니 먹다 남은 음식이라도 좀 달라고 적어 여관 여주인에게 보였다.

문맹인 여관 여주인이

"낭아-!"

하고 소리쳐 여관의 관리인을 불렀다.

낭아가 정순례가 적어 놓은 글을 읽어 주자, 여관 여주인은 오늘이 오기를 그동안 기다렸다는 듯 정순례를 향해 많은 말을 속사포처럼 퍼부었다.

"사람이면 도리를 지키며 살아야지. 아무리 작고 미개한 땅에서 온 백성이라지만 남편이 여관비를 갚지 않고 도망친 것을 알았으면 여편네가 어떻게든 갚으려고 노력을 하는 것이 인지상정 아니겠어? 당신만 딸자식을 끼고 살고 싶고 다른 사람들은 그렇지 않아서 딸자식을 팔아먹는 줄 알아? 양심도 없고 염치도 없는 여편네 같으니라구!"

낭아가 정순례를 데리고 나와 여관 안주인이 한 말을 짧게 줄여 종이에 적어 주었다.

'请不要向我要钱, 而是卖掉您的女儿来获得所需的金钱. (돈이 필요하면 나에게 달라고 하지 말고 당신 딸을 팔아서 쓰시오.)'

낭아가 적어 준 글을 읽어 내려가던 정순례의 얼굴색이 창백하게 변하며 손을 떨었다.

"이- 쌍 백정 놈의 에미나이! 뭐이 어드레?"

정순례는 낭아가 적어 준 종이를 꾸겨 들고 분하고 무서워서 부들부들 떨었다.

여관 주인의 매몰찬 언행은 이것이 세 번째였다.

경비를 모두 지불해 줄 테니 한국에 같이 가서 돈을 받아 오라고 간곡히 사정을 했을 때도

"내가 무슨 변을 당하려고 그 먼 곳을 간단 말이요? 그리고 한국에서 돈을 가지고 나오면 일본 순사에게 붙잡혀 감옥에 간다는데!"

하며 거절했다.

심지어 여관 주인은 정순례가 자신을 유인해서 한국으로 데리고 간 후 인질로 잡고 돈과 아이들을 보내라고 하려는 수작이라고 의심하며 눈을 흘겼다.

마음이 다급했던 정순례가 이곳에 아이들을 두고 혼자 한국에 가서 돈을 가지고 오겠으니 여비를 꾸어 달라고 몇 번씩 사정을 했을 때도 여관

주인은

"너희들은 여관비를 내지 않고 도망을 한 도둑들이다. 중국 사람들은 한번 신용을 저버린 사람은 다시는 믿지 않는다."

라고 하며 거절했었다.

낭아가 정순례를 데리고 나간 지 한참이 지났는데도 정순례를 향한 여관 안주인의 통렬한 비난은 계속되었다.

"얌치 없는 여편네, 딸년을 평생 끼고 살 것도 아닌데 조금 일찍 보낸다 생각하면 될 것이지. 지옥엘 가도 거기는 거기대로 희와 비가 있는 법인 것을. 아이는 아이대로 제 팔자거니 하고 배 안 곯고 살아갈 것이고 또 누가 알아? 운이 좋아 부자 영감한테 팔리면 다른 식구들도 호강시켜 줄지? 언제까지 고집을 부리는지 어디 두고 보라지."

중국의 인구 과잉은 인간 생명의 가치 하락으로 이어졌다. 거기에 대기근까지 겹쳐 굶어 죽는 사람들은 이웃의 관심조차 끌지 못한다. 자신의 생명을 연장하기 위해 아내나 딸을 판매하는 것도 비도덕적이거나 비극적인 사건이 아닌 흔히 있는 일로 여겨진다. 대륙적 기질을 지닌 중국 사람들은 이러한 비극적인 상황들을 삶의 일부로 받아들이며 살아간다.

다음 날 아침, 정순례는 일어서기조차 힘든 몸을 끌고 거리로 나왔다. 오늘도 하늘은 하루 종일 흐려 있다. 그녀는 죽을힘을 다해 이곳저곳을 돌아다니며 일거리를 찾았으나 소득은 없었다. 오후 2시 그녀는 기진맥진 초주검이 되어 집을 향해 걸었다.

엄마가 먹을 것을 구해 올 것으로 믿고 온종일 기다리고 있을 아이들을 생각하며 정순례는 어떻게 해야 할지 몰라 몇 번씩 길에 주저앉아 울었다.

"조선 사람이에요?"

한복 차림의 정순례를 보고 중국 옷을 입은 50대의 부인이 다가오며 한국말로 소리쳐 물었다.

정순례는 대답 없이 엉거주춤 서서 그 부인을 바라보고 있었다.

"아이고, 어디 사시우? 여기도 조선 사람이 살고 있었구머-언."

"……."

"우리 여기 어디 잠깐 앉집시다. 반가우니까."

그들은 길가 큰 바위 밑에 가서 앉았다.

"아주마니도 이 근처에 사십네까?"

"아니, 나는 여기서 사뭇 떨어진 데서 산다우."

"아주마니래 장사를 하십네까?"

"아니라우."

"아주마니 어드메 일자리 좀 없읍네까?"

"일자리? 없어-어. 새댁은 중국에 온 지 얼마 안 된 모양이구려? 중국은 말이유, 10년에 한 번꼴로 대기근이 휩쓸고 지나간다우. 지난 4년 동안 서북 지방 4개 성에서는 5백만 명이 굶어 죽었어-어. 아직도 살아 있는 사람들은 운 좋게 딸이 몇 명 있었거나 젊은 아내가 있던 사람들이라우. 중국 전역은 말이유, 대도시 몇 군데를 제외하고는 어디를 가나 유령의 도시처럼 변해 있다우. 일감 없어."

아무것도 먹지 못하고 만 이틀을 굶은 영일이는 방문을 바라보고 모로 누워 엄마가 돌아오기를 하루 종일 애타게 기다렸다. 오후가 되면서부터

영일이는 엄마가 먹을 것을 들고

"영일아!"

하며 방문을 벌컥- 열고 들어오는 착란을 일으켰다. 그때마다 영일이는 울면서 "엄마!" 하고 부르기를 벌써 몇 번째 반복했다.

영일이는 이제 더 이상 배가 고프지 않았다. 그는 다만 엄마가 빨리 돌아와 그의 옆에 있어 주었으면 하는 바람뿐이었다.

"그거이 먹을 만합네까?"

정순례가 물었다.

"먹을 만하기는 뭐가 먹을 만해-애-? 죽지 못해 먹는 것이지. 옛날에는 돼지 먹이로 거저 퍼 주던 것인데 요즈음은 두 푼을 받으면서도 한 초롱도 안 채워 준다니까."

"아주마니, 정(정말) 고맙습네다."

"고맙기느-은. 돈이 없어 그것밖에 못 주는 내가 미안하지."

"……."

아주머니는 땅이 꺼지도록 긴 한숨을 내쉬고는 조용하고 느린 어조로 말을 이었다.

"힘내서 살아 봐! 죽으라는 법은 없다지 않아? 우리도 세간이며-어, 이불이며-어, 나중에는 지붕 서까래까지 뜯어 팔아 먹었다우. 더 이상 팔아 먹을 것이 없자 술찌끼(술을 거르고 남은 찌끼)를 얻어다가 연명했다우. 결국은 우리 영감이 나를 팔았지. 함께 죽을 수 없어서 한 일이지 뭐."

"……."

"나는 늙고 못생겼다고 몇 푼 받지도 못했어-어. 대신 창녀촌에 팔리지는 않았지."

"……."

"살다가 못생긴 덕도 다 보았다니까."

"와- 고향으로 돌아가시지 그랬습네까?"

"갈 수 있었으면 진작에 갔지-이. 우리 영감이 고향에서 야간도주를 해 왔거든. 우린 고향엔 못 가."

그 여인은 다시 한번 땅이 꺼지도록 긴 한숨을 내쉬고는 고개를 떨구었다.

허둥지둥 집으로 돌아온 정순례는 여관 부엌에서 초롱을 빌려 가지고 방으로 들어왔다.

"날래 일어나라는데두 상구두 누워 있네(있냐)?"

"……."

"먹을 것을 가질러 양조장에 가는 거이야. 문을 닫기 전에 가야 하니까 네 날래 나오라우!"

"엄마! 나 못 일어나겠어."

"사내자식이 영옥이만도 못하네?"

그녀는 걷지 못하겠다는 영일이를 꾸짖고 달래 데리고 양조장을 찾아 나섰다. 중국말을 할 줄 아는 영일이가 필요해서였다. 그녀는 술 공장이 멀리 보이는 골목에 숨어 서서 영일이와 영옥이에게 2푼을 주며 술찌끼를 사 오라고 시켰다. 30여 분이 지나자 기진맥진한 두 아이가 초롱을 끌다 시피 하며 엄마가 기다리고 있는 골목으로 왔다.

"와- 이리 늦게 오네-에?"

정순례는 짜증을 부리며 얼른 초롱을 끌어당겨 들여다보았다. 초롱에 반가량 담긴 검붉은 빛을 띤 술찌끼가 시큼한 냄새를 확- 풍겼다.

여관으로 돌아온 그녀는 거리에서 만났던 아주머니가 가르쳐 준 대로 술찌끼에 물 세 대접을 넣고 끓여 들고 방으로 들어왔다. 아이들에게 한 그릇씩 떠 주고 그녀도 한 그릇 담아 들고 수저로 떠서 입에 넣었다.

맛은 시큼하고 들큼하고 톡 쏘는 듯했다. 어떤 것은 수수의 형태가 그대로 남아 있는 것도 있어 씹으면 터지면서 그 안에서 물에 불은 보리밥 알 같은 제법 먹을 만한 것이 나왔다. 그러나 삼 분의 이 이상은 미끈거리는 것과 무척 껄끄러운 빈 수수 껍질뿐이었다.

그 껄끄러운 것은 잘 씹히지도 않고 입안에 계속 남았다. '이것을 삼켜도 되나.' 하고 생각하며 그녀는 아이들을 바라보았다.

그릇에 가득 담아 준 술찌끼를 정신없이 먹어 치우고 있는 세 아이를 보며 그녀는 눈물이 핑 돌았다.

영일이가 빈 그릇에 수저를 내려 놓고 일어섰다. 방 안이 빙그르르 기분 좋게 돌았다. 영일이는 옆으로 비틀비틀 걷다가 쓰러지며 깔깔거리고 웃었다.

다른 아이들도 영일이를 따라 방 안을 이리저리 비틀비틀 걷다가 쓰러지며 깔깔대고 웃었다. 비틀거리는 아이들을 바라보며 정순례도 따라 웃었다.

정순례는 거리에서 만난 한국인 아주머니가 준 30전으로 술찌끼를 사서 그것으로 연명해 나갔다.

"싼값에 일을 해 드리겠습니다. 나는 아이가 셋이나 있습니다."

라고 적은 광고판을 목에 걸고 그녀는 매일 일거리를 찾아 거리를 헤매고 다녔다.

드디어 그녀가 짐을 날라 주는 일감을 찾았다. 밤 10시에 양복을 말끔히 차려입은 40대 남자가 열어 주는 못 공장에 들어가 나무 상자에 담긴 못을 머리에 이고 3킬로미터 정도 거리로 운반해 주는 일이었다.

그 나무 상자는 얼마나 무겁던지 머리에 이고 걷는 정순례의 목에서 찌극찌극 하는 소리가 났다. 사내는 돈을 주며 3일 후 같은 시간에 다시 오라고 했다.

오늘도 영일이와 영수는 역 광장 과일 행상들의 주변을 두리번거리며 다녔다. 오늘은 몇 시간이 지나도록 과일을 사 먹는 손님이 없었다. 정오가 지났을 무렵, 영일이는 나무 그늘에서 쉬고 있는 이상한 차림의 사람을 보았다.

9월 말, 더위가 채 물러가지 않아 햇살이 따가운데도 그 사람은 검은색 천으로 몸을 감싸고 있었다.

영수가 슬금슬금 그 사람에게 다가갔다. 그리고 그 사람의 얼굴을 살피다가 움찔 놀라며 몸을 부르르 떨었다. 영일이도 영수에게 다가가면서 그 검은 천을 두른 사람을 돌아보았다. 영일이는 이제까지 그토록 흉측하게 생긴 사람은 처음 보았다.

그 사람은 두 눈이 찌그러져 있었고 코가 있어야 할 자리에는 커다란 구멍만 2개가 뚫려 있었다.

그 사람은 구걸을 하는 문둥병자였다.

그 사람이 자리를 털고 일어나며 영일이를 향해 말했다.

"시장엘 가거라! 시장에 가면 먹을 만한데 버린 과일들도 있다."

"……."

여름이 지나면서 역 광장에는 과일 행상도 몇 명 안 되고 과일을 사 먹는 손님도 적어졌다. 그마저도 기차가 들어올 때만 장사꾼들이 모여들었다가 승객이 광장을 빠져나가고 나면 행상들도 다른 곳으로 옮겨 가고 없었다.

역 광장을 떠난 문둥병 거지가 따가운 햇볕을 피해 2층 건물 밑 그늘에 가서 다시 앉았다. 그는 3개만 남은 손가락으로 팔목에서 흐르는 고름을 닦아내고 있었다.

"너희들 아까부터 왜 나를 졸졸 따라오냐?"

문둥이 거지가 그를 따라오는 영일이와 영수에게 물었다.

"시장에 가려구요."

"나는 오늘 시장에 안 간다. 내일 이맘때 역전으로 오너라! 데려다줄 테니."

3일에 한 번씩 못 상자를 머리에 이고 운반해 주는 일도 여덟 번으로 끝이 났다. 그 사내의 외모로 미루어 보아 못 공장에서 사무직으로 일하는 사람인 것 같았다. 그는 한밤중에 주인 모르게 못을 훔쳐 팔아 온 것이었다. 그는 싼 금액에 일을 해 준다는 팻말을 목에 걸고 다니는 정순례가 외국인이라 후환이 없을 것 같아 그녀에게 운반하는 일을 시켰던 것이다.

얼마 지나지 않아 영일네는 다시 술찌끼로 연명해 나갔다.

날씨가 아침저녁으로 제법 쌀쌀해졌다. 정순례는 매일 일감을 찾아 거리를 떠돌았지만 못 상자를 운반한 것과 역에서 내린 손님의 짐을 머리에 이고 날라 준 것이 전부였다.

마침내 반 초롱에 2푼 하는 술찌끼 살 돈마저 없어서 영일네 식구는 굶고 있었다. 굶는 날이 많아지자 아이들은 영양실조로 몸에 부스럼이 생겼다. 정순례 역시 머리카락이 한 움큼씩 빠지고 이빨이 흔들렸다.

오늘도 정순례는 온종일 일감을 찾아다니다가 빈손으로 황혼을 등지고 집으로 돌아온다. 그녀는 집 앞 길모퉁이에서 멈춰 섰다. 먹을 것을 가지고 돌아올 엄마를 하루 종일 기다리고 있을 아이들을 생각하며 그녀는 집으로 들어가지 못하고 길모퉁이에 멈춰 선 것이다.

그녀는 어찌할지를 모르고 그 자리에 쭈그리고 앉았다가 서기를 반복한다. 정순례는 한참을 망설이다가 눈물 자국을 지우고 일어섰다.

집에 도착하여 방문을 열고 들어서자 아이들이 엄마의 손과 얼굴을 번갈아 살폈다. 그녀는 신음 소리를 내며 베개를 끌어당겨 베고 돌아누우며 말한다.

"야들아! 오늘도 내래 먹을 것을 구해 오디 못했어 야. 내일은 내래 어카든 식량을 구해 올 거이니끼니 오늘은 그냥 자자우!"

아이들이 차례로 이불 속에 들어가 누웠다.

소리 없이 누워 있는 아이들을 보며 정순례는 '우리가 이렇게 죽어 가는구나.' 하는 생각이 들었다.

다음 날도 정순례는 먹을 것을 가지고 오지 못하고 빈손으로 들어왔다.

엄마는 항상 내일은 꼭 먹을 것을 가져오겠다고 약속했지만, 그 약속은 한 번도 지켜지지 않았다. 영일이는 엄마가 음식을 가져오지 못하는 것이 엄마의 잘못이거나 거짓말이라고는 생각하지 않는다. 그러나 내일은 꼭 먹을 것을 가져오겠다는 엄마의 말은 믿지 않는다. 내일도 음식을 먹지 못할 것이라는 생각을 하자 슬퍼지며 영일이의 눈에서는 저절로 눈물이 흘렸다. 하지만 엄마가 자신이 우는 것을 싫어한다는 것을 알고 있기 때문에 영일이는 울지 않으려고 최선을 다하고 있었다.

사람이 살아가며 마주하는 슬픔은 참으로 많다. 그중에서 가장 가슴 저미는 슬픔은 배고픔에서 오는 절망이다. 먹을 것이 없어 허기진 배를 움켜쥐고 삼키는 눈물은, 그 누구도 겪어보지 않고서는 결코 알 수 없는 가장 깊은 서러움이다.

앓는 소리를 길게 내며 정순례는 등을 대고 돌아누운 막내 영수를 끌어안았다.

영수에게 팔베개를 해 주던 그녀가 움찔 놀라며 어두워 보이지 않는 품속의 영수를 들여다본다.

그녀는 눈물로 흠뻑 젖어 있는 영수의 얼굴을 만져 보고는 울컥 눈물이 솟구쳤다.

정순례는 볼을 타고 흐르는 눈물을 몰래 닦으며,

"울지 말라우! 기운 빠지게스리 울지 말라우! 엄마가 안아 주디 않네?"

하며 더듬어 영수의 눈물을 닦아 주고는 꼭 끌어안았다.

날이 밝았다. 식량을 구하러 나갔던 엄마는 역시 빈손으로 돌아왔다.

식구 중에 영수가 제일 먼저 거동을 하지 못했다.

다음 날 영일이가 잠에서 깨어 일어났을 때 엄마는 식량을 구하러 나가고 없었다. 혼수상태에 빠져 숨을 몰아쉬며 누워 있는 영수의 머리맡에 영옥이가 벽에 기대어 무릎을 세우고 앉아 있었다. 방 한가운데 반듯이 누워 있는 영수의 초점 없는 눈동자가 이따금 천장을 향해 빙그르르 한 바퀴 돌고는 다시 눈꺼풀 속으로 사라졌다.

영수는 고통 속에 죽어 가고 있었다. 아사는 가장 고통스러운 죽음이다.

영일이는 힘겹게 밖으로 나와 쭈그리고 앉아 아이들이 노는 모습을 보고 있었다. 그는 기운이 없어 아이들과 어울려 놀지 못한 지 오래되었다.

동네 아이들은 영일이에게 해골이라는 별명을 지어 불렀다.

집을 나설 때 영수의 심각한 상태를 보았던 정순례는 실성한 사람이 되어 거리를 헤매고 다녔다. 굶어 죽어 가는 자식이 집에 있다. 아이가 죽기 전에 한시라도 빨리 먹을 것을 가지고 집으로 돌아가야 한다. 그러나 먹을 것을 구하지 못해 그녀는 아이에게 돌아가지 못한다. 그녀는 어디로 가고 있는지조차 모르는 거리를 울면서 종종걸음을 친다. 땅거미가 지고서야 그녀는 빈손으로 집으로 돌아왔다.

영수는 조금 찡그린 얼굴로 자는 듯 죽어 있었다. 정순례는 붉은색 천을 찢어 이마에 질끈 두르고 앉아 밤새도록 온갖 노래를 다 불러 댔다.

힘이 어디서 나오는지 밤을 꼬박 새우고 앉아 온갖 노래를 다 불러 대던 그녀가 다음 날 오후 정신을 차렸다. 그녀는 울면서 죽은 영수를 방 한편에 밀어 놓았다. 영수는 죽은 지 2일이 지나자 피부가 검게 변하고 쪼글쪼글해졌다.

영일이는 기운이 없어 일어서지 못하고 누워서 바지에 오줌을 쌌다. 방 안은 하루 종일 고요했다. 이따금 정순례가 내는 신음 소리가 고요한 방 안의 정적을 깨트렸다.

날이 저물었다. 잠자는 중에 죽어 내일 아침에는 더 이상 이 괴로운 세상을 안 볼 수 있기를 빌며 정순례는 잠에 빠져들었다.

방문을 요란하게 열어젖히며 떠드는 소리에 정순례는 가냘프게 눈을 떴다. 그리고 가만히 누워 이것이 이승인지 저승인지 눈동자만 굴려 정황을 살폈다.

"아니- 무슨 놈의 잠을 그렇게 자? 좀 나와 봐요! 아이고, 이게 무슨 냄새람?"

여관집 안주인이 이유 모를 짜증을 부리며 정순례에게 따라오라고 손짓을 해 대고는 사라졌다.

정순례는 꼼짝도 하지 않고 누워 있었다.

'네가 와(왜) 나를 와라 가라 해? 내래 너 같은 인간하고는 마주 서기도 싫은 사람이야. 중국 놈들도 사람일 터인데 어떻게 그렇게 매정할 수가 있어? 저희가 못 가게 잡아 놓아서 어린 것들을 데리고 굶기를 먹듯 하는 것을 보면서도 어떻게 사람이 그토록 냉혹할 수가 있어?'

그녀는 분노에 치를 떨며 누워 있었다. 그런데 여관이 왁자지껄 소란했다. 분명 다투는 소리는 아니었다.

'김정국이가 왔나? 그의 패거리들이 왔나?'

정순례는 벌떡 일어나 앉았다. 순간 그녀는 앞이 캄캄해지면서 수만 길 암흑의 절벽 아래로 곤두박질치는 것 같은 어지러움이 일어났다. 방바닥을 두 손바닥으로 짚고 앉아 무섭게 밀어닥치는 현기증이 지나가기를 기다리며 그녀는 울부짖었다.

"이 개놈의 새끼를 어떻게 죽여야 하겠나? 이 개놈의 새끼! 대가리를 깔쇠 절굿공이래 어드메 없나?"

가슴이 두근거렸다. 힘겹게 방문을 나오는 정순례를 여관 안주인이 되돌아와서

"빨리 좀 와요! 빨리 좀!"

하고 짜증을 부리고는 앞장서서 전족 한 걸음으로 힘써 걸어갔다.

"어서 들어가 봐요! 어서!"

신경질을 부리며 주인 여자가 가리키는 부엌 안에는 김이 피어오르고 있는 통째로 삶은 돼지 1/2마리와 기름에 통째로 튀겨 도마 위에 올려 놓은 오리고기들이 놓여 있었다. 정순례는 빨려 들듯 부엌으로 들어갔다.

여관에는 지방의 단체 상인들이 야간열차에서 내려 투숙을 하면서 밥과 술을 차려내라고 했다. 갑자기 부엌에 일손이 부족해진 여관 안주인이 정순례를 생각해 냈던 것이다.

정순례는 잔심부름을 하고 손님방에 음식을 나르다가 음식을 치마폭에 숨겨 가지고 아이들이 자고 있는 방으로 달려갔다. 그리고 자고 있는 아이 둘을 깨워 손에 음식을 들려 주고 나오며 기뻐서 땅에 주저앉아 울었다. 그녀는 손님들 상에 음식을 나르고 밤새도록 술상에 앉아 술 시중까지 들고 다음 날 아침에는 설거지도 했다.

손님들은 술 시중을 든 그녀에게 밀가루 4포대를 살 수 있는 돈을 사례비로 주었다.

여관 주인도 정순례에게 밀가루 1포대와 손님들이 먹다 남긴 음식을 주었다.

그녀는 영수가 2-3일만 더 살았었다면 하는 안타까움으로 가슴이 미어졌다.

제5장

메밀꽃 핀 들판의 돼지들

정순례는 장례를 치를 비용도 없고 방안도 없어 영수의 시신을 방 한편에 밀어 두고 나날을 보내고 있었다. 드디어 여관집 주인이 이를 알고 시체를 당장 치우라고 야단을 했다.

정순례는 낭아가 가르쳐 준 대로 영수를 강보에 싸 안고 들판으로 나갔다.

중국인들은 혼인 전에 죽은 자식은 불효자라고 하여 땅에 묻지 않고 들판에 내다 놓는 것이 풍습이었다. 따라오지 말라는 엄마의 꾸중을 듣고도 영일이는 멀찌감치 떨어져서 슬금슬금 엄마의 뒤를 따라갔다. 한참을 가던 엄마가 휙- 돌아서며 영일이를 향하여 빽 소리를 질렀다.

"따라오지 말아! 이, 원수 놈의 새끼야! 네가 우리 모자 일에 와 끼어드네- 어?"

영일이는 악을 쓰는 엄마한테 놀라 얼른 돌아서 오던 길로 걸었다. 이제까지 엄마가 그처럼 심하게 화를 내는 모습은 처음 보았다. 왔던 길을 되돌아 한참을 온 영일이는 길모퉁이 건물 벽에 기대서서

"우리 아버지는 세상에서 제일 나쁜 놈이야."

하고 중얼거렸다.

30분을 걸어 들판에 다다른 정순례는 영수를 바닥에 내려놓고 아이 곁에 앉아 한동안 김정국에게 온갖 욕설을 다 퍼부으며 울었다.

들판에는 하얀 메밀꽃이 바람을 따라 파도를 치고 있었다. 저만치 먼 곳에서 돼지 세 마리가 한가롭게 어슬렁거리다가 사람을 보고 가까이 다가왔다.

울다가 지친 정순례는 목을 길게 꼬고 앉아 피부가 건포도처럼 변한 영수를 내려다보다가 노기 띤 목소리로 언성을 높였다.

"영수야! 오마니는 영옥이 길러 놓고 가야 하니끼니 너는 혼자 살디 말고 네 애비인가 하는 놈을 잡아 게지구 가서 같이 살라우! 그 인간은 여귀서는 한 잎(여기서는 하나도) 쓸모 없는 인간이야. 내 년이 미친년이디, 철딱서니 없게스리 와 아이들은 몽땅 끌고 여기를 오는가 말이야? 영수는 내래 죽인 거이야."

중천에 떴던 해가 어느덧 서편 산마루에 다다르고 있었다.

"야야, 이 들판에 너만 두고 내래 어케 가간?"

"할마니, 우리 영수 간 거이 아시디요? 잘 좀 보살펴 주시라요!"

"영수야! 오마닌 내일 날이 밝으문 다시 올 거이야."

그녀는 자리에서 부스스 일어섰다. 그러고도 발걸음이 떨어지지 않아 한동안 초점 없는 눈길을 먼 벌판에 두고 얼어붙은 듯 서 있었다.

"잘 있으라우. 어카 간(어떻게 하겠니)?"

그녀는 눈물을 닦으며 돌아서 총총걸음으로 걷다가 얼마 못 가 털썩 주저앉으며 대성통곡을 한다. 한참을 앉아 울고 있던 그녀는 이상한 소리에 놀라 고개를 들었다. 눈물을 닦고 소리 나는 곳을 바라보던 그녀는 찢어지는 듯한 비명을 지르며 왔던 길을 되돌아 달려간다.

뉘어 놓았던 영수의 시신에 돼지들이 달려들어 시체를 뜯어먹고 있는 것이었다. 그녀가 악을 쓰며 가까이 달려가자 돼지들이 줄렁줄렁 달아났다. 그중 돼지 한 마리가 영수의 팔 한쪽을 물고 가고 있었다. 죽은 아이의 배는 개복되어 이미 흩어져 있었고 얼굴은 형체가 없었다. 악취가 진동을 했다.

정순례는 울면서 나뭇가지와 손으로 땅을 팠다. 마른 땅은 좀처럼 파지지가 않았다. 어렵게 1자 반 정도 깊이의 땅을 파고 시체를 묻은 후 돌과 썩은 나무뿌리를 끌어다 올려놓고 일어섰다. 부들부들 떨고 있는 정순례의 열 손가락은 모두 찢어져 피가 흐르고 있었다.

피가 흐르는 열 손가락을 내려다보며 정순례는 아들을 죽게 만든 자신의 과오에 다소나마 대가를 치르는 기분이 들어 자신에게

"싸지, 미친 에미나이!"

하고 중얼거렸다. 그녀는 날카로운 쇠붙이로 찔러대는 듯 따끔거리는 열 손가락의 통증을 달게 느꼈다.

"날이 새면 다시 올 거이야, 잘 있으라우!"

그녀는 돌아서서 걸었다.

그녀가 떠나온 자리로 돼지 세 마리가 어슬렁거리며 다가갔다.

정순례는 걸음을 멈추고 왔던 길을 돌아보고 서서

'무거운 돌과 나무뿌리로 짓눌러 놓았으니 괜찮을 거이야.'

하며 돼지들을 바라보고 섰다.

그러나 돼지들은 나무뿌리와 돌을 주둥이로 밀어 쉽게 치워 버리고는 땅을 파헤쳐 시신을 꺼냈다.

정순례는 미친 듯이 비명을 지르며 다시 돼지를 향해 달려갔다. 돼지 두 마리가 시신을 마주 물고 줄렁줄렁 달아났다.

돼지들은 울부짖으며 달려오는 정순례와 가까워지자 속력을 더 내서 달아났다. 얼마 지나지 않아 한 마리는 시신을 놓고 달아나는데 다른 한 마리는 시신을 끌고 좀 더 빠른 속도로 도망쳤다.

돼지를 쫓아가던 정순례는 더 이상 쫓아가지 못하고 쓰러지며 대성통곡을 했다. 그녀의 손에는 냄새가 진동하는 영수의 일부가 들려 있었다.

12월 10일 오전 8시.

김정국은 광둥 코뮌 투쟁에 참가하기 위해 한국인 213명과 함께 코뮌(Commune) 시가로 들어왔다. 드문드문 상점 문을 열고 있던 상인들이 거리에 집결하는 230여 명의 한인들을 두려움에 찬 눈으로 바라보고 있었다.

뒤이어 시가지 남쪽 끝에서 무장을 갖춘 중산대학 한인 학생들과 장발규 군의 부대원들이 거리를 가득 메우며 행군해 들어오고 있었다. 무한군정학교 생도들과 사관후보생인 교도단도 2만 5천 명에 가까운 노동자들과 함께 투쟁에 가세했다.

한인 의용군들이 백군의 병기고를 습격하여 탈취한 소총들을 노동자에게 나누어 주었다.

공안국도 공격하여 함락시켰다. 한인부대원들의 공격에 밀려 도시에서 퇴각한 백군은 병력을 두 배로 증강시켜 도시를 포위하고 재탈환하려고 기회를 엿보고 있었다.

그런데도 날이 저물어 오자 시위에 참가했던 노동자들은 오늘 나누어 받은 총을 어깨에 둘러메고 뿔뿔이 흩어져 각자의 집으로 돌아가는 것이었다. 혁명위원회 간부라는 자들도 노동자들의 귀가를 막으려고 하지 않고 방관했다.

이 광경을 보며 김정국은 크게 낙담했다. 이립삼 주의에 심취되어 있는 공산당 지도부가 무계획하게 벌이고 본 이번 투쟁도 혹독한 대가를 치르며 참패로 끝날 것이 그의 눈에는 뻔히 보였다.

다음 날 김정국은 혁명위원회를 찾아갔다. 그러나 그때는 이미 혁명위원회 간부들은 어디론가 종적을 감춘 뒤였다. 그들은 봉기에 참가했던 노동자들과 한인의용군에게는 어떠한 조치도, 어떠한 통고도 없이 사라진 것이다.

홍군(중국 공산당군) 사령관 팽배도 그를 따르는 병력을 이끌고 떠난 후였고, 이번 봉기의 주축이었던 중산대학 한인학생들과 무한군정학교 생도들, 사관후보생인 교도단도 이미 떠나 버린 후였다.

머뭇거리고 있던 짧은 시간에 어느덧 7-8천 명의 노동자들과 어느 부대에도 소속되어 있지 않던 한인의용군만 인파가 빠져나간 텅 빈 시가지에 외롭게 남겨져 있었다. 상점들은 철시를 서둘렀고 주민들은 집 대문을 걸어 잠그고 숨어 있었다. 시가지가 순식간에 이같이 텅 비어 버리기는 코뮌 역사상 처음 있는 일이었다. 긴장이 감도는 시가지에 덩그러니 남겨진 노동자들과 한인의용병들은 어찌할 바를 모르고 우왕좌왕하고 있었다.

정오가 지나자 겹겹이 포위하고 있던 20만의 백군이 시내를 향해 전진해 들어오기 시작했다. 총을 겨누어 들고 거리를 가득 메우며 밀려들어오는 백군을 보며 기가 질린 노동자들이 '어떻게 했으면 좋겠는가?'를 김정국에게 물어 왔다. 그들에게 김정국은 아무 말도 해 줄 수가 없었다.

그 역시도 어찌할 바를 모르고 서 있었기 때문이다.

"이 동지(김정국의 가명)! 그러고 있으면 죽소. 갑시다! 나를 따라오시오!"

의열단에서 같이 활동했던 정석조가 소리치며 골목을 향해 달렸다.

"와! 와!"

정석조의 뒤를 따라 뛰고 있던 김정국이 일순간 일어나는 함성에 놀라 뒤를 돌아보고 서서 주춤거렸다.

그 함성은 총검을 앞세우고 낮은 자세로 몰려오던 백군이 총을 내려놓고 항복하는 봉기 참가자들을 보고 달려오며 지르는 소리였다. 백군 병사들은 항복하고 서 있는 노동자들과 한인의용병들에게 벌떼같이 달려들어 총검으로 찌르고 총을 거꾸로 들고 때려죽였다.

"어서요! 어서!"

놀라 서 있는 김정국을 정석조가 고함을 치며 되돌아와서 거칠게 잡아끌었다. 김정국은 정석조를 따라 약 120여 미터를 달려갔다.

"다르르르-"

기관총탄이 그들의 뒤를 따랐다.

정석조가 2.5미터 아래 개천으로 뛰어내렸다. 김정국은 주춤주춤 멈춰서서 좌우를 두리번거리며 달리 갈 곳이 없는가를 살폈다.

"뛰어내려요! 뛰어내려!"

연발하는 총탄은 머리 위를 스치는 듯했다.

"이리로! 이리로!"

정석조가 얕은 개천 물을 첨벙첨벙 달렸다. 김정국이 그를 따라 약 50미터를 달려갔다.

그곳부터는 개천에 기둥들을 박고 그 위에 목조 건물들을 지어 놓아 개천이 마치 터널과 같았다. 그들이 그 안으로 들어서자 습하고 차가운 공기가 강한 암모니아 냄새와 함께 확- 풍겨 왔다. 거리로부터는 격렬한 총격 소리가 계속 들려왔다.

김정국은 급하고 경황이 없어서 개천 안까지 따라 들어오기는 했지만 말로 표현할 수 없는 수치심이 밀려왔다.

개천 양편은 돌을 다듬어 쌓아 올린 축대였고 개천의 너비는 약 40미터 정도였다.

코뮌 시내를 관통해 흐르고 있는 이 개천 일대에는 건물들이 빽빽이 들어차 있었다. 그 건물들이 개천에 말뚝을 박고 그 위까지 건물을 지어 놓은 것이다.

개천은 사 분의 일 정도에만 무릎 깊이의 오수가 S 자를 그리며 흐르고 있었다.

김정국은 역겨움과 수치심을 애써 참으며 정석조의 뒤를 따라 오물투성이인 개천 속을 걸어 들어갔다. 나무 기둥과 판자들로 덮여 있는 개천 천장 이곳저곳에서 빛이 새어 들어오고 있어 시간이 흐르자 개천 안은 그다지 어둡지 않았다. 김정국은 개천을 걷다가 이따금씩 오물을 밟고 미끄러졌다.

김정국이 정석조에게 얼마를 더 가야 하는지 묻자, 그는 재빨리 조용히 하라는 손짓을 하며 머리로부터 약 3미터 높이에 가로 30센티, 세로 60센티가량의 직사각형으로 뚫린 천장을 노려보고 있었다. 그곳에서 물체가 부딪치는 소리가 두 번 나고 이윽고 무엇인가가 어른거렸다. 정석조가 다시 한번 조용히 하라는 신호로 손을 들어 올렸다.

곧이어 주시하고 있는 천장의 직사각형 구멍에 붉은 물체가 나타났다.

잠시 후 그 붉은 물체에서 오줌 줄기가 뻗쳐 나오는 것을 보고서야 김정국은 그것이 화장실이고 붉은 물체는 사람의 하반신인 것을 알 수 있었다.

그는 역겨움에 새삼 코를 막으며 주위를 돌아보았다. 개천 천장에는 그 같은 직사각형 구멍이 여러 곳에 있었고 그 아래 물이 흐르지 않는 곳에는 인분이 종유석처럼 쌓여 있었다.

김정국은 진저리를 치며 정석조를 따라 개천을 통과해 나왔다. 그들 앞에는 그들이 걸어 나온 개천과 합쳐지는 하늘이 열린 커다란 개천이 가로놓여 있었다. 그 큰 개천의 양옆은 넓은 모래사장이었는데 그곳에 백군 1개 중대가 작전본부를 차려 놓고 주둔하고 있었다.

김정국은 냉기와 악취가 풍기는 개천 속에서 나오지 못하고 백군 중대가 철수하기까지 3일을 있어야 했다. 3일 만에 개천에서 나온 김정국은 낮에는 숨어 지내고 밤에만 개천을 따라 걸었다.

12월 중순인 관동 기후는 한국의 초가을 날씨 같았다. 그런데도 논과 밭에는 식물이 자라고 있지 않아 먹을 것을 구할 수 없었다. 정석조가 농가에 들어가서 총을 벗어 주고 음식과 바꾸어 왔다.

만 5일간 계속되던 백군의 봉기 참가자 사살이 끝나고 19일 오전에서야 백군이 시가지에서 철수했다.

김정국이 주강에 다다랐을 때 강가에는 눈 뜨고 볼 수 없는 참상이 펼쳐져 있었다. 주강 일대에 배가 산처럼 부풀어 오른 시체들이 무수하게 널려 있고 부패가 덜 된 시체들에는 쥐들이 달라붙어 뜯어먹고 있었다.

백군은 사살한 한인의용군 및 봉기 참가자들의 시체 6,800구를 거리에서 갈고리로 찍어 트럭들에 싣고 와서 밤낮으로 4일 동안 주강에 던져 넣었던 것이다.

김정국과 정석조는 주강을 건너야만 비로소 백군의 포위망을 벗어나게 되는 것이었다.

처음에 그들은 시체들을 밟지 않으려고 애쓰면서 강으로 접근했다. 시체들은 이미 부패해서 밟으면 살이 뭉개지면서 그 속에서 반짝거리는 하얀 뼈와 해골이 나왔다.

김정국과 정석조는 시체가 가득 떠 있는 주강을 몸서리를 치며 건너 백군의 포위망에서 벗어났다. 그들은 소비에트가 차려져 있는 해륙풍을 향해 밤낮으로 걸었다.

북경의 겨울 추위는 참으로 혹독했다.

정순례는 오늘도 광고판을 목에 걸고 일거리를 찾아 칼바람이 몰아치는 거리를 헤매고 다녔다.

그동안 그녀는 주로 농가로 돌아다니며 일감을 찾았었다. 농사 일에는 일손이 많이 필요하고 기술이나 경험 및 말이 통하지 않아도 되기 때문에 일감을 맡을 수 있을 것이라는 생각에서였다. 그러나 날씨가 추워진 요즘 그녀는 농가로 가지 않고 기차역 인근 주택가를 돌며 일자리를 찾고 다녔다.

그녀는 기차역에서 약 500미터 떨어진 곳에 있는 술집 앞을 지나며 안을 기웃거렸다.

술집 입구에 나와 발을 동동 구르며 손님을 배웅하고 섰던 젊은 여자가 대문 안을 기웃거리는 정순례를 보고

"무엇이냐?"

고 물었다.

정순례는 목에 걸고 있는

'싼값에 일해 드리겠습니다. 저는 어린 자식 셋이 있습니다.'

라고 적힌 간판을 얼른 그녀에게 들어 보였다.

정순례가 보인 간판을 시큰둥하게 쳐다보고 서 있는 여성에게 배웅을 받던 손님이 글의 뜻을 알려 주었다. 손님 배웅을 끝내고 난 술집 여인이 돌아서며 정순례에게 따라 들어오라고 손짓을 했다.

그녀는 방에서 피가 말라붙은 생리용 천 몇 개와 불순물이 말라붙은 뒤처리용 천 20여 개를 내어 주며 빨라고 시켰다.

정순례는 얼른 빨랫감을 받아 들었다. 배설물이 묻은 천의 뻣뻣한 감촉이 손에 느껴지는 순간, 정순례는 온몸에 벌레가 기어오르는 것 같았다.

중국의 주점은 술집과 매춘업소가 혼합된 형태이다. 그나마 그것은 도회지의 경우이고 소도시나 시골의 경우에는 숙박과 주점과 매춘이 혼합되어 있는 형태였다. 방의 절반은 술상이 차려져 있고 병풍 혹은 구슬 커튼을 쳐 놓은 다른 반쪽의 방에는 침대가 놓여 있다.

그곳에 오는 손님들은 그곳에서 밤을 새워 도박을 하며 술을 마시고 날이 밝으면 커튼을 쳐 놓은 반대편 방에서 자고 저녁이 되면 또다시 술상을 벌여 놓고 놀음하기를 3-5일 동안 계속하는 것이 일반적이다.

찌뉴(酒女, jiǔnǚ)라는 모욕적이고 경멸적인 단어로 불리는 술집 여성들은 가난한 부모들이 동네 지왠(술집+여관+매춘)에, 혹은 시골로 여성을 사러 다니는 장사꾼들에게 팔아넘겨 도시로 오게 된 여인들이다.

영일이와 영옥이는 엄마가 주점 여자들의 빨래를 얼음같이 찬 물에 빨아 주는 대가로 근근이 살아갈 수 있었다.

찐 고구마가 진저리 쳐질 때는 칼국수를 만들어 먹을 여유가 되었고, 어떤 때는 안남미이기는 하지만 그것으로 밥도 지어 먹을 수 있게 되었다.

영일이는 자주 시장으로 갔다. 그는 너무 말라서 마치 나뭇잎이 떨어진 나무처럼 뼈만 앙상했다. 영일이는 얼굴이 유난히 길어 보이고 머리도 길고 뾰족해 보였다. 언 살이 껑충한 바지 밑으로 푸른색을 띠고 드러나 있었고 두 팔 역시 짧은 소매 아래로 살이 파랗게 변해 있었다.

겨드랑이에 양손을 넣고 바싹 웅크린 영일이가 총유빙(대파 전병)을 시장 노점에 앉아 사 먹는 사람들 등 뒤에 서서 부들부들 떨며 구경하고 서 있다.

총유빙 장수가 총유빙을 두툼하게 부쳐 굵고 싱싱한 파 두 줄기를 올려놓고 두르르 말아 김이 피어오르는 콩국과 함께 손님에게 건네준다. 영일이는 총유빙을 먹고 있는 사람의 입과 총유빙을 번갈아 쳐다보고 서 있다.

총유빙 장수가 급히 총유빙을 말아 영일이 등 뒤를 향해 내밀었다. 영일이는 반사적으로 뒤를 돌아보았다.

"받아라!"

그곳에는 기차역에서 보았던 문둥이 거지가 영일이에게 총유빙을 대신 받으라고 하고 있었다. 총유빙 장수가 영일이를 발견하고 다가오는 문둥이 거지를 동냥을 달라고 온 것으로 알고 그를 속히 보내기 위해 총유빙 하나를 말아 먼저 주었던 것이다.

총유빙을 받아 든 영일이는 이것이 꿈인가 하는 생각이 들었다.

"동생은 어디 있냐?"

총유빙을 베어 문 영일이에게 문둥이가 물었다.

"죽었어요."

"죽었어?"

"……."

"왜?"

"굶어 죽었어요."

"……."

영일이는 시장에서 자주 문둥이 아저씨를 만났다. 문둥이는 짧고 해어진 바지를 입고 추위에 떠는 영일이에게 죽은 아이가 입었던 비단 바지를 얻어다가 입혔다.

"엄마! 옷, 엄마! 나 이 옷…."

"그거이 웬 거이가?"

"아저씨가 있는데 그 아저씨가 얻어 줬어."

"아저씨라니? 너! 지금 이 입성(옷)을 누구래 거저 주었다는 거이가?"

"웅."

"……."

"그 아저씨는 손이 이렇게 생기고 코도 없어."

"뭐이 어드레? 거이 문둥이 아니가?"

"문둥이가 뭔데?"

영일이 놀란 얼굴로 물었다.

"그 사람 눈썹이 있든 없든?"

"눈썹? 없어."

"에이구머니나! 그러문은 너래 저번에 게지고 왔던 음식도 그 문둥이한 테 얻어 온 거이가?"

"……."

"아이고, 이 아이새끼! 더럽게 문둥이한테 뭘 얻어먹고 데네?"

정순례는 버럭 소리를 지르고는 영일을 노려본다.

"……."

"이놈의 아새끼, 네래 문둥이가 되갔네?"

"아니."

영일은 놀란 얼굴로 대답했다.

"고따이 병은 같이 있으문은 옮는 무서운 거이야. 또다시 그딴(그따위) 사람 곁에 가간?"

영일은 대답 없이 머리를 가로저었다.

"대답하라우. 가간 안 가간?"

"안 가."

"정 깨긴해 죽갔구만. 데켄으루 좀 떨어지라우!"

정순례는 영일이가 입은 옷을 더러워서 못 견디겠다는 표정으로 흘겨보며 말했다. 그 후에도 영일이는 문둥이 아저씨를 시장에서 자주 만났다.

"우리가 먹은 그릇은 네가 닦아라! 알았냐?"

"네."

"나는 손에 물을 묻힐 수가 없어 그런다."

"……."

영일이는 문둥이를 따라 시장을 돌며 동냥을 다녔다. 이 문둥이는 시장 상인들로부터 특별한 대우를 받는 거지였다.

9개월 전 시장에서 그릇 가게를 운영하는 상인이 이 문둥이 거지가 동냥을 올 때마다 동냥은 주지 않으면서 모욕적인 말로 그를 희롱했다. 그릇 가게 주인은 문둥이 거지를 속히 쫓아 버리고 다시는 오지 않도록 하기 위한 그만의 계략으로 그 같은 언행을 하는 것 같았다.

문둥이 거지는 그때마다 잠시 말없이 서 있다가 가곤 했다.

문둥이 거지는 그 가게에는 동냥을 가지 않았다.

그러나 어느 날 문둥이 거지가 무심코 그릇 가게에 들렀다.

그릇 가게 주인이 이번에도 문둥이 거지를 보자마자

"그동안 안 오길래 죽은 줄 알았더니 안 죽었어? 이제 그만 죽어! 성한 사람들 괴롭히지 말고. 문둥이가 그만큼 살았으면 됐어. 뭘- 그렇게 오래 살겠다고 발악을 해?"

라고 빈정거렸다.

그의 말에 문둥이 거지는 이성을 잃고 말았다. 문둥이는 그릇 가게에 진열되어 있는 식칼을 들어 자신의 팔을 베었다.

그는 팔에서 흐르는 피를 상인에게 뿌리며

"문둥이가 왜- 살려고 하는지, 너도 문둥이가 되어서 알아봐!"

라고 고함치며 도망을 다니는 상인의 뒤를 쫓아다녔다.

그 후로 시장 상인들은 이 문둥이 거지를 특별 대우 하며 조심했다. 그 연유로 거지가 넘쳐나는 어려운 시기에도 이 문둥이 거지는 그런대로 살아갈 수 있었다.

처음에는 괴물처럼 보이던 문둥이 아저씨가 영일이는 더 이상 무섭게 보이지 않았다. 그에게서 나던 냄새도 모르고 지낼 때가 많았다.

문둥이 거지는 하루걸러 시장에 와서 동냥을 다녔다. 영일이도 하루건너 시장에 와서 문둥이 아저씨를 만나 조잘대며 따라다녔다. 뼈만 앙상하던 영일이는 문둥이를 따라다닌 지 3개월여 만에 얼굴에 살이 통통하게 붙었다.

봄이 지나고 초여름에 접어들었다.

문둥이가 되기 전에 선생이었다는 문둥이 거지는 영일이에게 상점들의 간판을 읽어 주고 쓰는 법도 가르쳐 주었다.

오늘은 영일이가 시장을 세 바퀴나 돌면서 찾았으나 문둥이 아저씨가 보이지 않았다.

다음 날도 그다음 날도 문둥이 아저씨는 어디에도 보이지 않았다. 1주일 내내 보이지 않던 문둥이 아저씨가 시장의 포목점 앞에서 동냥하고 있었다.

영일이는 달려가서 문둥이 손을 잡으며

"아저씨!"

하고 소리쳤다.

흠칫 놀라며 사방을 돌아본 문둥이가 슬며시 손을 빼며,

"응, 잘 있었니? 저리로 가자!"

하며 앞장서서 걸었다.

문둥이는 혼이 나간 사람처럼 한동안 터덕터덕 앞만 보며 무작정 걸었다.

'내 자식들도 나를 부끄럽다고 피하고 집에서 몰아냈는데 나를 반가워하는 사람이 세상에 있다니….'

문둥이들은 건강한 사람과 손 한 번 잡아 보는 것과 성한 사람과 한 방에서 잠을 자 보는 것이 소원이라고 한다.

그날 그들은 얻어 온 음식을 둑방에 앉아 나누어 먹었다.

"내가 안 보여서 궁금했었냐?"

영일이는 고개를 끄덕였다.

"그동안 내가 좀 아팠다."

"……."

"가자! 내가 사는 곳을 가르쳐 줄 테니 나를 만나려거든 언제든지 그리로 오너라!"

수년째 극심한 흉년이 지속되어 대기근에 빠져 있는 중국민의 인심은 참혹했다.

김정국과 정석조는 몇 차례 음식을 구걸했지만 그 누구도 빵 한 조각 내주는 사람이 없었다. 그들은 굶어 죽을 위기에 처해 있었다.

6일 동안 그들은 아무것도 먹지 못하고 있었다.

김정국은 결국 백군 초소에 자수를 하려고 비틀거리며 들어갔다.

산발이 된 머리가 등까지 내려와 있고 속이 훤히 보이는 해어진 팬티 하나만 걸친 김정국의 모습을 본 백군 병사가 그를 정신병자로 오인하여 총의 개머리판으로 밀어 쫓아냈다.

오늘 아침에도 공안부에 자수를 하기 위해 들어가려다 미친 거지가 들어온다고 문전에서 쫓겨나고 이번이 두 번째다.

2일 전 정석조는 중국 감옥에 갇히면 밥은 먹을 수 있으니 굶어 죽지 말고 중국 공안에 자수해서 살고 보자고 했었다.

김정국은 정석조의 제안에 반대하고 헤어져 홀로 여기까지 걸어왔다.

그가 해륙풍에 가까이 왔을 무렵에는 죽기 일보 직전에 있었다.

그는 이 끔찍한 상황에서 살아남기 위해 몸과 마음을 쥐어짜며 비틀거렸다.

그는 발을 터벅터벅 아무렇게나 옮겨 놓았다.

그는 수없이 쓰러져 얼굴과 이마가 성한 곳이 없었다. 그는 쓰러질 때마다 다시 일어서는 데 시간이 걸렸는데 그 시간이 점점 더 길어져 갔다.

그가 죽어 가는 몸을 끌고 해륙풍에 도착했을 때 그곳 역시 5만의 백군 병력에 의해 포위되어 있었다. 백군은 해륙풍 외곽을 에워싸고 공산당 3만 명을 공격하려고 기회를 엿보고 있었다.

김정국은 그와 중국 공산당이 꿈꾸고 있는, 공산혁명의 성공이 얼마나 힘든 것인지 다시 한번 절실하게 깨달았다.

이제 조국의 독립을 염원하여 중국 공산혁명에 합류했던 7천여 명의 한인들은 모두 죽었는지 어디에서도 김정국의 눈에 잘 띄지 않았다.

김정국이 더 이상 해륙풍을 사수하지 못하고 퇴각하는 공산당 군대를 따라 호남의 접경에 있는 징강산(井岡山)에 도착한 것은 1928년 5월 18일이었다.

해륙풍에 있던 공산당 지도자들도 갈 곳이 없어지자 그들 휘하의 2만 병력을 이끌고 징강산으로 모여들었다.

징강산은 모택동의 고향 인근으로 모택동이 2천 명의 부하를 데리고 은거하고 있는 곳이었다.

높고 험준한 징강산은 홍군 군대가 생활하기에 가능한 곳이 못 되었다. 징강산의 거주 농민들은 찢어지게 가난했다. 징강산에 모여든 공산당은 곧 식량난에 봉착했고, 연명해 나가던 수수와 호박죽마저 고갈되고 말았다.

김정국은 며칠 전에 있었던 공산당 지도자 회의에서 이립삼 주의에 심취해 있는 공산당 지도부가 대도시에서 무계획하고 무책임하게 봉기를 일삼음으로써 그때마다 수만 명의 유능한 공산당원과 새 세상을 꿈꾸던 수십만의 노동자, 농민들이 처참하게 죽어 간다고 공산당 지도부를 힐난하게 비난했었다.

그 일로 인해 공산당 지도부 내에서 미움을 산 김정국은 차례로 징강산을 빠져나가는 홍군 대열에 끼지 못하고 개밥에 도토리 신세가 되어 모택동 부대원 2천 명과 함께 징강산에 남아야 했다.

홍군이 떠난 후 백군이 병력을 이끌고 와서 징강산을 봉쇄하고 그곳 300리 안에 있는 가옥을 남김없이 불태워 허허벌판을 만들어 고립시켜 놓았다.

백군은 공산당을 포위망 속에 몰아넣고 계속 조여들어 왔다.

10년보다 더 길게 느껴진 북경에서의 15개월을 보내고 영일이네 가족은 초여름을 맞이했다. 정순례는 영수의 시신 일부분을 묻었던 들판에 나가 몇 시간씩 앉아서 생각에 잠기곤 했다.

그녀는 언젠가 그녀도 굶어 죽어 이곳에 버려져 돼지 밥이 될 것이라는 생각을 했다.

날씨가 더워지면서부터는 찌뉴들이 빨래를 직접 빨고 정순례에게 시키지 않았다.

오늘은 일거리가 없어 정순례는 무거운 걸음으로 일찍 집으로 돌아왔다. 방문을 열자, 영옥이가 급히 무엇인가를 몸 뒤로 숨겼다.

"뭐네?"

정순례가 의아해하며 물었다.

"무얼 먹네?"

정순례는 입안에 음식을 물고 있는 영옥을 보며 다시 물었다.

영옥이는 대답 대신 와락 눈물을 쏟았다.

"이 네미나이 새끼! 또 문둥이한테 갔었네에-?"

"······."

"종아리 걷으라우! 더 이상은 안 되갔어. 가짓말만 살살 하는 놈의 아새끼, 날래 종아리 걷으라우!"

정순례는 영일이의 종아리를 때리기 시작했다.

"또 문둥이한테 가갔어? 내래 먹이지도 못하고 입히지도 못하는 아이들을 와 때리갔나 싶어서 몇 번을 말로 타이르니끼니 에미 알기를 거렁뱅이 헌신짝 알듯 해? 이놈의 아새끼, 이놈의 청맥자구(청개구리) 같은 아새끼!"

생활고로 쌓인 걱정, 근심과 김정국에 대한 정순례의 분노가 영일의 체벌에 더해졌다. 그녀는 영일이의 종아리에서 피가 흐르는 것을 보고서야 흠칫 놀라 때리던 손을 멈췄다.

"또 가갔어?"

"······."

"말하라우!"

"뿌시."

"뭐이 어드래? 이놈의 아새끼! 조선말로 하라우!"

"안 가요."

영일이 손등으로 눈물을 닦으며 피가 흐르는 종아리를 내려다보고 섰다.

"데켄에 가서 앉으라우! 나쁜 놈은 네 애비인가 하는 놈이 나쁜 놈이야."

정순례는 매사에 김정국을 끌어들여 욕을 하는데 오늘도 그것이 또 시작되었다.

"대가리가 썩은 놈. 그 많은 재산 모두 버리고 그것도 부족해설라무네 처자식마저 여관비로 중국 땅에 잡혀 테먹어(처먹어)?”

“…….”

“너도 네 애비 놈을 닮아서 아새끼래 데민데민해 게지구. 문둥이는 사람을 잡아서 간을 내어 먹는다는데 와 문둥이 무서운가를 모르나 말이야? 그 문둥이도 너를 죽여서 간을 내어 먹으려고 그러는 거를 와 모르나 말이야.”

“아니야.”

“아니기는 무어이 아니네? 내래 어릴 적에 어른들한테 들었어야. 문둥이는 사람의 간을 내어 먹으면 문둥병이 낫는다고….”

“…….”

“두고 보라우! 그 문둥이도 너를 죽일 거이니끼니.”

“아니야, 그 문둥이 아저씨는 달라.”

영일이가 소리 내 울기 시작했다.

“그치라우! 무엇을 잘했다고….”

“나도 문둥이가 될 거야. 돈도 얻어다가 영옥이도 주고 엄마도 줄 거야. 나는 문둥이가 될 거야.”

“조금만 참으라우! 엄마가 기차표 살 돈만 모으무는 여기서 도망티려고 하니끼니, 그때까지….”

그녀는 말을 잇지 못했다. 가능성이 없는 말을 하고 있다는 생각이 들어서였다.

“데켄으루 좀 떨어지기라도 하라우! 정 깨긴해 죽갔구만!”

“인마!”

시장 바닥을 훑어보며 가고 있는 영일이를 문둥이 아저씨가 다가오며 소리쳐 불렀다.

"……."

"너도 어디 아팠냐?"

영일은 말없이 고개를 가로저었다.

"별일 없었냐?"

영일이는 대답 대신 고개만 한 번 끄덕였다.

"며칠 안 보여서 웬일인가 했지."

"……."

"아니! 너 다리가 왜 이러냐, 응?"

아직도 검은 멍과 핏자국으로 성한 곳이 없는 종아리를 내려다보며 문둥이가 물었다.

"……."

"누가 이따위 짓을 했어?"

"엄마가요."

"엄마가? 왜?"

"……."

"무슨 큰 잘못이라도 한 거냐?"

"아니요."

"그런데 도대체 왜 아이를 이렇게 때려?"

"……."

"……."

"……."

"가자!"

문둥이가 앞장서며 말했다. 그러나 영일이는 고개를 한 번 가로젓고는 뒷걸음질을 쳐 그 자리를 떠난다.

문둥이는 멀어져 더 이상 보이지 않는 영일의 뒷모습을 초점 잃은 눈으로 오랫동안 바라보고 서 있다.

정순례가 술집에서 빨래를 하고 있었다.

술집에 왔던 손님이 빨래를 하고 있는 정순례에게 돈을 한 주먹 말아 쥐고 흔들어 보이며 이것을 줄 테니 내 말을 들으라며 덤벼들었다. 그녀는 빨래를 하다 말고 일어나 몸을 피했다.

단골손님이 정순례에게 추파를 던지는 것을 방문을 열고 보고 섰던 찌뉴가 쪼르르 술집 주인에게 달려가 정순례를 더 이상 술집에 오지 못하게 하라고 항의했다.

그날 술집 주인이 정순례를 불렀다. 술집 주인은 그녀에게 창녀가 되어 손님을 받든지 아니면 더 이상 그곳에 오지 말라고 했다.

반년이 넘도록 술집에서 빨래 일을 해 온 정순례는 창녀들의 실상을 잘 알고 있었다. 술집 여인들은 손님으로부터 받는 화대(대가)의 반을 방과 손님을 제공해 주는 주인에게 주어야 한다. 그리고 옷과 화장품도 사야 한다. 또한 딸을 팔아넘기며 부모가 받아 간 돈의 원금과 거기서 발생하는 이자는 그녀들이 갚아야 하는 빚이다.

그 빚을 상환하는 경우가 아니더라도 술집 여인들은 젊고 미모가 빼어난 한두 명을 제외하고는 돈을 벌어서 빚을 갚고 그곳을 빠져나오기란 사실상 불가능하다. 그러다가 임신이라도 하게 되면 그 여인은 더욱 비참해진다.

아이가 셋이나 딸린 정순례는 창녀가 되어 보았자 식생활 해결도 힘들다는 사실을 잘 알고 있었다.

그녀는 그간 쥐꼬리만큼 벌던 그 일자리마저 잃고 다시 일자리를 찾아 길거리를 헤매야 했다. 1주일도 못 되어서 영일네 식구는 다시 하루에 한 끼 수제비로 연명해 나가야 했다. 그리고 그마저도 얼마 가지 못해서 바닥이 나고 말았다.

오늘 하루 종일 아무것도 먹이지 못한 아이들은 잠들어 있고, 정순례만이 캄캄한 방에 누워 공포에 질린 눈망울을 굴린다.

'내일모레면 차례로 죽기 시작하겠지. 길어야 3-5일 뒤면 우리 셋 모두 죽게 되겠지. 이번에는 마지막인 것 같아.'

'우리가 죽으면 여관 주인 놈이 우리를 끌어다가 벌판에 내다 놓겠지. 돼지들이 달려들어 우리를 모두 먹어 치우도록….'

'그래. 더 이상 고생하지 말고 차라리 죽는 편이 낫겠어.'

이 같은 생활이 반복되자 그녀는 살아갈 희망을 잃었다.

'내가 이러려고 굶주린 몸으로 밤을 새워 가며 공부를 하고 고학으로 전문학교까지 나왔던가?'

'모순덩어리로 아무렇게나 굴러가는 세상, 나는 너무 억울해.'

'더러운 놈의 세상에 왔다가 이렇게 가는 것도 억울하고 분한데 죽어서 더러운 돼지의 배 속에 들어가고 다시 사람의 입으로 들어가게 되다니…. 죽자! 살아 봤자 3-4일 더 사는 것인데 피가 마르고 간장이 타고 뼈가 녹아내리는 이런 몸서리치는 고통을 하루라도 더할 것이 무엇이냐. 단 10분이면 끝나는 것을…. 걸을 힘이라도 남아 있을 때 강으로 가야지 돼지 밥은 면할 수 있다. 날이 밝으면 강(북경 외곽을 에워싸고 흐르는 수로)에 가서 아이들을 차례로 물에 밀어 넣고 뛰어내려야지. 김정국이 이놈! 죽지 말고 오래 살아라! 오래오래 살아서 언제인가 우리가 죽은 걸 알고 가슴 치는 날이 있도록…. 저도 사람 놈이라면….'

담담해졌다가는 격해지고, 만 가지 생각이 떠올랐다가는 체념하기를 그녀는 밤새 거듭했다.

날이 밝았다.

"어디 가는 거야, 엄마?"

영일이가 물었다.

"물놀이 가는 거이야."

"배고파 죽겠는데 물놀이를 가?"

"거기에 가문 사람만 한 물고기래 있다고 해서 구경을 가는 거이야."

"난 안 가. 배고파 죽겠는데 그딴 데를 가?"

"그러면 영옥이만 가자!"

"엄마, 나도…."

"너희들 엄마 말 안 들을래? 날래 나오지 못하갔어?"

엄마의 호령에 영일이는 정신이 번쩍 난 듯 엄마를 따라나섰다.

그러나 영옥이는 의아한 얼굴로 엄마를 유심히 살핀다.

집을 떠나고 20-30분이 지났다. 영옥이가 따라오지 않고 머뭇거리고 섰다.

뒤처지는 영옥이를 엄마와 영일이가 걸음을 멈추고 기다렸다.

"날래 오라우! 와 꾸물대고 있네?"

멈춰 서 있던 영옥이는 엄마의 부름을 거역하지 못하고 울음을 터트리며 엄마가 재촉할 때마다 한 걸음씩 한 걸음씩 엄마에게 다가갔다.

"엄마! 엄마! 가지 마요! 나 죽기 싫어요."

영옥이가 엄마의 품을 파고들며 애원한다.

"너래 알고 있었네? 너래 알았구나. 아이고, 이 불쌍한 것."

정순례가 영옥이를 와락 끌어안으며 통곡한다.

이미 사태를 알아 버린 아이들을 그녀는 설득할 수 없다고 생각했다.

"야들아! 엄마 말 들으라우! 너희들 도야지 밥이 되갔네?"

그녀는 혼잣말을 하며 그 자리에 털썩 주저앉았다. 그리고 그녀는 몸을 부들부들 떨며 고함을 지른다.

"김정국이 이노-오-옴! 찢어 죽여도 시원치 않은 놈! 이노-옴-"

영일네 식구는 다시 여관으로 돌아왔다.

"아이구, 우우."

앓는 소리를 하며 방바닥에 아무렇게나 누워 눈을 감는 엄마를 영일이는 근심스러운 눈으로 바라본다.

다음 날 아침 영일이가 눈을 떴을 때는 밖에 또 비가 내리고 있었다.

아침이 되면 항상 영일이보다 먼저 일어나 무릎을 세우고 벽에 기대앉아 있곤 하던 영옥이가 오늘은 모로 웅크리고 누워 있었다.

영일이는 영옥이가 죽은 것은 아닌가 하는 생각에 영옥이의 얼굴을 살펴보았다.

엄마는 팔베개를 하고 벽을 향해 바짝 웅크리고 새우처럼 누워 있었다.

영일이는 엄마가 잠을 자는 것이 아니라는 것을 알고 있다. 식량이 떨어져 밥을 하지 못할 때면 엄마는 팔베개를 하고 벽을 보고 하루 종일 그렇게 누워 있곤 했다.

오후가 되도록 비는 그치지 않고 주룩주룩 내리고 있었다. 오후 5시경 영일이는 비를 흠뻑 맞으며 문둥이 아저씨를 찾아 움막으로 갔다. 지난 한 달 동안 영일이는 시장에서 문둥이 아저씨를 여러 번 보았었다. 그때마다 그는 문둥이 아저씨를 피해 다른 곳으로 갔었다.

문둥이도 그런 영일이를 보아 알고 있었다. 그러면서도 문둥이는 동네를 다니면서 죽은 아이, 혹은 작아서 못 입게 된 아이 옷 없느냐고 묻고 다녀 얻어 놓은 옷이 3개나 되었다.

문둥이는 비에 흠뻑 젖어 움막 앞에 와서 언제부터인가 서 있는 영일이를 발견했다. 그러나 그는 영일이를 부르지 않고 모른 척했다. 약 삼십여 분의 편치 않은 시간을 보내고 있던 문둥이가 더 이상 견디지 못하고

"아니, 비를 피해 나무 밑에라도 좀 가 있든가아, 왜- 비를 쫄딱 맞고 저러고 있는 거야? 바보같이-이. 나는 너를 알고부터 마음이 아프고 불행해 죽겠어."

하고 불평을 하며 거적문을 젖혀 열고 나갔다.

"아이고, 저 아이 죽겠네."

비가 오는 날이기는 하지만 9월 초, 여름 날씨인데 영일이는 몸을 웅크리고 앉아 사시나무 떨듯 떨고 있는 것이었다. 문둥이가 급히 나가 영일이를 움막 안으로 데리고 들어왔다.

"엄마한테 또 매 맞으려고 왜- 왔어?"

"……."

"네가 오죽했으면 여기를 왔겠냐마는-. 그것 벗고 이거 입어라!"

문둥이는 그동안 얻어 놓았던 아이 옷을 내주었다.

"왔으면 왔다고 하지 왜 거기 서서 떨고 있어? 그런데 여기는 먹을 것이 아무것도 없구나. 내일 아침까지 참을 수 있겠니?"

"네."

"어서 이리로 누워라!"

문둥이는 영일이와 함께 나란히 누웠다.

"아버지한테서는 아직도 연락이 없냐?"

"없어요."

"너희 어머니는 기차표 살 돈 좀 모으셨다니?"

"아니요."

"하나도 못 모은 거야?"

"당장 목구멍에 풀칠할 돈도 없는데 무슨 돈을 모아요?"

"하! 고놈."

문둥이는 유창한 중국말로 어른처럼 말하는 영일이가 신통하고 귀여워서 4년 만에 처음으로 큰 소리를 내며 한참을 웃었다.

심하게 나던 움막 안의 썩는 냄새도 시간이 지나자 참을 만해졌다. 희미한 초롱불을 훅 불어 끄며 문둥이 아저씨가

"배고픈데 어서 자자."

하고 돌아누웠다.

문둥이는

'허약한 데다가 며칠을 굶은 이 아이가 밤새 죽는 것은 아닌가.'

하는 걱정으로 몇 번을 깨어 아이를 살펴보았다.

제6장

신은 여행길에 나선 사람을
지체시키지 않는다

오전 내내 웅크리고 누워 울던 정순례가 눈물을 닦고 일어나 앉았다. 그러고는 벽에 기대어 다리를 길게 뻗고 또 한참을 앉아 있었다.

"하나님! 부처님! 내래 아무것도 닐(필요) 없습네다. 제발 나를 한순간에 콱 죽여 주시라요!"

무릎을 짚고 일어서며 그녀는 울음 섞인 목소리로 중얼거렸다.

밖에 나갔다가 돌아온 정순례가 깨어진 거울 조각을 앞에 놓고 앉았다. 그녀는 여관 부엌에서 빌려온 성냥을 켜서 들고 기다렸다가 불붙은 성냥 개비에 침을 발라 꺼서 숯으로 만들었다.

그녀는 그 숯으로 눈썹을 검게 칠했다. 눈썹 밑에 넓게 퍼진 잔털도 뽑으려고 손톱에 힘을 주어 몇 번을 노력하다가 그만두었다. 정성 들여 머리를 빗고 옷을 입었다. 엄마의 전에 없던 몸치장을 보고 있던 영옥이가 물었다.

"엄마, 어디 가?"

"돈 벌레(돈 벌러)…."

한마디 말을 남기고 그녀는 여관 문을 나섰다. 그리고 기차역 근처 창녀가 될 것이 아니면 오지 말라던 술집을 향해 걸었다.

이른 아침 문둥이는 영일이를 데리고 시장으로 갔다. 그는 영일이를 시켜 음식을 사 오도록 해서 영일이를 먹였다. 그리고 영일이를 데리고 한적한 곳을 찾아가 앉았다.

"옜다, 돈이다. 어머니께 갖다 드려라!"

"……."

"잊어버리지 말고 잘 가지고 가!"

문둥이 아저씨는 흰 천으로 겹겹이 싸고 끈으로 십자로 묶은 작은 뭉치를 영일이에게 주었다.

"……."

"난 이것밖에 없다."

"……."

"이 돈만큼이라도 기차표를 사서 우선 조선을 향해 여기를 떠나시라고 해라!

중국 속담에는 '하늘은 여행길에 나선 사람을 지체시키지 않는다.'라는 말이 있다."

"아저씨."

"오냐, 잘 가거라!"

"엄마-아! 엄마-아! 엄마!"

술집을 향해 걷고 있는 엄마를 발견한 영일이가 숨이 넘어갈 듯 부르며 달려왔다.

"집에 가 있으라우! 오늘 밤 내래 집에 못 들어갈 거이야. 오마니 기다리지 말고 너희들끼리 먼저 자라우!"

"엄마! 돈! 엄마! 돈, 엄마—아!"

기차표를 살 수 있는 돈을 가지고 온 기쁨으로 영일이는 화장을 한 엄마의 모습에는 관심조차 없었다.

"이거이 웬— 거이가?"

어안이 벙벙해서 얼어붙은 듯 서 있던 정순례가 영일을 데리고 여관으로 되돌아왔다.

그녀는 문둥이 거지가 줬다는 돈과 적어 준

'天無節人之路(천무절인지로, 신은 여행길에 나선 사람을 지체시키지 않는다)'

라고 쓴 글을 앞에 놓고 말없이 내려다보고 있다.

'그래도 여기는 바람을 막을 벽이라도 있고 하늘을 가릴 지붕이라도 있는데 아이들 데리고 어딘지도 모르는 곳에 떨어져서 더 험한 꼴을 당하는 것 아닌지?'

돈과 문둥이가 적어 준 글을 한동안 번갈아 바라보고 앉았던 그녀가 중국 속담을 힘입어 그 돈만큼이라도 기차표를 사 가지고 이곳에서 도망치기로 한다.

그녀는 기차 요금 때문에도 그렇고 김정국에 대한 복수심으로 영일이는 영수가 남아 있을 중국 땅에 떼어 놓고 가기로 결심한다.

그녀는 찹쌀 한 되를 사 두었다가 다음 날 아침밥을 지어 먹고 주먹밥을 만들어 보따리 속에 넣었다.

오전 10시 30분, 그녀는 영일이에게 나가 놀라고 내보낸 후 영옥의 손을 포개 잡고 방 가운데 마주 앉았다.

"잘 들으라우! 우리는 지금 이 여관을 도망테서 한국 우리 집으로 가는 거이야."

"⋯⋯."

"오마니래 밖에 나가서 창문을 두두리무는 이 보따리들을 하나씩 건네주고 너도 밖으로 나오라우, 알갔디?"

영옥이가 고개를 끄덕였다.

"혹 누구와 마주테도 아무 닐(일) 없는 것처럼 행동하라우, 알갔네?"

"웅!"

"혹시 누구래, '어데 가네?' 하고 물으무는 '나는 중국말을 못 합네다.' 하라우!"

그녀는 영옥이에게 몇 번을 거듭 이르고 방문을 나섰다. 여관은 조용했다. 여관 문을 나와 벽을 끼고 돌아 창문 앞에 왔다. 좌우를 살핀 그녀는 창문을 두드렸다. 창문이 열리고 보따리가 나왔다. 그녀는 보따리를 받아 발아래 내려놓고 또 하나의 보따리를 받아 들었다.

"영옥아, 어서 나오라우!"

정순례는 사방을 두리번거리고 서서 영옥이가 나오기를 초조하게 기다렸다. 동네 사람들이 볼 것 같아 그녀는 피가 마르는 것 같았다.

"엄마!"

"⋯⋯."

"어디 가, 엄마?"

"야! 야! 조용히 하라우!"

문둥이를 찾아갔을 것으로 알았던 영일이가 불쑥 나타났다.

"너는 역 대합실에 먼저 가서 기다리고 있으라우! 날래 가라우!"

극도로 긴장한 정순례는 영옥이가 나오기만을 기다렸다. 이윽고 영옥이가 골목 모퉁이에 모습을 나타냈다. 그녀는 곧바로 기차역으로 갔다.

영일이를 두고 가려고 했었으나 여관을 떠난다는 것을 영일이가 안 이상 이제는 그를 두고 가면 즉시 소란을 피워 여관 주인이 알게 될 것이므로 데리고 가지 않을 수 없게 되었다.

그녀는 가지고 있는 돈만큼만 조선 방향으로 가는 기차표 세 장을 끊어 달라고 하여 역 안으로 들어갔다. 기차가 들어오기까지는 4시간 25분이나 기다려야 했다. 그녀는 가슴을 졸이며 기차가 들어오기만을 기다렸다. 시간이 지나면서 점점 많은 사람들이 역으로 몰려들었다. 개찰구에서 들어오는 모든 사람이 여관집 주인 남자로 보이고 지배인 낭아로 보여 두렵고 불안한데 영일이는 역 안을 헤집고 다녀 정순례를 더욱 불안하게 만들었다.

초조하고 불안한 긴 시간이 지나고 드디어 기차가 들어오고 있었다. 어디서부터 오는 열차인지 기차에는 이미 많은 사람들이 타고 있었다.

좌석에 앉지 못한 사람들은 좌석 등받이 모퉁이에 등을 대고 서 있거나 가지고 탄 짐을 객실 통로에 놓고 깔고 앉아 있었다. 영일네 세 식구도 객실 중앙으로 들어가 사람들 틈에 끼어 섰다.

마침내 열차가 출발했다.

기차가 서서히 움직이자 정순례가 차창 밖을 향해

"영수야, 오마니 간다아. 내래 어카는 수가 없어야. 이 일을 어카문 좋으네?"

하고 탄식을 한다. 그녀는 또 한 번 영수를 영원히 버리고 가는 것 같은 고통을 느꼈다.

"영수야, 용서하라우! 이 에미를 용서하라우!"

소리 없이 눈물을 흘리던 정순례는 독을 품은 얼굴로

"개놈의 새끼, 내래 평생 네놈을 마주 보면 사람 년이 아니다."

하며 입을 옹다물었다.

기차를 탄 지 얼마 지나지 않아, 그녀는 멀미를 느끼기 시작했다. 그녀는 객실 사이를 오가며 구토를 했다. 그녀는 완전히 지쳐서 기차 복도에 쓰러져 있었다. 기차는 굉음을 열심히 내며 조선을 향해 5시간을 달리고 있었지만, 베이징에서 멀리 가지 못했다. 이제 정순례는 작은 묶음을 끌어안고 웅크려 복도에 누워 있었다. 영일의 가족은 그들이 표를 산 태평 방역을 이미 지나쳤다는 사실조차 알지 못하고 있었다.

기차가 태평방역을 지나 1시간 30분 이상을 더 달리고 있을 때였다.

열차 승무원이 객실 입구에 나타나 기차표 검사를 했다. 여승무원은 승객에게서 차례로 기차표를 넘겨 받아 살펴보고는 기차표에 구멍을 뚫어주었다.

드디어 승무원이 쓰러져 있는 정순례에게 다가왔다.

"내가 줄게요."

영일이는 엄마가 안고 있는 보따리 속에서 기차표 세 장을 꺼내 승무원에게 주었다. 기차표를 받아 들여다보던 승무원이 기차표를 자신의 주머니에 넣으며 정순례를 소리쳐 불렀다.

"아줌마, 일어나요! 이봐요!"

정순례는 힘겹게 눈을 뜨며 입을 열었다.

"이 태녀(처녀)가 와 그러네? 영일아?"

"왜 그래요?"

영일이가 승무원에게 물었다.

"너희들 기차표를 태평방까지 끊었으면 그곳에서 내렸어야지, 어디까지 가냐?"

"우리는 조선에 가요."

"기차표를 태평방까지 끊었으니 핀칭까지는 못 간다. 어서 따라와!"

25세 정도로 보이는 여승무원은 차가운 표정으로 다그쳤다.

"돈이 그것밖에 없어서 그래요."

"너희는 벌금을 내야 돼. 모두 일어나 나를 따라와!"

영일이는 엄마를 내려다보았다. 영옥이는 누운 엄마 옆에서 눈물이 곧 쏟아질 듯한 얼굴로 웅크리고 앉아 있었다. 여승무원은 소리를 지르며 영옥이의 멱살을 잡아 일으켰다.

끌려가지 않도록 영옥이를 끌어안으며 정순례가 말했다.

"영일아, 이 처녀한테 좀 봐달라고 글라우!"

"빨리 와!"

여승무원이 영옥이의 팔을 잡아끌며 다른 한 손으로는 영옥이를 잡고 있는 정순례의 뺨을 두 번, 세 번, 연거푸 후려쳤다.

"이봐요, 승무원! 그만했으면 됐지 않아요? 보아하니 불쌍한 사람들 같은데 타고 가게 그냥 놓아둡시다."

전부터 영일네 가족을 보고 섰던 청년이 승무원에게 말했다.

"학생은 참견 말아요! 나는 지금 내 직무를 수행하고 있는 중이란 말이오."

여승무원이 학생을 노려보며 차갑게 말했다.

"그러면 잠시만 기다려 주십시오!"

청년이 승무원에게 말하고는 승객들을 향하여 소리쳤다.

"여러분! 잠시만 제 말을 들어 주십시오! 여러분! 조용하시고 잠깐만 이곳을 보아 주십시오."

"……."

"여기 우리의 도움이 절실히 필요한 딱한 처지의 조선인 가족이 있습니다. 여기 있는 이 부인은 두 자녀를 데리고 조선으로 돌아가는 중인데, 부인은 건강이 좋지 못해 실신 직전에 있고 아이들도 건강 상태가 극도로 나쁩니다. 이 아이를 보십시오!"

청년은 영일이를 번쩍 들어 올려 한 바퀴를 빙그르 돌며 승객들에게 보여 주고 다시 말을 이었다.

"이 사람들은 조선으로 돌아가는 길에 돈이 없어 기차표를 태평방까지 밖에 사지 못해 지금 승무원에게 끌려가고 있습니다. 여러분, 저는 아직 공부하는 학생인 관계로 돈이 몇 푼 없습니다. 저 혼자의 힘으로는 이 사람들을 도와줄 수가 없어 여러분에게 호소합니다. 여러분, 조선이 낳은 동양의 영웅 안중근 의사를 생각하면서 우리 이 사람들을 도와줍시다. 뜻이 있는 분들은 제가 지나갈 때 얼마씩 내주십시오!"

청년은 객실을 돌아다니며 돈을 걷었다. 청년이 그토록 호소를 했으나 기차에 타고 있는 그 많은 사람 가운데 영일이네를 돕기 위해 돈을 내는 사람은 몇 명 되지 않았다. 그 기차 요금이 불과 얼마 되지도 않는데도….

중국 군대는 3년 전부터 안중근 의사의 의거를 군가로 만들어 부르고 있었다. 그들은 안중근 의사를 동양이 낳은 영웅이라고 칭송하며 한국인에 대해 대단한 호감을 가지고 있었다.

그러나 5년째 중국 전역을 휩쓸고 있는 대기근으로 중국인들은 지금 자기 몸 추스르기에도 급급했다.

청년은 승무원에게 핀칭까지의 요금을 지불해 주었다. 그리고 남은 돈을 정순례의 손에 쥐어 주었다.

"부인! 돈이 몇 푼 걷히지 않아 죄송하고 부끄러울 따름입니다. 조선까지 무사히 돌아가시기를 신에게 빌겠습니다."

정순례는 그 청년이 무슨 말을 하는지도 몰랐고

'오죽 내가 거지 같고 불쌍해 보였으면 저 사람들이 저러겠나?'

하는 생각으로 부끄러워서 고맙다는 인사도 하지 못했다.

새벽 3시, 여관을 떠난 지 5일 만에 영일네 가족은 핀칭역에 다다랐다. 의자 하나 없는 역 대합실 안은 바닥마저도 흙이었다.

정순례는 두 아이를 땅바닥에 뉘어 재웠다.

영일이는 밤새도록 팔을 저어 모기를 쫓아 주고 앉아 있는 슬픔이 가득한 엄마의 얼굴을 걱정이 되는지 몇 번씩 잠에서 깨어 올려다보곤 했다.

날이 밝자 영일네 가족은 중국 음식인 옥수수죽을 사서 나누어 먹었다. 그리고 오전 내내 걸어 안동(단동)에 와서 중국 돈을 일본 돈으로 바꾸고는 압록강을 건너는 나룻배를 탔다.

일본군 국경수비대는 한국으로 들어오는 사람들은 검문조차 하지 않았다. 압록강을 건너는 뱃삯을 치르고 나니 그녀에게 11전이 남았다. 그녀는 신의주역 앞 가게에서 8전을 주고 아까다마(일본인들은 LUCKY STRIKE 담배를 그렇게 불렀다) 미국산 담배 한 보루(carton of cigarettes)를 샀다.

신의주역 대합실에 도착한 그녀는 개찰구 바리케이드 앞에 두 아이를 데리고 가서 섰다. 대합실 안에는 기차를 타려고 일찍부터 나온 승객 7-8명이 매표구 위에 높게 붙여 놓은 열차 시간표를 올려다보며 서성이고 있었다.

개찰구 너머에는 30세 전후의 한국인 철도국 역무원이 미리 나와 개찰할 시간을 기다리며 개찰구의 칸막이(나무로 된 격막) 위에 올라앉아 한가롭게 두 다리를 교차해서 흔들어 대고 있었다.

영일네 세 식구는 그로부터 5-8미터 떨어진, 사람들이 들어오지 못하도록 설치해 놓은 1.5미터 높이의 울짱 앞에 가서 섰다.

"아저씨!"

그녀가 한국말로 역무원을 불렀다.

"……."

"아저씨 한국분이시디요?"

"……."

"내래 중국에 가 있는 남편을 만나러 갔다 오는 길에 노자(여행 비용)가 떨어졌습네다."

"……."

"집은 인천인데 차표 살 돈이 없어서 그럽네다. 이거이(이것을) 성의로 받으시고 저희 세 식구 기차 좀 태워 주시라요! 그 은혜는 평생 잊지 않고 갚갔습네다."

그녀는 수건에 둘둘 말아 들고 있던 담배 보루를 그에게 내밀었다. 역무원은 반응 없이 우두커니 그 자리에 그대로 앉아 있었다.

"저의 시집은 잘삽네다. 주소를 주시문은 기차표값을 두 배로 테서 부테 드리갔습네다."

한참 동안 그녀를 물끄러미 바라보고만 있던 역무원이 느린 동작으로 분리대 위에서 내려와 다가왔다.

"부탁드립네다."

"아줌마! 따라와 보세요! 아니요. 아이들은 거기에 그냥 두고 혼자만 오세요!"

"너희들 꼼짝 말고 이곳에 있으라우! 알갔디?"

그녀는 급히 아이들에게 이르고 역무원을 따라나섰다.

"그건(담배) 아이들에게 가지고 있으라고 주세요!"

그녀는 아이들에게 어디 가지 말고 기다리고 있으라고 연거푸 이르고 급히 역무원을 따라 개찰구 안으로 들어갔다. 개찰구 안은 거대한 지붕이 씌워져 있어 서늘했고 어두웠다. 앞에 가로놓인 철로를 따라 길게 지어진 건물들을 따라 걷던 역무원이 역장실이라는 팻말이 붙은 문 앞에서 멈춰 섰다.

그는 역장실이라고 쓰인 문을 노크하고는

"아주머니, 여기서 잠깐 기다리세요!"

하는 말을 남기고 안으로 사라졌다.

잠시 후 역무원이 문을 열고 나오며 들어가 보라고 하며 열린 문을 잡아 주다가 갔다.

그녀가 부끄러운 표정으로 역장실 안으로 들어섰다.

"어서 오십시오. 이리로 앉으시지요! 여행 중에 여비가 떨어져서 고생을 하고 계신다고 들었습니다. 자녀를 두 분씩이나 데리고 고생이 많으셨겠습니다."

옷소매에 금줄 2개가 붙은 검은색 철도국 제복을 입은 40대의 자그마한 일본인 남자가 친절하게 정순례를 맞이했다.

역장이 가리키는 소파에 그녀는 앉아 고개를 숙이고 있었다.

"저는 이 역의 역장인 고가라는 사람이올시다. 그래, 무엇을 어떻게 도와드릴까요?"

"저의 집은 인천인데 북경으로 남편을 찾아갔다가 돈이 떨어져 어렵게 여기까지 왔습니다. 우리 세 식구 인천까지만 기차를 태워 주시면 그 은혜 두고두고 갚겠습니다. 도와주십시오."

"아주머니의 딱한 사정은 잘 알겠습니다. 제가 기차를 공짜로 태워 드리는 방법은 없고요, 제 돈으로 표를 끊어 태워 드려야 합니다."

"역장님, 도와주십시오. 집에 도착하는 대로 차표값은 부쳐 드리겠습니다."

"여기에는 여비가 떨어졌다고 사정하며 찾아오는 사람이 하루에도 몇 명씩이나 됩니다. 저도 처음에는 그런 딱한 사람들을 위해 제 월급을 털어서 기차표를 사서 주곤 했지요. 그러다 보니 월급날엔 빈 봉투만 받아 들기 일쑤였고요. 기차표를 얻어 가는 사람들은 누구나 후에 크게 은혜라도 갚을 것처럼 별소리를 다하지만, 지금까지 누구 하나도 고맙다는 편지 한 통 보내온 사람이 없습니다. 인간이란 다 그런 거지요. 안 그렇습니까? 부인?"

"저는 그렇지 않습니다, 속으시는 셈 치시고…."

"부인, 우리 이렇게 합시다."

그녀는 얼른 역장을 바라보았다.

"내가 기차표 세 장을 사서 타고 가시게 해 드릴 터이니 부인께서도 저에게 도움을 좀 주십시오."

"무슨…?"

"저는 아내를 일본에 두고 이곳에 와서 수년간 홀아비로 지내오고 있습니다. 저는 아직 젊어 가끔은 여인의 위안이 필요합니다."

"……."

"그래서 하는 말인데, 부인. 저와 단 10분간만 사랑을 나눕시다. 어떻습니까?"

"……."

"아니면 없던 일로 하시겠습니까?"

정순례는 벌떡 일어나 역장을 쏘아보고는 문을 향해 걸어 나갔다.

"부인, 기다리고 있겠습니다. 언제라도 생각이 바뀌시면…."

쾅!

정순례는 역장실의 문을 부서져라 힘주어 닫아 버렸다.

"사람들은 내 꼴락서니래 거렁뱅이 같아 동냥을 하는 판국인데, 데(저) 짐승 같은 에미나이 새끼는 어드렇케 한번 건드려 보갔다고…."

역장실을 나온 그녀는 생각 같아서는 신의주역 근처에도 있고 싶지 않았지만 하늘을 가릴 지붕과 앉을 의자라도 있는 곳은 그나마 역 대합실밖에 없었다.

그녀는 어찌할 바를 모르고 속을 태우며 한없이 대합실 의자에 앉아 있었다.

오후 1시가 되었다. 영일이와 영옥이는 대합실 밖 옥수수를 구워 파는 옥수수 장수 주위를 떠나지 않았다. 어쩌다가 옥수수를 사 먹는 사람이 있으면 영옥이는 영일이의 등 뒤에 숨어서 옥수수를 먹는 사람의 옥수수

든 손과 옥수수 먹는 입을 번갈아 훔쳐보았다.

의자에 앉아 그 광경을 보고 있던 그녀가 "미친놈." 하고 김정국을 욕하며 무거운 몸을 힘겹게 일으켰다. 그녀는 담배를 샀던 가게에 가서 사정을 하고 담배를 돈으로 무른 후 옥수수를 사서 한 아이에 한 개씩 쥐여 주었다.

역 앞 화단에는 일찍 핀 코스모스가 바람에 한들거리며 그녀의 마음을 더욱 조바심 나게 만들었다.

5시가 되자 역 대합실에 또 한 번의 개찰이 시작되었다. 기차표를 사 가지고 개찰구 앞에 줄을 서는 사람들을 바라보며 정순례는 그들이 그처럼 부러울 수가 없었다. 혹시 아는 사람이라도 있는지 사방을 둘러보기도 하며 그녀는 애를 태웠다.

이따금 역장 고가가 뒷짐을 지고 근엄한 표정으로 대합실을 느린 걸음으로 한 바퀴 돌아 들어가곤 했다.

그녀는 두 아이를 의자에 뉘어 놓고 앉아 밤을 새우며 이 생각 저 생각을 하다가 김정국 생각이 떠오르면 분노가 솟아올랐다. 밤을 새우려니 허기가 더욱 심하게 느껴졌다.

또 하루가 밝았다.

대합실에는 일찍부터 표를 사려고 나온 사람 10여 명이 벽 높이 붙여 놓은 기차 시간표를 올려다보고 있었다.

역장 고가가 출근을 하다가 대합실 의자에 외면을 하고 앉아 있는 정순례를 보고 걸음을 멈춰 서며 모자를 벗어 들고 깍듯이 인사를 하고 들어간다.

그녀는 애써 역장을 외면하고 있다.

영일네는 하루 두 번 구운 옥수수 한 개씩으로 식사를 대신했다.

영일이는 배를 가득 실은 지게를 받쳐 놓고 팔고 있는 배 장수 주위를 맴돌며 과일 껍질이 있는가를 살피고 다녔다.

기차에서 내린 승객들이 모두 역을 빠져나가자 역은 다시 조용해졌다.

"영일아! 어제 바람이 많이 불어 설나무네 배밭에 가문 바람에 떨어진 배가 많을 거이야. 그것 몇 개 주워 개지구 오라마?"

"돈 내야 되잖아?"

"바람에 떨어진 배는 주워 와도 닐(상관)없는 거이야."

"배밭이 어디 있는데?"

"저 배 장수한테 물어보라마!"

배 장수가 다른 곳으로 옮겨 가려고 지게를 지고 일어섰다.

영일이는 배 장수를 따라갔다. 영일이가 배 장수를 따라 멀어지자 정순례는 보따리를 들고 일어섰다.

"가자우!"

그녀가 앞장서며 영옥이에게 말했다.

"어디 가, 엄마?"

"국밥집에."

"국밥집?"

"국밥 먹으러 가는 거이야."

"오빠느-은?"

"영일이는 그동안 문둥이 따라다니면서 잘 먹어서라무네 좀 굶어도 닐 없어."

또 하루가 지나고 다시 아침 햇살이 신의주역 대합실 깊숙이 비춰 들었다. 오늘도 어김없이 역장 고가가 출근을 하다가 대합실 의자에 외면을 하고 앉아 있는 정순례를 보고 걸음을 멈춰 서며 모자를 벗어 들고 깍듯하게 인사를 하고 들어간다.

그녀는 애써 역장을 외면하고 앉아 노기 띤 얼굴로 대합실 밖 먼 하늘을 바라보고 있다.

그녀는 아이들과 함께 굶주림으로 죽어 가면서 절망과 슬픔과 두려움으로 통곡하던 중국에서의 2년을 생각했다. 그때 그녀는 생명을 유지할 가능성마저 없었다.

그때에 비하면 지금은 적어도 굶어 죽을 염려는 없다. 대기근에 빠져 있는 중국과 달리, 한국에서는 부끄러워서 못 할 뿐이지 밥을 얻어먹기란 어렵지 않다. 한국의 시골은 인심이 후하기로 알려져 있다. 중국에서와 비교하면 지금의 고생은 고생이라고 할 수도 없다. 그런데도 집에 가까이 와 있어서 그런 것인지 그녀는 더 이상 지금과 같은 처지를 인내하고 이겨 낼 힘이 없었다.

집으로 가기 위해서는 다른 도움의 가능성이 없다고 느끼는 그녀는 역장의 요구에 굴복하는 것이 유일한 해결책이라고 생각한다. 선택의 여지가 거의 없다고 느낀 그녀는 자신의 존엄성을 포기하더라도 지금의 고생에서 벗어나고 싶었다.

옥수수 장수 곁을 떠나지 못하는 두 아이를 내다보던 정순례가 부스스 일어섰다. 그녀는 우물가에 가서 얼굴을 닦고 역장실로 역장을 찾아갔다.

항상 개찰구로부터 가장 먼 의자에 앉아 걱정이 가득한 얼굴로 밖을 내다보고 있던 엄마가 보이지 않았다. 영일이는 역 밖과 안을 돌아다니며 찾아보았으나 엄마는 보이지 않았다. 그는 개찰구 바리케이드 사이로 빠져 들어가 철도를 따라 길게 이어진 건물 앞에서 사방을 두리번거리며 엄마를 찾았다.

"어, 이놈이! 어딜 들어왔어? 나가, 이놈아!"

역무원이 달려와 영일이를 잡아 개찰구 밖으로 끌어냈다. 그 순간 영일이는 저 멀리 건물 안으로 빨려 들어가고 있는 엄마의 색 바랜 치맛자락을 보았다.

정순례가 역장실을 노크하자 역장이 반갑게 맞이하며 의자에 앉기를 권했다.

그녀가 말을 못 하고 망설이자 고가가 재촉했다.

"부인, 하실 말씀이 있으십니까?"

"역장님! 저희를 좀 도와주십시오! 저의 시집은 부자입니다. 저에게 기차표 세 장만 꾸어 주시면 그 금액의 10배로 쳐서 지불해 드리겠습니다. 아니면 평양까지만이라도 갈 수 있도록 해 주십시오."

그녀는 머리를 숙인 채 차분하게 말했다.

"부인, 안 됩니다. 나는 부인과 같이 아름다운 여인을 인연 없이 그대로 보내고 두고두고 후회하기 싫습니다."

"……."

"……."

"일본 사람은 더럽고 냄새 나는 것을 싫어한다지 않습니까. 저희는 지난 2년 동안 물이 귀한 중국에서 생명의 위협을 받으면서 가난하게 사느라고 목욕 한 번 해 보지 못하고 살았습니다. 지금도 제 자신 머리도 가렵고 몸에서는 벌레가 기어가는 것 같습니다. 이도 닦아 본 지가 며칠씩 되고요."

"부인, 제 걱정은 조금도 하지 마십시오! 저는 부인에 속한 것이라면 무엇이든지 아름다우니까요."

"……."

"부인!"

고가가 정순례의 손을 두 손으로 포개 잡았다.

정순례는 체념하고 가만히 있었다.

고가는 그녀를 끌어안으며 속삭였다.

"저리로 갑시다!"

그는 정순례를 부축하여 다다미 두 장이 깔려 있는 1평 넓이의 작은 방(숙직실)으로 들어갔다. 그는 정순례에게 옷을 모두 벗으라고 졸라 댔지만 그녀는 상의는 끝내 벗지 않고 누웠다. 고가의 거친 숨소리가 들리기 시작했다.

지난 며칠간 역 곳곳을 헤집고 다녔던 영일이는 신의주역을 손바닥 보듯 훤하게 알고 있었다. 철도원에게 쫓겨 개찰구를 나온 영일이는 어디로 가야 엄마가 들어간 그 건물의 반대편으로 갈 수 있는지 단번에 알아차리고 그리로 향해 달려갔다. 영일이는 긴 건물에 10-15미터 간격으로 나 있는 창문 4개를 거르고 다섯 번째 창문에 가서 발돋움하고 매달려 안을 들여다보았다. 그리고는 다시 하나의 창문을 더 지나치더니 이번 창문에서는 오랫동안 머물렀다.

드리워진 커튼 사이로 역장실 안을 보려고 애쓰고 있는 영일이의 귀에 짜증 섞인 엄마의 목소리가 들려왔다.

"손 빼요!"

"……."

"으-응. 손 빼라니까!"

"가만히 있어 봐!"

"뭘 가만히 있어요? 왜 씻지도 않은 더러운 손모가지는 집어넣고 그래요? 손가락 빼요!"

"왜 그래? 다들 좋다고 하던데….."

"글쎄 빼요!"

영일이는 실망이 가득한 얼굴로 창문에서 내려서며 빙그르르 반 바퀴를 돌아 시멘트 벽에 등을 대고 섰다.

얼마간의 시간이 지났다. 주섬주섬 옷을 입고 기다리고 있는 정순례에게 역장 고가가 돌아와 기차표 세 장을 내밀었다.

정순례는 역장실 문을 나서 부지런히 걸으며

"병신 같은 아새끼! 뭐이 어드레? 일본 놈한테 빼앗긴 나라를 찾아오갔어? 일본 놈에게 제- 계집이나 뺏기지 말라지."

하며 역장실을 향해 침을 퉤- 하고 뱉었다.

영일네 식구는 마침내 인천 집으로 돌아왔다.

누더기 옷을 걸친 뼈만 남아 앙상한 거지 중에서도 상거지 가족이 서슴없이 집 안으로 들어서는 것을 이상스럽게 생각하며 보고 섰던 영일이 할

머니는

"할머니!"

하고 부르는 소리에 깜짝 놀라며

"너희가 누구냐?"

라고 묻고는 마루에 털썩 주저앉으며 쓰러졌다.

그동안 겪은 모진 고초로 눈물이 말라 버린 정순례는 조금 눈물을 보일 뿐인데, 영일이 할머니는 바싹 마른 영일이를 어루만지며 울고 영수의 소식을 듣고 울었다.

3개월이 지났다.

모두 몰라보게 살이 찌고 영일이와 영옥이는 키가 한 뼘씩이나 자랐다. 그리고 정순례의 배 속에서도 또 하나의 생명이 무럭무럭 자라고 있었다. 그녀는 배 속의 아이를 지우려고 간장을 마시기도 하고 장독대 위에서 뛰어내려 보기도 하고 시어머니를 속여 가며 한약도 지어 먹어 보았으나 소용이 없었다.

영일이네가 북경에서 돌아온 지 6개월이 가까웠다. 정순례는 이제 감추기 어려울 정도로 배가 불렀다.

곧 남의 눈에 뜨일 정도로 배가 부르면 어차피 그녀의 시집살이는 파탄이 날 것이다. 망신을 당하고 쫓겨나느니 차라리 지금 친정으로 가야겠다고 그녀는 마음먹었다.

정순례는 이번에도 시어머니의 반대를 무릅쓰고 영변 친정으로 갔다. 영일이는 인천에서 학교를 다니고 있으라고 아무리 타이르고 윽박질러도 말을 듣지 않고 끝내 엄마를 따라 영변으로 갔다.

평안도 지방은 도민의 학구열이 높을 뿐 아니라 서양 선교사들과 한국의 저명한 인사들이 애국지사들을 길러 내야 한다는 시대적 사명감을 가지고 세운 훌륭한 학교들이 많았다.

영일이가 입학한 학교는 그중에서도 가장 엄격한 교육을 시키는 기독교 계통의 학교였다. 이 학교는 소학교(초등학교) 1학년부터 하루 8시간의 교육을 시켰고 학생들에게 딱지치기와 구슬치기 같은 노름성을 띤 장난을 일체 금지시켰다.

언어에 있어서는 그 규제와 벌칙이 더욱 엄격했다. 학생은 누구도 욕을 할 수 없고 말씨도 "하셨어요?", "했어요." 등과 같은 비어는 사용하지 못하게 했다.

학교에서는 반드시 존경어만을 사용해야만 했다. 만약 욕을 하거나 금지된 놀이를 하다가 적발되는 학생이 있으면 그 학생은 벌로 운동장 끝에 가서 1시간 혹은 2시간씩 서 있어야 했다.

간혹 다른 학교에서 전근을 온 선생님이 "이놈" 혹은 "인마" 하는 실수를 하는 경우가 있었다. 그 선생님은 학생들에게 천한 선생으로 낙인이 찍혀 끝내 전근을 간 사례도 있었다.

이 학교를 방문하는 방문객들은 마주치는 학생마다 걸음을 멈추고 허리를 90도로 급혀 인사를 하고 가고 운동장에 떨어진 휴지를 보면 학생들이 서로 다투듯이 주워 가는 것을 보며 신선한 충격을 받았다.

제7장

배밭 일본인 주인

영일이가 영변에 온 지 18개월이 되었을 때였다.

계절이 뀌고 벼는 익어서 고개를 숙였다. 영일은 어젯밤의 강한 바람에 떨어진 배를 줍기 위해 배밭으로 향했다.

그 배밭은 영일이가 학교를 다니고 있는 방향과는 반대편에 있었고 영변 시내로 가는 길과도 달랐다. 좀처럼 그 방향으로는 가야 할 일이 없었지만 영일이는 이따금 나뭇가지를 꺾어 휘적휘적 휘두르며 논과 밭을 지나 낚시꾼들에게 각광을 받고 있는 그 연못까지 다녀오곤 했었다. 그때마다 그는 배밭 앞을 지나갔는데 그는 배가 익으면 바람이 부는 날을 택해 바람에 떨어진 배를 주우러 오겠다고 생각했었다.

그는 논과 밭들을 지나 언덕으로 올라갔다. 언덕 아래로 아득한 곳에는 50여 채의 집들이 둘로 나뉘어 동네를 이루고 있었다. 그곳에서 영일이가 앉아 돌을 던지고 있는 언덕을 향해 오면서 논과 밭들이 있고 다음은 초목이 무성해지면서 언덕이 시작된다. 그 언덕 초입 좌측에 배밭이 있는 것이다.

배밭에 다다른 영일이는 길과 배밭 사이에 있는 작은 도랑을 넘어 배밭으로 들어섰다. 영일이의 몸보다도 굵은 배나무들이 무성한 잎으로 하늘을 덮고 있었다. 영일이는 종이 봉지에 싸여 주렁주렁 달려 있는 수많은 배 밑을 지나가며 묘한 황홀감을 느꼈다.

그는 저만치 앞에 흩어져 있는 흰색 종이 봉지들을 보고 그리로 갔다. 이곳저곳을 두리번거리며 배밭 속으로 40여 미터쯤 들어가고 있을 때였다. 별안간 배나무 뒤에서 대머리 진 사내의 성난 얼굴이 쑥 나타나며 억센 손으로 영일의 팔목을 잡아 휙- 끌어당겼다.

영일이는 소스라쳐 놀라며 몸을 부르르 떨었다.

사내는 영일이의 목덜미를 잡고 배나무 사이를 걸어 안으로 들어갔다.

"왜- 이러십니까? 놓아주십시오!"

영일이는 끌려가며 사내에게 애걸했다.

"듣기 싫다, 이놈!"

사내는 일본말로 호령을 쳤다.

사내는 영일이를 잡아끌고 배밭 깊숙한 곳으로 들어갔다. 그곳에는 크고 작은 창고 건물 3동이 있었다. 건물 앞에 다다른 배밭 주인은 건물 벽에 걸린 동아줄을 내려 영일의 두 손을 등 뒤로 묶었다. 그리고 영일이를 쓰러뜨려 두 다리를 묶고 다시 발과 손을 합해 등 뒤로 묶어 놓았다.

"저는 배를 훔치려고 온 것이 아닙니다! 정말입니다. 저는 하나님을 믿는 학교에 다니는 학생입니다."

"시끄럽다, 이놈!"

다시 호통을 치고 건물 안으로 사라졌던 배밭 주인이 허름한 대나무 붓 한 개가 꽂힌 사기그릇을 들고 나타났다. 그는 울고 있는 영일을 타고 앉왔다.

"저는 바람에 떨어진 배를 주우러 왔습니다. 정말입니다."

"가만히 있어, 이 도둑놈아! 너 움직이면 장님 된다."

그는 머리를 움직이지 못하도록 무릎으로 영일이의 목을 누르고 앉았다. 그는 사기그릇에 담긴 염산을 붓에 찍어 영일의 이마에 글씨를 쓰기 시작했다. 염산이 영일의 이마에 닿자 살이 타며 하얀 연기가 피어올랐다.

영일이는 소리치며 울었다.

글씨 쓰기를 마친 일본인은 영일의 이마에 큼지막하게 새겨 놓은 '도둑놈'이라는 한글을 머리를 갸웃거리며 살핀 후 묶었던 동아줄을 풀어 주었다.

과수원에서 풀려난 영일이는 집으로 달려갔다.

"오마니!"

영일이가 울면서 엄마를 불렀다.

"아니! 그거이 뭐-이가?"

"……."

"누구네? 인간의 탈을 쓴 그 에미나이 새끼래…."

"……."

"누구래 그랬는가를 묻지 않네?"

"배밭 사람이."

"배밭에 가서 배를 훔테 먹었네?"

"아니야! 엄마는 아무것도 모르면서 왜 그랬어?"

"내래 뭐이 모른단 말이가?"

"엄마가 떨어진 배는 주워 와도 괜찮다고 했잖아! 엄마는 아무것도 모르면서…."

"뭐이 어드레? 내래 언제 주워 와도 된다고 그랬네?"

"엄마가 신의주역에서 바람에 떨어진 배는 주워 와도 된다고 주워 오라고 했잖아."

"어드메다 대고 소리를 지르네? 버르장머리 없게스리….."

"엄마는 아무것도 모르면서 왜 괜찮다고 그래?"

영일이는 소리를 지르며 울었다.

"개 건너(인천 주안)에 있던 우리 배밭에서는 낙과(떨어진 과일)는 안 게지고 가서 걱정이었다. 낙과는 썩어서 벌레가 퍼지기 전에 돈을 주고 사람을 사서 버려야 하니까니….."

"……."

"개만도 못한 에미나이 새끼, 어린 아이래 배를 따 먹으문 몇 개나 따 먹갔어? 그걸 못 보아 넘기구 아이 이마에 낙인을 찍는 그런 나쁜 놈이 어드메 있냐 말이야?"

"……."

"이제 어카간? 생전 도적놈 글씨를 이마때기(이마팍)에 부티고 살아야 하갔으니."

"……."

"하는 수 없다. 대신 돈이나 많이 벌라우, 안주 곰보(얼굴이 얽은 안주에 사는 부자)마냥."

"……."

영일이는 별 관심도 없는 넋두리만 늘어놓고 있는 엄마가 실망스럽고 듣기 싫어 슬며시 집을 나왔다. 그는 개울가에 앉아 물에 얼굴을 비쳐 보며 깊은 생각에 잠겼다.

'아버지가 집에 있었다고 해도 엄마처럼 저렇게 하고 말았을 거야. 배밭 일본 놈을 혼내 주러 가기는커녕 나를 야단쳤겠지. 아버지는 자기밖에 모르는 사람이라고 하니까. 착하게 살아야 한다는 선생님 말씀은 사실이 아니야. 착하게 사는 사람은 손해만 보는 바보야. 일본 놈들은 얼마나 나빠? 그런데 전부 부자로 잘살잖아. 우리 외할아버지는 착한데 못살고⋯. 이제부터 나는 예수를 믿지 않을 거야. 나는 바보처럼 살지 않을 거야.'

배밭 사건 이후 공부 잘하고 말 잘 듣던 영일이의 성격이 나날이 변해 갔다.

선생님이 영일이에게 방과 후 교실에 남아 있으라고 했다.

그날 선생님이 영일이에게

"너는 내일부터 반장을 그만둬라! 네가 반 아이들에게 벌을 너무 많이 주고 때린다고 학부형이 찾아와서 항의를 하고 갔다."

라고 말했다.

영일이가 영변에 온 지 1년 반이 지났다.

아침부터 비가 줄기차게 내리고 있었다. 아이들이 학교에서 돌아올 시간이 가까워 오자 정순례는 아이를 들쳐 업고 일어섰다.

점심 준비를 하려는 것을 안 영일의 외할아버지가 주문을 했다.

"오늘같이 비 오는 날에는 고저 수제비래 제일이디."

정순례는 친정아버지의 말을 못 들은 척하고 뒤주에서 쌀을 펐다. 웬만하면 아버지가 먹고 싶다는 수제비를 했으면 좋겠지만 그녀는 밀가루를 보기만 해도 중국에서의 2년 반이 떠올라 진저리가 쳐졌다.

삐-걱.

대문이 열리는 소리가 들려왔다. 아이들이 돌아온 것이라면

"오마니! 학교에 다녀왔습네다."

하고 큰 소리로 인사를 하련만 한동안이 지나도록 조용했다.

이상히 여긴 그녀가 부엌에서 나오며 물었다.

"누구래 왔네?"

"영일이 책보 가지고 왔습네다."

마당 한가운데 섰던 비에 흠뻑 젖은 영일이 또래의 아이가 품속에서 영일이의 책보를 꺼내 마루에 갖다 놓으며 말했다.

"아니, 야야! 영일이 책보를 와- 너래 개지고 오네?"

그녀가 영일이 책보를 가지고 온 아이에게 묻기는 했지만 이 같은 일은 전에도 종종 있어 왔다.

"영일이가 집에 가져다 놓으라고 했습네다."

"……."

허리에 두른 자신의 책보는 비에 흠뻑 젖도록 놓아두고 영일이의 책보는 젖지 않도록 가슴속에 품고 온 아이를 그녀는 어처구니없는 얼굴로 바라보았다.

그녀는 이 같은 일이 동네 사람들에게 알려질까 봐 염려가 되었다.

잔뜩 벼르며 이제나저제나 기다리던 영일이가 오래지 않아 집으로 돌아왔다.

"오마니, 할아바지. 학교에 다녀왔습네다."

"야-이, 이 아새끼야! 네 책보는 네래 게지구 다니지 와 다른 아이에게 게지구 다니게 하네? 네놈이 강도가아? 마적이가?"

정순례는 부엌에서 들고 나온 몽당비를 거꾸로 들고 영일이를 내려쳤다.

"아얏, 오마니! 와- 이럽네까? 미치셨습네까?"

"뭐이 어드래? 이- 아새끼야! 이마때기에 도적놈이라고 써 부테 쓰니까 네 정 도적놈 행실을 하는 거이가? 이- 아새끼!"

"언니!"

순간 난데없는 여인의 부르짖는 소리에 정순례는 영일이를 때리려고 높이 들었던 몽당비 든 손을 멈추고 뒤를 돌아보았다. 대문 안에는 우산을 받쳐 든 시어머니와 영일이 고모가 서 있었다.

"왜 때려요. 왜 때려? 왜 때리냐고, 그 가엾은 아이를…."

소리를 치는 영일이 고모의 눈물 흐르는 얼굴에는 분노가 이글거리고 있었다.

영일이 할머니와 고모의 시선이 영일이의 이마에 쓰여진 글씨와 정순례의 등에 업힌 어린아이에게로 번갈아 수없이 오고 갔다.

영일이 외할아버지는 딸에게서 아이를 받아 안고 자리를 피해 주며,

"사부인! 우리 구흠이 처음 보시디요? 구흠이래 김 서방을 쏙 빼어 박았습네다레."

하며 두 사람이 볼 수 있도록 안고 있는 아이의 얼굴을 가까이 들이밀었다.

세 사람이 둘러앉은 방에는 침묵만이 흘렀다.

"냉수 한 대접 다오!"

반 시간이 넘도록 돌부처처럼 앉아 말이 없던 시어머니의 첫마디였다. 냉수 한 대접을 마시고 난 시어머니가 단호한 목소리로 말했다.

"내일 날이 밝으면 영일이를 데리고 떠날 테니 준비시켜라!"

영일이가 영변에 가서 있는 동안 할머니와 고모는 서울 종로구 수표동으로 이사해서 고모부와 함께 살고 있었다.

영일의 고모부는 원효로에서 큰 규모의 유리 공장을 운영하는 사람이었다.

그는 결혼한 지 5년이 넘도록 아직도 아이가 없었다. 그래서인지 고모부는 영일이를 자식처럼 다정하게 대했다.

그는 카메라를 모으는 것이 취미였다.

그가 가지고 있는 카메라 중에는 그가 흰 면장갑을 끼지 않고는 만지지도 않는 세상에서 가장 비싸다는 독일산 카메라 라이카(Leica)도 있었다.

이따금 그는 영일이를 데리고 동물원으로 사진을 찍으러 갔다.

그때마다 그는 영일이가 대학에 갈 때 그 라이카 카메라를 물려줄 것이라고 관심도 없는 영일이에게 누누이 말해 오곤 했었다.

서울에 와서 새 학기가 시작되기를 7개월을 기다린 끝에 영일이는 소학교 5학년에 전학하여 다닐 수 있었다.

한국과 일본의 초·중·고학교에서는 학생에게 의무적으로 삭발을 하도록 했다. 심지어 학생이 아닌 미성년자 남자 아이들도 사회 통념상 모두 삭발을 했다. 이로 인해 영일이의 이마에 새겨진 도둑놈 글자는 더욱 선명하게 드러났다.

새로 들어간 학교의 아이들은 이마에 도둑놈이라고 새겨진 영일을 "도둑놈, 촌놈" 하며 놀리고 멸시했다. 영일로서는 처음 당해 보는 수모였다.

소학교를 졸업할 즈음 영일이는 이마에 새겨진 도둑놈이라는 글자를 지워 보려고 애썼다.

숫돌로 이마의 흉터를 밀어 내려고 해 보았으나 숫돌은 너무 부드러워

살이 깎이지 않았다. 그는 거친 콘크리트 조각을 주워 그것으로 흉터가 갈려 나가도록 문질렀다. 이마에 피가 묻고 상처가 나서 들어온 영일이를 보고 할머니가 놀라며 집요하게 이유를 물어 영일이를 난처하게 했었다.

5-7일이 지나자 상처에서 딱지가 떨어지면서 속살이 드러났다. 사라졌기를 바랐던 도둑놈이라는 글자는 핑크빛을 띠며 더욱 선명하게 나타났다.

이번에는 도둑놈 글자가 반드시 갈려 없어지도록 전보다 더 힘주어 오랫동안 거친 콘크리트 조각으로 갈았다.

그때부터는 할머니도 고모도 피가 엉켜 붙어 들어오는 영일이 이마에 대해서 이유를 묻지 않았다. 그 후로도 영일이는 통증을 참아 가며 몇 차례 더 이마의 흉터를 깎아 보았다. 그러나 9-12일이 지나 상처의 딱지가 떨어지기 시작하면 도둑놈이라는 글자는 제일 먼저 더욱 선명하게 주홍색을 띠며 나타나곤 했다.

영일이가 초등학교를 졸업했다.

때마침 그의 고모부가 일본 유학 시절 하숙했던 하숙집 아들이 교육감으로 발령받아 한국에 나와 있었다.

영일이 고모부는 영일이를 일본인의 자식들과 명성 있는 친일파 자식들만 입학이 가능한 경성중학교에 입학시켰다.

명문 학교에 입학해 다니고 있었지만 영일이의 학교생활은 순탄치 못했다. 반에서 주먹깨나 쓰는 녀석의 집이 공교롭게도 영일네 집과 같은 방향에 있었다. 그 녀석은 그날 숙제를 영일이한테 대신 해 오라고 시켰다. 전에 다니던 학교에서는 당해 보지 못한 수모였다.

영일이는 매일 남의 숙제를 해 주어야 했다. 그런데 얼마 지나지 않아 숙제를 대신 해 가지고 오라는 아이들이 한 명에서 세 명으로 늘어났다.

남의 숙제를 대신 해 주는 일은 그것으로 끝나지 않았다. 아침에 등교하면 숙제를 안 해 온 1-2명이 영일이에게 공책을 건네 주며 숙제 검사를 하기 전까지 숙제를 해 놓으라고 옥박질렀다.

영일이는 수업 시간에 선생님의 눈을 피해 가며 남의 숙제를 하느라고 공부를 할 수 없었다. 그 같은 일로 영일이는 2학년이 되기까지 다섯 번이나 크고 작은 싸움을 해야만 했다.

숙제를 해 오라는 아이의 요구를 거절하다가 싸움이 일어났는데 일본 아이들이 한편이 되어 떼로 덤벼들었다. 때리는 아이들과 얼떨결에 벌어진 싸움에서 영일이는 자신이 반사신경이 빠르고 운동신경이 대단히 발달한 싸움을 잘하는 아이라는 것을 알았다.

영일이는 학교를 마치고 집으로 가고 있었다. 다음 날 학교에 가야 한다는 생각이 벌써부터 그를 괴롭혔다. 그는 화신 백화점 길을 건너 무거운 발걸음으로 국일관 골목을 지나가고 있다.

그는 길가에 내걸린 '가라테'라는 나무 간판을 보고 멈춰 섰다.

지난 2년 동안 매일 이 길을 걸어 학교를 오가면서 이 간판을 보아 왔지만 그는 가라테 체육관에는 관심이 없었다. 무술 따위에 관심이 없던 그가 오늘은 가던 걸음을 멈추고 도장 건물 앞으로 다가갔다. 그 도장은 보통의 상업용 건물과는 반대로 큰 길가에 마당을 두고 있었다. 그리고 그 마당 약 30미터 뒤에 건물이 지어져 있었다. 유난히 큰 2개의 유리창을 양옆에 두고 출입문이 중앙에 있었는데, 그 출입문 앞에 30-40명의 구경꾼들이 모여 서서 건물 안을 들여다보고 있었다.

영일이는 구경꾼들 뒤에 가서 발돋움을 하고 안을 들여다보았다. 때마침 대학생 사각모자를 쓴 청년이 출입문 앞의 구경꾼들을 헤치고 밖으로 나왔다. 그리고 그는 건물 앞 우측 마당에 박혀 있는 1.5미터 높이의 나무 기둥 앞으로 성큼성큼 다가갔다.

그는 들고 나온 검은 띠로 묶은 도복을 땅에 내려놓고 말뚝 앞에 비스듬히 섰다. 그러고는 땅에 박힌 나무 기둥을 수도(手刀)로 온 힘을 다해 치기 시작했다.

"앗-"

영일이는 놀라 탄성을 질렀다.

'저 육중한 나무 기둥을 부러져라 맨손으로 치다니…. 저러고도 손이, 뼈가 온전하단 말인가? 저런 것이 사람의 연약한 손으로 가능하다니?'

구경꾼들 틈에 끼여 그 광경을 보고 섰던 영일이는 큰 충격을 받았다. 열 번, 스무 번, 서른 번….

쾅! 쾅!

그가 말뚝을 칠 때마다 요란한 소리와 함께 땅이 울리는 듯했다. 영일이는 그 청년이 떠난 후에도 그곳에 남아 땅에 박혀 있는 말뚝을 세세히 살펴보았다.

다음 날 영일이는 목재소에 가서 목침을 만들어도 좋을 두께의 나무를 사 가지고 돌아왔다. 그는 땅을 1미터가량 깊이 파고 나무 기둥이 단단히 서 있도록 물과 흙과 돌을 함께 넣고 묻었다. 그리고 체육관에서 보았던 것처럼 나무 기둥 윗부분을 위에서 아래로 20센티가량 톱으로 켜 홈 3개를 만들어 놓았다.

다음 날부터 그는 매일 아침과 저녁으로 그 기둥을 수도로 치기 시작했다. 손은 즉시 부어올랐다. 나무 기둥을 칠 때마다 찌릿찌릿 아프고 시큰거리던 손이 두 달 정도 지나자 참을 만해졌다. 그는 마당 끝에 박아 놓은 나무 기둥을 하루도 쉬지 않고 아침저녁으로 쳤다.

영일네 집안에 큰 문제가 발생했다.

일본인이 일본에서 새로 개발된 신형 유리 생산 장비를 들여와서 후암동에 유리 공장을 차렸다. 그 신형 장비에 의해 생산되는 제품은 영일이 고모부가 기존의 장비로 생산하고 있는 유리에 비해 품질도 우수하고 생산성도 뛰어났다.

영일이 고모부가 생산하고 있는 기포가 생기는 유리는 졸지에 저품질 제품으로 전락했다.

이로 인해 매출이 급감하면서 시간이 흐름에 따라 영일이 고모부의 사업체는 결손이 나기 시작했다.

이 문제를 해결하기 위해 영일의 고모부는 그의 회사도 일본에서 새로 개발된 기계를 수입하기로 결정하고 자금을 마련하기 위해 나섰다.

영일의 아버지 김정국이 독립 운동을 위해 만주로 떠날 때, 그는 그가 소유하고 있던 토지를 모두 팔아 상해 임시정부에 기부하고 떠났다. 다만, 집과 포도밭, 배밭은 그의 가족이 생활하기에 어려움이 없도록 남겨두고 갔다. 영일의 고모부는 영일의 할머니로부터 그 집과 포도밭, 배밭을 담보로 제공받아 은행으로부터 대출을 받아 기계 수입 대금으로 사용했다. 6개월이면 배송하겠다고 했던 기계는 2년이 넘도록 누군가의 농간에 의해 일본에서 선적해 주지 않고 있었다.

은행의 이자는 눈덩이처럼 불어나고 4개월분의 이자가 밀리게 되었다.

척식회사는 담보로 제공된 영일이네 부동산에 경매 절차를 밟았다.

영일이 고모부는 영일이가 대학에 가면 그때 물려주겠다던 그가 평소 애지중지했던 카메라를 영일이에게 주라는 편지와 함께 두고 어디론가 사라져 버렸다.

제8장

세상에서 제일 비싼 라이카 카메라

영일이는 종로 2가에서부터 청량리 방향으로 도망치는 덴타로의 뒤를 쫓고 있다. 뒤에서 쫓아가는 영일이는 중학교 3학년에 걸맞은 키와 체격이었다. 그러나 앞서 뛰고 있는 덴타로는 중학교 4학년치고도 체격과 키가 큰 건장한 아이였다.

그런 건장한 덴타로가 그에 비해 작고 왜소한 하급생 영일이를 피해 결사적으로 도망치고 있는 것이다. 동대문을 지나면서부터는 영일이와 덴타로의 거리가 많이 좁혀졌다.

영일이의 손에서 나오고 있는 피가 바람에 날려와서 달리고 있는 영일이의 얼굴과 몸을 온통 피투성이로 만들어 놓았다. 손에 구두 수선용 예리한 칼을 들고 피투성이가 되어 뒤쫓아오는 영일이를 덴타로는 신설동 로터리를 돌면서부터 더욱 자주 돌아본다.

성동역을 지나면서부터 덴타로는 '으-웅, 으-으-웅' 하고 신음 소리를 연발한다.

청량리 로터리가 약 100미터 앞에 보이기 시작했다. 영일이와 덴타로의 거리가 불과 30미터 안팎으로 좁혀졌다.

"사람 살려! 사람 살려!"

덴타로는 사람 살리라고 소리를 지르며 청량리 로터리 옆 대로변에 있는 주재소(파출소) 안으로 뛰어 들어갔다. 그 뒤를 따라 피를 뒤집어쓴 영일이가 주재소 안으로 달려들어 왔다.

주재소 안에 있던 순사(순경)들이 모두 놀라 일어섰다.

"어, 이게 뭐야? 이게 뭐야? 어?"

순사들은 얼굴과 옷이 피로 붉게 물든 영일이를 보고 놀라 소리쳤다. 순사들이 영일이가 들고 있는 칼을 빼앗고 그를 의자에 앉혔다.

"가만 있어 봐! 너, 그 피가 도대체 어디서 나는 거냐?"

순사가 영일의 얼굴을 자세히 살피며 물었다.

"저 새끼가 그 칼로 나를 찔렀습니다."

영일이가 팔과 손을 내밀어 보이며 말했다.

"너, 뒤에 가서 그 피부터 닦고 와라!"

순사는 영일이를 데리고 주재소 뒷마당 수돗가로 갔다.

영일이가 피를 닦고 주재소 안으로 돌아오는 동안 책상을 가운데 두고 앉은 순사와 덴타로가 많은 이야기를 주고받고 있었다.

덴타로가 영일이를 노려보며 순사에게 말했다.

"저 새끼 나보다 한 학년 낮은 새끼가 선방을 놓잖아요."

"이런 나쁜 놈의 자식! 그렇다고 칼로 사람을 저렇게 찔러 인마! 이 자식 너 구두 나오시(구두 수선) 칼은 왜 가지고 다녀?"

순사가 덴타로에게 고함을 쳤다.

"가지고 다닌 게 아니고 저 자식이 날 쳐서 뭐 없나 하고 보니까 구두 나오시 하는 사람이 옆에 있더라고요."

"슌스케 준사!"

주재소 입구로부터 제일 깊숙한 곳에 놓인 책상에 앉아 전화를 하고 있던 순사가 덴타로에게 질문을 하고 있는 순사를 불렀다.

슌스케가 자리에서 반사적으로 일어서며 옆자리의 순사에게 덴타로를 지키게 하고는 소장에게로 갔다.

"형사과장 아들이 맞는다는군. 그 아이는 풀어 주고! 다른 녀석은 서로 넘겨 달라니까 그렇게 하도록!"

"네!"

슌스케는 돌아와 책상에 앉으며 태도가 싹 달라진 목소리로 덴타로에게 물었다.

"카메라는 왜 안 주는데?"

"없어요."

"없어? 어쩌고 없어?"

"아버지가 도끼로 찍어 버렸어요."

"뭐? 아버지가 도끼로 찍어 버려? 카메라를? 왜?"

순사가 호기심 어린 얼굴로 덴타로를 들여다보며 물었다.

"우리 누나가 친구들하고 사진 찍으러 나가서 밤늦게 들어왔다고. 계집애들이 밤늦게 쏘다닌다고 아버지가 화가 나서….."

"와아, 성질. 카메라라면 비싼 건데."

순사들이 서로 보며 킬킬 웃었다.

"그건 라이카예요, 라이카 카메라요. 저게 안 빌려준다는데 억지로 뺏어 가서 한 달이 되도록 안 주는 거예요. 그래서 달라고 하니까 매번 때리는 거예요."

영일이가 순사를 향해 소리쳤다.

"라이카가 뭐냐?"

"라이카는 독일제 카메라 이름인데 집 한 채 값이란 말이에요."

"인마! 너 그런 걸 어디서 나서 가지고 다녀?"

"우리 고모부가 줬어요."

"뭐? 너희 고모부가 줘? 집 한 채 값을?"

"……."

"너희 고모부 뭐 하는 사람인데? 어디 있는데?"

"……."

"따라와 봐! 너 말고, 너."

순사가 덴타로를 파출소 밖으로 데리고 나갔다.

밖으로 나온 순사는 담배를 꺼내 물고 불을 붙이려다 멈추며

"야! 너 조놈하고 나이는 같으냐?"

하고 덴타로를 가소롭다는 얼굴로 쳐다보며 물었다.

"아니요, 저 새끼 나보다 한 학년 밑인 새끼가….."

"너는 덩치가 저놈 두 배나 되는 놈이 조놈한테 쩔쩔매고 종로에서 여기
까지 도망질을 해 오냐?"

순사는 한심하다는 표정을 지어 보였다.

"그게 아니고요, 내가 넋을 놓고 있는데 저 자식이 먼저 센테(선방)를 놓
더라구요, 센테 맞은 충격 때문에 기운을 쓸 수가 있어야지요."

"종로 2가에서 청량리까지 도망 올 기운이 있는 놈이 쯔쯔쯔… 너, 정말
아스카 과장님 아들이 맞냐? 이런 녀석. 가 봐!"

덴타로가 경찰관에게 말은 그렇게 했지만 그는 영일이에게 주먹으로 맞은 순간 온몸에서 기운이 빠져나가는, 기절 직전의 경험을 했다. 그는 이제껏 돌로 맞는 것 같은 그런 주먹을 경험해 보지 못했다. 그때 그는 완전히 전의를 잃었었고 서 있는 것만으로도 힘에 부쳤었다.

순사가 영일에게 손에 감으라고 헝겊 하나를 던져 주고는 날이 어둡도록 앉혀 놓았다.

"구두 나오시 칼로 찌른 놈은 보내 주고 찔린 나는 왜 못 가게 하는 거예요?"

영일이가 언성을 높여 경찰관에게 항의했다.

"널 지금 내보내 주면 또 개 쫓아가서 죽인다고 할 거잖아, 인마."

"나 우리 집으로 갈 테니까 보내 줘요!"

"하 그놈, 이따가 경찰서 가서 보내 달라고 그래!"

"왜 잘못한 놈은 보내 주고 죄 없는 나는 안 보내 주는 거예요?"

"인마! 너는 막가는 놈이고 개는 착하고 순진한 게 너랑은 다르잖아-아?"

"내가 뭘 막간단 말이에요?"

"이 자식이 어디다 대고 눈을 부라려?"

"……."

"인마, 세상 막가는 놈이 아니고서야 어느 놈이 제 이마때기에 글씨를 불로 지져 새겨 써 붙이고 다닌단 말이냐? 인마! 도대체 그거 뭐라고 쓴 거냐?"

"……."

"이 자식 얼굴도 멀쩡하고 팔하고 손바닥 좀 다친 것밖에 없잖아? 이리

와, 이리 와서 바닥이나 좀 쓸어라!"

순사들은 영일이에게 아무것도 묻지 않고 잔심부름만 시켰다. 그리고 그날 밤 경범죄로 잡혀 온 8명과 함께 포승으로 묶어 종로 경찰서로 보내 철창 안에 넣었다.

"학생복 입은 놈, 이리 나와!"

다음 날 아침 해가 뜨자 사복 형사가 철창문을 열며 영일을 불러 데리고 가서 그의 책상 앞에 그와 마주 보고 앉게 했다.

아침 8시가 조금 지나자 모습과 행동이 깡패 같은 사람들이 삼삼오오 경찰서 형사과로 들어오기 시작했다. 그들은 출근하는 형사들이었다.

책상을 가운데 두고 형사와 마주 앉아 있는 영일의 옆을 지나가던 챙이 짧은 모자를 쓴 형사가

"이 자식 뭐야?"

하고 영일이를 가리키며 마주 앉아 있는 형사에게 물었다.

"폭행."

영일이와 마주 앉아 있는 형사는 서류를 뒤적거리며 고개도 들지 않고 대답했다.

"이런 어린 놈의 새끼가. 요- 새끼."

질문을 했던 형사가 영일이의 머리를 야무지게 쥐어박고는 지나갔다.

"얘, 왜 온 거야?"

또 다른 형사가 지나가며 물었다.

"폭행."

"개-애새끼!"

그도 영일의 머리를 '딱!' 하고 때리며 지나갔다.

"어이, 이 새끼 뭐야?"

"폭행."

"에라이, 요 새끼야!"

"딱!"

이번 형사의 손은 유난히 매서웠다. 머리에서 별이 튀는 것 같았다. 영일이는 고통스러운 표정으로 머리를 감싸며 그를 때리고 지나간 형사를 돌아보았다.

그 형사는 영일의 머리를 때렸던 수갑을 허리춤에 끼워 넣으며 앞만 보고 가고 있었다. 영일이는 아침 내내 오고 가는 형사들에게 머리에 혹이 나도록 얻어맞았다.

출입문 쪽에서 작은 눈이 칼날같이 찢어진 40대 중반의 신경질적으로 생긴 남자가 걸어 들어오며 물었다.

"이놈인가?"

"네! 과장님."

영일이와 마주 앉았던 형사가 용수철처럼 자리에서 튀어 일어서며 대답했다. 다른 형사들도 모두 하던 일을 중단하고 일어섰다.

그는 영일이를 작고 칼날같이 찢어진 안경 낀 눈으로 뚫어지도록 노려보았다. 영일이는 표독한 그의 눈초리가 두려워 고개를 숙였다.

영일이를 한동안 노려보던 형사과장이

"고간 형사! 이 녀석 내 방으로 데리고 와!"

하고는 사라졌다.

담당 형사 고간이 영일이에게 수갑을 채운 후 복도를 이리저리 돌아 고등계 형사과 형사과장실로 데리고 갔다.

"앉아!"

형사가 영일이의 등을 쿡 밀어 콘크리트 바닥에 꿇려 앉혔다.

"나가 있겠습니다."

형사가 읍하고 나갔다. 고도 근시 안경 너머로 그가 영일이를 말없이 한동안 노려보았다. 그가 덴타로의 아버지일 것이라는 확신이 들자 영일이는 눈물이 핑 돌았다.

"아저씨! 나는 죄가 없습니다. 덴타로가 내 카메라를 뺏어 가지고 안 줘서 달라고 하니까 칼로 제 손을 이렇게 했습니다."

영일이는 울음을 터트렸다.

우는 영일이를 노려보고 있던 덴타로의 아버지 아스카는 말없이 일어나 창가로 다가가 창밖을 바라보고 섰다. 한동안 침묵이 흘렀다.

영일이는 덴타로의 아버지가 덴타로의 잘못을 모르고 있다가 이제야 듣고 알게 되었나 보다고 생각했다. 영일이는 좀 더 자세히 고해야겠다고 생각했다.

"그 카메라는 제가 빌려준 것도 아니고 강제로….."

순간 아스카가

"시끄럽다, 이놈아!"

하고 소리쳤다.

"……."

영일이는 이 사람이 어른이고 또 경찰서에서 높은 자리에 있는 사람이라 믿고 억울함을 호소했는데 실망이 컸다.

"네 이놈! 이런 나쁜 놈! 네 이마에 새긴 것이 도둑놈이라는 걸 내가 모르는 줄 아느냐 이놈!"

영일이는 이 일본 사람이 어떻게 도둑놈이라는 글자를 아는지 의아했다.

"다시 한번 덴타로에게 집적거리면 그때는 이 정도로 끝나지 않는다. 이놈!"

그 욕설을 끝으로 아스카는 전화기를 신경질적으로 연거푸 몇 바퀴 돌리고는 전화기에 대고 소리쳤다.

"고간 오라고 해!"

그는 고간에게 영일이를 즉결 심판에 보내 유치장에 구류시키고 그 사실을 학교에 통보해 퇴학 처분을 받게 하라고 지시했다.

형사과장은 그의 아들 덴타로와 영일이가 학교에서 더 이상 마주치는 일이 없도록 하려는 것이었다.

"읽어 보고 지장 찍어!"

담당 형사가 쓰고 있던 조서 용지를 영일이 앞으로 돌려 놓아주며 말했다.

"……."

"시간 없다아, 어서 찍어라!"

"……."

"유치장에 가서 만기만 썩어! 판사를 잘 만나면 한 20일 썩으면 되고, 어서!"

"아저씨! 제가 언제 칼을 가지고 파출소 안으로 뛰어 들어가 난동을 부렸어요? 제가 덴타로에게 '형! 내 카메라 주세요!' 하고 사정했더니 카메라는 안 주고 때리는 겁니다. 유도부 주장 형이 저보고 '덴타로 저 나쁜 새끼 내가 책임질 테니 패 버려.' 그러는데도 나는 그날 다섯 대도 더 맞았어요.

그러다가…."

"탁-!"

형사가 자초지종을 설명하고 있는 영일이의 머리를 조서 뭉치로 탁! 하고 내려치고는 소리쳤다.

"야! 인마, 내가 아니-이, 내가 봤니? 파출소 조서에 그렇게 쓰여 있는 거-어얼…. 판사한테 가서 잘 말해! 그러면 봐줄 거다. 어서 찍어! 나 바쁘다."

"저, 지장 못 찍어요."

"어! 이 자식 봐라! 너 학생복을 입고 있기 때문에 형무소에는 안 보내는 거야, 인마."

"……."

"너, 알아서 해! 너, 조서에 서명하지 않으면 판사가 더 악질로 볼걸."

"칼로 찌른 그 새끼는 놔주고 찔린 사람은 징역을 가고 이게 무슨 법입니까?"

형사가 갑자기 영일이에게 얼굴을 가까이 대며 목소리를 낮추었다.

"인마, 너는 조센징이잖아-아? 조센징이 일본 사람한테 덤벼들면 뻔하잖아-아? 아이고, 이 새끼 김치 냄새. 어서 찍어!"

영일이는 담당 형사하고는 말이 통하지 않으니 그의 말대로 판사한테 억울함을 말하겠다고 생각했다.

경범죄를 심판하는 판사는 혼자 보기에 아까울 정도로 못나게 굴었다. 판사는 영일에게뿐만이 아니고 모든 사람들에게 신경질적이고 악의적으로 대했다.

판사는 '예', '아니오' 외에는 일체의 말을 하지 못하게 했다. 심지어 그가 묻는 말조차도 '예', '아니오'로만 대답하게 했다.

영일이는 경범죄의 최고 형량인 29일 구류형을 살고 집에 돌아왔다. 할머니가 울면서 학교에서 온 퇴학 통지서를 보여 주었다.

"얘야, 그런 일이 있으면 집으로 통지를 했어야지? 할미가 밥(사식)이라도 넣어 줄 것 아니냐?"

살아 돌아왔으니 됐다고 하면서도 할머니는 계속 우셨다.

이른 아침, 영일이는 마당에 나가 나무 기둥을 쳤다. 500번을 쳤는지 1,000번을 쳤는지 모른다. 그는 기둥이 부러져라 두드렸다.

삼각동 영일이의 집은 이미 경매가 끝나 있었다. 경락자가 법원으로부터 강제집행 집행문을 발부받아 가지고 영일이 할머니를 찾아와 보여 주면서 이사 비용을 주겠으니 대신 자진 퇴거를 해 달라고 설득했다.

영일이는 3대 독자인 관계로 그에게는 일가친척이 없었고 도움을 청할 사람도 없었다. 결국 영일이네는 동대문 밖 숭인동의 논과 밭 가운데 있는 초가집에 월세를 얻어 이사했다.

그곳으로 이사하는 날, 달구지에서 이삿짐을 나르던 영일이 고모가 슬그머니 사라졌다. 영일이 고모는 그길로 인천으로 내려가 조개잡이 배를 타고 나가 투신했다.

영일이는 경성중학교에 학적부를 떼러 갔다. 한국 학생들이 다니는 소위 3류 학교에라도 입학하기 위해서였다. 학적부를 떼어 가지고 교무실을 나오는데 유도부 덴타로의 동료인 다카하시 하루마가 그를 불러 세웠다.

"네가 덴타로한테 네 카메라 줬냐? 아니지?"

"아니요."

"내가 그 새끼 후라이 치는 줄 알았다니까. 그 자식이 지난 수요일 경성

그라운드(서울 운동장)에 네 카메라를 가지고 와서 유도부 기념사진을 찍으면서 광을 치잖냐. 내가 그 카메라 하급생한테 뺏은 거 아니냐고 하니까 그 자식이 네가 줬다고 헛소리를 하는 거야."

"……."

그는 멍하니 서 있는 영일이의 가슴을 주먹으로 툭 치며

"병신 같은 놈! 인마, 가서 카메라 달라고 그래! 그 새끼 지금 유도부에 있어."

하고는 새삼스럽게 영일이를 아래위로 훑어보고는 사라졌다.

덴타로는 그의 누나가 카메라를 가지고 밤늦게 쏘다녔다고 아버지가 카메라를 도끼로 찍어 버렸다고 했었다.

영일이는 덴타로가 하도 거짓말을 그럴듯하게 해서 그의 말을 믿었었다. 영일이는 분하고 억울했다. 그는 한동안 그 자리에 굳어 서 있다가 체념하고 교문을 나왔다.

숭인동으로 이사하고 6개월이 지나면서 영일네는 생활고를 겪었다. 영일이는 기차를 훔쳐 타고 영변 어머니에게 식량을 얻으러 다녔다.

그때마다 어머니는 김정국으로부터 시작해서 할머니, 그리고 영일이까지 온갖 욕을 3-4일씩 퍼부은 후에야 식량을 조금 내주었다.

고모가 자살한 후 할머니는 그 충격에서 좀처럼 헤어나지 못했다. 사리가 밝고 깔끔하던 할머니는 세수마저 하지 않으려고 했다. 할머니는 평생하지 않던 거짓말도 슬금슬금 했다. 할머니의 증세는 날로 심해졌다.

할머니는 밥을 지으며 솥에 한없이 불을 피워 놓아 숯으로 만드는가 하면 아들과 딸이 자신을 버리고 달아났다고 적개심을 드러내곤 했다. 할머니는 사람들을 붙들고 영일이도 자신을 두고 떠날 것이라고 두려워하며

영일이가 떠나면 자신도 죽겠노라고 되뇌곤 했다. 그러나 할머니는 정순례가 영일이의 친모가 아니라는 말만은 결코 하지 않았다.

불과 1년 전까지도 영일이를 돌보고 키워 주던 할머니가 나날이 어린아이가 되어 감에 따라 영일이는 할머니를 돌보아야 하는 보호자이고 가장이 되어야 했다.

영일이는 학교를 중단했다. 그는 청량리역 철로 변에 가서 점결탄(코크스, COKES)을 주워 주물 공장에 팔아 그것으로 생활을 해 나갔다. 청량리역에는 운행을 끝마친 기차들이 타다 남은 석탄을 철로 가에 퍼 버렸는데 이것은 1kg당 발열량이 6,000-7,500kcal나 되어, 철광석을 녹이는 연료로 제철소와 주물 공장으로부터 각광받는 물건이었다.

영일이는 점결탄을 주우러 다니느라고 탄광의 광부 같은 행색을 하고 생활고에 시달리며 지냈다. 무학자가 많은 시기이므로 소학교만 나왔어도 존경과 대우를 받는 시기였지만 영일이는 일류 중학교를 3학년까지 다니고도 심지어 동대문 시장 쌀가게 점원 자리마저도 얻을 수가 없었다. 이마에 새겨진 도둑놈이라는 낙인 때문이었다. 그 낙인은 잠시도 떠나지 않고 영일이의 이마에 붙어 앞장서 다니면서 온갖 불이익을 주고 있는 악마였다.

영일이는 이마에 붙어 있는 이 악마를 지워 보려고 온갖 노력을 다해 보았으나 소용이 없었다. 고심 끝에 영일이는 한 가지 묘안을 찾아냈다. 이마에 새겨진 '도둑놈'이라는 글자에 획을 하나씩 더 그어서 다른 글자를 만들어 놓는 방법이었다.

그는 점결탄을 주워 팔아 온 주물 공장에서 염산을 구했다. 그는 이마에 새겨진 도둑놈이라는 글자에 염산을 붓에 찍어 획 6개를 더 그어 놓았다.

'도' 자를 '모' 자로 '둑' 자를 '뭄'으로 '놈' 자를 '몸'으로 바꾸어 '모뭄몸'으로 고친 것이다.

1933년 봄, 중국 공산당의 홍군과 국민당 간의 전에 없던 치열한 전투가 벌어졌다. 이 전투에서 양편 모두는 만명씩의 사상자를 냈다. 국민당은 즉시 백성들에게 징용 명령을 내려 병력을 보충했다. 그러나 공산당은 그 럴 수 있는 권력을 가지고 있지 못했다. 그들은 모병에 의존해야만 했다.

김정국은 공산당의 모병 임무를 담당하고 있었다. 그는 위뚜에서 농촌의 젊은이들을 홍군에 입대시키기 위해 마을 곳곳을 돌아다니며 목이 터져라 외치고 다녔다.

"일어나라, 청년들아! 조국을 지키자! 일본과 싸우러 북으로 가자! 공산주의란 부의 공평한 분배를 지향하는 사상이다. 공산당에 입당하여 농민의 피를 빨아 먹는 군벌과 지주 놈들을 처단하자.

더 이상 군벌과 지주 놈들에게 착취당하지 말고 분연히 떨쳐 일어나자!

자식을 홍군에 입대시키는 가족에게는 소금을 주고 세금을 감면해 주며 상점에서 사는 물건 값을 할인해 준다!"

다양한 혜택을 준다는 선전과 김정국의 노력으로 신병은 모집되고 또 모집되었다. 그러나 1천 명을 모집하면 그 신병들은 1년을 넘기지 못하고 900명이 전사했다.

백군은 5만 병력으로 홍군을 포위해 놓고 5차에 걸쳐 끊임없는 공격을 가해 왔다. 3월 홍군은 영토의 58%를 잃고 겨우 6개의 현만 사수하고 있었다.

홍군은 휘몰아치는 광풍에 전전긍긍하고 있었고 근거지는 계속 초토화

되었다. 홍군은 전멸 직전 상태에 몰렸다.

이 같은 전멸 직전의 상황에서도 김정국이 목숨을 부지할 수 있었던 이유는 그가 전투병이 아닌 모병을 책임지고 있는 담당관이었기 때문이다.

김정국은 중국 공산당에 투신해 전쟁을 해 오면서 가족을 데리고 다니며 전쟁을 하는 홍군을 유머스럽게 보아 왔었다.

지금도 험준한 도주의 길을 가고 있는 홍군에는 여성 군인 외에도 많은 공산당 수뇌부의 아내들이 함께하고 있다. 그들 중에는 임신을 하고 출산을 하는 여성들이 있었다. 모택동의 아내도 행군 도중에 출산을 해서 낳은 아이를 농가에 맡기고 떠났다.

그 아이는 딸이었는데 중국의 관행을 알고 있는 김정국은 모택동도 그 딸을 다시 찾지 못할 것을 알면서 맡기는 것이라고 생각을 했다. 돈이 될 만한 물건을 농가에 맡기는 것과 같았기 때문이었다.

홍군의 대열 가운데 공산당 수뇌들과 가족들, 부상자들이 포함된 '황제의 가마 행렬'이 있었다. 이 행렬은 하루에 3-4킬로미터밖에 이동하지 못했다. 그로 인해, 결국 백군의 공격을 받아 황제의 가마를 지키려던 홍군 34사단 3만 4천 명이 전멸했다.

격렬한 전투를 치르며 홍군이 샹강 도강을 마쳤을 때 홍군 8만 6천 명 중 5만 6천 명이 죽고 겨우 3만여 명만 살아남았다. 샹강 전투의 패배는 오토 브라운과 보구(博古, 박고)의 체제 붕괴로 이어지고 1935년 1월 19일 공산당에는 모택동이라는 새로운 지도자가 탄생했다.

"도대체 왜 할머니는 나한테 맡겨 놓고 모두 나 몰라라 하는 거야? 오마니도 말해 보라요! 와 그러는가를."

"이 아새끼가 어드매 대고 소리를 지르네? 너도 나 몰라라 하문 될 거이 아니가? 그만치 살았스문 장수한 거이야."

"오마니는 양심도 없시요? 며느리가 그러면 안 되는 것 아니야요? 할머니를 죽게 놔두라니 말이 돼요?"

"나를 땡전 한 닢 안 주고 내쫓은 거이 네 할머니인데 내래 돈이 어드매 있다고 돈을 내놓으라고 야단이가 야단이?"

"할머니가 오마니한테 한 밑천 주려고 했는데 고모부가 몽땅 날려 버려서 못 줬답네다. 할머니래 오마니한테 정 미안하다는 말을 숫테 했시오."

"야- 야- 집어 티우라우! 미안이 밥 먹여 주네?"

이틀 반나절을 사정하고 조르고 소리를 질러도 어머니는 요지부동이었다. 할머니가 며칠째 굶고 누워 영일이마저 도망갔다며 애타게 부르고 있을 것을 생각하니 그는 애가 탔다. 학교에 다닐 때 숙제가 밀려 속을 태웠을 때에도 이처럼 안절부절못하지는 않았다.

"얼마라도 좀 줘-어-!"

영일이가 소리를 버럭 지르며 주먹으로 벽을 대여섯 번 치고는 통곡을 한다.

"이 아새끼가 어드메 대고 행패를 부려? 썩 없어지라우! 그거이 가당키나 하다고 하는 말이가? 내래 아이들하고 먹고살기도 힘들어 죽을 판에 빚이라도 얻어 내라니 어느 누구래 우리한테 빚을 준다든? 썩 없어지라우!"

영일이의 아우성에도 아랑곳하지 않고 어머니는 소쿠리에 빨래를 담아 들고 냇가로 나가 버렸다. 그는 집 안을 구석구석 뒤져 보았으나 팔아서 돈이 될 만한 것은 발견할 수 없었다. 다만 장에 가지고 나가 팔려고 어머니가 모아 놓은 계란 8꾸러미와 깨 농사를 지어 짜 정종 병에 담아 놓은 참기름 두 병이 눈에 뜨일 뿐이었다.

영일이는 그것이라도 가지고 한시라도 빨리 할머니에게 가 보아야 했다. 그는 참기름 두 병과 계란, 쌀을 자루에 담아 들고 집을 나왔다. 참기름을 들고 나오기는 했으나 그것으로 며칠이나 살아갈 수 있겠으며 할머니의 병원비 역시 걱정이었다.

서울에 가기 위해 훔쳐 탄 기차 안에서 밤새 걱정에 잠겨 있던 그는 덴타로를 만나야겠다는 생각을 했다. 그를 만나서 지난날을 사과하며 할머니의 딱한 사정을 이야기하고 카메라를 돌려달라고 사정을 해 볼 생각이었다.

그간 덴타로의 일이 종종 생각나고 그때마다 분한 생각이 들었지만 다투는 것도 피곤할 것 같고 그의 아버지가 무섭기도 해서 애써 잊어버리곤 했었다.

이른 새벽 신촌역에 도착한 영일이는 하루 종일 지루한 시간을 보내다가 오후 4시경 경성중학교 교문 앞으로 갔다.

그는 수업을 마치고 집으로 돌아가는 덴타로의 뒤를 따라가 불러 세웠다.

"잠깐 이야기하자!"

덴타로가 흠칫 놀라며 두려워했다.

"덴타로! 나는 너랑 싸우려고 온 것이 아니야. 나는 그 카메라를 팔아서 우리 할머니 병원비로 써야 돼. 그 카메라 줘! 사정할게."

"있어야 주지? 없다고 했잖아."

"너 경성 그라운드에서 유도부 시합 끝나고 그 카메라 가지고 와서 사진 찍은 것 다카하시가 말해 줘서 나 다 알고 있어."

"누가?"

"덴타로! 너 사내놈이 끝까지 지저분하게 굴래?"

"……."

"너는 부잣집 아들이잖아? 나는 거지나 다름없게 된 놈이야. 부탁할게."

"……."

"내가 그동안 너한테 한 일 사과할게."

영일이는 세종로까지 걸어 내려오면서 자신의 사정을 이야기하며 그를 설득했다.

덴타로가 말했다.

"그러면 너, 아구 세 대만 맞아!"

덴타로가 마음을 바꾸었다는 생각이 들어 영일이는 기쁜 마음으로 흔쾌히 대답했다.

"그래."

덴타로는 온 힘을 다해 영일이의 턱을 주먹으로 쳤다.

영일이는 비틀비틀 세 걸음 뒤로 물러갔다가 덴타로가 때리기 좋을 거리까지 다시 다가서 주었다. 이번에는 영일이의 턱이 아닌 왼쪽 눈을 향해 주먹을 날렸다. 순간 영일이는 90도로 허리를 굽히며 눈을 감싸 잡고 신음했다.

한참 만에 허리를 편 영일이가 "너! 너!" 하며 끓어오르는 분노를 참느라고 말을 잇지 못한다.

눈을 가렸던 손을 떼고 눈동자를 돌려 보고 서 있는 영일이의 눈은 빨갛게 충혈되었고 다른 편 눈에도 눈물이 가득 고여 있었다. 기어이 남은 한 대를 마저 때리고 난 덴타로가 씩씩대며 말했다.

"너, 후배 놈이 왜 꼬박꼬박 반말이야. 이 새끼야!"

"미안해요, 형!"

"그럼 무릎 꿇어!"

"……"

영일이는 어찌할 바를 몰랐다.

"싫으면 관둬!"

덴타로의 말에 영일이는 대로변에서 무릎을 꿇었다.

"따라와!"

덴타로가 앞장서서 걸으며 말했다.

"이제 카메라 줘요!"

"집에 가야 주지 인마, 전차표 사 와!"

덴타로가 눈을 부라리며 영일이를 보았을 때 영일이의 눈동자는 진한 자주색으로 변해 있었다.

덴타로의 집은 종로 4가에서 창경궁 방향으로 200미터가량 가다가 오른편 골목 안에 있었다. 60-70미터 깊이인 그 골목은 말이 골목이었지 트럭이 충분히 들어갈 수 있는 넓은 길이었다. 그의 집은 두 개의 철문이 있었는데 골목을 마주하고 있는 큰 철문 외에 우측으로 또 하나의 작은 철문이 있었다.

"여기서 기다려!"

라는 말을 남기고 작은 철문 안으로 사라지는 덴타로를 보며 영일이는 마음이 기뻤다. 이제 할머니를 병원에 모시고 갈 수 있게 되었기 때문이었다.

영일이는 철문과 콘크리트 기둥 사이의 틈으로 덴타로의 집 안을 구경했다. 그의 집 마당은 철문 안으로부터 마당이 끝나는 검은색 나무 담까지 80미터가량 되어 보였다.

마당에는 약 25미터 간격으로 아름드리 은행나무 세 그루가 무성한 잎으로 마당 전체를 가리며 자라고 있었다. 철문으로부터 두 번째 은행나무 좌측에는 창고 같은 작은 건물이 있었고 우측 약 30미터 떨어진 곳에 덴타로가 들어간 그의 집 건물이 있었다. 그 건물은 영일이가 들여다보고 서 있는 문틈으로는 현관 일부만 보일 뿐 건물의 대부분은 보이지 않았다.

덴타로의 집은 마당이 넓은 대단히 좋은 집이라고 영일이는 생각했다.

이제는 나오려나 하고 기다렸으나 무슨 이유에서인지 덴타로는 한 시간 반가량이 지나도록 나오지 않았다. 망설이기를 몇 번이나 거듭하던 끝에 영일이는 대문에 매어 놓은 주인을 부르는 줄을 당겼다.

얼굴이 곱게 생긴 20대 후반의 부인이 다각다각 나막신(게다) 끄는 소리를 내며 총총걸음으로 나와 영일이에게 누구를 찾느냐고 물었다. 덧니가 예쁘게 난 그 부인이 되돌아 들어가고도 40분이 족히 지났는데도 덴타로는 나오지 않았다.

영일이는 다시 주인을 부르는 줄을 두 차례 잡아당겼다. 그리고 철문 틈으로 덴타로의 집을 살피고 있을 때였다.

덴타로를 다급히 외쳐 부르는 젊은 부인의 목소리가 두 차례 들리고 현관문이 열리면서 밖으로 나오는 덴타로의 몸이 반쯤 보였다.

대문을 향해 오는 덴타로의 손에는 부엌칼이 들려 있었다. 이어 현관 안에서 덴타로를 소리쳐 부르던 부인이 따라 나왔다.

순간 덴타로의 칼에 찔렸던 기억이 떠오르며, 칼을 든 그의 모습이 영일의 가슴에 공포를 불러일으켰다. 동시에 오늘 당한 수모가 분노로 치밀어올랐다.

그는 급히 주위를 살피며 무기가 될 만한 것을 찾았다. 무기가 될 만한 것은 주위에 없었다. 그는 옆에 놓았던 자루를 낚아채어 참기름이 담긴 정종 병을 꺼내 들었다.

철문이 열리고 식칼을 든 덴타로가 문밖으로 나왔다. 순간 영일이는 참기름 병을 대문 콘크리트 기둥에 내려쳐 깨뜨렸다. 그리고 병 깨지는 소리에 멈칫하는 덴타로의 배를 향해 깨뜨린 병으로 힘껏 찌르고 다시 한번 찔렀다. 덴타로가 칼을 떨어뜨리며 배를 잡고 주춤주춤 뒤로 물러서다가 주저앉았다.

덴타로를 따라 나와 덴타로의 상처를 살펴보고 있는 부인의 어깨 너머로 덴타로가 영일이를 올려다보며 애원했다.

"살려 줘! 나 병원에 데려다줘!"

거친 숨을 몰아쉬며 지켜보고 있던 영일이가 덴타로를 업었다. 언제 어디서 모여들었는지 동네 꼬마 3명이 덴타로를 업는 일을 도와주었다.

병원이 있는 곳을 안다고 안내를 자청하는 꼬마들의 뒤를 따라가고 있는 영일이 등 뒤에서 덴타로가 나지막한 소리로 애원했다.

"살려 줘, 나는 살아날 수만 있다면 다시는 누구하고도 안 싸울 거야."

덩치 큰 덴타로를 업고 종로 거리를 가고 있는 영일이 등에서 덴타로가 다시 힘겹게 "천황폐하 만세! 천황폐하 만세!"를 나지막한 소리로 두 번 웅얼거리고는 팔다리를 축 늘어뜨렸다.

영일이는 종로 3가에 있는 조그마한 외과 병원으로 덴타로를 업고 들어갔다. 의사가 덴타로를 치료하는 동안 영일이는 응급실 밖 병원 입구에 놓인 의자에 앉아 있었다. 덴타로를 따라온 부인이 덴타로의 아버지에게 전화하는 소리가 병원 안에서 들려왔지만 영일이는 체념하고 그 자리에 그대로 앉아 있었다.

응급실 문이 열리고 간호사로 보이는 중년 부인이 나왔다. 그녀는 도시락 그릇만 한 쇠 그릇에 의료 기구를 챙겨 담아 들고 되돌아 들어가다가 영일이를 돌아보며 말했다.

"선생님이 그러시는데 오늘 네가 사람 살렸단다. 반 푼(약 1.5밀리)만 더 깊게 찔렀어도 콩팥이 터져서 즉사하는 건데 덜 찔렀다고."

30여 분이 지났을 무렵, 병원 문이 왈칵 열리며 마른 몸에 싸늘하게 생긴 덴타로의 아버지 형사과장 아스카 지사토가 들어섰다.

그는 의자에 앉아 있는 피투성이인 영일이를 보고 멈춰 섰다. 그는 분노의 눈초리로 영일이를 노려보고는 허리춤에 차고 있던 수갑을 꺼내 한쪽을 영일이의 손목에 으스러지도록 야무지게 눌러 채웠다. 그리고 다른 비어 있는 수갑 한쪽을 홱- 잡아당겨 병원 의자에 채워 놓고 안으로 들어갔다.

의사를 만나고 나온 아스카 지사토는 영일이를 차에 태워 경찰서가 아닌 원남동 그의 집으로 데리고 갔다.

그는 타고 온 자동차 운전사를 시켜 영일이를 마당에 있는 은행나무에 나무를 끌어안은 자세로 묶어 놓았다. 집 안으로 들어갔던 아스카가 채찍을 들고 나왔다. 그는 영일이의 웃옷을 잡아 찢어 알몸을 만들어 놓고는 등을 향해 채찍질을 시작했다.

이따금 팔에 힘이 빠질 때면 그는 때리기를 중단하고 가정부가 떠다 놓은 물통에 채찍을 담가 무겁게 만들어 다시 때렸다.

영일이는 세 번 기절했는데 그때마다 물세례를 받고 깨어나곤 했다.

한 시간 반 동안 매질을 한 아스카는 엉망이 된 영일이의 등에 소금을 뿌려 놓았다. 그리고 그는 응접실에 앉아 정종을 따라 마시며 영일이가 밤새도록 질러 대는 비명 소리를 들으며 분을 삭이고 있었다.

다음 날 영일이는 종로 경찰서 유치장에 넣어졌다. 그의 얼굴은 부어서 눈이 보이지 않았다.

피가 엉겨 붙어 있는 영일이의 등의 상처는 심하게 부어올라, 마치 척추 장애인(꼽추라는 말은 얕잡아 이르는 말)처럼 보였다. 특히 그의 등의 상처가 그처럼 심각하게 부어오른 이유는 상처에 소금을 뿌린 후 오랜 시간 방치했기 때문이었다.

그는 죽음의 문턱까지 갔을 때의 공포와 지금의 억울하고 분한 심정을 참지 못해 흐느껴 울었다.

종로경찰서 유치장 벽에는 여러 부류의 낙서들이 쓰여 있었다. 어떤 것은 쇠붙이로 벽을 긁어 새겨 쓴 것도 있었고 어떤 것은 모진 고문을 받으며 이곳을 거쳐 간 독립운동가들이 써 놓은 '대한독립 만세'라는 혈서들이었다.

그리고 아스카 지사토 형사과장을 저주하고 비난하는 내용의 글이 3개가 있었다.

그중 영일이의 관심을 끈 것은 누군가가 적어 놓은 아스카 지사토 고등계 형사과장에 대한 이력이었다.

날카로운 쇠붙이로 새겨 써 놓은 글은 다음과 같았다.

'아스카 지사토 고등계 형사과장 본명 박준창.

상해 의열단에서 활동하다 1927년 3월 일본 경찰에 체포되어 한국으로 압송.

그는 일본에 충성을 맹서하고 말단 순사로 출발.

그는 일본의 신임을 얻기 위해 경의선 열차에 탑승하고 다니면서 한만 국경을 왕래하는 독립운동가 500명을 검거하여 몸서리치는 잔혹한 고문을 가하고 200명 이상을 처형해 일본에 혁혁한 공을 세움.

그는 동족의 고혈을 짜 팔아 일본인도 오르기 힘든 경찰 간부직에 오름.'

그리고 그 글의 반대편 벽에는 박준창이 경남 김해 경찰서에서 말단 순사로 있으면서 중학교 학생들을 검거해 독립운동을 했다는 죄목으로 고문을 가했는데 자백을 하지 않자 중학교 학생 4명의 혀를 뽑았으며 그래도 그들이 자백을 하지 않자, 주머니칼을 꺼내 직접 그 학생들의 눈동자를 파내고 코를 잘라 내어 괴물을 만들어 놓았다는 내용이 적혀 있었다.

제9장

간수들의 억압과 잔혹한 학대

영일이는 살인미수죄로 기소되어 재판에 회부되었다.

법원은 영일이에게 적용된 살인미수죄는 인정하지 않았다. 그러나 영일이가 주장한 정당방위 역시 받아들이지 않았다. 일본 법에는 정당방위 제도가 없는 데다가 더욱이 흉기로 배를 한 번이 아닌 두 번을 찔렀기 때문이다.

영일이는 웃옷을 벗어 구렁이 몇 마리가 감고 있는 듯한, 덴타로 아버지에게 채찍으로 맞은 흉터를 판사에게 보여 주었다.

영일이를 가까이 오도록 불러 끔찍한 채찍 흉터를 보고 난 판사는 영일이의 형량을 크게 낮추어 1년 6개월을 선고했다.

영일이는 형무소 생활을 하면서 두려움과 기아에 떨었다. 간수들의 억압과 잔혹한 학대, 도를 넘는 힘든 노역, 악만 남은 죄수들 간의 반목과 밀고로 많은 죄수들이 복역 중 형기를 마치지 못하고 죽어 나갔다.

형무소에서는 식사 때마다 밀과 콩과 조를 섞어 찐 가다 밥(육각형 모형에 넣고 찍어 낸 두부 모양의 밥) 한 덩어리에 된장에 넣어 절인 참외 한 조각씩을 주었다.

수감자들은 그 밥 덩어리를 먹고 나도 시장기를 면하지 못했다. 수감자들은 다음 식사가 나올 때까지 배고픔을 참고 기다리기를 힘겨워했다.

영일이는 형기를 마칠 때까지 살아남을 수 있을 것 같지 않았다. 그동안 그는 어머니가 걱정할 것 같아 형무소에 들어온 일을 알리지 않았었다.

그러나 몸이 날로 허약해지고 배가 고파 더 이상 참지 못하고 어머니에게 돈을 좀 보내 달라고 편지를 보냈다. 몇 번이나 편지를 보냈지만 어머니한테서는 돈도 답장도 오지 않았다.

영일이는 어머니가 편지를 받지 못한 것으로 생각하고 출소하는 사람을 시켜 형무소 밖에서 그의 편지를 보내게 했다. 그러나 그 역시 아무런 소식이 없었다. 그는 다시 편지를 썼다. 그러나 어머니한테서는 끝내 답장조차 오지 않았다.

형무소 생활을 하면서 영일이는 비관과 반항을 일삼았다. 학대와 매질을 하는 간수들에게 그는 깡다구(악착같이 버티는 힘)로 대항하며 죽이라고 덤벼들었고, 동료 죄수들과도 무수히 많은 싸움을 했다. 그렇지 않고서는 형무소 안에서 살아남을 수가 없었다.

영일이는 세월이 지남에 따라 형무소 생활에 익숙해져 갔다. 그는 죄수들에게 텃세를 받던 입장에서 텃세를 부리는 입장으로 바뀌었다.

1년 6개월의 형기를 마치고 출소하는 날 영일이는 느린 걸음으로 사방을 두리번거리며 수원 형무소 문을 나선다. 그를 맞으러 나온 사람도 나올 사람도 없는데 그는 형무소 정문 앞에 서서 좌우를 괜스레 살펴보고 있다.

그는 복역 기간 동안 야외 노역을 다니면서 심심치 않게 바깥세상을 접해 왔다. 그러나 자유로운 몸이 되어서 보는 세상은 더욱 밝고 평화롭게 보였다. 찡그린 얼굴로 청명한 하늘을 올려다보던 영일이가 하늘을 향해 두 팔로 하는 욕을 하고 자리를 뜬다.

영일이는 감옥살이가 할머니 걱정으로 배로 힘들었는데 할머니는 신우염으로 돌아가신 지 오래되었다고 한다.

영일이는 서울에서 살아갈 기반도 없고 이유도 없었다. 그는 영변 어머니 집으로 갔다.

"오마니! 내래 왔수다."

"……."

마당을 등지고 마루에 팔베개를 하고 누웠던 정순례가 등 뒤에 와서 외치는 영일이의 목소리를 듣고 돌아누우며

"아-유! 내래 깜빡 잠이 들었었구만."

하고 혼잣말을 했다.

"영옥이는 어드메 갔시요?"

"친구 집에 간다고 나갔다."

"이놈의 에미나이! 까질르고 다닐 시간이 있으문은 오라비 면회라도 한 번 올 거이디, 나쁜 놈의 에미나이!"

"네래 무어를 잘했다고 영옥이 욕을 하네? 그러무는 시집도 안 간 테너래 형무소에 면회나 다니문서 네 옥바라지나 하란?"

"와 소리는 지르고 그럽네까? 그러문은 가족이 어쩌다가 형무소에 가 있으문은 면회도 오고 그러는 거이 가족이디 나 몰라라 하구선 한 번도 안 오는 거이 정상입네까?"

"누구래 너를 보고 그딴 짓을 하고 그딴 데에 가 있으라든?"

영일이는 할 말을 잃었다. 그는

'그만두자, 내가 오죽 급했으면 가족들이 걱정할 것과 창피한 것을 무릅쓰고 돈 조금만 보내 달라고 그렇게 애원했겠어? 아무것도 모르고 저런 소리를 하는 사람들에게 무슨 말이 필요하겠나.'

하고 생각했다.

"오마니! 밥이나 차려 주시라요!"

"네래 손이 없네 발이 없네? 네래 들어가서 차려 먹으려무나! 사람 귀찮게 굴디 말고!"

영일이는 공부를 잘하던 아들이 형무소에나 드나드는 것에 속이 상해서 어머니가 저러는 것이고 진심은 다른 부모와 다르지 않을 것이라고 확신하며 어머니의 냉대를 대수롭지 않게 받아들인다.

형무소에 수감되었던 지난 1년 6개월로 영일이가 학교 교육을 받을 기회는 사실상 끝난 것이었다. 전과자가 된 그를 받아주는 학교도 없을 뿐 아니라 어머니도 학비를 대주지 않겠다고 했다.

북경에서 자식을 슬프고 참혹하게 떠나보내고 돌아와서 시집의 가산마저 풍비박산 나는 바람에 생활에 어려움까지 겪게 되자 정순례는 염세주의자가 되었다.

그녀는 불만과 분노의 삶을 살면서 마음은 모질어졌고 남을 쉽게 미워했다. 그녀를 친어머니로 알고 있는 영일이는 어느 착한 아들 못지않게 순종적이고 공부를 특별히 잘했었다. 그녀는 영일이 장래에 은근한 기대를 가지고 뒷바라지를 해 왔다.

그러던 영일이가 이마에 도둑놈이라는 낙인이 찍히고 난 후부터 성격이 난폭해지고 급기야 퇴학을 당하고 감옥까지 드나들었다. 이때부터 정순례는 장래가 비관적인 영일이를 미워하기 시작했다.

그동안 그녀는 친정 부모가 농사짓던 몇 안 되는 밭들을 곶감 빼먹듯 하나씩 둘씩 팔아 생활했다. 이제는 손바닥만 한 밭 하나밖에 남지 않았으므로 영일이에게 시킬 농사일조차도 없었다. 하는 일 없이 하루 종일 방에서 빈둥거리는 영일을 향한 정순례의 꾸중은 날이 갈수록 심해져 갔다.

정순례는 영일이가 식량을 축내지 말고 그녀의 집에서 어디론가 사라져 주기를 바랐다.

그녀는 영일이에게 생모가 아니라는 사실을 얘기하고 그를 쫓아내려고도 몇 차례 망설였다.

영옥이도 영일이에게 적개심을 보이며 항상 냉정하게 대했다.

영옥이는 어머니가 영일이를 대하는 언행을 보며 벌써 오래전부터 그가 어머니의 친자식이 아니라는 사실을 알고 있었다.

영옥이는 영일이가 오빠로 행세하는 것부터가 밉고 싫었다.

외할아버지 역시 마찬가지였다. 무능한 듯 착한 외할아버지였지만 그는 영일이와 친근하려고 하지 않았다. 그는 영일이의 일에는 일체의 간섭도 하지 않았다.

오늘도 어김없이 영일이를 향한 어머니의 꾸지람과 욕설이 이른 아침부터 시작됐다.

"이 한심한 놈아! 학교를 때려티웠스무는 어드메 나가 일을 해서 먹고 살 궁리를 해야디, 열일곱 살이나 테(처)먹은 아이 새끼래 허구한 날 테먹고 방구석에서 딩굴어? 네놈도 네 애비 놈을 닮아서 대가리가 썩었어. 네 애비인가 하는 놈은 대학을 나오고도 저 꼴을 하고 사는데 네놈은 중학교도 못 나왔으니끼니 장차 뭘 해먹고 살갔네? 네놈도 앞날이 뻔-해. 하기야 네 애비 놈은 대학도 보결로 들어간 거이 뻔해. 그렇티 않고서야 와세다 대학 상과를 나왔다는 놈이 글씨 쓰는 꼬락서니를 좀 보라우! 무슨 놈의 글씨를 그림 그리듯 하고 자빠데서."

"……."

"서방 복 없는 년이 새끼 복은 있갔네? 네래 내 덕을 보갔네-에, 내래 네 덕을 보갔네? 여기서 빈둥대지 말고 썩 나가 없어지라우!"

"……."

부엌일을 하며 욕설을 퍼붓던 정순례는 일절 대꾸가 없는 영일이에게 분이 났던지 방으로 들어와서 누워 있는 영일이의 다리를 걷어찼다.

"일어나라-우! 이 한심한 아-이 새끼야. 허리가 부러뎃네?"

"왜 때려?"

"이 아새끼래, 어드메 대고 소리를 질러? 네래 나를 치갔니? 내래 범의 새끼를 길렀구나 야. 이 아이새끼를 북경에다 떼어놓고 와야 하는 거인데. 내래 거기에다 네놈을 두고 왔으무는 문둥이를 따라다니면서 거지나 되었갔디 별수 있었갔네?"

이 같은 날이 계속되면서 영일이는 어머니에게 다소 미안했던 마음이 분노와 반항으로 바뀌었다.

"이놈아! 나이가 열일곱 살이면 남 같으면 벼슬을 하고도 남을 나이인데 사람 구실 못 할 거이문 어드메 나가서 죽어 없어지라우!"

"……."

"남들은 죽기도 잘 죽두만 저 아새끼는 와 죽지도 않는가 모르갔서-어?

제발 좀 나가 죽어 없어지라우! 내래 네가 죽으무는 신작로에 나가서 춤을 덩실덩실 추갔다."

"고만 좀 해요! 고만 조-옴! 죽어 없어지는 것이 그렇게 쉬웠으면 나는 백 번도 더 죽었갔시요. 내래 언제 날 이 개같은 세상에 낳아 달라고 한 적이 있시까? 와 날 낳아 놓고 이제 와서 허구한 날 죽으라고 악담을 하냐 말이외다? 내가 놀고 싶어서 빈둥거리는 것도 아니고 어디 일할 데가 있어야 할 것 아니야요?"

"미-친놈! 와 닐 자리가 없네? 이 아새끼야! 하다못해 도부꾼(도매점에서 물건을 외상으로 받아 마을을 다니며 팔아 가지고 와서 돈을 갚는 행상)이라도 따라다니라고 하지 않튼? 그러다가 신임을 얻으문 네놈도 도부꾼이 될 거이 아니가. 아니무는 마부라도 따라다니무는 먹여 주고 재워는 줄 것 아니가. 이 대가리가 썩은 아새끼야! 데(저) 썩은 대가리를 도꾸(도끼)로 팍, 쪼개설라무네 시냇물에 절럭절럭 씻었으문 좋갔다. 네래 배운 거이 있네-에, 아니문 부모를 잘 만나설라무네 가진 거이 있네? 네깐 놈이 개뿔이나 뭐이 있다고 찬밥 더운밥을 가리문서 허구한 날 놀고먹네?"

그는 하루도 빼놓지 않고 닦달을 하는 어머니 성화에 집을 떠나기도 했었다. 이번에도 더 이상 집에 있을 수 없어 기차를 훔쳐 타고 다시 서울로 내려왔다.

그는 별로 친하지도 않았던 친구들까지 찾아다니며 며칠씩 얹혀 지냈다. 그러나 각박한 시국에 그것 역시 괴로운 생활이었다. 그는 예전 청량리역 철로에서 점결탄을 주워 와서 팔았던 주물 공장을 찾아갔다. 그 주물 공장은 급료는 없지만 숙식을 제공받는 일자리였다.

주물 공장은 수집한 고철을 녹여서 대형 난로와 가마솥, 쇠 절구, 풍로,

풍구 등을 만드는 곳이었다. 공원은 20-30명이 있었는데 그중에 영일이가 제일 어렸다.

공원들이 하는 일은 용광로에서 끓는 오렌지 색깔의 쇳물을 손잡이 길이만 2미터가 넘는 용기에 받아 들고 달려와 모형에 쏟아붓는 일이었다. 공원들은 쇳물이 식어 굳어지기 전에 모형에 부어야 하므로 쇳물이 담긴 무려 30kg이 넘는 용기를 들고 뛰어다녔다.

이글거리는 용광로 주위에서 땀을 흘려 가며 뛰어다니는 공원들은 모두 20대 청년들이었다. 믿기 힘들 정도의 힘든 일을 하는 공원들은 대단한 체격들을 하고 있었고 먹는 양 역시 놀라웠다.

궁핍한 세월을 살아가고 있는 많은 젊은이들이 월급은 없지만 먹는 것 하나는 배불리 먹을 수 있다는 소문을 듣고 이 주물 공장을 줄지어 찾아왔다. 그러나 그들 대부분은 3일을 넘기지 못하고 슬그머니 자취를 감추곤 했다. 그중 극소수만이 1주일 넘게 일을 하다가 몸살을 앓고 누웠다.

영일이는 나이도 어리고 힘든 일을 해 본 경험마저 없어 그 같은 일을 감당할 수 없었다.

더욱이 짐승의 우리보다 나을 것이 없는 열악한 생활 공간도 견디기 힘들었지만 걸핏하면 서로 끓는 쇳물을 뿌려 가며 싸우는 공원들과 함께하는 생활이 살벌하고 고통스러웠다.

영일이는 나이도 어리고 몸도 약했지만 중학교를 다닌 학력 때문에 주물 공장에서 일할 수 있었다. 그는 철강석과 고철이 우마차나 트럭에 실려 들어오면 저울에 달아 장부에 기입하고 석탄, 점결탄을 팔러 오면 처리하는 일을 했다.

주물 공장에서 일을 한 지 1년 반이 지났다. 그는 믿기 힘들 정도로 고된 일을 해 오면서 대단한 근육질 몸이 되었고 쓰면 쓸수록 강해진다는 힘 또한 대단한 소유자가 되었다. 그는 키마저 6자에 육박했다.

영일이는 밥은 주물 공장에서 충분히 먹을 수 있었지만 그것만으로 살아갈 수가 없었다. 영일이는 공장 일이 끝나면 청량리 철도 변으로 달려가 점결탄을 주워 와서 그가 일하는 공장에 팔았다. 그러나 주물 공장 일은 오후 6시에나 끝이 나므로 그 돈벌이도 해가 긴 여름 한철에만 가능했다.

그렇게 푼푼이 모은 돈을 들고 영일이는 소학교를 같이 다닌 동규를 찾아갔다. 동규는 내과의사인 차 박사의 외아들이었다. 그는 18살의 나이에도 과잉보호를 하는 어머니 때문에 문밖 출입이 자유롭지 못했다. 그가 그 나이가 되도록 아직도 어머니 품속을 헤어나지 못하고 복종하는 데에는 그의 온순한 성격도 한몫했지만 자신이 생각해 보아도 어머니가 바라는 의사가 되기에는 워낙 공부를 못했기 때문이었다.

그는 소학교 시절 잠시 영일이와 가까이 지냈는데 그의 어머니가 이마에 도둑놈이라는 글씨가 새겨진 영일이와 노는 것을 극구 막으면서부터 그도 점점 영일이와 멀어졌다. 다만 영화 보기를 좋아하는 그는 이따금 영일이가 돈을 마련해 가지고 찾아가서 극장에 가자고 할 때에만 '목욕탕을 간다.'는 등으로 어머니를 속이고 영일이를 따라 극장에 가곤 했었다.

그 같은 동규를 영일이가 찾아가는 이유는 매번은 아니지만 종종 동규의 여동생 규희를 볼 수 있는 기회가 생기기 때문이었다.

지난번에는 규희가 나와서 동규의 팔에 매달리며 영일이를 향해

"오빠. 나도 극장 데리고 가."

하고 어리광을 부리기도 했었다.

그는 이제껏 그가 본 또래 여자들 중에서 규희가 제일 예쁘고 성격도 명

랑해서 좋았다. 규희는 영일이를 만나면 '오빠, 오빠' 하고 그를 따랐지만 영일이는 규희를 보면 몹시 수줍어했다.

오늘도 2층 동규의 방 유리창에 물에 적셔 뭉친 종이 공을 던져 그가 왔다는 신호를 몇 차례 보냈다. 그러나 안에서는 아무런 반응이 없었다.

다시 한번 창문을 향해 물에 젖은 종이 공을 던지려는 순간 창문이 발칵 열리며 동규 어머니가 근엄한 목소리로 불렀다.

"얘! 너 이리 들어오너라!"

영일이가 일본식 동규의 집 미닫이 현관을 밀고 안으로 들어섰다. 현관 앞에는 동규의 여동생 규희가 걱정스러운 표정을 짓고 서 있다가 한편으로 비켜섰다.

저만치에 열려 있는 안방 문 안으로 어머니를 마주하고 앉아 있는 동규의 등이 보였다.

머리 숙여 인사를 하는 영일이를 대답 없이 힐끗 쳐다보는 동규 어머니의 눈초리에 노여움이 가득했다. 그녀는 방 앞에 와서 서 있는 영일이에게 들어와 앉으라는 말조차 하지 않았다.

"너, 동규 의대 가기 위해서 공부해야 한다고 불러내지 말라고 그랬지?"

"……."

"못 들었어?"

"그런 말씀은 못 들었지만 그런 것 같았습니다."

"그랬으면 자꾸 와서 불러내지 말았어야지."

"저는 2년 만에 처음 왔는데요."

"……."

"……."

"나는 너 우리 집에 오는 것도 싫고 우리 동규하고 어울리는 것도 싫다. 다시는 우리 집에 오지 마라! 알았니?"

마음 같아서는 '왜요?' 하고 덤벼들고 싶었지만 영일이는 규희를 의식하고

"네, 안녕히 계십시오!"

하고 돌아섰다.

현관에 와서 벗어 놓았던 낡은 신을 신고 있는 영일이 등 뒤에서 규희가

"오빠. 미안해."

하고 나지막한 목소리로 영일이에게 말했다.

동규네 집을 나온 영일이는 너무 수치스럽고 민망해서 이것이 꿈이었으면 하는 생각을 하며 빠른 걸음으로 걸었다.

'거지 같은 놈이 귀한 집 아들을 찾아온다 그거지? 나는 왜 보는 사람마다, 가는 곳마다 천대를 받는 것일까?'

그는 벽이라도 들이받고 죽고 싶은 심정이었다.

제10장

극장 앞 깡패들

그는 어느덧 대형 포스터들이 내걸린 단성사 극장 앞에 와 있었다. 영일이는 포스터를 올려다보며 '대열차 강도' 하고 일부러 목소리를 굵고 사납게 만들어 큰 소리로 읽었다.

영일이는 동규를 데리고 이 영화를 보러 오려고 오래전부터 돈을 모았었다.

그는 극장에 들어와 영화를 보고 있는 동안에도

'오빠. 미안해.'

하고 나지막하게 말하던 규희의 목소리가 귓가에 맴돌았다.

'나는 동규보다 공부도 잘했고, 동규보다 예의도 바르다. 그리고 동규보다 정신연령도 높다. 나는 본래는 동규보다 나은 인간으로 태어났는데….'

영일이는 이마에 새겨진 '도둑놈'이라는 낙인 때문에 늘 위축되어 살아왔다. 그의 얼굴에는 당당함이나 자부심 등의 멋진 기색은 전혀 엿보이지 않았다. 그럼에도 불구하고 그는 잘생긴 부모로부터 물려받은 유전자를 지니고 있어 외모가 비호감으로 비치지는 않았다. 그의 훤칠한 키와 시원한 눈매, 그리고 맑은 피부색은 젊고 활기찬 인상을 주었다.

영화가 끝났다.

영화가 어떻게 끝이 났는지 모를 지경이었다. 극장 옆 문이 활짝 열렸다.

그 문으로 강한 햇빛이 극장 안으로 쏟아져 들어왔다. 관객 모두가 자리에서 일어나 서서히 출구를 향해 움직이기 시작했다. 그러나 영일이는 미동도 하지 않고 그 자리에 우두커니 앉아 있었다. 동규 어머니의 얼굴이 스쳐 지나갔다. 극장을 나가 특별히 갈 곳도 없고 쇠 덩어리들만 산재해 있는 주물 공장으로 돌아가는 것도 오늘은 왠지 싫고 진저리가 쳐 졌다.

극장을 나가려던 몇몇 사람들이 어이없다는 웃음을 지으며 출구로부터 되돌아 극장 안으로 들어왔다.

출구에는 웅성거림이 있고 사람들이 밖으로 나가지 못하고 있었다.

키가 큰 영일이가 목까지 길게 빼고 문 쪽을 살폈지만 무슨 일이 일어나고 있는지 볼 수가 없었다. 영일이는 사람들을 헤치고 문 앞으로 나갔다.

햇살이 쏟아지고 있는 극장 옆 문에는 일본인 깡패 5명이 극장에서 밖으로 나가려는 관객의 앞을 가로막고 서 있었다.

그 깡패 무리 중 2-3보 앞에 나와 서 있는 자는 땅에 끌릴 정도로 긴, 잘 다려진 검은색 기모노를 입고 있었는데 그 검은색 기모노 속에는 흰색 하가마를 멋지게 차려입고 있었다.

그는 백옥같이 하얀 다비(버선)를 신은 게다(일본식 나막신) 발을 극장에서 나오려는 사람들 앞에 쑥 내밀고 서서 변성한 굵고 느린 목소리로

"어떤 놈이든지 내 발만 밟아 봐라!"

하고 엄포를 놓고 섰다.

길고 부스스한 사자 머리를 한 그의 넓고 큰 얼굴에는 자만심과 불량기가 번득였다.

극장에서 나가려던 관객들은 그들이 두려워 한 줄로 극장 벽에 붙어 극장을 빠져나가거나 되돌아 극장 안으로 들어오고 있는 것이었다.

"어떤 놈이든지 내 발만 밟아 봐라!"

이따금씩 호령을 하고 서 있는 사자 머리의 우측 한 걸음 뒤에는 검은색 양복 차림에 페도라 모자를 쓴 사내가 오른손을 바지 주머니에 넣고 서 있었다. 그리고 좌측에 있는 사내는 잘 차려입은 무리와는 달리 낡은 푸른색 바둑무늬 기모노를 걸치고 있었다. 그는 기모노 앞자락을 풀어 헤쳐 불룩 나온 배를 내밀고 있었는데 그 배에는 큼지막한 칼자국이 세 군데나 있었다.

그중 칼자국이 가장 긴 것은 30센티가 넘어 보였다. 칼에 베었을 당시 치료를 제대로 받지 못해서인지 배에 난 칼 자국은 아무렇게나 흉측하게 아물어 붙어 있었다.

일본 깡패들은 독일 장교의 가죽 코트를 입은 사내와 키가 작고 마른 사내를 포함해 모두 5명이었다. 그 깡패 5명이 몇백 명이 되는 한국인 극장 관람객을 상대로 모욕을 주고 서 있는 것이었다.

영일이는

'이것이 언제인가 주물 공장 공원들이 이야기했던 그 깡패들이로구나.'

하고 생각했다.

관객들은 깡패들에게 수모를 당하고 가끔은 발길에 걸어차이고도 히죽히죽 웃으면서 피할 뿐 저항하지 못하고 있었다.

영일이는 깡패들의 행동을 보며 분노를 느꼈다.

"니미 ○발."

평소 영일이는 심한 욕은 잘 하지 않는다. 그는 1류 중학교를 다녔고,

소학교 시절에는 규율이 엄격한 기독교 학교에서 교육을 받았다. 그런 그가 오늘은 동규의 어머니에게 당한 멸시로 인해 자포자기의 심정에 빠져 있는 것이다.

그는 이제껏 해 본 적이 없는 제일 심한 욕을 골라 웅얼거리며 돌아서 극장 안으로 들어왔다. 그는 손님이 떠난 빈자리에 앉았다.

2년 가까이 눈만 뜨면 근육질의 건장한 주물 공장 공원들과 어울려 지내온 영일이 눈에는 일본 깡패들이 왜소하고 보잘것없어 보였다.

그는 불시에 깡패들을 공격해서 3명만 때려눕히면 나머지 2명은 별 문제 없이 처리할 수 있을 것만 같은 생각이 들었다.

"니-미, 내가 잘할 수 있는 일이 개뿔이나 뭐가 있어? 빌어먹을 깜빵(감방)살이 하면서 배운 깡다구 부리는 거하고 사람 치는 것밖에 더 있겠어? 저 씨팔 새끼들, 한국 놈들을 뭘로 아는 거야?"

그는 몸이 훈훈해지며 심장이 쿵-쿵- 뛰는 것을 느꼈다. 의자 끝에 걸터앉아 힘주어 손바닥을 비벼 대고 있던 영일이가 자리를 박차고 일어섰다.

"니미, 이 ○○ 새끼들."

그는 사람들을 헤치고 극장 밖을 향해 나가며 혼잣말을 했다.

"어떤 놈이든지 내 발만 밟아 봐라!"

때마침 나막신을 신은 사자 머리가 굵직한 목소리로 엄포를 놓고 있었다.

잠시 망설이던 영일이가 나막신 신은 사내와 배에 칼자국이 있는 사내 사이로 크게 한 발을 내디디며 왼 주먹으로 오른편에 서 있는 사자 머리의 턱을, 그리고 오른손 주먹으로 왼편에 서 있는 칼자국 사내의 턱을 부서져라 가격했다.

그리고 화들짝 놀라 물러서는 페도라 모자의 턱을 뛰어오르며 발로 올려 찼다.

동시에 3명이 쓰러졌다. 영일이의 앞발 차기에 턱을 맞은 페도라 모자는 마치 나무토막이 쓰러지듯 앞으로 쓰러졌다. 순간 가죽 코트를 입은 사내가 돌아서는 영일이에게 재빨리 달려들며 20센티 길이의 생선회 칼로 배를 찔렀다. 순간 영일이는 옆구리에 섬뜩한 기분을 느꼈다.

영일이가 그를 향해 달려들자 가죽 코트는 칼을 우측에서 좌측으로 그리고 좌측에서 우측으로 재빨리 허공에 긋고는 돌아서서 달아났다. 구경꾼 속에 섰던 청년이 달아나는 그에게 발을 걸어 넘어트렸다. 10여 명의 남자들이 넘어진 가죽 코트에게 달려들어 발로 밟았다.

영일이의 오른편 주먹에 턱을 맞았던 배에 칼자국이 있는 남자는 맞을 당시 두 다리가 들리며 날아 떨어지듯 했다. 페도라 모자 역시 전혀 움직임이 없었는데 단지 왼 주먹에 맞았던 사자 머리만이 일어나려고 안간힘을 쓰고 있었다.

영일이는 엉거주춤 일어나는 사자 머리에게 다가가 턱을 걸어차 다시 쓰러뜨려 놓았다. 순간 구경하던 사람들이 영일이를 향하여 박수를 치며 '와-!' 하고 함성을 질렀다. 일부 사람들은 5명의 일본 깡패들에게 달려들어 주먹으로 치고 발로 밟았다.

영일이는 피가 허리로부터 바지 속을 타고 흘러내리고 있음을 느꼈다. 다가와 인사를 하고 악수를 청하는 사람들을 뒤로하고 영일이는 동대문 방향으로 난 단성사 골목길을 계획도 목적도 없이 무작정 걸었다. 다만 한적한 곳에 가서 허리의 상처를 살펴보려는 생각뿐이었다.

예전 덴타로를 업고 찾아갔던 병원이 가까운 곳에 있었지만 그 의사를 이런 몰골로 다시 보는 것도 싫었고 더욱이 그만한 돈도 없어 그는 그리로 가려고 하지 않았다. 그가 지나가는 길에 핏방울이 떨어졌다. 골목길을 따라 종로 4가 방향으로 내려오다가 좌측 좁은 골목으로 방향을 틀었다.

중년 남자가 영일이를 쫓아와 걱정스러운 표정을 지으며 물었다.

"괜찮아요? 병원에 가야 하는 것 아니오?"

조금 전 환호와 박수를 받던 영일이는 나약함을 보이고 싶지 않아 괜찮다고 말하고 걸음을 재촉했다.

칼에 찔린 허리를 움켜잡은 손에 피가 배어 올라왔다. 보는 사람이 없으면 상처를 살펴보려고 영일이는 다시 뒤를 돌아보았다. 30-40미터 뒤에 2명의 젊은 여성이 따라오고 있었다.

샛길로 갈라지는 골목길에서 그는 좌측으로 돌았다. 피가 신발 속까지 흘러들어 발이 신발 속에서 미끈거렸다. 막힌 길로 잘못 들어섰다가 되돌아 나오던 영일이가 비틀거리며 벽에 기대섰다.

골목 입구에는 2명의 젊은 여자가 서로를 부둥켜안고 울음이 터질 것 같은 얼굴로 영일이를 보고 있었다. 영일이가 사태가 심각하다고 생각하는 순간, 갑자기 모든 사물이 흑백으로만 보였다. 그는 다시 걸었다. 땅이 허리 높이까지 높아 보였다가 다시 아득하게 깊어 보였다.

그는 발을 헛딛고 쓰러졌다. 일어서려고 안간힘을 쓰고 있는 그의 눈에 마치 카메라 필름에서와 같이 얼굴은 검고 머리와 눈썹이 하얀 2개의 여자 얼굴이 가까이 다가왔다. 일어나야 한다는 생각이 들었으나 하늘과 땅이 빙글빙글 돌아 일어설 수가 없었다.

눈앞에 다가와 무어라고 외치는 여인의 목소리가 점점 굵고 느릿느릿하게 들려왔다. 정신을 차리려고 눈을 부릅뜬 영일이 시야에 검고 커다란 여인의 얼굴에서 흰 입술이 굵고 느린 소리를 내며 느리게 벙긋벙긋 움직였다.

"에라-이, 이년아! 팔자가 사나워서 기생 년이 된 것도 모자라서 사내놈을 사귀어도 꼭 저런 깡패 놈들만 사귀냐? 쯔쯔쯔… 너도 고생문이 훤하다 이년아!"

의사가 지시하고 간 대로 영일이의 옷을 벗기고 엉켜 붙은 피를 닦아내고 있던 송산루 주인 마담의 친언니가 방문 앞에 와서 보고 서 있는 춘자를 돌아보며 핀잔을 주었다. 춘자는 말이 안 나오는 듯 입을 딱 벌리고 억울하다는 표정을 짓고 서 있었다.

"아이고! 피비린내. 머리가 지끈거리네, 복실아! 이 대야 물 버리고 다시 떠 오너라!"

"제가 떠 올게요."

춘자와 나란히 서서 지켜보고 섰던 혜란이가 놋대야를 얼른 받아 들었다.

"더운물은 안 된다. 찬물을 떠 오너라! 얘 쏟아진다, 잘 받아! 사내놈 벗은 것 처음 보냐?"

"……."

혜란이는 영일이 몸에 난 흉터의 일부만 보았는데도 놀라서 대야에 담긴 물을 쏟을 뻔했다.

"아니, 거리에서 죽게 놓아두든가. 아니면 병원에 갖다 던져 놓을 것이지 왜 집으로 끌어들여? 여기서 송장을 치면 영업은 어떻게 하려고? 철딱서니 없는 년."

그녀는 춘자를 돌아보며 다시 눈을 흘겼다.

"이모! 이모는 아까부터 왜- 나를 가지고 그래-애에? 이 사람은 혜란이가 데리고 온 건데-에."

"여기 물 떠 왔습니다."

혜란이가 물이 가득 담긴 대야를 들고 왔다. 피에 젖은 옷을 벗기고 몸에 엉켜 붙은 피를 말끔히 닦아낸 이모(송산루 주인의 언니)는 영일이에게 이불을 덮어 놓고 일어섰다.

대야를 들고 마루로 나온 그녀는 마루 앞에 서 있는 혜란이를 보며

"너는 안 그러던 애가 왜 그러냐? 저놈 잔등이에 난 흉터 좀 봐라! 끔찍하지도 않냐? 어따! 대야 받아라! 사내 녀석이라고 덩치만 컸지 감대가 사납게 생긴 거 하며 이마빼기에 글씨 새긴 것 좀 봐라! 쯔쯔쯔- 볼품도 없구먼."

하고 혀를 차며 혜란이에게 눈을 흘겼다.

실신한 지 5시간 만인 밤 11시 영일이가 정신을 차렸다. 그는 실오라기 하나 걸친 것 없이 이불을 덮고 누워 있는 자신을 발견했다. 몸을 일으키려고 하자 복부에서 엄청난 고통이 일어났다. 방 안이 빙글빙글 돌아 그는 일으키던 상체를 다시 누였다. 집 안에서는 밤늦도록 풍악 소리와 젓가락 두드리는 소리가 요란하게 들려왔다. 방 벽에는 치마저고리 몇 벌이 걸려 있을 뿐 영일이가 걸칠 남자 옷은 없었다.

다음 날 오전 내내 지속되던 고요를 깨트리며

"이 화상은 어떻게 하고 있는 거야?"

하는 중년 부인의 걸걸한 목소리와 함께 영일이가 누워 있는 방 문이 벌컥 열렸다.

영일이는 반사적으로 상반신을 들어 올리다가 신음을 하며 다시 누웠다.

"송장은 안 치워도 되겠구먼."

영일이의 피를 닦아 주었던 이모가 영일이를 살피며 말했다.

"제 옷은 어디 있습니까?"

"집이 어딘가 말해! 연락해 줄 테니까."

"제 옷을 주시면 제가 가겠습니다."

방문을 열고 서서 눈사람처럼 부어오른 영일이의 얼굴을 안쓰럽다는 듯 보고 있던 이모가 영일이의 말에 코웃음을 치고는 방문을 닫아 버렸다.

영일이를 요정으로 데리고 왔던 혜란이가 요정 송산루 주인에게 불려 갔다. 처음 들어와 보는 남 마담의 널찍한 방은 항상 단정한 그녀의 방답 게 잘 정돈되어 있었다.

"앉아!"

"……."

"극장에 갔었다면서?"

남 마담이 온화한 미소를 지어 보이는 혜란이는 송산루 기생 120명 중 손님에게 제일 인기 높은 기생이었다.

그녀는 절세미인은 아니었지만, 얌전하고 차분한 인상을 주는 얼굴을 가지고 있었다. 혜란이는 20대를 넘긴 지 얼마 되지 않은 듯한 젊고 싱그 러운 분위기를 풍겼다. 매끄러운 피부와 부드러운 눈매는 그녀의 단정한 인격을 엿보게 했으며, 그녀의 얼굴에는 세련되면서도 따뜻한 기운이 감 돌았다.

"네."

"춘자한테 이야기 들었어."

"……."

혜란이는 바닥에 시선을 떨구고 앉아 듣고만 있었다.

"너는 참 머리도 좋구나."

"무슨……."

"저 사내가 쓰러지니까 네가 울면서 장롱 가게에 달려가서 인부들을 사 왔다더구나. 어떻게 장롱 가게 생각을 했니?"

"죄송합니다. 저분을 이리로 모셔와서….."

"춘자의 말로는 네가 저 남자에게 반한 것 같다고 하더구나. 그래서 내 가 이모에게 그 사람을 돌봐 주라고 했어."

"저분이 다쳤을 당시 우리는 모두 저분이 우리를 위해 다치신 것같이 느 꼈습니다."

"그래, 앞으로 어떻게 할 예정이냐?"

혜란이가 반사적으로 고개를 들었다.

"무슨?"

"나는 네가 저 사람을 따라나서겠다고 하거나 또 저 사람에게 깊이 빠져 어려움을 겪을 것 같은 불길한 예감이 든다."

"그런 일은 없을 겁니다."

"……."

"저분은 훌륭한 사람 같았어요. 사람들도 저분에게 박수를 쳤고요. 그 런데 저는 저분의 몸에 난 상처를 보고 저분은 평범한 삶을 사는 분이 아 니라는 걸 알았어요."

"……."

"저는 저분이 속히 회복되어서 가셨으면 좋겠어요."

"환자가 회복되기까지는 죽도 쑤어 주어야 하고, 시중도 들어주어야 한단다. 너는 환자를 데려다 놓은 이후 나 몰라라 한다고 이모가 불평을 하시더라. 너나 되니까 이모가 참고 계시지 딴 사람 같았어 봐라. 야단이 났을 거다."

영일이는 화장실에 가는 것조차도 요정이 조용해지는 때를 기다렸다가 다녀야 했다. 부축해 줄 사람이 없어 화장실을 다녀오려면 힘에 겨워 벽을 잡은 팔이 부들부들 떨렸고 얼굴에서 땀방울이 바닥에 뚝뚝 떨어졌다.

눈치 보이는 일도 많고 참아야 하는 일도 많은 지옥 같은 8일간을 보내고 영일이는 송산루 요정에서 나왔다. 그러나 그는 주물 공장 외에는 갈 곳이 없었다. 주물 공장에서 일하는 영일이보다 5살 많은 종태가 주인 모르게 영일이를 공원들 숙소에 숨겨 주었다.

서울 시내에는
"단성사 극장에서 조선인을 상대로 방자한 짓을 하던 일본 깡패 5명이 이마에 '모뭄몸'이라고 불로 지져 쓴 조선의 의혈남아에게 걸려 목숨만 구걸해 가지고 겨우 도망을 갔다."
는 소문이 널리 퍼져 나갔다.

웬만한 서울 시민은 일본 깡패들이 단성사 앞에서 한국 사람들을 상대로 부리는 행패에 관해 알고 있었다. 그동안 일본 깡패들의 조롱을 받으며 울분에 차 있던 사람들은 그 소식을 듣고 마치 독립이라도 된 것같이 흥분했다.

마침내 폐쇄된 생활을 하고 있는 주물 공장 공원들에게까지도 이마에 모뭄몸이라고 새겨진 영일이에 관한 소문이 전해졌다. 그들은 영일이를 앞세우고 단성사 극장에 가서 사람들이 어떻게 반응하는지 보고 싶어 했다. 몸이 회복되자 영일이 또한 공연히 단성사 극장 앞에 한번 가 보고 싶었다.

주물 공장 동료들이 영일이에게 영화도 볼 겸 단성사에 한번 가 보자고 졸랐다. 단성사 극장 앞에 온 주물 공장 동료들은 사람들의 표정을 살피며 공연히 수선을 떨어 사람들의 이목을 사려고 했다. 그렇지 않더라도 몸집들이 대단한 5명이 모여 서성대는 모습만으로도 그들은 사람들의 이목을 끌기에 충분했다.

두 사람이 영일이를 유심히 보며 주위를 맴돌았다. 영일이는 그 자리를 피하고 싶어 동료에게 빨리 극장 입장권을 사 오라고 채근했다.

이윽고 사람들이 수군거리며 영일이 주변에 모여들었다. 주물 공장 동료들은 사람들의 반응을 살피며 즐거워했다. 영일이는 사람들의 시선을 피하기 위해 극장 벽으로 가서 사람들을 등지고 포스터를 보며 서 있었다.

극장 입구 대형 유리창 안에 서서 밖을 향해 팔짱을 끼고 섰던 극장 지배인이 사람들이 영일이 주변에 모이는 것을 이상히 여기고 팔짱을 풀고 급히 유리창에 바싹 다가섰다. 그는 입장권을 들고 극장 입구를 향해 다가오는 5명의 덩치 큰 일행 중 영일이를 유심히 보다가 안으로 사라졌다.

영일이 일행이 영화관 문을 열고 들어섰다. 타는 듯한 소리를 내며 영사기가 돌아가고 변사의 목소리가 들려왔다.

막 자리를 잡고 앉은 영일이 일행에게 40대 중반의 신사가 다가와 말했다.

"어서들 오이소. 지가 이 극장의 주인입니데이."

"······."

"영화는 특실에 가서 보시이소! 지가 특실로 모실 테니까네, 가입시다!"

그는 웃음을 지어 보이며 말했다.

"왜요?"

영일이가 의아한 표정을 지으며 퉁명스럽게 물었다.

"지가 인사도 드릴 겸··· 잘 모실 테이니까네, 가입시다!"

잠시 망설이던 영일이가 일행을 둘러보았다.

영일이가 안내되어 들어간 특실이라는 방은 극장의 제일 상단 중앙의 영사실과 나란히 붙은 방이었다.

극장 사장은 영일이 일행에게 소파에 앉기를 권했지만 그 방은 큰 체격의 영일이 일행 5명이 앉기에 숨이 막히도록 좁았다. 다만 그 방에서 극장의 스크린만은 저만치 아래로 시원스럽게 내려다보였다.

"아따, 대단들 하십니데이. 선생님들 몇 분이 들어오시니까네, 마 이 방이 좁아터질 것 같네예."

말을 마친 사장은 방문 앞에 서 있는 여직원에게 지시했다.

"사이다 좀 가 온나! 아이다, 삐루(맥주)를 가 온나! 과일도 가 오고 으이!"

그러고는 돌아서 나가는 여직원을 다시 불러,

"마른 안주도 가 오이라!"

그는 그것으로도 부족한 듯 여직원을 따라 황급히 나갔다.

얼마 후 맥주병과 컵을 양손 가득히 든 청년 2명을 앞세우고 사장이 돌아왔다. 사장이 맥주의 마개를 직접 따서 유리컵에 따라 영일이와 그의 동료들 앞에 차례로 놓았다.

"곧 오시리라고 믿고 기다리고 있었습니데이. 자, 한잔 드이소!"

"아저씨, 우리한테 하실 말이 뭡니까?"

영일이가 극장 사장에게 물었다.

"마, 이제는 스즈모토 놈들을 이 지역에서 쫓가 뿌리고 이 바닥에 새 주인이 오셨으니까네 인사도 드릴 겸 앞으로 우리 극장을 잘 좀 봐 돌라카는 부탁도 드릴라꼬 기다리고 있었습니다."

"……."

"지가 매달 초대권 20매와 돈 오십 원씩을 드릴 테니까네 우리 극장을 좀 잘 지켜 주이소!"

"아저씨가 뭘 잘못 알고 계신데요, 우리는 깡패가 아닙니다."

"……."

극장 사장은 영일이 일행을 처음 본 순간 '야- 과연 무지몽매하게들 생겼구나.' 하는 생각을 했었다.

영일이 일행의 체격은 채석장 인부들보다도 건장했고 옷차림은 부둣가 하역장 인부들보다도 남루했다. 더욱이 영일이 이마에 찍힌 낙인은

'나는 이판사판이다.'

라고 말하고 있는 듯했다.

극장 사장은 머릿속으로

'금액이 적다 그거제?'

하고 생각했다.

"그라모 매월 칠십 원으로 올려 드리겠습니더."

"아저씨. 우리는 깡패가 아니라니까요."

영일이 말에 극장 사장은 할 말을 잃고 입을 벌린 채 영일이를 바라보며 한동안 머뭇거리고 있었다.

"아이고, 와- 이라십니꺼? 장안에서 '모묨뫔'을 모르는 사람이 어데 있다
고예."

"……."

"사실 지도 젊었을 때 한가락하던 놈이올씨다. 보이소!"

극장 사장은 말을 중단하고 갑자기 입을 딱 벌려 붉은빛의 틀니 뭉치를
쑥 뽑아 테이블 위에 놓았다. 그는 또다시 입을 벌리고 이번에는 아래 틀
니 뭉치를 잡아 빼어 테이블 위에 놓았다.

그러나 눈웃음을 살살 치는 극장 사장은 부드러운 말투로 사람들의 비
위를 맞추는 데 능숙해, 한가락 하던 사람으로는 전혀 어울리지 않는 인
상이다.

더욱이 그는 체격마저 왜소했다.

"그동안 스즈모토 놈들에게 오십 원씩 매달 꼬박꼬박 주었는데도 그놈
이 우리 극장을 문 닫게 하고 마, 이 앞에다가 일본 놈 극장을 차릴 끼라고
그래 쌋치 안능교."

극장 사장은 합죽이가 된 얼굴로 분을 참지 못하겠다는 표정을 지어 보
였다.

"……."

"그라모, 지가 쪼매 더 올려 드리겠습니데이. 팔십 원으로 끝내 주이소
마! 스즈모토 패한테는 초대권도 나가지 않았습니데이."

"아저씨. 우…."

영일이가 극장 사장에게 무슨 말인가를 하려는 순간 종태가 영일이의
발을 콱- 밟았다.

"아-이고, 우예 이라시는교-오?"

지난달 종태가 극장 사장에게 가서 돈과 초대권을 받아 왔다. 그러나 영일이는 대가 없이 돈을 받기가 편치 않아 극장 사장을 찾아갔다. 그리고 극장이 바쁜 금요일, 토요일, 일요일은 출근을 해서 극장 일을 도와주겠다고 했다.

영일이가 극장 입구에 와 있으면 그를 보기 위해 극장을 찾아올 사람들이 상당할 것이라는 약삭빠른 계산을 한 극장 사장은 지배인은 세비로(양복)를 입어야 한다며 양복까지 맞춰 주며 좋아했다.

단성사 앞에는 매일 40-80여 명의 청소년들이 영일이를 보기 위해 몰려들었다. 이 아이들은 비단 단성사 주위에 살고 있는 아이들만이 아니었다.

그들은 영일이와 마주칠 때마다 다가와서 허리를 90도로 굽히고

"안녕하십니까!"

하고 소리 높여 외치며 절을 했다.

처음에는 영일이도 그러는 아이들이 싫지 않았다. 영일이는 그 아이들에게 극장 초대권도 나누어 주며 친절하게 대해 주었다.

그런데 그들은 점심도 거른 채 하루 종일 극장 인근에 모여 서로를 밀치며 장난을 치는가 하면 종종 고성을 지르며 싸우기까지 했다.

아직은 극장 주인과 인근 사람들이 영일이의 명성 때문에 불평을 하지 않지만 영일이가 생각해도 아이들의 행동이 극장 영업에 지장을 줄 정도로 도를 넘고 있었다. 영일이는 그들을 쫓아 버렸다.

가회동 진 사장이라는 거부가 단성사로 사람을 보내 영일이를 그의 저택으로 불렀다. 그는 영일이를 격려하고 거금을 주었다. 뒤이어 조선인

부호 3명도 영일이에게 금일봉을 보내왔다. 영일이는 영변 어머니에게 논과 밭을 사라고 돈을 보냈다.

단성사 앞으로 영일이를 찾아오는 사람 중에는 반가운 사람들만 있는 것은 아니었다. 영일이가 단성사의 지배인이라는 직책으로 일한 지 2개월가량 되던 토요일 오후 4시, 영화를 보려고 온 사람들로 붐비던 시간이었다. 단성사 정면 대형 투명 유리 뒤에 팔짱을 끼고 서 있는 영일이 앞으로 유도 도복을 입은 7명이 줄지어 뛰어왔다.

그들이 입고 있는 도복에는 '덴타로 유도 구락부'라는 글자가 쓰여 있었다. 덴타로가 유리를 사이에 두고 영일이 앞에 바짝 다가와 섰다.

그간 덴타로는 건장한 체격의 소유자로 자라 있었다. 그의 넓고 살이 붙은 네모형 얼굴은 강인해 보였다. 그런데 그의 얼굴을 자세히 들여다보면 눈빛에서 비굴함이 엿보이고, 살짝 굽은 입꼬리에서 묻어나는 야비함이 그의 인상에 깃들어 있었다.

그는 웃음을 흘리며 준비해 온 초를 꺼내 영일이가 내다보고 있는 유리의 얼굴 높이에 '원숭이'라고 쓰고는 그 밑에 종이 한 장을 붙여 놓았다.

그리고 뒤로 몇 발자국 물러서며 일행에게 손을 뻗어 카메라를 넘겨받았다. 그것은 예전 영일이에게서 빼앗은 '라이카' 그 카메라였다.

그는 카메라로 얼어붙은 듯 서 있는 영일이를 향해 셔터를 연거푸 두 번 누르고는

"사진 빼놓을 테니까 찾으러 와라! 원숭아! 오케이?"

하고 영일이를 향해 소리치고 달려가 버렸다.

극장 직원들이 나와서 유도복을 입은 무리들이 하는 행동과 영일이의 표정을 어리둥절한 표정으로 바라보고 있었다.

"저 자식이 내가 이곳에 있다는 것을 어떻게 알고 찾아온 거지?"

영일이는 어리둥절하며 밖으로 나가 유리문에 붙어 있는 종이를 떼어 왔다. 그 종이는 덴타로의 도장을 선전하는 유인물이었는데 뒷면에

'시가쿠, 날 찾아와라! 모가지를 부러뜨려 줄 테니까.'

라고 적혀 있었다. 시가쿠라는 영일이의 별명은 한글을 모르는 일본인 들이 영일이의 이마에 새겨진 모뭄몸을 네모로만 보고 시가쿠(네모)로 부 른 데에서 비롯되었다.

다음 날 영일이는 유인물에 적힌 덴타로의 체육관을 찾아갔다. 그렇지 않으면 덴타로가 또다시 단성사로 찾아와 극장 직원들이 보는 앞에서 모 욕을 줄 것이기 때문이었다.

이번 일을 계기로 영일이는 자신을 찾아와 빈둥거리는 청소년들을 더 이상 배척하지 말고 호위무사로 삼아야겠다고 생각했다. 그는 단성사에 서 쫓겨 간 일본 깡패들이 혹시 보복을 하러 올지도 모른다는 두려움이 그간 있어 왔다.

그리고 오늘은 부하들이 많은 덴타로를 홀로 찾아가며 외로움을 느꼈 기 때문이었다.

번듯하게 간판을 붙여 놓은 큰 규모의 덴타로 유도 체육관은 문이 굳게 닫혀 있었다. 대신 마당에 세워 놓은 게시판에는

'제1회 지구촌 최고의 유도술 축제로 인해 일시 문을 닫습니다.'

라는 안내문과 경연대회 장소와 일시가 적혀 있었다. 영일이는 그리로 찾아갔다.

삼청공원 입구에 들어서자 종이에 그려 나무에 붙여 놓은 화살표 안내 문이 눈에 띄었다.

잠시 그 화살표를 따라가자

'제1회 지구촌 최고의 유도술 축제'

라고 쓰인 현수막이 보였다. 현수막 아래에는 유도복을 입은 젊은이들이 줄지어 서서 기미가요(일본 국가)를 합창하고 있었고 그들의 경기를 구경하려고 모인 관중 40여 명이 그들의 주변을 둘러싸고 있었다.

그 모인 관중의 뒤편에는 약삭빠른 냉차 장사가 작은 수레에 냉차를 싣고 와서 긴 나무 의자까지 펼쳐 놓고 장사를 하고 있었다. 영일이는 3명은 앉을 수 있는 냉차 장사의 긴 나무 의자에 가서 앉아 냉차 한 잔을 시켜 들고 길게 이어지는 유도술 축제 개회식을 지켜보고 있다.

단 아래 유도복을 입은 30-40여 명의 젊은이들이 줄지어 서 있고 그 주위에 많은 관중이 둘러서 있는 단상에 드디어 검은 유도복 차림의 덴타로가 근엄한 표정으로 올라와 섰다.

덴타로는 체격이 전보다 훨씬 커져 있었다.

그는 위엄이 있어 보이도록 턱수염까지 기르고 있어 제법 무술인다운 면모를 풍겼다.

"여러분, 유도는 우리 천손자손 대일본제국의 고유 무술이자 국기이며 영원한 자랑거리입니다.

유도는 우리에게 무한한 가치와 자부심을 줍니다. 이 무술은 우리의 정신과 체력을 단련시키고, 전쟁 상황에서는 우리를 방어하고 보호하는 데 큰 역할을 합니다.

현재도 전 세계 여러 곳에서 벌어지고 있는 대동아전쟁(태평양 전쟁)에서 유도는 놀라운 역할을 수행하고 있는 것입니다. 일본군은 육박전이 펼쳐질 때마다 유도 기술을 통해 덩치 큰 서양의 야만인들을 효과적으로 제

압하고 있는 것입니다.

그래서 법학도이면서 무술인인 나는 이 같은 유도의 가치를 끊임없이 알리고 홍보하기 위해 유도 도장을 차리고 또한 이와 같은 자리를 만든 것입니다.

내 배에도 이러한 유도의 위력을 상징하는 자랑스러운 칼자국이 그려져 있습니다."

덴타로는 도복을 풀어 헤쳐 배에 난 흉터를 오랫동안 사람들에게 보여 주었다.

"이 칼자국은 내가 중학교 4학년이었을 당시 우리 아버지 아스카 지사토 형사과장을 죽이겠다고 칼을 품고 우리 집 담을 넘어 들어온 불령선인(독립군) 5명을 때려잡다가 생긴 상처입니다. 내가 그때 유도를 배우지 않았다면 불령선인 5명을 때려잡고 우리 아버지 목숨을 구하기는커녕 내 존재도 오늘날 여기에 없을 것입니다."

덴타로의 말을 듣고 있는 사람들을 등지고 영일이는 냉차 장수 의자에 앉아 손에 든 냉차 잔만 내려다보고 있다. 그는 덴타로 때문에 억울하게 감옥살이를 하면서 분을 참지 못해 애쓰던 때를 생각했다.

아직도 덴타로는 신이 나서 엉터리 무용담을 늘어놓고 있었다.

"장다리 후려치기로 자빠뜨리는 순간 나는 칼에 찔려 앞이 캄캄해 왔지만 마지막 남은 한 놈을 마저 처리해야 한다는 일념으로 있는 힘을 다해 그놈을 힘껏 던져 버렸던 것입니다. 그리고 나는 '천황폐하, 만세.'를 외치고는 정신을 잃었습니다."

영일이가 들고 있던 냉차를 바닥에 휙- 뿌리고는 의자에서 돌아앉으며 덴타로를 향해 소리쳤다.

"시끄러워, 이 자식아! 이런 덜떨어진 새끼!"

덴타로를 향해 서서 그의 말을 듣고 있던 사람들이 고함치는 영일이를 향해 일제히 돌아섰다.

"야, 인마! 네 배때기 그 흉터는 내가 이쑈병(1되 병)으로 쑤신(찌른) 거 잖아 인마.

그것 때문에 내가 형무소 가서 일 년 반을 썩었는데 뭐, 불령선인 5명이 어째? 덜떨어진 새끼, 그리고 너희 아버지가 일본 형사라고? 인마, 너희 아버지는 조선 놈 형사 박준창이잖아? 박준창. 너는 네 애비도 팔아먹냐?"

모여 있던 사람들이 놀라는 표정으로 하나둘 덴타로를 향해 돌아섰다.

당황한 표정으로 서 있던 덴타로가,

"뭐, 이 새끼야! 무슨 우리 아버지가 조선 놈 형사야?"

하며 곧 달려올 것 같은 기세로 항변했다.

"이 자식이, 부끄러운 줄도 모르고 어디다 대고 말대꾸야? 인마! 너희 아버지 이름이 박준창이 아니라고? 조선 놈이 조선 놈 때려잡는 조선 놈 형사 박준창…."

덴타로는 의자에 앉은 영일이를 노려볼 뿐 말을 하지 못했다.

"야, 이 자식아! 네가 천황폐하 만세를 불렀다고? 인마! 너- 나한테 배때기 찔려서 병원에 업혀 가면서 내 등에서 천황폐하 만세 두 번 부르더라. 그거 말이냐?"

영일이의 말에 찬물을 끼얹은 듯 조용하던 모여 있던 사람들이 일순간에 흩어졌다.

제일 먼저 자리를 뜬 것은 덴타로의 동료들이었다.

"어디 가냐?"

덴타로가 멀어져 가는 동료들을 불렀지만 그들은 한 번 힐끔 뒤를 돌아볼 뿐 그대로 가 버렸다.

17년 전 덴타로의 어머니는 생활고를 견디지 못해 우물에 몸을 던져 자살했다. 독립군으로 활동하던 덴타로의 아버지는 갓난아이였던 덴타로를 외가에 데려다주었다.

덴타로의 외할아버지는 덴타로가 외가에서 자랐다고 해서 그의 이름을 외돌이라고 지어 주었다.

박외돌, 그는 11살까지 외가에서 자랐으므로 지금도 한국말을 완벽하게 구사한다. 그러나 박외돌은 아버지 박준창이 일본 여자와 결혼하고 그 여자를 통해 일본 국적은 물론 성씨까지 얻어 일본인들보다 더욱 일본인 같은 행세를 하며 살고 있었다.

덴타로가 누구의 도움도 받지 못하고 현수막을 걷어 수레에 싣고 땀을 뻘뻘 흘리며 체육관으로 돌아왔다.

체육관에는 10여 명의 젊은이들이 덴타로를 기다리고 있었다. 그들 대부분은 덴타로의 후배와 제자들이었다. 한국인이라면 무조건 얕잡아 보는 일본 청소년들은 체육관 관장 덴타로가 더 이상 두렵지 않았다. 그들은 그동안 덴타로를 일본인으로 알고 그에게 굽실거리며 복종했던 일들이 분했다.

그들 중 한 명이 도장 입구를 막고 서서 덴타로에게 말했다.

"조센징! 우리한테 받은 돈 내놔!"

"비켜! 이 새끼들아! 조센징은 누가 조센징이야? 이 새끼들이 죽으려고."

덴타로가 을러대며 문을 가로막고 서 있는 청년의 가슴을 밀치고 도장 안으로 들어섰다.

순간,

"이 새끼가 아직도 개수작을 해?"

하는 고함과 함께 덴타로의 눈에서 번쩍 불꽃이 튀었다.

덴타로는 큰 체격과 힘으로 학교에서 큰 소리를 치며 지내 왔다. 그리고 지금은 법과 대학생 신분으로 체육관을 차려 운영하며 주위의 사람들의 선망의 대상이 되고 있었다.

그는 권위를 고수하려고 하다가 10명으로부터 갈비뼈 1개가 부러지고 턱뼈가 부러지는 중상을 입었다. 그는 기침도 할 수 없었고 턱이 아파서 삶은 계란도 씹을 수 없었다.

다음 날부터 그는 주위 사람들로부터 그리고 그가 즐겨 찾던 곳으로부터 철저히 배척당했다. 심지어 동네 꼬마들도 덴타로가 지나가면 목소리를 바보처럼 만들어

"천황폐하 만세, 천황폐하 만세."

하고 그를 놀렸다. 덴타로는 학교도 갈 수 없었고 그가 운영하는 체육관도 순식간에 망해 버렸다.

박준창은 새 부인으로부터 덴타로가 식음을 전폐하고 학교도 가지 않고 누워만 있다는 말을 들었다. 그는 아직도 이불을 쓰고 누워 있는 덴타로의 멱살을 잡아 일으켰다.

덴타로는 그간 그가 겪었던 고초를 눈물과 콧물을 쏟으며 박준창에게 털어놓고는 '시가쿠! 시가쿠!'를 되뇌며 대성통곡을 했다.

한 달 전의 일이다.

종로 경찰서 고등계 형사과에서 과장 박준창에게 보고서를 올렸다. 그
보고서 중에는

'단성사 나와바리(지역)의 야 쿠자를 쓸어버리고(몰아내고) 한국 폭력
배가 새로 장악했다. 그들의 오야붕(두목)은 이마에 모품몸이라는 낙인을
새긴 자이다.'

라는 내용의 보고서가 있었다.

퇴근을 하여 집에 돌아와 저녁 식사를 하던 박준창이 덴타로에게

"모품몸이란 놈이 결국 사람 구실을 못 하고 깡패가 되어 단성사에서 문
지기 노릇을 하고 있다."

라고 말했었다.

평안도 지방에는 저명한 인사들이 애국지사들을 길러내야 한다는 시대
적 사명을 가지고 설립한 훌륭한 학교들이 많이 있었다. 그에 비해 서울
과 경기 지방은 교육열이 매우 낮았다. 이로 인해 서울 시내에서는 학교
에 가지 않고 거리를 배회하거나 삼삼오오 골목에 모여 시간을 보내는 청
소년들을 쉽게 볼 수 있었다. 이러한 현상의 주된 원인은 교육에 대한 동
기 부족에 있었다.

일제강점기 동안 역사적 억압으로 인해 정체성과 자부심이 억눌렸고,
제한된 교육 기회는 충분한 동기 부여를 방해했다. 미래에 대한 불확실
성, 사회적 차별, 제한된 진로 역시 중요한 원인이었다. 특히 고등 교육의
기회는 제한적이었으며, 일본 대학으로의 진학은 치열한 경쟁을 거쳐야
했다. 이로 인해 교육을 통해 얻을 수 있는 보상과 기회가 불투명하게 느
껴졌다. 또한 경제적 어려움으로 인해 생계가 우선시되면서 교육에 대한

관심이 더욱 줄어들었다.

학교를 다니고 있는 학생들의 경우에도 한국 청소년들은 일본인 자식들이 다니는 소위 1류 학교에는 입학이 허용되지 않았다. 한국 학생들은 한국인을 대상으로 한 학교에서 교사의 부재(부족) 가운데 저학력 교사들로부터 질과 수준이 낮은 교육을 받아야 했다.

한국 학생들이 다니는 소위 3류 학교 교실의 책상 위에는 용산 영만, 후암동 동현, 서울역 철규 등의 이름이 새겨져 있었다.

그 의미는 자신이 어느 지역의 폭력배에 속한 사람이라는 표시인 것이다.

책상의 옛 주인이 새겨 놓은 것으로 지금의 책상 주인과는 상관이 없는 것도 있겠지만 책상은 성한 것이 하나도 없는 실정이었다.

학생들은 앞자리 책상에 앉은 키 작은 학생부터 뒷자리에 앉은 덩치 큰 학생까지 한결같이 자신이 '어디서 논다.'라고 으스댄다.

단성사 주변에는 영일이를 동경하여 그를 보려고 많은 청소년들이 모여들었다. 그들 중에는 지혜와 학식을 갖춘 두뇌들도 있었다.

시간이 지나면서 그들은 무리를 이루고 서로를 형, 동생, 선배, 후배로 서열을 정해 부르며 점점 조직화되어 갔다.

그들은 밖으로는 종로 3가 모둠몸 밑에 있다고 자랑스럽게 말하고 다녔다.

서울 시내의 불량배들도 모둠몸의 동생들이라고 자처하고 다니는 그들을 감히 건들지 않았다.

단성사 극장에서 '죽음의 자장가'라는 미국 영화를 상영하고 있었다.

관람객 중에는 영일이를 보기 위해 극장을 찾아와서 악수를 청하는 이도 있었고 영일의 주변을 서성거리며 힐금거리는 사람들도 있었다.

일요일 오후 2시경이었다.

10-12세 정도의 4명의 아이들이 장난기 가득한 얼굴로 한 아이를 끌고 밀며 극장 입구를 향해 다가왔다. 그 아이는 못 이기는 듯 웃으며 다른 아이들에게 이끌려 대형 투명 유리 벽 뒤에서 팔짱을 끼고 서 있는 영일이 앞으로 다가왔다.

의아한 표정으로 아이들의 행동을 내다보고 섰던 영일은 순간 그 자리를 피해 도망이라도 하고 싶은 심정을 느꼈다.

그 아이는 영일이가 '도둑놈'이라고 새겨진 글자를 '모쿰몸'으로 고친, 감추고 싶고 왜인지 부끄러운 비밀을 발설하고 있는 것 같았기 때문이었다.

영일이는 그 아이를 불러 극장 안 포스터를 쌓아 두는 창고로 데리고 갔다.

그 아이는 삭발을 하고 있어서 이마에 쓰여진 도둑놈 글자가 더 선명하고 더 크게 보였다.

"앉자! 너는 어디서 그랬냐?"

아이는 영일이가 무엇을 묻고 있는지를 단번에 알아차리고는

"영변 장수리 배밭에서 그랬습네다."

하고 이곳저곳에 쌓여 있는 대형 포스터 그림에 한눈을 팔며 대답했다.

"일본 놈이지?"

그 아이는 "네!" 하고 대답하면서 비로소 영일이의 얼굴을 똑바로 바라보았다.

그 아이는 영일이의 이마를 보며 야릇한 표정을 지었다.

"영변에서는 언제 이사를 왔네?"

"작년에 왔습네다."

"학교에는 다니네?"

"네!"

영일이는 아이를 물끄러미 바라보며 '이 불행한 아이야! 너도 앞으로 어떻게 살아 나갈래?' 하는 생각에 잠겼다.

"너만 했을 때 나도 서울에 와서 평안도 사투리를 쓰는 데다가 이마에 글자가 새겨져 있어서 학교에서 놀림 꽤나 받았다."

"……."

"학교뿐만 아니라 사회에서도 억울하고 분한 일을 많이 겪었지."

영일이는 어린아이를 상대로 넋두리를 하는 것 같은 생각이 들어 말을 끊으며 아이의 머리를 쓰다듬었다.

"아저씨는 기운이 세지 않습네까?"

"그래도 그때는 어떻게 해 볼 수가 없었어."

영일이를 외면하고 허공을 바라보며 한참을 말없이 앉아 있던 아이가 차분하고 느린 말씨로 이야기를 시작했다.

"일주일 전에 말입네다. 우리 반에서 어떤 아이래 돈을 잃어버렸다고 하질 않았습네까. 그런데 아이들이 대뜸 나한테 와설라무네 돈을 내놓으라고 족치는 거야요. 내래 안 가져갔다고 하는데도 때리문서 도둑놈이라고…."

"……."

"선생님이 와설라무네 네가 이 학교에 전학 오기 전에는 이런 일이 한 번도 없었다고 하문서 돈을 내놓으면 용서해 주갔다고… 주갔다고…."

아이는 말을 마치지 못하고 했던 말을 반복하며 흐느껴 울기 시작했다.

영일이가 아이의 등을 두드려 주었다.

그 아이는 쌓인 한이 많았던지 오랫동안 격렬하게 흐느껴 울었다.

영일이는 이제껏 그처럼 슬피 우는 사람을 본 적이 없었다.

그 아이는 흐느끼며,

"사람들은… 사람들은 괜시리(공연히) 나를 불러게지고… 흑… 흑… 웃으문서 온갖… 온갖… 온갖 것을 죄다 묻고설라무네…."

영일이가 아이의 등을 두드려 주며 달랬다.

"나도 안다. 내가 왜 모르겠니."

"아저, 아저, 아저씨! 나도 아저씨… 아저씨테럼 모둠몸이라고 고테 주실 수 없갔습네까?"

"……."

"아저씨 은혜는… 은… 은혜는 죽어도 잊지 안캈습네다. 부탁… 하… 갔습네다."

"그거야 어렵지 않지. 그런데 그런 일은 너희 아버지나 어머니에게 허락을 받아야 돼."

"그러무는 우리 오마니를 이곳에 데리고, 데리고, 오면 되갔습네까?"

"응? 응!"

"정… 정 고맙습네다. 우리 오마니를 데리고 오갔습네다."

그 아이는 벌떡 일어나 허리를 크게 굽혀 인사를 하고 몇 걸음을 걸어가다가 멈칫 돌아서 왔다.

"아저씨! 아저씨! 우리 오마니한테는 내래 울었다는 말은 말아 주시라요."

"응? 그래. 알았다!"

몇 번을 쓰러질 듯 부딪칠 듯 비틀거리며 가는 아이의 뒷모습을 보며 영

일은

"이 개놈의 새끼!"

하며 부드득 이를 갈았다.

김정국은 도주하는 공산당을 따라 8개월째 행군을 이어 가고 있었다.

홍군은 극심한 식량 부족에 시달렸다.

홍군이 도주하고 있는 대부분의 지역은 티베트인들의 거주지로 그들은 홍군을 몹시 미워했다.

홍군이 나타나면 그들은 농경지와 가옥을 모두 불태우고 산속으로 숨어 버렸다.

이로 인해 홍군은 농가와 밭과 들판 어디에서도 곡식을 구할 수 없었다. 굶주린 병사들은 걷다가 쓰러져 죽어 갔다.

홍군의 선발대 병사들이 티베트인들이 불을 지르고 도주한 옥수수밭에서 타다 남은 옥수수 밭을 발견했다.

극심한 식량 부족에 시달리던 홍군에게 그 옥수수는 귀한 식량이었다.

그 옥수수는 수뇌부(모택동, 오토 브라운, 보구, 주은래)에 바쳐졌다.

수뇌들은 옥수수를 과식하고 소화를 시키지 못해 설사를 해 놓았다. 옥수수는 소화가 잘 안 되는 음식이기는 하지만 그들의 배설물의 양으로 미루어 보아 과식이 분명했다.

다음 날 그곳을 지나가는 2진 병사들이 어제 이곳을 지나가며 1진 수뇌들이 설사를 해 놓은 똥에서 덜 소화된 옥수수를 골라내어 물에 씻어 먹었다.

이 광경을 보며 김정국은 공산당지도부가 생존에 필요한 양만 섭취하고 나머지를 병사들에게 나누어 주었었다면 굶어서 죽어 가는 여러명의 병사들을 살릴 수 있었을 것이라고 생각한다.

김정국은 공산주의 사상의 허구성과 공산당 지도자들의 위선적이고 이기적인 행태에 환멸을 느끼고 있었다. 모병을 책임지고 있었던 김정국은 1주일 전만 해도 농민들을 홍군에 입대시키기 위해서 마을을 돌아다니며 목이 터져라 외치고 다녔었다.

"여러분! 공산주의란 부의 공유와 경제적 평등을 추구하는 이념과 사회 체제입니다. 생산 수단은 사회나 집단이 소유하며, 생산된 재화와 서비스는 각자의 필요에 따라 공평하게 분배되어야 한다는 주의입니다.

공산주의는 경제적인 평등뿐만 아니라 사회적 평등도 추구합니다. 모든 사람은 사회적 계급을 넘어서 공평한 기회와 권리를 가지며, 인종, 성별, 종교 등에 따른 차별을 없애자는 주의입니다.

한마디로 다 같이 공평하게 나누어 갖고 모두 다 잘 먹고 잘살자는 주의이지요.

여러분! 다 같이 공산당에 가입하고 자식들을 공산당 홍군에 입대시키십시오."

김정국의 설득으로 홍군에 입대한 병사들 중에는 열다섯 살 소년도 몇명 있었지만 평균 나이는 18세였다. 태어나서 한 번도 고향 밖으로 나가 보지 못한 그들은 아무런 사상도, 이념도 없고 공산주의가 무엇인지도 모르는 사람들이다. 다만 가진 것을 다 같이 공평하게 나누어 갖고 모두 다 잘 먹고 잘살자는 주의라는 말에 현혹되어 징집에 응했던 시골 청년들이다.

김정국은 부모, 형제와 함께 고향에서 평화롭게 살아가고 있는 천진무구한 농촌의 청년들을 홍군에 입대시키기 위해 온갖 야로를 다 부렸었다.

그는 이제 홍군 병사들을 대하기가 정말 미안하고 부끄럽고 죄책감이 들었다.

그는 홍군 병사들에게 사과하는 것밖에 할 수 있는 일이 없었다.

김정국은 국민당에 쫓기는 공산당을 따라 세계에서 가장 험준한 산 천 개를 넘고 24개의 강을 건너 왔다.

지금 김정국이 지나고 있는 대초원은 늪지대가 대부분인 지역이었다. 나무라고는 찾아보기 힘들었고 끝없이 풀만 자라고 있었다. 날씨는 변덕스러워 툭하면 비바람과 우박이 몰아 쳤다.

홍군에게 있어 가장 큰 난관은 항상 굶주림이었다. 기진맥진 걷고 있는 병사들이 굶어 죽어 여기저기에 널브러져 있는 병사들의 시체에 걸려 넘어졌다. 넘어진 그 병사들은 다시 일어서지 못했다.

병사들은 가죽 허리띠를 삶아 먹고 죽은 사람의 뼈를 불에 구워 빻아 물에 타서 마셨다. 죽음을 모면해 보려고 이처럼 애쓰는 병사들을 살리기 위해 공산당 수뇌들 중에 그 누구도 그들이 타고 가고 있는 말이나 나귀를 내어주는 자가 단 한 명도 없었다.

이 같은 공산당 수뇌들을 보며 김정국은 다시 한번 공산주의자들의 위선과 허구성에 치를 떨었다.

1935년 10월 19일 김정국은 굶주림과 추위에 떨며 1년 9일 동안 만 2천 5백km를 걸어 붉은 단풍으로 물든 서북부 산시성에 도착했다.

그때는 출발 당시 8만 6천 명이던 공산당 병사들은 모두 죽고 6천 명만이 살아남아 있었다. 그것도 중도에서 신병을 모병하여 수만 명을 충원했는데도….

───── 제11장 ─────

다시 배밭으로

"영일아! 먹던 술은 왜 가지고 가나?"

"어! 형! 그것 건들지 마!"

"……."

"열지 말라니까! 그거 술 아니야, 청강수(염산)야."

영일이는 술병의 마개를 열려는 종태에게 소리쳤다.

"야! 동생 상견례에 가면서 청강수는 왜 가지고 가나?"

"형! 기차 타고 여행 한 번 해 보는 게 소원이라고 그랬지? 성가시게 굴면 안 데리고 가."

"그래, 나 안 갈란다. 상견례에 청강수 가지고 가서 뿌리고 난리 치려는가 본데-?"

영일이는 영옥이 시집이 될 사람들과 상견례를 하기 위해 종태를 데리고 경의선 열차에 올랐다.

달리는 열차 안에서 영일이는 영변에 가는 본래의 목적보다 아직도 결정을 하지 못한 '일본인 배밭 주인의 이마에 무엇이라고 써야 할지'에 대한 고민을 하고 있었다.

200 모품몸

'이놈이 한국에 살고 있으니 한국 사람들이 알아보게 한글로 써야 하나? 아니면 일본 놈들도 알아보고 중국 놈도 알아보게 한자로 니봉(泥棒)이라고 쓸까? 니봉야랑(泥棒野郎, 도둑놈)은 글자 획이 너무 많고….'

'그 아이가 3년 전에 그놈에게 낙인을 찍혔다고 했으니 그놈이 아직도 그 배밭 주인이겠지?'

영옥이 시집이 될 사람들과의 상견례는 화기애애한 가운데 끝이 나고 10월 15일 결혼식을 올리기로 양가 합의했다.

영일이는 아버지가 없이 시집을 가게 되는 영옥이에게 아버지 못지않은 역할을 해 주고 싶었다. 그는 어머니에게 혼인식 날에 맞추어 소 한 마리와 돼지 두 마리를 잡고 사물놀이 패와 국악 연주자들까지 불러 성대한 혼인식이 되도록 하라고 돈을 주었다. 그리고 그는 시집가는 영옥이에게 농토를 사 주라고 삼백오십 원의 거금을 따로 주었다.

영변에 내려온 지 3일째 되는 날 영일이는 그의 이마에 '도둑놈'이라고 새긴 배밭 주인을 찾아 나섰다.

배밭에 가까워지자 그는 참기 힘든 분노를 느꼈다.

흰 봉지에 싸인 배를 주렁주렁 달고 있는 배나무들 사이를 영일이는 앞장서서 걸어 들어갔다. 오랜 시간 사방을 둘러보며 기다렸으나 배밭에는 끝내 사람이 나타나지 않았다.

영일이는 종태와 함께 어머니 집으로 돌아가서 하루를 더 묵었다.

일본의 야쿠자 조직 야마구치파의 경성 오야붕이 영일이를 잡아 오라고 단성사 극장으로 부하들을 보냈다. 단성사에서 영일이에게 얻어맞고 쫓겨간 스즈모토는 이 조직의 지역 오야붕이었다.

그는 영일이에게 당한 일이 알려지면 조직 내에서 망신을 당하고 매장될 것이 두려워 그간 그 사실을 숨기고 있었는데 결국 오야붕이 이를 알게 된 것이다.

야마구치파 야쿠자들은 니혼도(일본 칼)를 빼어 들고 영일이를 잡으려고 단성사로 들이닥쳤다. 그들은 영일이를 찾지 못하자 극장의 대형 유리문 등 기물들을 부수고 극장 안을 쑥대밭으로 만들어 놓았다.

극장 사장은 영일이가 나타나면 즉시 알려 주겠다는 약속을 하고 영사기만은 보존할 수 있었다.

다음 날 오전, 영일이는 준비해 온 염산 병을 들고 다시 배밭으로 갔다.

"개놈의 새끼."

길 좌측에 흐르는 작은 고랑을 훌쩍 뛰어넘어 배밭으로 올라서며 영일이가 툭 욕을 내뱉었다.

"누구요?"

배밭 속으로 걸어 들어오는 영일이와 종태를 발견하고 누군가 소리쳐 물었다.

일본말이었다.

소리 나는 쪽을 돌아보니 배를 수확하고 있는 사람들과 사다리들이 보였다.

영일이와 종태는 그리로 갔다.

"누가 주인이시오?"

종태가 소리쳐 물었다.

배를 수확하고 있는 사람들로부터 떨어진 곳 나무 그늘에 의자를 놓고 앉아 있던 50세 전후의 사내가 비대한 몸을 의자에서 무겁게 일으켜 다가왔다.

"내가 주인인데 왜- 찾으시오?"

잘 먹어 개기름이 번들거리고 비대해진 몸매만 빼놓고는 달라진 것이 없는 15년 전의 그 악마 같던 배밭 주인을 영일이는 단번에 알아보았다.

"나 이거 빚 받으러 왔어."

영일이가 자신의 이마를 엄지 손가락으로 가리키며 말했다.

배밭 주인은 영일이가 가리키는 이마를 보고 얼어붙은 듯 서 있었다.

"형! 저 사람들 보내고 오시우!"

영일이가 종태에게 말하고는 배밭 주인의 등을 밀고 배밭 창고 앞으로 갔다. 그곳은 예전 이 작자가 우는 영일이의 손과 발을 묶어 쓰러뜨려 놓았던 창고 앞이었다.

영일이는 배밭 창고 벽에 지금도 걸려 있는 동아줄을 올려다보며

"개놈의 새끼."

하고 뇌까리고는 그 동아줄을 걷어들고 일본인에게 다가섰다.

배밭 주인이 다급하게 말했다.

"내 말 좀 들어 보시오! 나도 조선에 와서 과수원을 하는 미국 선교사들로부터 배운 것이오. 과수원을 지키기 위해서 어쩔 수 없는 일이었습니다."

"이 새끼야! 양키한테 배울 것이 없어 어린아이들의 일생을 짓뭉개 놓는 그런 짓을 배우냐? 이 개만도 못한 새끼들아!"

영일이가 배밭 주인의 다리를 걸어 쓰러뜨리며 소리쳤다.

배밭 주인이 다급하게 다시 말했다.

"내가 대신 변상을 하겠소. 오십 원을 내겠소."

쓰러진 배밭 주인의 손을 묶고 있는 영일이에게 종태가 다가와 부르더니 턱으로 한쪽을 가리켰다.

그곳에 배를 따던 인부 5명이 와서 멀찍이 서 있었다.

영일이가 배밭 주인의 손을 묶고 끌어다가 발과 함께 다시 묶어 놓고 일어서며 상기된 표정으로

"댁들은 또 뭡니까?"

하고 한국말로 언성을 높이자 인부들이 주눅 든 표정으로 말했다.

"오늘 일당을 받아 가려고요."

종태가 답답하다는 듯 끼어들었다.

"하, 이 냥반들아! 오늘은 그냥 돌아가시고 내일 와 받으세요-오! 네?"

"하루 벌어 하루 먹는 사람들인데 어떻게 그냥 빈손으로 집엘 들어갑니까아."

"일당이 얼마요?"

종태가 물었다.

"한 사람당 일 원 오십 전이올시다."

종태가 쓰러져 있는 배밭 주인을 발로 툭 찼다.

"어이! 저 사람들 일당 줘!"

배밭 주인이 몸을 틀어 묶인 손을 움직여 보이며 말했다.

"돈을 꺼내게 손 좀 풀어 주십시오!"

"내가 꺼내 줄게. 어디 있어? 여기?"

종태가 배밭 주인의 주머니를 뒤져 돈을 꺼냈다.

"일 원 오십 전은 하루 품삯이고 일을 반나절도 못 했으니 두당 칠십 전씩 주면 됩니다."

배밭 주인이 종태를 올려다보며 말했다.

"시끄러워! 이 지저분한 새끼."

종태가 배밭 주인에게 눈을 부라리며 말하고는 인부들에게 돈을 나누어 주어 보냈다.

배밭 주인의 주머니에 많은 돈이 있는 것을 본 종태가 영일이의 어깨를 툭 치고는 몇 걸음 걸어가며 말했다.

"영일아, 잠깐 나 좀 보자!"

영일이는 종태를 힐끔 보았을 뿐이다.

"영일아. 잠깐만 와 봐-아!"

"뭐-얼?"

"이리 좀 와 보라니까!"

몇 걸음 물러나 기다리고 있는 종태에게 영일이가 마지못한 듯 다가가며 물었다.

"형! 뭔데 그래?"

"영일아! 너 정말 할 거냐?"

"……."

대답 대신 종태를 흘겨보며 되돌아가려는 영일이의 팔을 종태가 얼른 잡아 돌려세웠다.

"영일아! 돈을 준다잖아. 백 원은 받을 수 있겠는데….."

영일이가 팔을 홱 뿌리치자 종태가 재빨리 다시 잡았다.

"영일아-아! 너 저 새끼 면상을 뭉개 놔 봐야 속 시원할 것 없-어, 다시 생각해 봐! 백 원을 준다잖냐."

"형! 형은 먼저 집에 가 계시우!"

말을 남기고 영일이는 배밭 창고 문을 발로 차 열고 들어갔다. 그 창고는 예전에 일본인이 영일이를 묶어 마당에 쓰러뜨려 놓은 후 들어가서 염산을 그릇에 따라 가지고 나왔던 곳이었다.

창고 안 오른편 벽 아래 염산이 담긴 정종 병이 놓여 있었다. 그리고 그 옆에는 사기그릇과 털이 짧은 낡은 붓이 언제든지 쓸 수 있도록 가지런히 준비되어 있었다.

영일이는 배밭 주인이 배가 익은 올해도 이 염산을 사용했을 것이고 또 내년에도 사용하려고 모셔두었을 것이라고 생각하며

"너도 당해 봐라!"

하며 어금니를 물었다.

영일이는 역한 냄새가 피어오르는 염산을 사기그릇에 따라 들고 창고를 나왔다.

쓰러져 있는 일본인에게 종태가 허리를 굽혀 무언가를 열심히 묻고 있었다.

"집에 가서 준다는 걸 어떻게 믿어?"

"나는 일본 사람입니다."

종태가 일본인에게 역제안을 했다.

"이백 원을 준다고 하면 어떻겠수우!"

영일이가 종태를 못마땅한 얼굴로 흘겨보며

"형은 뭐 이런 자식하고 말을 섞고 그래. 비키시우!"

하고 말했다.

"영일아! 너, 인마! 내가 너보다 다섯 살이나 많아, 너 알아? 너, 나한테 너무 버릇없게 구는 거 아니냐? 너, 인마 칼에 찔려서 주물 공장에 왔을 때

내가 주인 몰래 숨겨 놓고 밥 먹여 주고 재워 줬어-어, 잊어버렸어?"

"형! 또 그 얘기유? 이제 고만 좀 우려먹으시우! 몇 번을 우려먹어."

"백오십 원을 배상한다잖냐? 받자!"

"형! 우리 돈 있잖-아. 무슨 돈을 그렇게 밝혀. 그리고 뭘 저런 자식을 믿어?"

영일이와 종태가 하는 한국말을 배밭 주인이 짐작으로 알아차리고는

"우리 집에 가면 돈이 있습니다. 믿어도 됩니다. 나는 일본 사람입니다."

하고 재빨리 끼어들었다.

영일이가 눈을 흘기며

"미친 개-새끼! 일본 놈이라서 뭐가 어떻다는 거야? 네 말은 일본 놈은 정직하다는 말인 것 같은데, 하나 묻자. 그래서 남의 나라를 강탈해 들어와서 속이고 빼앗고 죽이냐? 이- 왜구(해적) 도둑놈들아! 도둑놈은 내가 아니고 너희 놈들이야."

"……."

"내가 왜 도둑놈이야? 내가 왜 도둑놈이야? 내가 왜 도둑놈이야?"

영일이가 절절하고 애타게 미친 듯 부르짖었다.

영일이가 쓰러져 있는 일본인의 목을 무릎으로 짓누르고 앉으며 다시 한번

"내가 왜- 도둑놈이야, 이 새끼들아! 네놈들이 도둑놈이지."

하고 한 맺힌 절규를 토해 냈다.

영일이는 예전 이 일본인이 자신에게 했던 꿈에도 잊을 수 없는

"가만히 있어, 이 도둑놈아! 너 움직이면 눈먼다."

라는 호령을 똑같이 했다.

"이백 원을 낼 거요?"

종태가 허리를 숙이고 일본인의 얼굴을 들여다보며 급히 물었다. 그러나 이미 영일이가 염산이 묻은 붓으로 일본인의 이마에 글을 쓰기 시작했다.

일본인의 이마에서 하얀 연기가 피어올랐다.

배밭 주인은 소리를 지르며 고통스러워했다.

"이마에 주름 잡지 마라! 이 돼지 새끼야! 청강수를 확 부어 버리기 전에…."

영일이는 염산을 붓에 찍어 배밭 주인의 대머리 진 넓은 이마에 니봉(泥棒)이라고 큼직하게 써 놓았다.

글씨 쓰기를 마친 영일이는 이마에 큼지막하게 새겨진 '도둑'이라는 글씨를 다시 한번 들여다보다가 염산을 붓에 찍어 배밭 주인의 오른쪽 볼에 내려찍었다.

"이건 그동안 네놈이 어린아이들에게 해 온 못된 죄 값이고…."

하고는 다시 붓에 염산을 찍어 이번에는 배밭 주인의 왼편 볼에 쿡- 찍어 바르며

"이건 그동안의 이자다."

하고는 붓을 휙 던지고 일어섰다.

"형, 갑시다!"

영일이가 앞장서서 걸었다.

배밭을 나와 길로 접어들 무렵 종태가 걸음을 멈춰 섰다.

"영일아! 너 여기 잠깐 있어! 저치 묶은 줄은 풀어 주고 가야지."

하고는 배나무 사이로 사라졌다.

배밭 주인에게로 되돌아온 종태는 일본인 주머니에서 돈을 꺼냈다.

"이건 너 때문에 우리가 서울서 여기까지 오느라고 쓴 왕복 차비이고, 이건 너 때문에 우리가 허비한 삼 일 치 일당이야."

영일이와 종태가 사라진 후 배밭 주인은 평양 경찰서로 달려가 강도 상해를 당했다고 신고했다.

사건을 배당받은 담당 형사는 1920년 이후 평안북도 일대에서 자란 아이들 중 이마에 '도둑놈'이라는 글자가 새겨진 아이들 9명을 찾아냈다. 그 9명 중 자살한 3명과 사고사 한 1명을 제외한 4명 가운데 담당 형사가 영일이를 범인으로 지목하고 추격에 나서기까지는 불과 2주일도 걸리지 않았다.

경찰청은 일본인에게 위해를 가한 조선인은 끝까지 색출해서 철저히 응징한다는 원칙을 세워 놓고 있었다. 영일이의 영변 집 주위를 끈질기게 맴돌며 정탐을 하던 형사가 영일이의 여동생 결혼식이 10월 15일에 있다는 사실을 알아냈다.

서울에 돌아온 영일이는 일본 깡패 조직 야마구치파의 단성사 피습 사건에 대해 들었다. 그는 야마구치 야쿠자들에 관해서도 알게 되었다. 영일이의 참모들이 조사해 온 바에 의하면 서울에는 일본의 유명한 갱단인 야마구치구미, 스미요시카이, 이나가와카이, 3개 조직이 모두 들어와 있었다.

그 3개 깡패 조직 중에서도 1915년 고베의 항만 노동자들을 중심으로 결성된 야마구치파가 가장 악랄하고 가장 강력한 조직이다.

본부가 일본 효고현 고베시에 있는 그들은 군대와 같이 훈련된 조직으로 총과 칼로 무장하고 있었다. 그들이 하는 일은 마약밀매, 살인청부, 남대문 시장과 동대문 시장 상인, 식당, 유흥업소를 대상으로 보호비 명목의 갈취 등이었다.

또한 그들은 시장의 한국인 소상인들을 대상으로 일수놀이를 해서 많은 수익을 창출하고 있었다.

영일이는 총과 칼로 무장하고 경찰청과도 긴밀한 협력 관계에 있다는 야마구치파를 대적하는 것은 무리라고 생각했다. 그는 야마구치파들과의 충돌을 피하기 위해 일단 단성사 주변에 나타나지 않기로 했다.

대신 그는 양계 사업을 하려고 아이들 20여 명을 데리고 창신동 돌산에 가서 철조망을 치고 있었다. 이 돌산에는 예전에 채석장들이 있었다.

그 채석장들은 돌산 일대를 마치 거대한 기암절벽 지대로 변모시켰다. 날카로운 암석들이 불규칙하게 솟아오른 그곳은 지금은 수목이 무성하게 자라, 지나가는 사람들의 등골을 오싹하게 만든다. 귀신이 출몰한다는 소문이 도는 이곳은, 밤이 되면 음침한 기운이 감돌아 연애하는 청춘 남녀들조차 가까이하지 않는 금기된 장소로 변해 버렸다.

그러나 야마구치 야쿠자들에게 쫓기고 있는 영일이에게는 이곳이 마치 천혜의 요새같이 느껴졌다. 또한 그곳은 동대문 시장과도 가까워서 양계장을 하려는 영일이에게는 유익한 점이 많았다. 우선 동대문 시장에서는 상품 가치는 잃었지만 잡식 동물인 닭의 사료로 쓰기에는 무리가 없는 야채를 무상으로 매일 가지고 올 수 있었다. 더욱이 그곳에는 비록 허물어져 가는 건물이기는 했지만 채석장 사무실로 쓰던 건물도 있었다. 영일이를 따라 이곳에 온 아이들은 청소년에 불과했다. 그러나 인원이 많다 보니 그중에는 온갖 재주를 가진 아이들이 다 섞여 있었다. 그들은 허물어

져 가는 건물을 훌륭하게 고쳐 놓아 영일이가 사무실로 사용할 수 있도록
했다.

"영일아! 오늘 단성사에서 돈 받는 날이다."

영일에게 종태가 다가와서 말했다.

"……."

"아이들 데리고 가서 돈 받아 가지고 올게."

"형! 받아 오기는 뭘 받아 와, 그만둬요!"

"뭐? 그만둬? 왜? 팔십 원을 그만둬?"

"형! 야마구치 놈들이 극장에 와서 유리창서부터 기물을 몽땅 부수고
갔다지 않수우. 그런 판국에 무슨 돈을 달라고 해에-?"

"너, 돈이란 걸 아직 잘 모르는 모양인데, 돈이란 건 말이다. 절벽 중간
에 난 소나무 같은 거야. 그 소나무를 꼭 붙들고 늘어져야지 그렇지 않으
면 떨어져 죽는 거야."

"형! 가도 주지도 않아, 형 같으면 주겠수우? 추하게 그러지 맙시다."

"그럼 잘됐다. 나 돈이 좀 필요했는데, 그 돈 내가 받아 쓸게. 극장 사장
이 안 준다고 하면 고만이고…."

영일이는 이익이 된다면 자신에게까지도 체면을 가리지 않고 박정하게
행동하는 종태가 섭섭하고 싫어진 지 오래되었다. 종태는 닭장 짓는 일을
돕고 있던 아이들 4명을 골라 데리고 단성사 사장을 찾아갔다.

극장 사장은 종태 일행에게

"기왕에 오셨으니까네 돈을 세알려 가 오는(세어 가지고 오는) 동안에
특실에 가 영화나 한 편 보고 가시소. 삐루도 한잔하시고요. 잉?"

하고 웃음을 지어 보이며 그들을 특실로 안내했다.

영화는 중반 이후를 상영하고 있었다. 영화가 끝나고 종태 일행이 영화의 전반부를 보기 위해 재상영을 기다리고 있을 때였다. 특실 문이 벌컥 열리면서 길이 1미터가 넘는 일본도를 든 10여 명의 사내가 종태 일행 앞에 나타났다.

구레나룻 수염을 기른 사각턱 얼굴의 사내가 양손에 든 2개의 긴 칼을 땅을 향해 팔(八) 자로 늘어뜨리고 서서

"머리에 손을 얹고 한 놈씩 차례로 나와라! 반항하거나 도망치는 놈은 배지를 갈라놓겠다."

하고 굵고 느린 목소리로 호령을 했다.

야쿠자들은 끌고 간 종태와 일행 4명을 곡괭이 자루로 물을 뿌려 가며 때렸다. 그들은 종태를 제외한 4명에게 영일이에게 주라고 상자 하나를 들려 감금한 지 2일 만에 풀어 주었다.

그 작은 상자 안에는 영일이가 7일 이내에 야마구치 본부로 들어오지 않으면 종태의 다음 손가락을 잘라 보내겠다는 경고장과 종태의 것으로 보이는 잘린 검지 손가락이 들어 있었다.

그날 영일이는 종태 사건을 두고 5명의 참모들과 돌산 사무실에 모여 있었다.

"형이 야쿠자에게 가면 형이 험한 꼴을 당할 것이고 안 가면 종태가 당하는 것 아닙니까? 어차피 한 사람은 당할 판국이에요."

"……."

"형! 종태가 말 안 듣고 기어이 저질러 놓은 일인데 종태보고 이왕 당하는 김에 마저 당하고 오라고 그냥 놔둡시다."

"그건 방법이 아니지. 그 일은 내가 저질러 놓은 일이고 또 내가 왕초 아니냐. 종태 형이 당하게 할 수는 없지. 또 그놈들이 종태 형 하나로 끝낼 것 같냐? 결국 나한테 달려들겠지."

"내일 내가 야쿠자 본부에 들어가서 물어보고 올까요?"

야쿠자 본부에 들어갔다 오겠다는 국현이의 한 마디 말에 일순간 사무실 안이 조용해졌다.

모두의 시선이 국현이에게 집중되었다. 한동안 말하는 사람이 없었다.

국현이가 다시 말을 이어 나갔다.

"형이 야쿠자 본부에 들어오면 어떻게 할 것이고 안 가면 종태로 끝낼 것인지, 아니면 대신에 돈을 얼마 주면 끝내 줄 건지…."

"……."

의구가 바지 주머니에 양손을 넣고 우스꽝스러운 걸음으로 국현이에게 다가갔다. 그는 눈웃음치는 얼굴로 국현이 얼굴을 바짝 들여다보며 물었다.

"야-! 아가야! 네가 어디를 가서서 누구에게 무얼 물어보고 온다고?"

아가는 국현이의 별명이었다.

왜소한 체격에 피부가 희고 깨끗한 외모를 하고 있어서 붙여진 별호였다.

국현이가 의구의 얼굴을 손으로 밀어 피했다.

"네가 야쿠자에게 가서. '얘들아! 우리 오야붕이 오면 어떻게 할 것이냐?' 하고 물어본다는 말이지? 고놈 참 당돌하네."

"……."

"야, 겸일아! 문 열어 드려라! 국현 씨 야쿠자한테 야단 치러 간댄다, 하고놈 맹랑하네."

계속 빈정거리는 의구를 향해 국현이가 빽- 소리를 질렀다.

"시끄러워, 이 새끼야."

다음 날 영일이는 국현이를 야마구치 본부에 보냈다.

그는 야마구치 경성지대 오야붕 이소바야시를 만나 영일이가 들어오는 것 대신 돈으로 지불할 수 없겠냐까지 묻고 돌아왔다.

이소바야시는 영일이가 싸움을 잘한다고 들었다고 하며 영일이가 와서 유비즈메를 하면 용서하고 부하로 삼겠다고 했다. 그러나 만약 영일이가 그의 명령을 거역하고 들어오지 않으면 영일이를 죽이기 위해 총칼로 무장한 자객을 계속해서 보낼 것이라고 했다.

유비즈메란 자신의 소지(새끼손가락)를 칼로 손수 잘라서 작은 알코올 병에 담아 오야붕에게 바치며 잘못에 대한 용서를 빌고 충성을 맹서하는 야쿠자들의 의식을 말한다.

영일이는 그들과의 전쟁을 피할 수 있는 단 하나의 선택은 그들에게 복종하고 그들의 일원이 되어 그들이 시키는 일을 해야 하는 것뿐임을 알게 되었다.

영일이는 그를 후원해 주고 격려해 준 사람들을 생각해서라도 그리고 그를 우상처럼 떠받들며 따르는 단성사 아이들을 생각해서라도 그 같은 일은 용납할 수 없었다. 그는 목숨을 걸고 야마구치파와 싸우는 방법밖에 없다고 결심했다.

다음 날 영일이는 종태를 구하기 위해 나섰다.

그는 야쿠자에게 납치당해 린치를 당한 4명의 맞은 상처가 아물기 전에 그들을 데리고 경성 본정경찰서를 찾아갔다.

그는 감금 및 신체 훼손, 폭행죄로 야마구치파 이소바야시를 고소했다.

야마구치파가 영일이에게 찾아오라고 정해 준 시한 7일이 지났다.

다음 날 야쿠자들이 린치를 가하고 풀어 주었던 승환이의 집을 찾아왔다. 그들은 2주일 내에 영일이가 그들을 찾아오지 않으면 이번에는 종태의 손목을 잘라 보내겠다고 전하며 종이에 싸인 종태의 손가락 또 하나를 주고 갔다.

영일이는 다시 본정 경찰서를 찾아가 이 사실을 신고하고 신속한 조치를 촉구했다. 그런데 담당 형사의 반응이 영 석연치 않았다.

형사는 영일이에게 대뜸 짜증을 냈다.

"야-! 깡패 새끼들 일은 깡패 새끼들끼리 풀어-어! 경찰에 가지고 와서 귀찮게 지랄들 하지 말고!"

"아저씨! 우리는 깡패 아니에요. 야마구치 놈들이 깡패지요."

"내가 다 알아, 인마!"

"알기는 뭘 알아요? 우리가 무슨 깡패예요?"

"그래? 너 신분이 뭐냐? 학생이냐? 직장이 있냐? 아니면 장사하냐? 직업이 있어? 너희들 떼거리로 몰려다니지? 그게 깡패가 아니면 뭐냐?"

"양계장을 하려고 준비하고 있던 중입니다."

"가금류? 인마, 귀신을 속여라! 너, 단성사에서 텃세 받아 처먹고 산다는 것 다 알아-아 인마."

"……."

"가서 기다려! 수사는 너희가 재촉한다고 되는 것이 아니야."

"이 손가락을 보세요! 2주 후에는 손목을 잘라 보낸다잖아요."

"야! 솔직히 말해서-어, 너희들 손가락 하나 자르는 게 뭐- 대수냐? 너희 깡패 새끼들 툭하면 손가락 자르잖아-아? 너희들 사죄할 일만 있어도 손가락 자르지? 돌아가서 기다려!"

집으로 돌아온 영일이는 밤잠을 이루지 못했다.

경찰은 믿을 수가 없고 종태를 구하기 위해 야마구치파의 일원이 될 수는 없는 일이었다. 야쿠자들이 통고한 날짜가 11일 앞으로 다가왔다. 캄캄한 방에 반듯이 누워 첫닭이 울기까지 많은 생각을 하고 있던 영일이가 자리에서 벌떡 일어나 창을 향해 다가서며 외쳤다.

"해 보자!

그는 동대문 시장과 남대문 시장에서 상주하며 상인들을 보호해 준다는 명목으로 돈을 갈취하고 있는 야마구치파 야쿠자들을 잡아다가 종태와 교환해야겠다고 생각했다.

그는 아이들 6명을 동대문 시장 곳곳에 보내 야쿠자들을 정탐하게 했다.

동대문 시장 청계천 방향 5가와 4가 사이 포목전(옷감 가게) 네거리에 나와 상주하고 있는 야쿠자들은 5명이었다.

그 5명이 하는 일이라고는 하루에 두 번 길고 굵은 몽둥이를 지팡이 삼아 시장을 한 바퀴 돌아오는 것과 시장 바닥에 금을 그어 놓고 동전 던지기 놀음을 하며 낄낄거리는 것이 전부였다.

그 외에 오후 4시가 되면 3명의 야쿠자가 동대문 시장 서문통(서쪽 입구) 닭전거리(닭 파는 상점들이 모여 있는 거리)에 나타나서 약 3시간에 걸쳐 상인들로부터 일수 돈을 받아 간다.

영일이는 18세 이상의 아이들 70명을 돌산에 모아 놓고 30분가량의 연설을 이어 가고 있다.

"야마구치 놈들은 본부에 있는 놈들까지 모두 합쳐 보아야 50명을 넘지 못한다. 그것도 거의가 사오십 먹은 노털들이다.

우리는 숫자도 많고 젊어서 그놈들을 간단히 쓸어버릴 수 있다. 그 후가 문제이지만 나한테 다 복안이 있다. 내가 하라는 대로 나만 믿고 따라오면 된다. 우리는 이놈들을 몰아내고 이놈들이 지금까지 상인들에게 받아 오고 있는 보호비의 백분의 일만 받을 것이다. 그렇게만 받아도 너희들 월급은 충분히 줄 수 있다.

그리고 우리는 실제로 소매치기들과 야바위꾼들이 시장에 못 들어오도록 막아 주고 야간 경비도 맡아 주어 상인들로부터 환심을 살 것이다.

동대문 시장으로 들어가는 입구는 여덟 곳이다."

7일 후 그는 동대문 시장에서 야쿠자들을 잡아 오고 또 시장을 장악하기 위해 60명의 아이들을 4패로 흩어져 출발하게 하여 동대문 시장 동문 (종로 5가) 입구에서 합류시켰다.

영일이는 의구에게 40명의 아이들을 떼어 주고 포목점 거리의 야쿠자 5명을 잡아 관수동 썩은 다리(관수교) 밑에 끌고 가서 기다리고 있으라고 지시했다.

그리고 그는 오후 3시가 다가오자 20명의 아이들을 데리고 서문통으로 갔다.

그가 과일전 거리에 이르렀을 때 3명의 야쿠자들이 약 70미터 앞에서 오고 있었다.

무리 중 가운데 서서 걸어 들어오고 있는 사내는 파나마(panama) 모자를 쓰고 흰 양복에 흰 구두를 신고 있었다.

영일이는 아이들에게

"저놈들이 가까이 올 때까지 길 양옆 가게들에 들어가서 흩어져서 기다려라! 저놈들이 칼을 가지고 있을 것이니 칼을 쓸 기회를 주지 말고 무조건 때려 눕혀라!"

라고 지시했다.

한껏 잘 차려입은 파나마 모자를 쓰고 흰 양복에 흰 구두를 신은 사내가 길 양옆에 있는 점포 7개를 지나쳐 내려오다가 고무신 가게에 들어갔다. 그곳에서 일수 돈을 받은 그들은 돈을 서류 가방에 넣으며 돌아 나왔다.

점포 앞을 지키고 섰던 야쿠자 2명이 백구두의 뒤를 따랐다.

백구두가 길 한가운데 펼쳐 놓은 땅콩 행상의 진열대로 다가가 땅콩을 한 움큼 집어 들고 경쾌한 걸음거리로 걸어 내려오고 있었다. 땅콩 행상은 그의 행동을 물끄러미 바라만 보고 있었다.

입에 넣던 땅콩 한 알을 하늘을 향해 던지고 떨어지는 땅콩을 입으로 받고는 흥겨운 표정으로 걸어오던 그가 수십 명에게 갑작스러운 공격을 받고 쓰러졌다. 잠시 정신을 잃었다가 깨어나 두리번거리며 사태를 파악한 백구두가 소리쳤다.

"나는 야마구치 경성지대 오야붕 이소바야시의 동생 토문자다. 너희 놈들이 누구인지 모르지만 너희는 지금 큰 실수를 하는 거다. 나를 즉시 풀어놓는 것이 신상에 좋을 거다!"

영일이는 백구두가 오야붕 이소바야시의 동생이라고 고함치는 소리를 듣고

"이런 재수 좋은 일이 있나?"

하며 돌아서서 웃었다. 그는 야쿠자 두목의 동생이 잡혀 오리라고는 생각하지 못했었다.

영일이는 그들을 돌산 채석장으로 끌고 올라갔다.

"나는 야마구치 경성지대 오야붕 이소바야시의 동생 토문자다. 너희는 지금 큰 실수를 하는 거다. 나를 즉시 풀어놓지 않으면 너희는 전부 죽는다!"

창신동 돌산에 도착해서도 백구두는 영일이에게 계속 고함을 치며 엄포를 놓았다.

야쿠자들이 가지고 있던 검은 가죽 가방 속에는 얼마간의 돈과 검고 두꺼운 표지의 일수 장부 5권, 그리고 일수를 받고 찍어 주는 도장 및 인주 등이 들어 있었다. 영일이는 장부들과 가방을 찢어 돌산 아래로 던져 버렸다.

종태의 손목을 자르겠다고 통보한 날짜가 2일밖에 남지 않았다.

영일이는 백구두의 손가락 2개를 편지와 함께 상자에 담았다.

그는 한국을 떠나겠다고 맹서한 백구두의 부하들에게 상자를 들려 이소바야시에게 보냈다.

야마구치 경성지대 오야붕 이소바야시는

'내 부하(종태)의 손목을 잘라 보내라! 그러면 나도 네 부하 토문자의 손목 두 개를 잘라 보내겠다.'

라고 적은 영일이의 편지를 구겨 들고 분을 참지 못해 사무실 안을 오락가락했다.

이소바야시는 영일이의 패거리가 150명이 넘고 나이가 모두 20세 미만이라는 보고를 받고 고심하고 있었다.

주먹 세계에서 상대하기 가장 두려워하는 연령층이 물불을 가리지 않는 10대 아이들이기 때문이다.

이소바야시가 영일이에게 굴복하고 마침내 종태와 토문자를 교환했다. 영일이는 이소바야시에게

'동대문 시장은 우리가 접수하여 150명의 아이들을 요소에 배치해 놓았다. 그 아이들을 다치게 하거나 피곤하게 하면 이번에는 남대문 시장까지로 내 나와바리를 넓히겠다.'

라는 경고를 덧붙였다.

야쿠자 근거지에서 풀려난 종태는 그가 풀려난 이유가 영일이를 잡을 수 있는 방법을 이소바야시에게 가르쳐 준 대가라고 믿고 있었다.

그는 풀려난 즉시 몸이 아프다는 핑계를 대고 숨어 버렸다.

다다미가 깔린 야마구치 경성지대 본부는 조용하고 엄숙한 분위기로 가득 차 있었다. 40여 명의 야쿠자들이 중앙을 비워 둔 채 ㄷ 자 형태로 무릎을 꿇고 둘러앉아 있었다. 모두가 검은색 양복에 검은 넥타이를 매고 있어 일체감을 느낄 수 있었다. 그들의 얼굴에는 결연한 표정이 서려 있었다.

방의 중심에는 검은 기모노를 입은 오야붕 이소바야시가 그들을 마주보고 정좌하고 있었다. 분위기는 심각하고 엄중했다.

그의 기모노는 깊고 짙은 검정색으로, 옷자락에는 금실로 정교하게 수놓은 문양이 그의 위엄과 지위를 한층 더 돋보이게 했다. 오야붕 주변에는 그를 경호하는 몇 명의 야쿠자들이 서서 긴장된 분위기를 자아내고 있었다. 회의는 무겁고 신중하게 진행되고 있었다.

"만약 이 상태로 한 달만 더 지나면, 우리는 치명상을 입게 될 것입니다."

"그놈들의 숫자는 이백 명이 넘습니다. 그놈들을 힘으로 몰아낸다는 것은 방법이 아닌 것 같습니다."

썩은 다리 밑에 잡혀가서 동대문시장 안을 끌려 다니며 조리돌림을 당하고 풀려났던 타카유키가 말했다.

"우리는 현재 동대문 시장에 깔아 놓은 사채를 거둬들이지 못하고 있고, 상인들 보호비도 징수하지 못하고 있습니다. 이에 대한 해결책이나 의견이 있으신 분은 말씀해 주십시오!"

사회자가 앞에 서서 발언을 유도했다.

"경찰을 동원하면 어떻겠습니까? 모뭄몸을 감옥에 처넣어 버리면 될 것 아닙니까?"

"그 방법이 제일 간단할 것 같습니다."

"우두머리가 감옥에 갇혀도 그놈들은 동대문 시장에서 물러나지 않을 겁니다. 돈맛을 봤는데, 호락호락 물러나겠습니까?"

반론에 반론이 한동안 이어졌다.

"그놈은 감옥에 앉아서도 부하들을 통솔해 나갈 것입니다."

"전쟁에는 병사를 많이 죽여야 이기는 전쟁이 있고, 병사를 아무리 많이 죽여도 소용이 없는 즉 우두머리를 제거해야 끝나는 전쟁이 있습니다. 이 전쟁은 모뭄몸을 제거해야만 이길 수 있는 전쟁입니다."

방 안의 공기는 숨 막힐 듯 무거워, 마치 한 마디의 실수도 용납되지 않을 것 같은 긴장감이 감돌고 있었다.

"이키 군의 말이 맞소." 이소바야시가 최종 결론을 내렸다.

"이 전쟁은 우두머리를 제거해야만 끝이 나는 전쟁이오. 놈들은 모두

스무 살도 안 되는 천방지축 아이들이오. 그 아이들을 시장에서 몰아내기도 쉽지 않을뿐더러, 그런다고 해도 우두머리가 살아 있는 한 곧 다시 정비하여 쳐들어올 것이오. 이 전쟁은 군사를 많이 죽여 봐야 이길 수 없는 전쟁이오. 우두머리를 죽여 없애야 하오."

모든 참석자들은 오야붕의 말 한 마디, 한 마디에 깊은 주의를 기울였다.

"……."

"10월 15일 시가쿠 놈이 여동생 결혼식 때문에 고향에 내려간다고 하니 그때를 기다리는 것이 좋겠소. 그때를 위해서 여러분들은 만전을 기하도록 하시오!"

10월 14일 영일이는 동생 결혼식에 가기 위해 평양행 기차에 올랐다.

같은 시간 평양 경찰청의 형사 4명도 모여 앉아 내일 강도 상해 사건의 범인 김영일을 체포하러 가기 위한 논의를 하고 있었다.

또한 예리한 칼을 몸에 품은 야쿠자 5명도 종태가 세밀하게 그려 준 영일이의 영변 집 지도를 가지고 영일이를 처치하기 위해 영변에 내려와서 영일이의 집을 답사한 후 숙소를 정해 묵고 있었다.

오후 4시 45분 영일이는 영변 집에 도착했다.

그곳에는 평양에 살고 있는 작은 외할아버지(정순례의 작은아버지) 가족 8명이 결혼식에 참석하기 위해 와 있었다.

영일이는 작은 외할아버지의 아들 2명과 함께 막걸리를 마셨다. 기쁜 마음에 들떠 많은 양의 술을 마시기도 했지만 장시간의 기차 여행으로 피로했던 그는 술에 취해 초저녁부터 잠에 곯아떨어졌다.

한 주전자를 넘게 마셨던 막걸리 때문에 영일이는 이른 새벽 소변이 급해 잠에서 깨어 일어났다.

화장실에 가기 위해 마당으로 나왔을 때 부엌에서는 이미 여러 명의 부인네들이 불을 피워 놓고 음식을 장만하느라고 분주히 오가고 있었다.

그는 마당을 가로질러 대문 옆에 있는 화장실을 향해 갔다.

문간방(대문 바로 옆에 있는 방)에는 이미 불이 환히 켜져 있었고 그곳에서 말소리가 두런두런 들려왔다.

"시집가는 데녀래(처녀가) 시집가기 전날 우는 거이 예사디 뭐이래 이상하누?"

"영일이래 송구(아직) 집에 안 왔는데도 영옥이래 '오빠, 미안해. 오빠, 잘못했어.' 하문서 숨어 앉아서 땅이 꺼지게시리 통곡을 하니 이상하다는 말이외다."

작은 외할아버지를 뒤이어 외할아버지의 음성이 다시 들려왔다.

"애비가 다르고 에미가 같은 형제는 잘 지내도 애비가 같아도 에미가 다른 형제는 백이면 백 웬수지간으로 지낸다누만⋯."

"⋯⋯."

"⋯⋯."

"형님이 갸들(그 아이들) 어릴 적에 페양(평양) 구경시켜 주라고 우리 집에 보냈지 않았습네까?"

"고롬(그렇지). 방학 때 그랬었디."

"제 집사람이 점심상을 차려 놓았는데 영옥이 혼자만 밥상에 와 앉더랍네다. '영일이는 와 안 오네? 밥 먹으라고 길라우.' 하니끼니 '영일이 밖에서 아이들하고 싸우고 있습네다.' 하더랍네다. 집사람이 놀라서 나가 보았더니만 동네 아 녀석들 네 명하고 싸우고 있더랍네다. 나중에 영옥이한테 '네가 아이들한테 당하는 것을 보고 영일이가 달려가서 싸웠으면 너도 오라비 편을 들어 싸우든가 아니므는 집에 달려와서 알렸어야디, 아무 말도 안 하고스리 밥상에 앉아?' 하고 야단을 치니까니 영옥이래 '누가 저보고 말려 달랬어?' 하더라지 뭡네까?"

"......"

"......"

"한 두어 달 되었을 께야. 영일이가 영옥이 시집가는데 지참금으로 논밭을 사 주라고 순례한테 삼백오십 원이나 줬지 뭐갔나. 그런데 에미가 너무 큰 돈을 영옥이에게 주지 못하고스리 망설이문서 비밀로 하고 있지 않았겠어. 내래(내가) 순례보고 그러지 말고 영일이가 알기 전에 주라고 했디. 어제 마침내 순례가 그 돈을 영옥이에게 준 모양이야."

"......"

"거금을 들여 제 혼수를 챙기고 큰돈까지 주는 것을 보고 그동안 영일이한테 잘못한 거이 몹시도 양심에 가책이 돼서 통곡을 한 거이다."

"......"

"제 에미래 영일이를 대하는 것하고 저희들 대하는 것을 보고 자라문서리 영옥이래 오래전부터 에미가 다르다는 걸 알았던 모양이야. 아무럼 내배 아파 난 자식하고 전실 자식하고 대하는 거이 같기야 했갔나?"

사랑방에서 흘러나오는 소리를 들으며 얼어붙은 듯 섰던 영일이는 대문을 나서 어둠 속을 무작정 걸었다. 대단한 충격이었다.

"그래, 그랬어. 맛있는 음식을 먹을 때면 나 없을 때를 택해서 먹었지. 중국 여관에서 도망을 치던 날 일도 나는 여러 번 이상하다는 생각을 했어. 여관에서 오늘 도망을 칠 예정이니 어디 가지 말고 옆에 있으라고 해야 되는 것 아니겠어? 그런데 오히려 나가 놀라고 나를 내보낸 거야. 내가 조금만 늦게 여관으로 돌아갔다면 나는 그곳에 버려졌겠지. 내가 형무소에서 배가 고파서 돈을 조금만 보내 달라고 그렇게 사정을 했는데도 끝내 면회 한번 오지 않았지. 친엄마 같았으면 그랬겠어? 나한테 나가 죽으라는 등 온갖 모진 악담을 해도 나는 엄마의 진심은 그렇지 않을 것이라고 굳게 믿었었지."

정순례가 친모가 아니라는 정황이 꼬리를 물고 밀려왔다. 더 이상 의심의 여지가 없었다.

"영옥이는 알아차렸는데 나는 정말 눈치 없고 머리가 나쁜 미련한 놈이로구나."

영일이는 어둠 속에 홀로 서서 히죽이 쓴웃음을 흘리며 중얼거렸다.

'잊어버리자. 지금 내 나이가 몇 살인데?

그런 일로 슬퍼하기도 멋쩍은 나이 아닌가.'

그는 더 이상 영변에 머물러 있고 싶지 않았다. 그는 당장이라도 영변을 떠나고 싶었다.

날이 밝았다. 정순례의 집 앞마당에는 혼인식을 성대하게 치른다는 소문을 듣고 많은 사람들이 몰려들었다. 먹을 것이 부족한 시국에 한 끼라도 맛있는 음식으로 배불리 먹어 보려고 심지어 영옥이의 시집이 될 동네 사람들까지 몰려왔다. 뿐만 아니라 오전 9시 30분 영일이를 죽이려고 총과 칼을 몸에 품은 야마구치 경성파 야쿠자 5명도 영옥이 혼인 잔치에 도착하여 사람들 틈에 끼어 서서 동정을 살피고 있었다.

그들의 뒤를 이어 평양 경찰서 형사 4명도 영일이를 체포하기 위해 이곳에 도착했다.

사람들 가운데 끼어 서서 주위를 살피던 형사가

"저놈들은 또 뭐야?"

하고 동료 형사의 귀에 대고 속삭였다. 형사들의 시선이 멍석을 깔고 둘러앉은 사람들 등 뒤에 서서 활짝 열린 대문 안을 살피고 있는 야쿠자들에게 일제히 집중되었다.

야쿠자들의 요란한 복장은 영옥이 혼인식에 모인 시골 사람들의 옷차림과는 확연히 달랐다.

"잔칫집에 오가네(돈) 뜯으러 온 야쿠자놈들이구먼."

형사 하나가 동료들에게 말 했다.

목을 길게 빼고 영일이의 행방을 찾고 있던 파란색 코트를 입은 야쿠자의 시선도 자신을 노려보고 있는 형사들과 마주쳤다.

파란색 코트 야쿠자가 활짝 열려 젖혀진 대문 안을 목을 길게 빼고 살피고 있는 동료를 팔꿈치로 툭- 치며 쑤군거렸다.

"야! 저것들 뭐냐?"

자신들을 노려보고 서 있는 형사들을 한동안 마주 보며 묘한 신경전을 펼치던 야쿠자들이 나지막한 목소리로

"저 새끼들은 뭐야? 저 새끼들이 왜- 우리를 째려보고 지랄이야?"

하고 서로에게 수군거렸다.

사람들 틈에 끼어 섰던 형사 중 한 명이 사람들의 등 뒤로 빠져나갔다.

그는 모여 서 있는 야쿠자들 옆을 스쳐 지나가며 풀어 헤친 잠바 속 허리춤에 차고 있는 수갑을 슬쩍 보이며

"이 새끼들아. 가지 못해?"

하고 눈을 부라리며 낮은 목소리로 말했다.

"씨팔 새끼! 지랄하고 자빠졌네, 저 새끼 쑤셔 버릴까 보다."

야쿠자는 형사가 들을 수 있을 정도의 제법 큰 소리로 말했다.

지나갔던 형사가 다시 돌아오며 허리춤에 차고 있는 권총을 슬쩍 보이며

"콩밥 처먹고 싶어? 얼른 못 가?"

하며 지나간다.

야쿠자들이

"짜부(형사)다, 짜부야. 씨발, 가자!"

하며 사람들 사이에서 빠져나갔다.

긴장한 모습의 형사 2명이 대문 앞 마당에 둘러앉은 사람들을 넘어 활짝 열린 대문 안으로 들어갔다. 남은 2명은 뒷마당을 향해 빠르게 달려갔다.

형사들은 작은 마당을 지나 신랑과 마루에 나란히 앉아 손님을 맞고 있는 영일이를 덮쳐 수갑을 채웠다. 영일이는 성대한 결혼식을 보려고 몰려온 수많은 사람들 앞에서 수갑이 채워져 형사들에게 끌려 나갔다.

혼인식에 참석했던 사람들은 영일이가 과도한 혼수 비용을 마련하기 위해 범행을 했을 것이라고 수군거렸다.

영일이는 강도 상해죄로 구속되어 재판에 넘겨졌다. 종태가 차비 운운하면서 배밭 주인의 주머니에서 꺼내 간 돈이 강도죄에 해당했는데 배밭 주인은 그 행위자가 종태가 아닌 영일이라고 끝내 고집을 꺾지 않았다.

약 3개월에 걸친 재판에서 그는 7년 형을 선고받았다. 그는 즉각 항소했다. 그러나 그의 항소는 기각되고 형이 확정되었다.

한편 영일이의 형이 확정되기를 기다리고 있는 사람이 있었다. 그는 종로 경찰서 형사과장 덴타로의 아버지 박준창이었다. 그는 야마구치 경성

파를 시켜 영일이를 납치, 감금, 신체 훼손 등 8개 항의 죄목으로 종로 경찰서에 고소장을 내게 했었다. 그리고 그 사건을 기소 중지 상태로 덮어 두고 영변 배밭 사건이 확정되기를 기다려 오고 있었던 것이다.

박준창은 평양 경찰서의 영일이 배밭 사건과 야마구치파의 고소 사건이 병합(2개의 사건을 같이 심리하여 형량이 많은 사건만으로 선고하는 것)되는 것을 원치 않았다. 야마구치파의 고소 사건은 별도의 재판을 통해 별도의 형이 언도되도록 하려는 것이었다. 그는 영일이를 형무소에 오랫동안 가둬 놓으려는 것이었다.

제12장

쓸쓸한 귀환

10년이면 강산도 변한다는데 김정국이 14년 만에 돌아와 다시 마주한 영변은 변한 것이 없었다. 그가 떠나기 전과 다를 바 없는 초라한 초가집들은 더욱 낮게 가라앉은 듯했고, 꼬불꼬불 이어지던 황톳길은 더 좁아진 느낌이었다. 희망의 흐름마저 얼어붙어 버린 구룡강은 한때의 굽이침조차 사라진 채 죽은 듯 정적만이 흘렀다.

저만치 처가가 눈에 들어오자, 김정국은 가슴이 미어질 듯 아파 왔다. 그는 자신이 걸친 볼셰비키 병사의 검은 외투를 조심스레 만지작거리며, 털어낸다. 단 한 번도 이곳을 잊지 않았는데, 고향 같은 이곳은 그에게 어떤 반겨 줌도 없었다. 세월의 무게는 변치 않은 풍경 속에서 더욱더 그를 짓누르듯 무겁게 다가왔다.

'가족들이 이곳에 와 있는 것인지? 이곳에서도 또 다른 곳으로 옮겨 간 것인지? 장인, 장모님은 이곳에 아직 살고 계신지?'

인천에서 자취 없이 사라진 가족을 찾아 영변에 온 김정국의 심정은 복잡하고 불안했다.

"계십니까?"

몇 차례 대문을 두드리며 부르자 안에서 노인의 목소리가 들려왔다.

"뉘귀요?"

"……."

"뉘귀야요?"

"영일이 애비올습니다."

"누귀?"

노인이 문을 열고 나오며 되물었다.

"안녕하셨습니까, 장인어른."

"……."

"저 영일이 애비올습니다."

"……."

노인은 믿어지지 않는 듯 잠시 머뭇거렸다.

"이보게들! 이 동네 이관수의 집이 어드멘가?"

관원 복장을 한 젊은 사내가 대문 앞에 서 있는 김정국과 노인을 보고 함박눈 속에서 나타나 다가오며 소리쳐 물었다.

"……."

"훈장질을 하던 자라고 하두구만, 모르갔나?"

"이 길로 죽- 가면 되외다."

김정국의 장인이 손가락으로 함박눈 속을 가리키고는 김정국을 향해 돌아섰다.

"노인네! 아 좀 성의 있게스리 똑똑히 알려 주라우!"

"저귀로 꼬짱(곧게) 가 보시라요. 파란 대문 한 집이 나올 거외다."

노인은 김정국과의 만남을 방해하고 있는 관원이 속히 사라져 주기를 바랐다.

관원 복장을 한 사내는 수염에 고드름이 달린 남루한 차림의 김정국을 돌아보며

"데-놈도 테(처)자식 먹여 살리지 못하갔쓰니까니 독립운동 한답네 하구서리 떠돌아 댕기다가 거렁뱅이가 되어 기어들어 오는 놈이구만 기래. 현실 도피자들. 쯧쯧쯧….”

하고 혀를 차며 발걸음을 옮겼다.

군청 산림과에 근무하는 이 관원은 이웃 마을에 기와집을 훌륭하게 짓고 이사 들어와 3년째 살고 있는 손 영감의 아들이었다. 1년 전 손 영감은 동네 상갓집에서 이웃 마을에 사는 이관수 노인을 알게 되었다. 손 영감과 이관수 노인은 바둑의 급수가 같아 서로 흰 돌을 차지하려고 다투는 사이였다.

손 영감은 백돌을 차지한 이관수 노인이 함박눈이 온다는 핑계로 바둑을 두러 오지 않을 것을 염려했다. 그는 군청에 출근하려는 아들 손홍배를 불러 세웠다.

"야 야! 거 머사니(무엇이냐). 장수리에 좀 대녀 나가려무나!"

"장수리는 와요?"

"거기 가문 이관수라고 내 친구래 살고 있어. 내래 바둑 두러 오란다고 길라우! 두부전을 부태(부쳐) 놓았다구 하고선.”

"아니, 아바지! 출근을 하는 내래 이 아침에 꼭 고겔(그곳을) 다녀 나가야 하겠습네까?"

"그러문? 언제 가간?"

"……”

"이관수 노인의 집을 찾으라우. 훈장질 하던 이관수라고 하문 모두 다 아니끼니."

손홍배는 찢어지는 듯 시린 귀를 장갑 낀 손으로 감싸 잡고 고통스러워하며

"하루 조옹-일 집에 앉아 심심해설라무네 몸을 뒤트는 노인네래 산책 삼아 슬슬 데녀오문 얼마나 좋캈어? 꼭 출근하는 나를 보고 요겔(여기에) 들러 나가라고 해야 되갔나 말이야."

하며 또다시 아버지 불평을 늘어놓으며 걷는다.

이관수 노인의 집 대문 앞에 다다른 손홍배는 대문을 두드리며 소리쳐 불렀다.

"이관수이-! 이관수이-!"

"누귀요?"

안에서 노부인이 나와 문을 열며 물었다.

"이 집이 이관수의 집이 맞는가?"

"와 찾으십네까? 우리 집 넝감을….."

"안에 있으문 잠시 나와 보라고 길라우!"

"……."

관원 복장을 한 손홍배를 두려운 눈으로 돌아보며 노파가 안으로 들어갔다.

"종옥이 할아바지."

노파가 마루로 올라서며 이관수 노인을 불렀다.

의아한 표정으로 방문을 나오던 이 노인이 이미 마당 안에 들어와 서 있

는 관원을 향해 묻는다.

"와 나를 찾습네까?"

"자네래 우리 아바지 친구인가?"

"……."

"우리 아바지가 자네 바둑 두래 오라누만. 두부 부침을 해 놓았다구 하문서. 날래 가 보라우!"

"……."

갑작스러운 관리의 방문에 놀라 다락에 숨어 틈새로 이 광경을 엿보고 있던 이 노인의 아들이 방문을 왈칵 열어젖히고 소리치며 나왔다.

"아니, 이런 데죽일 놈의 아이 새끼래! 어드메 대고 따박따박 반말질이가, 반말질이? 이 백정 놈의 아새끼!"

소리치며 마루로 나오는 이준석의 허리를 노모가 끌어안으며 매달린다.

"아이구~우, 참으라우! 참으라우! 준석아! 참으라우! 몸도 성치 않은데 와 이러네? 나리는 날래 가시라요!"

이준석의 허리를 끌어안은 노모가 새파랗게 질린 얼굴로 손홍배에게 애원을 했다.

"야, 이 쌍 백정 놈의 아새끼야! 싸래기(싸라기) 반 토막만 삶아 테먹었네? 어드메 대고 따박따박 반말질이가 반말질이? 데런 불쌍놈의 아새끼."

일본은 한국인이 서로 단합하는 것을 두려워했다. 일본은 한국인들이 서로 분열하고 반목하도록 정책을 폈다. 그 일환으로 관공서의 관리들이 백성들 위에 군림하며 반말을 하게 했다. 사람들은 관리라면 두려워 떨며 극도로 미워했다.

손홍배도 오랫동안 군청의 관리로 있으면서 농민들에게 세도를 부리며 군림해 왔다. 그러나 그동안 어느 누구도 감히 그에게 항의하는 자가 없었다. 그런데 오늘 정신병자 같은 놈을 만나 봉변을 당한 것이다.

'건방진 놈의 아새끼! 이놈의 에미나이 새끼를 어드렇케 죽여야 잘 죽이갔나?'

손홍배는 분을 참지 못해 씩씩거리며 이준석의 집을 몇 번씩 돌아보며 함박눈 속으로 사라졌다.

"영옥 엄마, 여기 있었구려."

집 마당으로 들어선 김정국이 부엌문 앞에 불쾌한 표정을 짓고 서 있는 정순례를 보고 말했다.

"……"

"에미야! 김 서방이 왔다. 김 서방, 안방으로 들게나!"

김정국의 장인이 대문을 걸고 김정국을 뒤따라 들어오며 말했다.

정순례는 말없이 김정국을 외면하고 서 있다가 돌아서서 부엌으로 들어가 버렸다.

김정국은 분개 충천한 그녀의 표정을 보며 적지 않게 당황했다.

그가 가족을 돌보지 않고 전쟁터로 전전한 것에는 어느 정도 아내의 불만이 있을 수 있겠으나 지금의 정도는 지나치다는 생각이 들었다. 그러나 그는 당시 자신의 생각과 자신이 처했던 정황을 설명해 주면 그녀의 오해도 풀릴 것이라고 생각했다.

"할아바지! 할아바지는 누구십네까?"

"……."

"우리 할아바지 친구십네까?"

책보를 허리에 두르고 마루 끝에 나와 서 있던 7-8세 정도의 아이가 그가 서 있는 마루로 다가오는 김정국을 보고 물었다.

"구흠아! 아바지시다. 인사드리라우!"

할아버지의 설명에 얼어붙은 듯 서서 할아버지와 김정국을 번갈아 보던 아이가 갑자기 울음을 터트렸다.

"할아버지는 가짓말장이야요, 우리 아바지는 잘생긴 사람이라고 하두만 이 할아버지는…."

구흠이는 울면서 대문 밖으로 달려 나가 버렸다.

'이- 아이는 대체 무엇이란 말인가? 내가 집을 비운 지 십사 년이 지났는데….'

김정국은 장인의 권유로 안방으로 들어가며 생각했다. 창문으로 한줄기 햇살이 비쳐 들고 있는 안방은 그에게 낯설지 않았다. 문설주 위에 걸린 사진틀을 보고 김정국은 얼른 그리로 갔다. 장인, 장모가 예전에 붙여 놓았던 김정국과 정순례의 혼례식 사진은 더 이상 그곳에 없었다.

김정국은 낯선 남자의 사진이 있는가를 살펴보았다. 늘어진 수양버들 가지를 붙잡고 수줍은 표정으로 서서 찍은 처녀의 사진이 있었다.

'이 처녀가 영옥인가?'

그는 방에 걸린 옷들 중에 사내의 옷이 있는가를 돌아보고 섰다.

"준석아, 당분간 너희 이모 집에 가 있자무나. 그 관리 놈이 언제 또 와서 무슨 해코지를 할지 어케 알간?"

"오마니! 내래 전염병을 앓고 있습네다. 어케 놈(남)의 집엘 가 있는단 말입네까?"

"놈의 집은 와- 놈의 집이가? 이모넨데."

"⋯⋯."

"그러니까니 그깐 놈 내팽가 테두지 않구선 와 건드리네? 관리 놈들 반말 지껄이 하는 거이 어제오늘 일이가?"

이준석의 노모가 옷가지를 꺼내어 방바닥에 접어 놓으며 말했다.

"가만있어 보라우, 내래 손 영감을 만나 보고 오갔으니."

창밖을 향하여 뒷짐을 지고 돌아서 있던 이관수 노인이 옷장에서 두루마기를 꺼내 입으며 말했다.

군청에 출근한 손흥배는 이관수 영감의 아들 이준석의 신원을 조회하여 그가 불령선인으로 형무소에서 탈옥한 사실을 밝혀내고 뛸 듯이 기뻐했다.

이준석은 온건한 방법의 독립운동이 한계에 다다랐음을 인식한 임시정부 지도자 김구가 조직해 이끌고 있던 한국애국단(특무대)의 단원이었다.

김구는 특별히 선발하여 특수 훈련을 시키고 있던 이준석, 최홍식, 유상근 3명에게 관동군 사령관 혼조 시게루(本庄 繁)를 폭살하라는 지령을 내려 4월 15일 대련으로 파송했다. 그러나 이들은 사전 정보가 누설되어 모두 체포되었다.

이준석은 모진 고문 끝에 5년 형을 선고받고 옥살이를 하던 중 한국인 간수의 도움으로 17개월 만에 탈옥하여 다시 만주로 건너갔다. 그러나 그는 물고문의 후유증으로 폐결핵에 걸려 각혈을 했다. 이준석은 더 이상 독립군에서 활동하지 못하고 홀로 산속에 움막을 짓고 살았다.

그의 병은 날로 깊어져 갔다. 살 희망을 잃은 그는 산에서 내려왔다. 그는 훈춘(만주) 시내 일본인들이 모여 사는 동네를 매일 돌아다녔다.

"같이 죽자, 이 원수 놈들아."

그는 목에서 끓어 올라오는 붉은 피를 일본인들의 집 대문과 벽에 뱉으며 다녔다.

한 달여가 지난 어느 날 그는 일본인 집 대문을 향해 뱉으려고 입에 가득 물고 있던 피를 땅바닥에 쏟아 놓으며 중얼거렸다.

'아니야, 무모한 짓이야.'

그는 빨간 고추잠자리가 앉았다 날아간 담장 위를 한없이 응시하고 있었다.

'가자! 고향에 가서 죽기 전에 오마니나 한번 뵙고 죽자!'

그렇게 그는 집으로 돌아왔다.

"이 백정 놈의 아새끼, 어디 맛 좀 보라우!"

손홍배는 즉시 영변 경찰서에 불령선인 2명이 영변 장수리에 잠입해 은신 중이라고 신고했다. 그리고 영변 경찰서는 일본군 21사단에 이를 알렸다.

"에미야, 그러는 거이 아니라는데도 상구(아직)도 그러는구나."

노기 띤 얼굴로 부뚜막에 걸터앉아 있던 정순례는 친정아버지의 성화를 견디다 못해 김정국의 밥상을 차리기 시작했다.

"개 같은 놈!"

정순례는 상 위에 "탕-" 하고 김치 그릇을 던져 놓으며 중얼거렸다.

김치 그릇에서 김치 국물이 튀어 올랐다. 그녀는 중국에서 아들 영수가 굶어 죽고 나서 다시는 김정국과 마주 서지 않겠다고 수없이 많은 맹서를 했었다.

돼지가 뜯어 먹어 얼굴과 팔이 떨어져 나가고 창자가 흩어져 피투성이가 되어 냄새가 진동을 하는 영수의 시신을 끌어안고 절규하던 중국 땅에서의 일을 생각하며 그녀는 수저를 밥상 위에 "탕-" 하고 때려 놓으며 다시

"개 같은 놈!"

하고 뇌까렸다.

구흠이의 일만 아니었으면 친정아버지가 아무리 성화를 해도 그녀는 결코 김정국의 밥상을 차리고 있지 않았을 것이다. 구흠의 출생은 부정의 결과가 아닌 불가항력적인 일이었다고 그녀는 그간 생각해 왔다. 그리고 그녀는 김정국에게도 꺼릴 것이 없다고 생각해 왔다. 그러나 아버지라고 부르는 구흠에게 당황해하는 김정국을 보는 순간 정순례는 와락 얼굴이 달아올랐다.

밥상을 들고 들어와 김정국 앞에 내려놓으며

"아버지 등쌀에 못 이겨 가지고 온 밥상이외다. 날래 먹고 없어지라우요."

말을 마치고 서둘러 나가려는 정순례를 김정국이 불렀다.

"잠깐 앉구려."

"……"

"내가 이 집에 들어와 있으면 당신이 곤란하고 불편하시오?"

"무슨 놈의 말을 아리송하게 하는 거외까?"

열려던 방문을 붙들고 서서 뒤를 돌아보며 정순례가 벼락같이 소리를 질렀다.

"재혼했소?"

"서방 놈 하나도 원수 같고 진저리가 테디는데 무슨 놈의 서방을 또 얻는단 말이외까?"

정순례가 쏘아붙였다.

"영옥이는 어디 있소?"

"몇십 년을 나 몰라라 내팽가틴 아이들은 이제 와서 와- 찾습네까? 궁금하기는 하외까?"

"……."

"시골에서 애비 없이 자라서 오죽했갔소? 영옥이는 시골 무지랭이한테 시집가설라무네 밭 갈문서 직사하게 고생합네다. 속이 시원합네까?"

정순례는 마루로 나서며 방문이 부서져라 세차게 닫아 버렸다.

김정국이 입으로 가져가던 수저를 부르르 떤다.

'얼마 만의 상봉인데, 저 사람이 왜 저런 언행을 하는 것일까? 내가 가족 곁에서 가정을 돌보지 않았다고 저러는 것일까?

적의 침략을 받으면, 사회적 관습에 따라 남성들은 가족과 사회를 보호하기 위해 죽음을 무릅쓰고 전쟁터로 나가는 것 아닌가?

아내들에게 가정을 맡기고 말이다.

적국인 일본의 백성들도 전쟁터로 나가는 무사들에게 가던 길을 멈추고 머리를 조아려 경배하고, 미국 국민들은 전쟁터로 향하는 병사들에게 박수와 국기를 흔들며 그들의 애국심과 헌신을 칭송하고 감사하지 않는가?

대학 교육까지 받은 사람이 그 정도의 분별력도 없단 말인가?'

그는 이유를 알 수 없는 아내의 분노와 적개심에 직면하며, 실망과 야속함, 그리고 분노가 가슴속에서 뒤섞여 꿈틀거렸다.

정순례가 방으로 되돌아 들어와 밥상을 들고 나가며 김정국에게 말한다.

"내래 상판때기도 보기 싫으니까니 날래 가라우요!"

김정국은 아내가 무언가를 오해하고 있을 것이라고 믿고 참고 기다리기로 하며

"영일이, 영수는 어디 있소?"

하고 물었다.

"영수는 중국에서 굶어 죽어 도야지 밥이 되었시다. 속이 시원하외까?"

"무슨 말이오? 영수가 죽다니….."

"당신이 사람이야요? 제 새끼들을 이역만리 중국 땅에다가 밀린 여관비에 잡혀 처먹고시리 도망을 테서 쌍판데기두 안 내밀어?"

정순례가 털썩 주저앉아 방바닥을 손바닥으로 내려치며 소리치고 통곡한다.

"여관비는, 여관비는…."

"사람의 탈을 쓰고 그거이 무슨 짓인가?"

"여관비는 그때….."

"닥테! 닥티디 못하갔어! 무슨 놈의 할 말이 있다고 데데거리네?"

정순례가 다시 빽 소리를 질렀다.

"……."

"우리래 말도 통하디 않는 중국 여관에 2년을 잡혀 있으문서 무얼 먹고 살았는지 아네?"

"……."

"그래, 너 아는 인간들을 몽땅 불행하게 만들어 놓고 처자식까지 팔아 테먹으문서 찾아오갔다던 조국은 어드메 있네? 어드메 게지구 왔는디 좀 보자우! 어드메 있어-어? 이- 거렁뱅이(거지) 발싸개 같은 입성(옷) 속에

있네? 찾아왔쓰문 좀 보자우! 와 말을 못 하네? 어드메 이서-어?"

정순례는 악을 쓰며 울부짖다가 벌떡 일어나 방문이 부서져라 힘차게 열어 놓고 나가며 다시 소리를 질렀다.

"나가라우! 이 집에서 날래 없서지라우!"

김정국은 아무 할 말이 없었다.

'이 집을 나가야 하나? 시간이 흐르면 저 사람이 진정을 하게 될까?'

그는 일어서서 서성거렸다.

"김 서방! 나 좀 들어가도 되갔는가?"

구흠이 할아버지의 목소리가 방문 앞에서 들려왔다.

"눈 오는 날은 비렁뱅이래(거지가) 빨래하는 날이라구 하더니만 날씨가 무척이나 푸근하구만 기래."

손 노인의 집을 다녀와 두루마기를 벗으며 이관수 노인이 기분이 좋은 듯 불필요한 말을 해 댔다.

"가셨던 일은 잘되셨시까?"

"잘되고 말고 할 거이 무에이 있네? 내래 손 영감에게 말했디."

"무어라고 합데까?"

"저녁에 아들이 들어오문은 야단을 티갔다구 하두만."

"아 야단을 치라는 거-이 아니구-우, 우리 아이에게 앙심을 품지 말도록 잘 말하라구 그러지 않쿠선?"

이준석의 노모는 마음이 놓이지 않는 듯한 얼굴이었다.

"아! 그 말이, 그 말이디."

이 노인은 신경질적인 대꾸를 했다.

학교에 간 구흠은 공부도 되지 않고 시간도 가지 않았다. 아침에는 그렇게 집에서 나왔지만 시간이 지나면서부터 빨리 집에 가서 아버지를 보고 싶은 생각뿐이었다.

점심시간이 끝나고 보건 시간이었다. 구흠의 반 아이들은 모두 운동장에 모여 섰다.

"어! 일본 군인이다."

까마득히 내려다보이는 길에 트럭 3대가 정지하고 있었고, 그 주변을 많은 일본군 병사들이 에워싸고 있었다. 그 트럭들은 비포장 언덕길을 오르다가 눈길에 미끄러져 앞으로 나가지 못하고 있었다. 이윽고 트럭에서 내린 병사들이 총을 가슴에 붙여 들고 줄지어 뛰어가기 시작했다.

"모두 제자리로 돌아가라!"

선생님이 호루라기를 불며 소리쳤다.

"어, 우리 아바지, 우리 아바지."

구흠은 뒤에서 소리치는 선생님의 소리가 더 이상 들리지 않았다. 그는 교문을 나와 집을 향해 달렸다. 학교를 나온 그는 눈 덮인 논으로 뛰어들어 가로질러 달렸다. 그는 어떻게 가야 가장 빠른 길로 집에 갈 수 있는지 잘 알고 있었다.

구흠이의 생각이 맞았다. 일본 군인들은 신성리(장수리)로 오고 있었다.

구흠은 지름길인 산길을 지나 밭고랑을 달렸다. 집 가까이 왔을 때는 일본군은 약 400미터 뒤에서 오고 있었다.

"오마니! 오마니! 일본 놈들이 옵네다. 아바지! 날래 도망하시라요!"

구흠이가 대문을 박차고 뛰어들며 소리쳤다.

김정국과 이야기를 하고 있던 구흠이 외할아버지가 방문을 열고 내다보며 물었다.

"뭐이! 어드래?"

"일본 놈들이 마을에 들어옵네다, 아주 많이… 우리 아바지를 잡으러 온 거이구만요. 아바지! 날래 도망가시라요!"

구흠은 정순례가 잡은 팔을 뿌리치고 방으로 뛰어 들어가 김정국의 다리를 끌어안으며 울었다.

김정국은 밖을 살폈다. 이미 마을에 도착한 일본군은 지휘관의 지시에 따라 둘로 나누어 동네를 포위해 나가고 있었다.

동네를 완전히 포위한 일본군이 드디어 김정국이 있는 집 대문을 박차고 들어왔다. 방과 다락을 뒤지고 부엌이며 측간(화장실)까지 샅샅이 뒤졌다.

그들은 집 안에 있는 사람을 모두 밖으로 끌어냈다. 이웃집 사람들도 모두 밖으로 끌려 나와 있었다.

이준석은 일본군들이 동네에 들어온 것을 모르고 있었다. 그는 일본군이 대문을 요란하게 흔드는 소리에 놀라 방문을 열고 마당으로 나왔다. 그러나 그때는 이미 일본군이 대문을 부수기 시작했고 그는 크지 않은 집안에서 급히 몸을 숨길 곳이 없었다. 이준석은 부엌으로 뛰어 들어가 문 뒤에 숨었다. 달리 도망갈 시간적 여유가 없었기 때문이었다.

집 안으로 몰려 들어온 일본군은 방문을 박차고 들어가 장롱 문까지 열고 살폈다. 일본군 병사가 측간을 살펴보고 나오는 병사에게 부엌을 수색하라고 지시했다.

부엌 문 뒤에 숨어 권총을 겨누고 있는 이준석 옆에 일본 병사가 다가와 부엌 안을 기웃거렸다. 문밖에서 부엌 안을 휘둘러보고 돌아설 듯하던 일본 병사가 부엌 안으로 들어왔다.

그는 부엌 아궁이 맞은편에 쌓아 놓은 땔감을 대검이 꽂힌 총으로 몇 군데 찔러 보았다. 총을 둘러메며 다시 한번 부엌 안을 휘돌아보며 밖으로 나가던 병사는 이준석을 가리고 있는 부엌문을 젖혀 보았다.

순간 우뚝 서서 권총을 겨누고 있는 이준석과 정면으로 마주쳤다. 일본 병사는 얼어붙은 듯 그 자리에 멈춰 섰다. 총을 겨누고 있는 이준석과 총을 메고 서 있는 일본 병사는 서로 말이 없었다. 20초가 지나고 40초가 지났다. 그들은 서로 눈을 마주 보고 서 있을 뿐이었다.

"카사시마 상병, 가자!"

병사들이 밖에서 외치는 소리가 들려왔다.

"네!"

이준석과 마주 보고 섰던 병사가 밖을 향해 대답했다.

이준석과 병사의 무언의 대화가 눈빛으로 오고 갔다. 이준석의 고개가 경미하게 한번 까딱했다. 병사는 고개를 숙여 절을 하고 밖으로 나갔다. 그는 아무 일도 없었다는 듯 마당을 지나 대문 밖으로 나갔다.

대문을 나온 그 병사가 갑자기 소리를 지르기 시작했다.

"그놈이 부엌에 있다! 내가 찾았다!"

20여 명의 병사가 총을 겨누고 집 안으로 달려 들어왔다.

이준석이 부엌에서 마당으로 나서며 달려 들어오는 일본군을 향하여 '탕! 탕!' 두 발의 권총을 발사했다. 2명의 병사가 쓰러졌다. 이준석은 특무대 안에서도 인정받던 명사수였다. 그는 다시 좌측으로 옮겨 서며 '탕! 탕! 탕!' 세 발의 권총을 연달아 쏘아 다시 3명을 쓰러뜨렸다. 그리고 그는 일본군의 무수한 총격을 받고 얼굴을 땅에 부딪치며 쓰러졌다.

일본 병사들은 죽은 이준석의 시신에 무수히 많은 총탄을 쏘았다. 이준석에 의해 죽은 병사들의 시신들이 밖으로 옮겨졌다. 나란히 눕혀 놓은 전사자 4명은 모두 왼쪽 가슴에 총상을 입고 있었다.

노기 띤 표정을 짓고 서 있는 대위 앞에 중사가 총총걸음으로 다가와 발로 땅을 구르고는 부동자세로 섰다.

"전사 사, 부상 일 이상."

대위가 반듯이 뉘어 놓은 전사자 앞으로 다가가며 명령했다.

"그 집에서 끌어낸 연놈들을 문 앞에 세우도록!"

이준석의 부모와 형수 그리고 3명의 조카가 끌려와 대문 앞에 세워졌다.

"일 소대장!"

"넷!"

대위의 부름에 소위가 달려 나와 부동자세를 한다.

"저, 세 년은 끌어다가 저기 보이는 나무와 저 나무에 각각 결박하도록!"

"넷!"

경례를 하고 물러간 소위는 병사들을 시켜 울부짖는 이준석의 조카 3명을 100미터가량 끌고 가서 아카시아나무와 소나무에 묶었다.

이 광경을 지켜보고 서 있는 동네 사람들 앞으로 대위가 다가가 뒷짐을 지고 섰다.

"모두들 잘 들어라! 너희가 숨겨 준 적도들에 의해 우리 병사 4명이 전사했다. 너희 중에 아직도 적도를 숨기고 있는 자가 있다는 것을 나는 안다.

누구든지 그놈들을 숨겨 주고 있거나 숨은 곳을 알면서도 말하지 않는 자는 오늘 살아남지 못한다. 저기 나무에 묶여 있는 년들을 봐라! 저들은 제 오빠인지 애비인지를 숨겨 줌으로써 우리 병사들을 죽게 한 년들이다. 너희도 저것들처럼 되기 싫으면 적도들이 어디에 숨어 있는지 말해라!"

대위는 한동안 말을 끊고 자신이 신고 있는 무릎까지 올라오는 가죽 장화를 말채찍으로 찰싹찰싹 때리며 서 있었다.

대위는 앞에 있는 사람들 하나하나를 차례로 노려보았다.

제13장

일본군의 담력 훈련

"이 소대장!"

대위가 2소대장을 불렀다.

"넷!"

"이 소대장은 소대원을 데리고 저것들한테 가서 담력 훈련을 시키도록!"

대위가 말채찍으로 세 처녀가 묶여 있는 곳을 가리키며 명령했다.

"넷!"

2소대장은 대답을 하고 나서도 담력 훈련이 무엇을 어떻게 하라는 것인지 몰라 주춤거리며 가다가 돌아섰다.

3소대장이 2소대장에게 재빨리 다가가서

"병사들을 데리고 저것들을 상대로 총검술을 시키란 말이오."

하고 설명을 해 주었다.

"소대-에엣, 줄줄이 좌향 앞으로 갓!"

2소대장은 병사를 데리고 3명의 처녀가 묶여 있는 곳으로 갔다.

대위는 다시 이준석의 집 대문 앞에 쪼그리고 앉은 사람들을 지휘봉으로 가리키며 명령을 내렸다.

"삼 소대장! 삼 소대장은 저것들을 총살해 집 안에 던져 넣고 소각하도록!"

명령을 내리고 난 대위는 몸을 돌려 저만치 아카시아나무와 소나무에 묶여 있는 세 처녀를 바라보고 섰다. 5미터 간격으로 18살과 16살의 처녀가 아카시아나무에 묶여 있었고 그들로부터 약 15미터 떨어진 소나무에 13살 정도의 어린 여자아이가 묶여 "엄마! 아버지!"를 번갈아 부르며 울부짖고 있었다.

그리고 3명의 처녀로부터 약 60여 미터 앞에는 2소대장이 병사들을 줄지어 세우고 있었다.

"세워 총!"

소위가 구령을 붙였다.

"착검!"

병사들이 구령에 맞춰 일사불란하게 움직였다.

"일 분대! 육 명 앞으로!"

"앞에 총!"

나무에 묶인 3명의 처녀가 제각기 소리쳐 애원했다.

살려 달라고 울부짖는 그녀들의 찡그린 얼굴에는 정작 눈물은 없었고 극도의 공포로 인해 입술이 파랗게 변해 있었다. 착검한 총을 앞에 들고 6명의 일본 병사들이 나무에 묶여 있는 처녀들을 향하여 늘어섰다.

"분대! 앞에 보이는 적의 심장을 향하여 돌격한다. 알았나?"

"네!"

"대답 소리가 작다아, 알았나?"

"네!"

나무에 묶여 울부짖는 세 처녀의 공포에 질린 눈동자가 푸른 불을 내뿜으며 쉴 사이 없이 돌아갔다.

"분대! 앞에 보이는 적을 향하여-어 돌격!"

소위가 소리쳤다.

칼이 꽂힌 총을 든 병사들이 나무에 묶인 세 처녀를 향하여 달려 나갔다. 처녀들은 총칼을 앞세우고 달려오는 병사들을 보고 묶인 몸을 이리저리 비틀며 찢어지는 듯한 비명을 질렀다. 소위의 구령에 따라 20-30미터를 달려 나가던 병사들이 더 이상 달려 나가지 못하고 앞서거니 뒤서거니 주춤주춤 모두 멈춰 섰다.

"원위치!"

소위가 병사들을 향하여 버럭 소리를 질렀다.

"이리로, 엎드려뻗쳐!"

소위의 명령에 따라 그 6명의 병사가 땅에 엎드렸다.

"다음 육 명 앞으로!"

소위가 다음 줄에 섰던 6명의 병사를 불러냈다.

"분대! 전방에 보이는 적의 심장을 향하여 앞으로 돌진한다. 알았나?"

"네!"

"분대, 전방에 보이는 적을 향하여 돌겨-억!"

소위의 명령에 따라 6명의 일본군 병사가 앞으로 달려 나갔다.

나무에 묶인 처녀들이 일제히 비명을 질렀다. 병사 하나는 30미터가량을 달려가다가 그 자리에 우뚝 멈춰 섰고 나머지 병사들은 달려가 묶여 있는 처녀들의 배와 가슴을 칼로 찌르고 되돌아 달려왔다.

"가서 총 가지고 와!"

칼이 꽂힌 총을 16살짜리 여자아이의 배에 꽂아 놓고 맨손으로 달려 돌아온 병사에게 소위가 소리쳤다.

집 앞에 끌려 나와 꿇어앉아서 설마 하며 그 광경을 지켜보던 김정국의 장인은 놀라서 바지에 오줌을 흠뻑 적셨다.

"삼 분대 육 명 앞으로!"

소위가 다시 명령을 내렸다.

"앞에 총! 돌격 앞으로!"

6명의 병사들이 각기 고함을 지르며 앞으로 달려 나갔다.

칼로 찌르는 쪽이나 칼에 찔리는 쪽이나 모두 비명을 질렀다.

"다음 병사 앞으로!"

"앞에 총! 돌격 앞으로!"

비명을 지르는 3명의 처녀들의 눈에서는 푸른 불꽃이 튀고 있었다. 세 처녀들의 가슴에 다시 칼이 꽂히고 피가 낭자했다.

전령(명령을 전하는 사람)이 달려와서 소위에게 대위의 호출을 알렸다.

"소대-에 쉬엇!"

소위가 총검술을 중지시키고 달려가 대위 앞에 부동자세를 취했다.

대위가 한 걸음 다가서며 소위의 정강이를 구둣발로 찼다.

"군관학교에서 총검술 그따위로 배웠나-아? 총검술 똑바로 시키지 못하겠나?"

소위가 새삼 차렷 자세를 취했다.

대위가 주위에 서 있는 중사에게서 들고 있는 총을 낚아챘다.

그는 왼발을 크게 앞으로 옮겨 놓으며 총검으로 허공을 힘주어 찌르며

"총검술 하나에 적의 심장을 총검으로 깊이 찌른다. 둘, 총검술 둘에 가

슴에 박힌 총검을 뽑는 것이 아니고 가슴에 박힌 총검을 사십 도 각도로 비틀면서 다시 한번 깊게 찌르는 것이다."

대위는 찔러 총의 자세에서 총검을 다시 한번 깊이 찌르며 말했다.

"그리고 총검술 셋에 총검을 뽑는 것이다, 알았나?"

탕탕탕!

순간 이준석의 집 앞에서 요란한 총성이 울렸다. 대문 앞에 세워 놓았던 흰옷 입은 세 사람이 풀썩 땅에 쓰러졌다.

"분대 앞으로! 돌격!"

18살과 16살의 두 처녀는 더 이상 반응하지 않았다. 그런데 13살짜리 여자아이는 아직도 살아서 달려오는 병사들을 보고 묶인 몸을 뒤틀며 악을 썼다.

"다음 병사 앞으로!"

"돌격 앞으로!"

"다음 병사 앞으로!"

"돌격 앞으로!"

온몸이 피투성이가 된 어린 계집아이는 아직도 살아서 비명을 지르고 있었다. 일본 병사들은 죽어 머리를 떨어뜨린 두 처녀의 시신 앞으로 계속 달려가 총검으로 찌르고 돌아오고 또다시 달려 나갔다.

대위는 정순례의 집 대문을 활짝 열어 놓으라고 지시하고 그 앞에 가서 열린 대문 안을 향해 소리쳤다.

"네놈이 이 집 안에 숨어 있는 것을 나는 안다! 지금부터 열을 셀 때까지 손을 들고 나오라! 그렇지 않으면 네놈이 나올 때까지 네놈의 식구를 하나씩 하나씩 모두 쏘아 죽이고 이 집에 불을 지를 것이다."

고함을 지른 뒤 대위는 허리춤에서 권총을 뽑으며 구흠의 할아버지를 불렀다.

"늙은이! 이리 나와!"

구흠의 할아버지가 비틀비틀 다가갔다. 대위가 구흠의 할아버지 머리에 권총을 대고 큰 소리로 수를 세기 시작했다.

"하나, 둘, 셋, 넷…."

열을 세고 난 대위는 구흠의 할아버지 머리에 대고 있던 권총의 방아쇠를 망설임 없이 당겼다. 구흠의 할아버지가 풀썩 주저앉아 옆으로 쓰러졌다. 정순례가 비명을 지르며 달려가 노인을 끌어안았다.

대위가 성큼성큼 걸어가 이번에는 구흠이를 잡아 끌어당겨 머리에 권총을 들이댔다. 노인을 끌어안고 울부짖던 정순례가 벌떡 일어나 대위에게 달려들며 급하게 소리쳤다.

"그 아이는 건들지 말아요! 그 아이는 일본 사람이에요. 그 아이는 일본 사람이란 말이에요."

병사들이 달려오는 정순례를 막았다.

"그러지 말아요! 그 아이는 신의주역 역장 일본 사람 고가의 자식이란 말이에요."

공포에 질린 얼굴로 엄마를 바라보고 있던 구흠이 마주 소리쳤다.

"아니야! 아니야! 내래 조선 사람이야!"

"그 총 치워요! 저 아이는 일본 사람 고가의 자식이란 말이에요."

정순례가 다시 애원하며 부르짖었다.

구흠이가 몸을 비틀어 대위의 손에서 빠져나가 달려가며 울부짖었다.

"아니야! 아니야! 내래 쪽발이가 아니란 말이야."

대위가 병사들에게 명령했다.

"저놈 잡아와!"

순간 잡고 있는 병사를 뿌리치고 정순례가 그녀의 집 대문 앞으로 달려갔다. 그리고 집 안을 향하여 고함을 쳤다.

"이놈아! 사람들 몽땅 죽이디 말고 날래 나오라우! 지붕 위에 올라가 엎드린 거를 내래 모를 줄 아네? 당장 내려오디 못하갔어!"

대위가 권총을 늘어뜨리고 서서 정순례의 행동을 지켜보고 섰다.

잠시 후, 활짝 열린 대문 안에서 김정국이 느린 걸음으로 걸어 나왔다.

일본 군인들이 달려들어 김정국을 결박했다.

포승에 묶여 끌려 가며 김정국은 우는 구흠을 치마폭에 감싸고 서 있는 정순례를 바라본다.

김정국은 고뇌가 가득했다.

'오랫동안 유지해 오던 부부간의 신뢰와 사랑은 어디로 간 것일까?

나는 혹독한 고문을 당할 때나 전쟁터에서 고통과 죽음의 공포를 느낄 때면 아내와 자식들을 생각하며 뼈저리게 그리워했다.

내가 살아서 그리운 가족을 다시 만나기 위해 전쟁터에서 몸부림치고 있을 때, 내가 죽음의 높은 확률에 노출되어 불안한 생을 이어 가고 있을 때 아내는 적국의 사내와 자고 있었구나.'

제14장

고문

다음 날 김정국은 일본군 헌병의 삼엄한 경비 속에 경성으로 압송되었다. 경성역에 도착한 열차에서 김정국을 옮겨 실은 군용 트럭은 앞에 서서 달리는 헌병 지프를 따라 어두운 밤길을 15분가량 달렸다. 그리고 눈이 하얗게 쌓인 남산의 조선총독부 앞, 그 악명 높은 제1헌병대 마당에서 크게 U턴을 하고 멈춰 섰다.

드리워진 포장을 젖히고 2명의 헌병이 군용 트럭 적재함에서 뛰어내렸다.

적재함에 남은 헌병 1명이

"내려!"

하고 김정국에게 명령했다.

헌병은 손과 다리가 포승으로 묶여 행동이 불편한 김정국의 등을 떠밀어 트럭 아래로 떨어뜨렸다. 몇 군데 창문에서 불빛이 새어 나오는 붉은 벽돌 3층 건물이 땅에 쓰러져 있는 김정국의 시야에 들어왔다. 2명의 헌병이 김정국을 일으켜 세워 양편에서 팔짱을 끼고 붉은 벽돌 건물로 들어갔다. 김정국은 다시 몸수색을 받고 신이 벗겨진 후 3명의 헌병에 이끌려 건물 안을 이리저리 돌아 지하 감방에 넣어졌다.

"철커-덩!"

쇠로 된 감방 문이 닫히고 다시 한번 멀지 않은 곳에서 쇠와 쇠가 맞부딪치는 소리가 어두운 복도에서 메아리쳐 왔다. 그 소리를 끝으로 어두운 지하 감방은 고요에 빠졌다.

20와트의 희미한 전등 하나가 천장에 높이 매달려 있는 2평 크기의 습하고 냉기가 감도는 감방 한가운데 서 있는 김정국에게 상실감과 절망감과 외로움이 한꺼번에 밀어닥쳤다.

날이 밝으면 취조가 시작될 것이고 살아서 이곳을 빠져나가려면 오늘 밤이 새기 전에 치밀하고 기발한 계략을 세워야만 한다. 그렇게 생각하면서도 김정국은 정순례가

"영수는 굶어 죽어 돼지 밥이 되었시다."

라며 울부짖던 소리와

"이놈아! 괜한 사람들 모두 죽이지 말고 날래 나오라우!"

하는, 숨지 말고 나와서 일본군의 포승을 받으라고 고함치던 정순례, 그리고 일본인의 자식을 품에 안고 서 있던 그녀의 모습이 교차해서 떠오르며 머릿속을 어지럽혔다.

그는 아내로부터 받은 충격에서 좀처럼 헤어 나지 못한다.

그는 얇은 누더기 이불 하나를 뒤집어쓰고 웅크리고 앉아 추운 밤을 보냈다.

다음 날 아침 김정국은 2명의 헌병들에게 이끌려 조그만 마당을 지나고 건물과 건물 사이로 난 길을 돌아 5층 석조 건물의 4층에 있는 취조실로 끌려 들어갔다.

활짝 열려 있는 취조실 문 앞 복도에 40대 후반으로 보이는 두 남성이 서서 서성대고 있었다.

그들이 지켜보는 가운데 김정국은 실내 한복판에 놓인 동그란 세발 의자에 앉혀졌다. 그로부터 3미터 떨어진 벽 쪽에는 책상이 하나 놓여 있었고 그 위에는 약 60센티 높이의 서류가 세 줄로 쌓여 있었다.

헌병이 김정국에게 다가와서 묶인 줄을 다시 한번 확인하고 요네가와에게 경례를 하고는 물러났다. 넥타이 차림의 남자가 요네가와의 책상에서 바퀴 달린 의자를 끌어냈다.

"괜찮네."

그는 도우려 달려드는 요네가와를 짧게 만류하고 직접 의자를 끌어다가 김정국 앞에 놓고 마주 앉았다.

"김 선생! 나는 수사과장 오하라올시다. 우리는 오래전부터 김 선생을 검거 대상 일호에 올려놓고 국내로 들어올 때만을 기다리고 있었습니다. 여기, 이것이 모두 김 선생에 관한 사건 기록입니다."

오하라는 책상 위에 세 줄로 쌓아 놓은 서류를 가리키고 다시 말을 이어 나갔다.

"이 기록 중에는 사형에 해당하는 강도 살인 사건만 네 건이 됩니다. 훈춘 영사관 피습 사건도 있고요. 우리는 김 선생의 범죄를 입증할 충분한 자료와 증인을 확보해 가지고 있습니다."

"……."

"김 선생! 우리에게 두 가지만 협조해 준다면 김 선생의 생명은 수사과장인 내가 보장해 드리겠습니다. 그 말을 하려고 내가 이곳에 직접 왔습니다."

"……."

"첫째는 김 선생이 모택동으로부터 받아 가지고 들어온 공산당 창단과 봉기를 위한 자금이 현제 어디에 있는가 하는 것입니다. 그 불순한 자금을 저희가 몰수하도록 협조해 주시는 것이고 다른 하나는 김 선생을 도와 같은 일을 꾸미고 있는 공산당원들을 우리에게 넘겨주십시오."

오하라의 말에 김정국은

"무슨 오해가 있으신 것 같습니다. 말씀하신 그런 일은 제게는 없습니다."

하고 말했다. 오하라는

"나는 비록 김 선생과 사상과 이념을 달리하고 있지만 한편으로는 김 선생을 존경하고 있습니다. 그래서 이런 제안을 드리는겁니다. 오늘은 이만 돌아가 쉬시면서 내가 한 말을 숙고해 주기 바랍니다."

하고 말했다. 그는 이어 요네가와 에게 명령했다.

"이봐! 오늘은 이만 김 선생을 쉬게 해 드리게! 김 선생! 내가 필요하면 하시라도 불러 주시오! 그럼, 이만….

"……."

시종일관 두 손을 앞에 모으고 바른 자세로 서 있던 요네가와는 수사과장이 사라지자 긴장을 풀고 책상에 가서 앉았다. 40을 갓 넘겼을 작고 마른 체격의 요네가와가 싸늘한 눈매로 김정국을 보며 말했다.

"자네는 운수가 대통한 사람이야. 과장께서 목숨은 보장해 주겠다고 하시니 시키는 대로 해! 자네는 공산주의자라는 것 하나만으로도 사형을 면할 수 없어."

"……."

"개똥밭에 굴러도 저승보다 이승이 낫다는데, 들어가서 잘 생각해 보고 내일 나와! 헌병! 데리고 가!"

요네가와가 문밖을 지키고 서 있는 헌병에게 명령했다.

다음 날 김정국은 다시 취조실로 불려 나갔다. 포승에 묶인 김정국은 요네가와의 책상 앞에 놓인 나무 의자에 앉혀졌다.

"김정국! 생각해 봤어?"

요네가와가 등받이 의자에 깊이 들어앉으며 물었다.

"오해를 하고 계십니다. 무슨 공산당 창단 자금이 나에게 있다는 말입니까?"

"너는 조선에서 공산혁명을 일으켜 조선에 모택동이가 되겠다고 계획하고 조선에 들어온 거 우리가 다 알고 있어."

"잘못 아신 겁니다. 무엇보다도 나는 공산주의자가 아닙니다."

김정국의 말에 눈을 가늘게 뜨고 한동안 노려보며 말이 없던 요네가와가

"요-씨! 끝까지 해 보시겠다? 너는 중국 공산당 초기인 27년부터 공산당이 승리한 오늘까지 공산당을 도와 공산당 수뇌 중의 한 명으로 활약해 왔는데 그래도 공산주의자는 아니란 말이지? 이리 와! 여기 와서 책상에 앉아!"

하고 명령했다.

"······."

"여기에다 네가 세 살 먹던 해부터 현재까지 너의 행적을 소상하게 적어!"

김정국은 그날 오후 늦도록 자신의 지난 행적에 대해 적었다.

김정국이 자술서를 쓰고 있는 동안 맞는 비명 소리와 때리는 고함 소리가 건물 곳곳 가깝고 먼 곳에서 끊임없이 들려왔다.

고통에 몸부림치며 내는 비명 소리를 들으며 김정국은

'아 도대체 일본인들은 무슨 원한으로 한국인들을 잡아다가 저토록 매질을 하는 것인가.'

하고 개탄한다.

다음 날 아침 8시 30분 김정국은 다시 취조실로 끌려 나갔다. 그 방에는 요네가와 외에 사복 차림의 또 한 명의 사내가 책상에 필기도구를 올려놓고 앉아 김정국을 기다리고 있었다.

"네가 적어 놓은 이 자술서를 큰 소리로 읽어 봐! 우리가 다 들을 수 있도록."

김정국이 자신이 써 놓은 자술서를 읽어 내려가는 동안 요네가와는 수없이 신경질적으로 소리쳐 중지시키고 따져 묻곤 했다.

특히 그중에서도 1922년 의열단에 가입하여 활동한 부분에 대해서 그는 입가에 가소롭다는 웃음을 흘리며 빈정거렸다.

"그러니까 너는 테러 집단에 6년간이나 몸담고 있었지만 중국 감옥에서 감옥살이만 했지 테러 활동은 하지 않았다 그 말이지?"

"사실이 그랬습니다. 나는 중국 공안에 여러 번 잡혀 감옥 생활을 오래한 관계로 의열단에서의 활동은 이렇다 할 것이 없었습니다."

"거지 같은 새끼! 너 조선인 갑부들 찾아다니면서 총 살 돈을 내놔라! 후원금을 달라고 해서 안 준다니까 반역자다, 매국노다 하고 죽이고 재산을 빼앗았잖아, 이 강도 새끼야! 네가 저지른 강도 살인, 다섯 건 증인들 다 불러 놨어, 이 자식아!"

책상 위에 쌓아 놓은 서류를 손바닥으로 탕- 하고 내려치며 요네가와가 다시 소리쳤다.

"우리가 너희 놈들을 잡고 보면 모두들 최고급 영국산 양복을 입고 있었지. 도리우치(따개비 모자)도 최고급만 쓰고 다니고 네놈들이 신은 스페인제 값비싼 구두는 파리가 낙상(떨어지거나 미끄러져 다침)을 하게 반질 반질 빛이 났고 숙소로는 최고급 호텔만 이용하지. 대체 그런 돈이 다 어디서 난 거냐? 어디 한번 말해 봐! 이 떼강도 새끼들아!"

침묵하고 있는 김정국을 향해 요네가와가 소리쳤다.

"의열단 창단 초기 상해 임시정부는 공채를 발행해서 국내에서 3천만 달러를 거두어들였어요. 의열단은 그 돈에서 많은 금액의 돈을 지원받았지요. 우리는 돈이 남아돌았어요. 오늘이 마지막 날이라는 생각으로 살아가는 우리 단원들은 병적으로 청결을 유지해요. 우리는 멋지게 차려입고 다녔습니다. 그러나 그것은 잠시 잠깐 동안의 일이었고 1926년 중반에 들어오면서부터 상해 임시정부로부터 자금 지원이 끊기면서 의열단은 극심한 궁핍에 시달렸습니다."

요네가와가 자리에서 일어나 김정국의 등 뒤에서 뒷짐을 지고 서성대면서 말했다.

"너는 내일부터 다른 취조관으로부터 다른 대우를 받으면서 취조를 받게 될 것이다. 헌병! 헌병! 데리고 들어가!"

3일 후 김정국은 다시 취조실로 끌려갔다. 그가 포승에 결박되어 취조실에 들어섰을 때 실내에는 두 사람이 벽을 따라 놓여 있는 4개의 의자에 한 칸씩 건너띄워 앉아 있었다.

김정국은 취조관 우지마라는 명패가 놓인 책상 앞에 앉혀졌다.

"김정국! 이 사람들 알지?"

김정국은 의자에 앉은 두 사람을 주의 깊게 살펴보았다. 그들 중 1명은 만주에 있는 친일 단체 보민회 회원이었다.

보민회는 일본군과 호혜를 구축하기 위해 독립운동가들의 정보와 움직임을 주기적으로 일본군에게 제공했다. 1924년 가을 의열단 지도부에서 보민회 간부들을 찾아 처단하라는 지령이 북경 지대의 지대장에게 하달되었다.

김정국은 5명의 단원을 데리고 만주에 들어가 보민회 간부들의 집을 찾아다니며 회장을 비롯한 4명을 조국의 이름으로 단죄했다. 지금 이곳에 김정국과 대질을 위해 나와 있는 자는 그때 보민회 사무실에서 제일 먼저 김정국 일행에게 붙잡혔던 자였다.

당시 그는 15세에 불과한 나이였고 보민회 간부급도 아니었기 때문에 의열단은 그를 죽이지 않고 훈방조치 했었다.

구레나룻 수염을 기른 또 다른 일본인 대질자는 훈춘성 안에 있는 일본 영사관에서 근무하던 무전병이었다. 김정국 일행은 훈춘 영사관을 급습하여 참사관 등을 죽이고 이 무전병을 총살하려고 했다.

그런데 이 일본 병사가

"저의 조상은 한국 사람입니다. 저를 죽이지 말아 주세요! 저는 아직 얼굴도 보지 못한 갓난 아들이 둘이나 있습니다. 저를 불쌍히 여기시고 자비를 베풀어 주십시오. 제 조상의 성은 김씨입니다. 살려 주십시오!"

라고 무릎을 꿇고 간곡하고 애절하게 호소하여 그를 죽이지 않았었다.

그런 그가 지금 김정국과 대질을 위해 나와 있는 것이다.

김정국은 그곳에 나와 있는 2명 모두 모르는 사람들이라고 답했다. 거북스러운 대질이 한동안 이어졌다.

훈춘 일본 영사관에서 무전병으로 근무했던 자가 얼굴의 근육을 일렁이며 언성을 높여 말했다.

"그때 나는 저 멍청한 살인자들을 극적으로 속여 구사일생으로 살아났소. 저 천하에 죽일 놈을 다시는 놓아주지 말고 꽁꽁 묶어 두었다가 사지를 찢어 죽이시오!"

대질자들을 돌려보내고 들어온 취조관 우지마는 조서 용지를 가져다 책상에 탕- 하고 때려 놓으며 말했다.

"나한테는 말이야. 너같이 죄질이 나쁜 놈, 말로는 통하지 않는 악질들, 배웠다고 대가리 굴리며 빠질대는 놈들만 골라서 내려 보내지."

"......."

"나한테 걸린 놈들은 안 분 놈이 없어! 너도 알아서 해!"

우지마는 검지만을 펴서 살랑살랑 좌우로 흔들며 말했다.

"죽여 달라고 안달을 해도 그렇게 쉽게는 안 돼. 불기 전에는….."

"......."

"잘 들어! 훈춘 영사관 습격 건, 또 보민회 강도 살인 다섯 건, 이건 딱 떨어지는 사건이야. 네가 아무리 부인해도 저 증인들이 살아 있는 한 너는 못 빠져나가. 어차피 죽는 몸 고통받지 말고 가!"

"......."

"내가 너에게 알고 싶은 것은 첫째 조선에 있는 공산주의자들을 규합하여 창당하고 봉기를 주도하라는 모택동의 지령은 어디까지 진행됐나 하는 것이고, 둘째는 가지고 들어온 공산당 창단과 봉기 자금은 얼마이며 그 자금은 지금 어디에 은닉하고 있나 하는 것이다. 너 알아서 해! 네가 스스로 불지 않으면 내가 네 아가리를 벌리고 꺼내 갈 테니까."

"그건 정보가 잘못된 겁니다. 그런 일은 없었습니다."

"내가 이제껏 두 가지를 물었는데, 그중 어떤 정보가 잘못됐다는 것이지?"

"둘 다 잘못된 정보입니다. 그런 일은 나에게 없었습니다."

"그래? 너는 말이야, 1927년 봄부터 1938년 가을까지 중국 공산당을 도와 국민당과 싸웠다. 10년이 넘는 동안 천신만고 끝에 이제 공산당이 중국을 다 먹었는데 너는 한자리 꿰차지도 않고 또 아무런 대가도 없이 빈손으로 그냥 돌아와 버렸다고? 개-애새끼! 너는 원래가 그렇게 유치한 놈이냐아, 아니면 나를 등신으로 아는 거냐?"

우지마는 책상 위의 잉크병을 집어 김정국의 얼굴에 뿌리고 손으로 인주를 후벼 파서 김정국의 얼굴 여기저기에 발랐다.

"이 새끼야! 너도 조선에 들어와서 공산당을 만들어 모택동이가 중국을 먹은 것처럼 조선을 먹으려고 들어온 것을 우리가 모르는 줄 알지? 이 개놈의 새끼! 이 공산당 놈은 어차피 죽여 없앨 놈이야, 이 새끼!"

우지마가 고함을 칠 때마다 김정국의 몸에서 강한 통증이 일었다. 김정국은 세발 의자에서 굴러떨어졌다. 바닥에 쓰러진 김정국에게 다시 몽둥이가 몇 차례 더 날아들었다.

"이 새끼야! 다시 지껄여 봐! 아가리를 찢어 놓을 테니까. 아무것도 받아 온 것이 없어?"

"……."

"그러면 너 조선에 친코(ちんこ, chinko) 빨려고 들어왔냐?"

바닥에 쓰러진 김정국은 속사포같이 빠른 말로 우지마에게 마주 고함을 쳤다.

"나는 일본과 싸우기 위하여 북벌하겠다는 중국 공산당의 슬로건에 현혹되어 공산당을 도와 백군과 관동에서 싸웠고 코뮌에서 싸웠던 거요. 나는 공산주의에는 관심 없는 공산당 혐오자요. 나는 오직 대한독립을 염원해서 한 일일 뿐 그 외의 어떤 대가도 바란 적이 없고 어떤 대가도 받은 것이 없소."

우지마가 김정국의 말을 끊으며 소리쳤다.

"네 말은 속았다아 이거지? 너는 모자라는 놈이었다 이거지? 이런 개새끼!"

"나뿐만이 아니오. 오토 브라운, 박고(보구), 주은래 3인을 제외한 모든 홍군은 우리가 항일전선으로 가는 것으로 알았소. 공산당 수뇌들은 그들이 항일전선으로 진군한다고 하면 백군이 추적을 멈출 것이라는 계산을 하고 슬로건을 그렇게 내걸었던 거요. 공산당은 폐쇄된 음모 집단이오. 우리는 속을 수밖에 없었소."

"개수작하지 말아! 이놈아! 불어라! 이놈! 불어! 가지고 들어온 봉기 자금은 어디 있냐?"

사정없이 몽둥이를 휘두르는 두 사내의 모습이 아득해지며 김정국은 정신을 잃었다. 김정국이 눈을 떴을 때는 쇠창살이 촘촘히 박힌 남서쪽 방향의 유리 창문으로 흐리멍덩한 겨울 햇살이 쓰러져 있는 그의 몸을 넘어 비춰 들고 있었다.

"다시 묻겠다. 모택동이한테서 얼마를 받아 왔나?"

"……."

"너는 어차피 죽을 몸이야. 고생하지 말고 가! 저기 쭈그리고 앉아 잘 생각해 봐! 다다무라! 나 밥 먹고 올 테니까 이거 조끼 입혀 난로 옆에 놔둬!"

우지마가 벌떡 일어나 나가며 소리쳤다.

3명의 사내가 김정국을 난로 옆으로 끌고 갔다. 그리고 물통에 잠겨 있는 황갈색 가죽조끼를 꺼내어 김정국에게 입혔다. 그들은 김정국의 가슴에 발을 대고 조끼에 달린 끈을 잡아당겨 젖은 가죽조끼가 김정국의 몸에 꼭 끼도록 묶었다.

김정국의 양손을 뒤로 돌려 묶고 난 그들은

"이놈아! 감사하는 마음으로 자빠져 있어!"

하며 김정국을 발로 밀어 쓰러뜨려 놓았다.

30여 분이 지나자 젖었던 가죽조끼가 마르면서 서서히 몸을 조여 왔다. 호흡이 가빠지고 머리가 아프고 어지러워졌다.

숨을 쉬기가 힘들어지고 이마에서 진땀이 났다.

참으로 고통스럽고 몸서리쳐지는 길고 긴 시간이 흐르고 있었다.

'나한테 있는 최선의 방법은 한시라도 빨리 죽는 것이다.'

라고 김정국은 생각했다.

그가 기절했다가 정신을 차린 것은 늦은 오후였다.

그는 감방에 옮겨져 있었다. 절인 참외 두 쪽이 얹혀진 밀밥 한 덩어리가 감방 문 앞에 놓여 있었고 날이 어두워지자 또 한 덩어리의 밀밥이 들어왔다.

다음 날인 일요일 아침 헌병 두 명이 감방에 들어왔다. 그들은 단식을 하는 김정국의 얼굴에 가죽 마스크를 씌웠다. 그는 반항을 해 보았으나 역부족이었다. 그들은 가죽으로 만든 마스크의 중앙에 뚫린 구멍으로 깔때기를 목구멍 깊숙이 밀어 넣고는 그곳에 보리죽을 쏟아붓고 나갔다.

그날 오후에도 또 저녁에도 헌병이 들어와 죽을 강제로 쏟아붓고 갔다.

월요일, 고문이 다시 시작되었다.

"우리는 이미 너에 대해서 모두 알고 있어-어. 아직도 불지 않을 테냐?"

"그건 당신들의 잘못된 정보라고 했지 않소."

말이 끝나기도 전에 몽둥이가 다시 날아왔다. 몽둥이는 어디를 가리지 않고 사정없이 날아들었다.

몽둥이가 날아올 때마다 비명을 지르며 시멘트 바닥을 구르던 김정국이 20-30대의 몽둥이를 맞고 나서는 반응을 하지 않았다.

그가 다시 눈을 떴을 때 그는 어두운 감방 안 바닥에 쓰러져 있었다. 그는 언제 어떻게 감방으로 옮겨졌는지 기억이 나지 않았다. 그의 양손은 뒤로 묶여 있었고 바닥에 깔린 오른팔은 마비되어 감각이 없었다.

"픽-"

바지가 부어오르는 김정국의 다리의 팽창을 이기지 못하고 소리를 내며 터졌다. 천장과 벽이 빙글빙글 돌며 가까이 다가왔다가는 아득히 멀어지기를 반복했다. 그는 어지러워 눈을 감았다.

날이 밝았다. 헌병 둘이 감방에 들어와 김정국을 깨웠다.

그는 바싹 마른 혀를 힘겹게 움직여 "물! 물! 물!" 하고 소리쳤다. 헌병들은 무표정한 얼굴로 대답이 없었다.

그들은 또다시 김정국의 얼굴에 가죽 마스크를 씌웠다. 그리고 깔때기를 밀어 넣고 보리죽을 쏟아붓고 나갔다.

김정국의 다리가 너무 많이 부어오르자 우지마는 때리는 고문을 중단했다.

우지마는 김정국을 의자에 결박했다. 그는 김정국의 머리를 뒤로 젖힌 후 얼굴 위에 헝겊을 덮고 그 위에 물을 부으며 소리쳤다.

얼굴을 덮은 헝겊에서 산소 대신 물이 들어와 폐로 들어갔다. 숨이 막히고 몸 속의 모든 기관들이 요동을 쳤다.

"자백해라, 이놈!"

우지마는 두 번째 주전자의 물을 김정국의 얼굴에 쏟아붓고는 주전자를 바닥에 동댕이쳐 던지며 부하들에게

"나갔다 올게."

하고 나가 버렸다.

다음 날도 언제 끝날지 모르는 고문은 계속됐다.

며칠 사이에 김정국은 머리가 백발이 되어 있었다.

"산시성 옌안에 안착했을 때 나는 모택동을 찾아가 이제 공산당이 국민당에 승리했으니 약속대로 일본과 싸우러 북으로 가자고 했소. 그러나 그때 모의 태도는 종전과 달랐어요. 모택동은 '지금 우리는 일본과 전쟁을 할 경황이 없소. 우리는 빨리 돌아가서 개국 선언도 해야 하고 국정도 다스려야 하오.'라고 하더군요. 그는 오히려 나에게 '당신은 중국으로 귀화한 중국 사람 아니오. 나와 함께 중국을 위해 일합시다.' 하고 내 손을 잡았소. 허망한 슬로건에 속아 죽어 간 우리 수만 명의 한국인들을 생각하며 나는 분을 참지 못했소. 좌절감에 빠져 오열하는 나에게 모택동이 은화를 양껏 가지고 가라고 하더군요. 나는 거절하고 돌아왔소."

우지마는 귀가 번쩍 뜨이는 듯 눈알을 반짝이며 재빨리 물었다.

"공산당은 얼마나 많은 재화를 가지고 있던가? 그들이 보유한 재화는 어디서 난 것인가?"

"그것은 군벌과 지주들에게 뺏은 것입니다. 당시 공산당 내에 1백만 개의 은화가 있었습니다."

"그럼 그렇지? 그래서? 얼마나 가지고 왔지?"

"거절하고 왔다고 하지 않았습니까."

우지마가 눈을 표독스럽게 뜨고 김정국을 노려보며 물었다.

"주겠다는 재화를 거절하고 왔다 이거지? 개-애새끼!"

노려보는 우지마에게 김정국이 급하게 말했다.

"사람 한 명이 운반할 수 있는 은화의 수량은 1천 개에 불과합니다. 은화 한 닢이 28그램이고 개당 달러로 50센트요. 나는 그곳에서 죽어 간 한인의용군 동지들에게 누가 될 것 같은 두려움으로 500달러(소 4마리 가격)에 불과한 것을 짊어지고 돌아올 수가 없었소."

"이 자식이 나를 데리고 노네."

우지마가 몽둥이로 김정국의 얼굴을 사정없이 내려쳤다.

그로 인해 김정국은 이빨 3개가 부러지고 코뼈가 부러져 내려앉았다. 그들은 김정국을 팔걸이 의자에 앉히고 팔을 팔걸이에 묶었다.

우지마는 땅을 향하고 있는 김정국의 손바닥을 하늘을 향하게 젖히고 손등이 팔에 가서 닿도록 구둣발로 손바닥을 밟았다.

"불어라! 이 새끼!"

김정국은 몸을 부들부들 떨며 비명을 질렀다.

손등이 팔에 닿도록 밟아도 김정국에게 만족할 만한 말을 듣지 못하자 우지마가 동료들에게 명령했다.

"매달아!"

2명의 사내가 달려들어 김정국의 두 손을 등 뒤로 합해 두 발과 함께 묶었다. 그리고 천장에서 내려온 쇠사슬에 김정국의 배가 땅을 향하도록 공중에 달아매었다.

시간이 지나면서 김정국의 등이 활처럼 휘어지며 배의 근육이 크게 경련을 일으키기 시작했다. 등은 쥐가 나고 허파는 압박을 받아 호흡하기가 힘들어졌다.

"모택동한테 받은 돈이 어디 있는지 말해!"

우지마는 김정국의 머리털을 잡아 젖히고 얼굴을 바짝 들여다보며 소리 질렀다.

"죽여라아아! 이놈아아아! 이 천하에 죽일 놈!"

김정국이 온 힘을 다하여 더듬더듬 말했다.

"어림없다, 이놈! 죽여 달라고 안달을 해도 그렇게는 안 된다, 이놈!"

얼굴을 바짝 들여다보며 악을 써대는 우지마의 얼굴이 서서히 흐려지고 아득해짐을 마지막으로 김정국은 다시 의식을 잃었다. 헌병 2명이 김정국을 질질 끌고 내려가 지하 감방에 넣었다.

김정국은 기절했다가는 깨어날 때마다 끊임없이 이어지는 끈질긴 생명력이 원망스러워 탄식했다.

낮에는 혹독한 고문으로 기절했다가 깨어나기를 반복하고 밤에는 오한과 통증, 고열로 밤새도록 신음을 하는 끔찍한 나날이 계속되고 있었다.

오전 9시, 헌병 둘이 김정국의 양팔을 끼고 질질 끌며 우지마가 기다리는 5층 석조 건물 입구에 들어섰다.

"걸어라! 이 새끼야!"

헌병들은 벌써 몇 차례나 걸으라고 김정국을 윽박지르고 있었다. 김정국은 2명의 헌병이 번갈아 외쳐 대는 소리에 아랑곳하지 않았다. 그간 받은 고문으로 몸을 가누기가 힘들 뿐만 아니라 빨리 가서 고문을 일찍부터 받으나 여기서 헌병들에게 늦게 걷는다고 매를 맞으나 다를 것이 없기 때문이었다. 김정국은 어렵게 계단 몇 개를 오르다 더 이상 걷지 못하고 계단에 주저앉았다.

헌병들이 일어나 걸으라고 외쳐 댔다. 헌병들의 도움을 받으며 다시 계단을 오르던 김정국은 2층과 3층 사이, 계단이 ㄷ자로 구부러지는 곳에 있는 유리창을 주시했다. 3층에 올라가는 동안에도 걸으라고 소리치는 헌병들의 고함이 건물 안에 메아리쳤다. 김정국은 3층을 향해 계단을 오르다가 멈춰 섰다.

그는 양쪽 겨드랑이를 끼고 따르는 헌병들에게

"이 팔을 좀 놓아주시오! 아파서 도저히 못 걷겠소."

하고 팔을 놓아 달라고 그 자리에 주저앉으며 호소했다.

헌병 하나는 김정국보다 두 계단 위에, 그리고 다른 한 명은 김정국을 묶은 포승을 잡고 두 계단 밑에서 따라 올라왔다.

그들이 3층과 4층 사이 ㄷ자로 구부러지는 지점에 이르렀다. 계단을 따라 우측으로 돌던 김정국이 사력을 다해 좌측에 있는 유리 창문을 어깨로 들이받으며 창밖으로 몸을 던졌다.

산산이 부서져 튀어 나가는 나무 창틀과 유리 그리고 김정국의 몸이 함께 허공을 날았다. 허공을 빙그르 돌며 3층을 지나고 2층을 지나 떨어지던 김정국의 몸이 1층 베란다 모서리에 부딪치고는 공처럼 튕겨져 나갔다.

의식이 돌아와 눈을 뜨는 순간 김정국은 이제껏 경험해 보지 못한 극심한 통증에 비명을 지르며 몸부림을 쳤다. 그는 지금 그에게 무슨 일이 일어나고 있는지 몰라 비명을 지르며 황급히 사방을 둘러보았다. 그는 죽으려고 창밖으로 몸을 던졌던 일이 생각났다.

그는 3평 크기의 비교적 깨끗한 병실, 황색 침대보가 깔린 나무 침대 위에 반듯이 뉘어져 있었다. 그런데 그의 눈에는 낡고 허름한 방 한복판에 덩그러니 뉘어져 있는 것으로 보였다. 그는 살 가망이 없는 자신을 외지고 허름한 이곳에 버려 놓았다고 생각했다. 그는 마치 그의 하반신이 용광로 불구덩이 속에 넣어져 있는 것 같았다. 그는 감당이 안 되는 엄청난 통증에 신음과 비명을 계속 지르고 있었다.

2시간 정도가 지났을 무렵, 흰 가운을 입은 20대 사내가 들어왔다.

"왜- 왜 그래? 통증이 심하면 이걸 마셔! 편안해질 테니까. 오늘 하루는 필요한 만큼 얼마든지 마셔도 돼."

하며 흔들어 보이던 가는 고무호스를 김정국의 입에 물려 주고 사라졌다.

사내가 물려 준 호스를 김정국이 급히 빨았다.

1분여가 지나자 통증의 60%가 가슴에서부터 다리로 마치 물 흐르듯 내려가며 사라졌다. 어지럽고 머리가 아팠지만 하반신에서 일어나던 무시무시한 통증에 비하면 견딜 만했다. 그는 고개를 돌려 사방을 둘러보았다. 창문에서 들어온 한 줄기 햇살이 병실을 지나고 열려 있는 병실 문을 지나 복도를 비추고 있었다.

김정국은 곧 잠에 빠져들었다. 그는 수만 명의 러시아 군인들을 줄 세워 놓고 단상에 올라 알 수 없는 내용의 연설을 하는 환상에 시달리며 잠들어 있었다. 그리고 불과 10분을 넘기지 못하고 통증에 신음하며 잠에서 깨어났다.

그는 고통을 이기지 못해 다시 신음과 고함을 질러 댔다. 마치 엉덩이가 괄한 불 위 석쇠 위에 올려져 있는 것 같았다. 그가 한 시간 이상 비명을 지르며 신음하고 있을 때 흰 가운을 입은 사내가 다시 나타나 병실 안을 분주히 돌아다니며 무슨 일인가를 하며 김정국에게 물었다.

"왜 소리를 지르는데?"

"나를 이렇게 버려 두지 말고 죽이시오! 독약을 주시오!"

"……."

"부탁합니다."

김정국은 통증을 이기지 못해 이를 갈며 말했다.

"통증이 심하면 언제든지 이걸 빨아 마시라고 했지 않나?"

흰 가운을 입은 사내가 고무 대롱을 다시 흔들어 보였다.

그가 한 말을 김정국은 이상하게도 매번 기억하지 못한다.

모르핀을 마시면 통증의 70% 정도가 잠시 사라지는 대신 환각 증세가 나타나곤 했다. 벽과 천장에서 하얀 석고상의 남자 얼굴이 귀 부분까지 쑥 나왔다가 사라진다. 작고 빨간 해독이 안 되는 글씨들이 천장에 가득했다. 김정국은 그 뜻이 없는 빨간색 글씨들을 읽기에 여념이 없었다. 그 글씨를 읽는 것이 고달프고 어지러워 읽지 않으려고 애를 써 보지만 뜻대로 되지 않았다.

머리가 아프고 토할 것 같은 괴로움 속에서 김정국은 잠이 들었다. 그리고 약 20분 후 다시 잠에서 깨어나 통증을 이기지 못해 신음했다. 그가 아무리 고함을 치고 비명을 질러도 누구 하나 와 보는 사람이 없었다.

김정국은 코뮌에서 총을 맞은 국민당 군의 어린 병사가 달려 나가는 김정국의 다리를 붙들며

"부탁합니다. 제발 나를 쏘아 죽이고 가시오!"

하고 애원하며 놓아주지 않던 그 심정을 알 수 있을 것 같았다.

고통 속을 헤맨 지 3일이 지났다.

그가 환각과 환청에 시달리면서 잠이 들었다가 다시 눈을 떴을 때 3명의 사내가 김정국의 침대 주위에 붙어 서서 분주히 움직이고 있었다.

"정신이 드나? 나는 의사 아키야마일세."

"……."

"자네의 오른쪽 대퇴골이 부러지면서 대퇴 박근을 뚫고 나와 우리가 다리를 절단했네. 왼쪽 다리도 뼈가 으스러지고 여러 조각으로 골절되고 절단이 불가피하네. 양다리를 동시에 절단할 수 없어 약간의 시일을 두고 마저 절단할 걸세. 지금 기분은 어떤가?"

의사의 질문에 김정국은 살아난 불운이 야속해서 대답 없이 눈을 감았다.

60일 후 김정국은 강도 살인 죄목으로 기소되어 독립운동가의 전용 감옥이라고 불리는 경성 감옥(서대문 형무소)으로 이송되었다.

일제에 저항한 사상범(독립운동가)들은 치안유지법, 보안법, 출판법, 폭력행위처벌에 관한 법, 폭발물 취체법, 불경죄, 소요죄 등의 죄목으로 기소되었다.

그러나 무장투쟁을 하다가 체포된 독립군들은 반민족 행위자 처단, 매국노 재산 몰수 등의 경력을 찾아내 정치범이 아닌 살인강도, 방화 살인 등 일반 흉악범으로 기소했다. 독립운동가들의 수감 숫자를 줄이기 위한 조선총독부의 조치였다.

경성 감옥 밤 10시.

5미터 높이의 담으로 둘러쳐진 어두운 경성 감옥 마당에 김정국을 태운 군용호송차량이 들어오고 5분 뒤 4대의 버스가 속속 들어왔다.

그 버스들은 10명씩 포승에 묶인 입소자 150여 명을 형무소 마당에 토해 놓고 돌아갔다.

달 없는 밤 포승에 묶여 5미터 높이의 담 밑에 벽을 따라 늘어서 있는 입소자들의 모습이 유령들 같아 보였다.

입소자들은 간수들의 지시에 따라 줄을 지어 검붉은 벽돌, 음산한 건물 안으로 들어갔다. 20와트 백열등이 천장 높이 매달려 희미하게 비추고 있는 형무소 건물 안은 침침하고 습하고 냉기가 감돌았다. 콘크리트 바닥은 기름때가 묻어 검은색을 띠고 번들거렸고 높은 천장에는 이리저리 검은색 나무 서까래들이 얽히고설켜 있었다.

줄지어 쪼그려 앉혀진 입소자들은 기결수 복장을 한 3명의 이발사의 호출에 따라 차례로 불려 나가 머리를 삭발당했다. 형무소 측은 수감자들에게 모두 삭발을 시켰다.

김정국의 차례였다. 기결수는 김정국의 머리를 바리캉으로 대여섯 번 밀어 머리카락을 바닥에 떨어뜨리고는 김정국의 뒤통수를 툭- 치며

"다음."

하고 소리쳤다.

김정국은 알몸으로 수색을 당하고 난 후 나누어 준 누더기 죄수복으로 갈아입었다. 간수가 입소자들에게 번호를 부여하고 온갖 주의 사항에 대한 설명을 끝낸 것은 밤 12시가 가까워서였다.

계급이 높은 간수들은 대부분 일본인이었고 하급 간수는 모두 한국인이었다.

수감자들은 서너 무리로 나누어져 각기 다른 건물로 인솔되어 갔다. 김정국은 주로 사형수들과 흉악범들을 수용하는 11옥사 건물로 인솔되었다.

이곳 형무소 건물은 마치 손을 쫙- 벌려 편(손가락 사이사이가 V 자가

되도록) 것 같은 형태의 건물이었다. 다만 사람의 손가락은 5개인 반면 형무소 건물 손가락(?)은 3개였다.

사람의 손가락에 엄지, 검지 하는 이름이 붙여져 있듯이 이 감옥 건물 역시 7옥사, 8옥사 하는 건물 번호가 붙여져 있다. 그 3개의 손가락(감방 건물) 하나마다에 약 30여 개의 감방이 복도를 가운데 두고 양편에 마주 보고 있다. 중앙이라고 부르는 마치 손등과 같은 공간이 있는데, 3개의 손가락으로 들어가는 통로이다. 그리고 그곳은 지금 새로 들어온 입소자들이 모여 서서 감방에 넣어지기를 대기하고 있는 강당 같은 넓은 장소이다.

"발 구르지 말아! 발 구르지 마!"

간수가 소리쳤다.

그 후에도 죄수들은 발이 시려워 무의식 중에 발을 굴렀다. 희미한 백열등이 불그스레하게 비치고 있는 형무소 안의 온도는 건물 밖과 다르지 않았다.

"이제부터 감방 번호를 받으면 그 감방 문 앞에 가서 바짝 붙어 서 있는다. 알았나?"

"네!"

"육백이십팔."

"네!"

"구 사(숨) 삼 방."

"이백십육."

"네!"

"칠 사 십삼 방."

"발 구르지 마라! 발 구르지 마!"

호명 소리가 발 구르는 소리에 묻혀 들리지 않자 호명하던 간수가 재차 고함을 쳤다.

"이백오 번!"

"……."

호명하던 간수가 장부에서 눈을 떼며 다시 소리쳤다.

"어떤 놈이야? 대답 없는 놈이?"

"예."

다리가 없는 김정국이 사람들 속에서 팔을 다리 삼아 움직여 앞으로 나왔다. 김정국의 느리고 평범하지 않은 움직임에 사람들의 시선이 그리로 집중될 만도 했다. 그러나 수감 경험이 있는 몇 명을 제외한 대부분의 사람들은 자신의 발끝만 내려다보고 서서 옆을 특별하게 지나가고 있는 김정국에게는 관심조차 없다. 그들은 지금 난생처음 형무소에 들어와서 생애 최악의 경험을 하고 있는 고뇌에 찬 사람들로 다른 것에 관심을 둘 여유가 없다.

김정국은 앉아 있는 바닥을 양팔로 밀어 몸을 들어 올려 30-40센티 앞에 놓는다. 그리고 또다시 양팔로 땅을 밀어 다시 몸을 들어 올린다. 다른 30여 센티미터를 앞으로 가기 위해서….

간수가 끊었던 호명을 다시 시작했다.

"십일 사 십오 방."

김정국은 간수가 불러 준 감방 번호를 찾으며 백열등이 불그스레하게 비치고 있는 침침하고 음산한 긴 복도를 느리게 움직여 들어간다.

그가 움직여 앞으로 나갈 때마다 엉덩이가 시멘트 바닥을 스치며 슥슥 하고 소리를 냈다.

길게 드러누운 어둠침침한 복도에는 나무로 된 감방 문이 복도를 가운데 두고 한 편에 15개씩 10미터 간격으로 벽에 붙어 있었다. 그 감방 문에는 간수들이 감방 안을 들여다보고 감시할 수 있도록 가로와 세로 40센티의 쇠창살 창문이 눈높이에 마련되어 있었다.

그 쇠창살이 박힌 창문 안에서는 머리를 빡빡 깎은 수감자들이 복도를 내다보고 서서 지나가고 있는 새로 들어오는 입소자들에게 아우성을 쳤다.

"이 새끼 이리 들어와! ○○ 따게."

"이 새끼 이리 들어와! 피 좀 빨아먹자, 이 새끼야!"

"간수! 이 새끼 우리 방으로 넣어 줘! 영양 보충 좀 하게, 이리 들어와!"

수감자들은 왜- 아무런 원한도 관계도 없는 같은 처지의 사람들을 괴롭히는 것일까?

굵고 검은 서까래들이 이리저리 얽혀 지나간 높은 천장과 높이 매달린 촉수 낮은 백열등이 불그스레 비추고 있는 긴 복도, 그 아래로 기름때가 묻어 번질거리는 검은 시멘트 바닥… 긴 복도를 따라 양편으로 줄지어 뚫려 있는 사진틀 같은 쇠창살에서 밖을 내다보며 아우성치고 있는 2개씩의 삭발한 얼굴들… 차가운 공기 속에 풍겨 오는 퀴퀴한 곰팡이 냄새에 섞인 대소변 썩는 싸한 암모니아 냄새….

김정국은 숫자 15가 쓰여진 감방 문 앞에 가서 멈췄다.

"어-, 반토막이네!"

"……."

"어-이, 반토막! 뭐 해먹고 왔어?"

감방 안에서 수감자가 김정국을 내다보며 물었다.

"……."

"반토막! 뭐 해 처먹고 왔냐니깐?"

김정국은 할 말이 없어 미소를 지어 보였다.

"어-쭈, 쪼개(웃어)?"

"……."

"이- ○팔, 야- 말상! 몽둥이 하나 준비해 놔!"

그가 김정국이 들으라는 듯 감방 안을 돌아보며 크게 소리쳤다.

어느 결에 다가온 간수가

"왜 지랄이야?"

하고 감방 문 열쇠 구멍에 열쇠를 꽂아 넣으며 감방 안을 향해 말했다.

"들어가!"

감방 문을 연 간수가 비켜서며 김정국에게 명령했다.

"시발- 추워 죽겠는데 빨리 못 들어와?"

감방 문 앞에 누워 있던 수감자가 상반신을 들어 올리며 김정국을 향해 으르렁거렸다.

김정국이 서툴고 느린 동작으로 감방을 향해 움직여 들어가고 있는 동안 간수가 누더기를 덮어쓰고 누워 있는 수감자들 위에 목찰(가로 3센티, 세로 15센티의 검은색 나무 이름표)을 던졌다.

누워 있던 수감자가 목찰을 집어 들었다. 목찰에는 죄목란에 사형수 표시인 붉은색으로 살인강도라고 쓰여 있었다.

목찰을 본 죄수가 화들짝 놀라 일어나 앉으며

"빵장(감방장)!"

하며 앞에 누워 있는 사내에게 목찰을 던졌다. 목찰을 받아 든 감방장 짝귀가 벌떡 일어나며 소리쳤다.

"야- 이 ○발 새끼들아! 일어나!"

감방장의 고함 소리에 죄수들이 모두 일어나서 김정국이 들어오는 데 방해가 되지 않도록 옆으로 비켜섰다.

보통의 경우 목찰은 수감자를 데리고 온 간수가 감방 밖 문 옆 목찰 꽂이에 꽂아 놓는다. 그러나 김정국을 데리고 온 간수는 김정국이 사형수라는 것을 속히 죄수들에게 알려 말썽이 나지 않도록 미연에 방지하려는 의도에서 목찰을 감방 안에 던진 것이다.

수감자들은 사형수가 설령 어리고 왜소한 사람일지라도 사형수의 비위는 건들지 않는다. 사형수의 비위를 건드렸던 수감자들이 깊은 밤 잠들어 있다가 사형수에게 젓가락 등으로 눈을 깊이 찔려 목숨을 잃는 일들이 있었기 때문이다.

감방장 짝귀가 자신의 잠자리를 사형수 김정국에게 내어주고 다음 자리로 한 칸 내려갔다. 그 감방은 크기가 학교 교실의 1/2가량 되어 보였다. 그리고 감방 문은 방의 네 모퉁이 중 남서쪽 구석에 붙어 있었다.

희미한 백열등 불빛이 비추고 있는 좁은 감방 안에 얇게 누빈 낡은 이불을 덮고 수십 명이 촘촘히 누워 있는 공포심이 유발하는 광경.

감방 안에서 풍기는 암모니아와 치즈가 섞인 듯한 묘한 냄새.

새로 들어오는 수감자들이 감방 문이 열리고 감방 안으로 들어설 때 느끼는 기분은 일생일대의 가장 두렵고 걱정스러운 순간이다. 간수가 수감자를 감방에 넣고 문을 잠그고 사라지면 새로 들어오는 수감자 중에는 공포를 이기지 못해 울며 비명을 지르는 일이 있다. 자살하는 수감자도 형무소에 들어온 첫날 밤 가장 많이 발생한다.

감방장이 비워 준 잠자리에 앉아 김정국은 감방 안을 둘러보았다. 누워 자는 죄수들은 앙상하게 마른 제 몸을 밤새도록 긁어 댔다.

새벽이 되자 발밑에서 자던 이가 일어나 촘촘히 누워 자는 사람들의 몸과 몸 사이에 어렵게 발을 꽂아 넣으며 까치발로 걸어 감방 한구석에 있는 종이로 덮어 놓은 새우젓 독(가분수형의 새우젓 항아리) 위에 가서 올라앉는다.

새우젓 독은 감방 문 반대편 북동쪽 구석, 검정 고무신들이 차곡차곡 쌓여 있는 옆에 있었다.

수감자들은 이 새우젓 독을 거창하게 벤키(변기의 일본식 발음)라고 불렀다. 이 새우젓 독 하나가 30여 명이 생활하는 이 감방의 유일한 변기이다. 이 벤키에서 나오는 냄새가 오랫동안 수감자들의 몸에 배어 수감자들에게서 항상 묘한 냄새가 나는 것이다.

새우젓 독과 제일 멀리 떨어진 감방의 출입문 옆에 넓고 두껍게 이불이 깔려 있는 자리가 감방장 짝귀가 있던 자리이다. 그리고 지금은 김정국이 앉아 감방 안을 둘러보고 있는 자리다.

다른 수감자들보다 2배 이상 넓게 자리를 차지하고 있는 감방장 자리와 같은 방향으로 9명이 누워 잔다. 그 아래로 12명이 감방장이 누운 방향 사람들과 발을 맞대고 누워 있다.

그리고 나머지 인원들은 벤키가 있는 곳으로 다리를 뻗고 촘촘히 누워 있다. 30명이 넘는 인원이 수감되어 있는 이 감방은 건축 당시 9명을 수용할 목표로 지어진 감방이다.

김정국은

'앞으로 새우젓 독을 사용해야 할 때는 어떻게 그 위에 올라가 앉을 수 있을까?'

하는 걱정을 했다. 김정국은 있지도 않은 발이 시리고 발바닥이 간지러워서 잠을 이루지 못한다.

아침 6시가 되자 간수가 복도에 나타났다.

"기상! 기상!"

간수는 감방 문에 달린 쇠창살을 곤봉으로 '드르륵 드르륵' 긁고 다니며 소리쳤다. 수감자들은 재빨리 일어나 누더기 이불을 개어 놓고 줄을 맞추고 앉아 세면을 하러 나갈 준비를 했다.

몽둥이를 든 간수가 감방 번호를 외쳐 부르며 감방을 2개씩 차례로 문을 열어 주었다. 드디어 간수가 '십오 방!' 하고 소리치고는 김정국의 감방 문을 열어 주었다.

감방을 나온 수감자들은 복도 끝에 있는 세면장을 20미터 앞에 두고 열을 맞추어 쪼그리고 앉았다가 간수의 지시에 따라 감방별로 세면장으로 뛰어 들어간다. 곧이어 간수가 소리 높여 수를 세었다.

"하나! 둘! 셋! 넷!"

1분도 안 되는 짧은 시간에 열까지 세고 난 간수가 세면장으로 들어가 곤봉을 휘두르며

"나가! 나가! 나가! 나가!"

하며 수감자들을 밖으로 몰아냈다.

김정국은 이 낯선 광경을 지루하지 않게 바라보고 있다.

세면 시간이 끝나고 가마(성경의 언약궤) 모양의 나무 밥통을 4명이 들고 복도 끝에 나타나자 형무소 안이 아수라장으로 변했다.

"일 방! 삼십칠."

"어이! ○팔! 치지 마! 치지 마! 저 ○새끼 너무 치잖아?"

"○새끼! ○나게 지랄하네."

"어! ○팔 새끼야! 치지 말아!"

식사 당번들이 밥을 나누어 주는 동안 감방 이곳저곳에서 항의와 거친 욕설이 끊임없이 터져 나왔다.

드디어 김정국이 있는 감방에 밥이 도착했다.

"하나! 둘! 셋!"

감방 문 아래 뚫린 가로 세로 15센티 구멍으로 두부 모양(모형에 밥을 넣고 찍은 팔각형 밥 덩어리)이 던지는 속도로 들어왔다.

"어이! ○팔 치지 마! 니미."

욕지거리를 해도 밥을 나누어 주는 당번들은 들은 척도 하지 않았다.

"빵장! 이거 보슈! 저- 색끼들이 죄(전부) 쳤수-우."

한 귀퉁이가 떨어져 나간 밥 덩어리를 짝귀에게 보여 주며 젊은 죄수가 불평을 했다.

"이 새끼! 영만이 너- 죽을래?"

짝귀가 바닥에 납작 엎드려 배식 구멍으로 식사 당번을 올려다보며 버럭 소리를 질렀다.

"알았수다, 형!"

김정국은 밥을 나누어 줄 때마다 "치지 말라."고 아우성치는 이유를 그제야 알 수 있었다.

식사를 나누어 주는 당번이 목판 위에서 밥 덩어리를 주걱으로 들어 올릴 때 밥 덩어리 밑 부분이 목판에 남아 있도록 주걱으로 자르면서 들어 올리는 것이었다. 식사 당번들은 이렇게 떼어낸 밥을 모아 재소자들과 뒷거래를 했다.

그릇이나 수저 따위는 감방에 없었다. 문 앞에 바짝 당겨 앉은 사내가 구멍으로 날아 들어오는 밥을 맨손으로 받아 옆 사람에게 넘겨주면 그는 또다시 옆 사람에게 그 밥을 넘겨주고 다시 받는 것이다.

하급미 10%, 콩 40%, 조 50%를 섞어 찐 밥을 수갑 찬 손에 받아 들고 내려다보고 있는 김정국의 밥 덩어리 위에 절인 참외 한쪽이 얹혀졌다.

사형수는 항상 혁 수정(가죽 수갑)을 차고 있다. 혁 수정을 찬 사형수는 손이 가슴 이상 올라오지 않기 때문에 밥을 바닥에 놓고 개처럼 먹어야 했다.

"아저씨! 콩 2알 내놓으세요!"

옆자리의 젊은 수감자가 콩이 담긴 나무 판(작은 도마)을 김정국에게 내밀며 말했다.

순간 감방장 짝귀가

"야! 아저씨는 빼!"

하고 명령했다.

김정국을 제외한 32명은 그들의 밥에서 콩 2알씩을 걷어 감방장 짝귀에게 바쳤다.

그렇게 갹출한 콩을 덤으로 먹고 있는 짝귀를 보며,

'참으로 지옥 같은 곳이로구나.'

하고 김정국은 탄식을 했다.

형무소 측은 죄수들이 자살할 수 없도록 감시를 철저히 하고 있지만 적지 않은 수감자들이 간수의 학대와 굶주림으로 죽어 나갔다.

일본은 한국에서 생산되는 쌀의 27%를 빼앗아 일본으로 가지고 갔다. 이로 인해 한국에서는 굶어 죽는 사람이 속출했고 허기에 지쳐 자살하는 사람들이 줄을 이었다.

　이처럼 무고한 양민들을 굶겨 죽게 하는 일본(조선총독부)이 하물며 죄수들에게는 어떤 처우를 하겠는지에 대해 김정국은 미처 생각해 보지 못했었다.

　경성지방재판소는 김정국을 9차례 법정에 불러냈다.

　그리고 1심 재판부는 김정국에게 사형을 선고했다. 김정국이 예상했던 판결이었다. 그는 판결이 내려진 순간

　'이제 정말 세상과 하직할 날이 가까워지는구나.'

　하는 생각을 했다. 고등법원에서도 김정국에 대한 심리는 일사천리로 끝이 났다.

　무더위가 기승을 부리는 7월 23일이었다.

　웅장한 석조 건물, 높은 천장의 고등법원 법정 안은 한여름인데도 서늘했다. 방청객의 자리보다 2-3계단 높은 위치에 판사가 크고 육중한 법대에 앉아 있었다. 그리고 그 아래 낮은 곳에 검사와 서기 2명과 통역관이 앉아 있다. 엄숙하고 고요한 고등법원 법정, 김정국에게 고등법원이 언도를 내리는 순간이었다.

　또박또박 한참을 읽어 내려가던 일본인 판사의 판결문 낭독이

　"피고! 김정국을 사형에 처한다!"

　로 끝이 났다.

　김정국을 가운데 두고 양옆에 꼿꼿한 자세로 앉아 있던 간수 2명이 자리에서 일어나 엉거주춤한 자세로 김정국의 양팔을 잡으며 "퇴정!" 하고 낮은 목소리로 말했다.

순간 김정국이 침착한 목소리로 판사를 불렀다.

"판사님!"

반사적으로 간수 2명이 다급하게 김정국을 잡았다. 많은 사형수들이 사형이 언도되는 순간 판사에게 악담과 욕설을 퍼붓거나 심지어 감춰 가지고 나온 오물을 투척하며 발악하기 일쑤였기 때문이었다. 더욱이 사형 선고를 받는 독립운동가들은 판사를 훈계하거나 일본을 엄중히 꾸짖었다. 또는 애국가를 부르고 대한독립 만세를 외치기도 한다.

법정을 떠나기 위해 읽고 내려놓았던 판결문을 챙기던 판사는 김정국의 부름이 무엇을 말하려고 하는지 짐작하고 말없이 김정국을 한 번 힐끔 쳐다보고는 서류를 챙겨 들고 일어섰다.

"판사님! 판사님께 감사를 드립니다."

김정국이 머리 숙여 판사에게 인사를 하고 돌아서 법정 문을 향해 나갔다.

서류를 옆에 끼고 일어섰던 판사는 그 자리에 얼어붙은 듯 서서 법정 문을 나가고 있는 김정국을 바라보고 있었다.

"피고인!"

판사가 멀어져 가는 김정국을 불렀다. 김정국은 몇 번의 움직임으로 몸을 돌려 판사를 향해 돌아앉았다.

"피고인! 피고인은 무엇을 감사한다는 말인가?"

판사가 김정국에게 물었다.

"이 공로 없고 부족한 사람을 순국선열의 반열에 올려 주신 판사님께 진심으로 감사를 드립니다."

말을 마치고 법정 문밖으로 멀어져 가는 김정국에게서 판사는 오랫동안 눈을 떼지 못하고 얼어붙은 듯 서 있었다.

　형무소 측은 사형수를 독방에 수감하지 않는다. 사형수를 독방에 홀로 수감하면 사형수는 하루 종일 탈옥을 할 방법만 생각한다. 그리고 마침내는 기상천외한 방법을 찾아내서 탈옥을 시도하는 것이다. 그러므로 형무소 측은 사형수를 독방에 두지 않고 이익을 기대하고 밀고를 잘하는 배신성이 강한 흉악범들과 함께 수감한다.

　김정국의 얼마 안 남은 정해진 시간이 하루 또 하루 흘러갔다.

　"이백오 번 사식."

　나무껍질을 종이처럼 얇게 벗겨 4각 상자를 만든 도시락이 김정국 이름으로 들어왔다.

　김정국은 누가 사식을 들여보냈는지 짐작이 가지 않았다. 흰쌀이 드문드문 보이는 도시락에는 단무지 3개와 우메보시(매실절임) 한 알 그리고 구운 생선 1/3 토막이 들어 있었다.

　김정국은 목을 길게 빼고 도시락을 넘겨다보는 나이 어린 수감자에게 도시락을 건네주었다.

　그 사식은 하루도 거르지 않고 하루에 세 번 식사 시간마다 김정국에게 배달되었다. 그는 그의 이름으로 들어오는 사식을 먹지 않고 같은 방 수감자들에게 차례로 돌아가며 주었다.

　다난했던 형무소의 하루가 지나가고 있는 밤 11시, 대부분의 수감자들은 찌들고 찢어진 걸레 같은 이불을 덮고 잠을 청하거나 잠이 들어 있었다.

　잔뜩 흐린 날씨 때문에 김정국은 잠을 자지 못하고 벽에 기대앉아 있었다. 잠이 들 만하면 있지도 않은 정강이뼈(하퇴) 속에서 가느다란 지렁이가 꿈틀거리며 지나가는 것 같은 간지러움에 소스라쳐 깨곤 하는 것이다.

오늘도 어김없이 중앙에서는 새로 들어오는 입소자들을 모아 놓고 감방을 배정해 주는 간수의 외침이 처량하게 들려왔다.

"천오백십육!"

"네."

"팔 사 십삼 방."

김정국이 있는 감방에는 웃옷을 벗어 던진 우람한 체격의 우락부락하게 생긴 정문조가 감방 문에 박힌 쇠창살을 붙들고 밖을 내다보며 팔굽혀펴기 운동을 하고 섰다. 그는 40살 전후인 나이임에도 울퉁불퉁한 근육이 드러나는 대단한 몸매를 하고 있었다. 그는 새로 들어오는 수감자들이 복도를 지나갈 때마다 그들을 내다보며

"눈깔 깔어, 이 새끼야!"

하며 엄포를 놓았다.

김정국의 옆자리는 감방장 짝귀의 자리다. 그는 비좁은 감방 사정에도 아랑곳하지 않고 넓게 자리를 차지할 뿐만 아니라 몇 명분의 이불을 혼자 겹으로 깔고 있다.

오늘도 짝귀는 4명의 수감자들을 모아놓고 앉아 '모둠몸'이 자신과 어떻게 가까웠는지, '모둠몸'이 얼마나 대단한 인물인지에 관해 신이 나서 설명을 하고 있었다.

"동대문 시장 야마구치파 여덟 놈이 생선 회칼을 휘두르며 덤비는데 우리는 가쿠 형하고 나밖에 없잖냐. 그런데 각구 형이, '짝귀야! 너 왼쪽에 있는 두 놈 맡아!' 하면서 말이 채 끝나기도 전에 '따-다-닥' 니미 세 놈을 거꾸러뜨리는 거야. 니미, 나라고 꿀릴 수 있냐? 내가 제일 왼쪽에 있는

쪽발이 놈을….”

한참 신이 나서 떠드는 짝귀의 말을 김정국이 가로막으며 모여 앉은 4
명을 향해

“이제 그만들 자지? 지금 이 방 안에는 걱정과 근심으로 고통받고 있는
사람도 있지 않은가?”

하고 말했다.

김정국은 짝귀가 가쿠 형에 대해 하는 말을 그간 수없이 들어왔다. 처음
에는 김정국도 가쿠라는 자가 어떤 자이기에 저러는 것인가 궁금하기도
했었다. 그러나 더 이상 듣고 싶지 않아진 지 오래되었다.

짝귀는 김정국의 말에 굴하지 않고 하던 말을 계속했다.

“각구 형이 쇠꼬챙이를 숯불에 빨갛게 달궈 가지고 ‘짝귀야! 이걸로 내
이마빡에 모품몸이라고 써라!’ 그러는 거야. 내가 멋들어지게 써 줬지. 그
형이 사람을 칠 때 보면 붕붕 난다, 날아. 덕수궁 돌담을 손도 안 대고 뛰
어넘는데 야! 놀랬다 놀랬어.”

그는 김정국의 방해로 하던 말을 잊어버리고 엉뚱한 말을 하다가는

“○팔, 니미, 자자!”

하고 드러누우며 소란스러운 감방 밖을 향해 고함을 질러 댔다.

“이 새끼들아! 이제 고만 가서 자! ○도, 이 방에는 걱정 근심이 많단 말
이다!”

오늘도 각 감방 쇠창살 창문에서 머리를 박박 깎은 수감자들이 복도를
내다보고 서서 지나가는 새 입소자들을 얼러대는 시간이 되었다.

“야, 이 새끼! ○○ 한번 하게 이리 들어와! 이 새끼 이리 들여보내!”

"야- 이 개새끼야. 뭘 봐?"

정문조가 오늘도 어김없이 쇠창살을 붙들고 팔 굽혀 펴기를 하고 섰다. 그가 붙들고 서 있는 쇠창살 창문에 50대 후반의 남자가 다가서며 복도를 내다보았다.

정문조가 하던 동작을 멈추고 노인을 노려보며

"노털! 가서 자빠져!"

하고 말했다.

"……."

"노털! 자빠지라니깐! 안 들려?"

자존심이 상한 듯 노인이 꼼짝도 하지 않고 밖을 내다보고 서 있었다.

"야-! 이- 늙은 도둑놈 나쁜 도둑놈이잖아? 저리 못 가?"

호통을 치는 정문조를 노려보며 몇 걸음 물러서는 노인에게 정문조가 눈을 부라리며 다시 얼러댔다.

"뭘 봐, 이 늙은 새끼야? ○○ 새끼, 말을 안 들어."

누워 있는 사람들 사이를 비집고 물러가며 노인이 언성을 높였다.

"야- 이놈아! 아무리 도둑놈이고 못 배워 먹었기로서니, 너는 애비 에미도 없냐? 저런 나쁜 놈!"

"아니 이 새끼가 죽으려고 사바사바(와이로, 뇌물을 먹이다.)를 하네, 야! 이 늙은 새끼야! 형무소에서 나이가 어디 있어? 엉?"

"……."

"형무소에 들어올 때 나이는 영치(형무소에 보관)시키고 들어오는 거야, 늙은 새끼야! 나이 찾아 먹을래문 너희 집 가서 찾아 먹든가."

"……."

"너- 나이 찾아 먹으러 집에 갈래? 패통(간수 호출기, 간수를 부르는 신호 막대기) 쳐(내려) 줄까? 개-애새끼…."

정문조의 조롱에 노인은 분을 삭이지 못하며 자리에 가서 모로 돌아누웠다. 죄수들은 동료들을 부질없이 학대하는 것으로 쾌락을 얻고 지루함을 달랬다.

벽에 기대앉아 이 광경을 보고 있던 김정국이 한숨을 길게 쉬며 자리에 누웠다.

제15장

비참한 곳에서의 비참한 상봉

간수의 외침이 다시 들려왔다.

"백팔십삼, 십일 사 십오 방!"

"……."

"어떤 놈이야? 대답 안 하는 놈이?"

"나올시다!"

영일이가 11사 복도를 향해 느린 걸음을 떼어놓으며 대답했다. 그는 오늘 평양 감옥소에서 또다시 경성 형무소로 이감이 되어 왔다. 이곳에서 야마구치파가 고소한 또 하나의 재판을 받게 되었기 때문이다.

"야- 이 새끼야. 가다(어깨) 죽여!"

감방 문 쇠창살을 붙들고 밖을 내다보던 수감자가 그 앞 복도를 느린 걸음으로 지나가고 있는 영일을 보고 소리쳤다.

"자빠져 자! 인마!"

영일이가 감방을 향해 대꾸하며 느린 걸음으로 지나간다.

그는 복도 끝 15자가 붙은 감방을 찾아가 문 앞에 섰다.

"뭘 봐, 이 새끼, 대가리 숙여!"

감방 문 쇠창살 안에서 우락부락하게 생긴 정문조가 영일이를 내다보며 눈을 부라렸다.

영일이가 말없이 정문조를 바라보고 섰다.

"마! 뭐 해 처먹고 왔어?"

"……."

"어, 이 새끼 봐라. 너- 이 새끼 대답 안 해?"

영일이 대답 대신 재빨리 창살 사이로 손을 넣어 정문조의 이마를 쥐어박으며

"자빠져 자, 이 새끼야!"

하고 이를 악물어 보였다.

"어- 이 새끼 봐?"

머리를 쥐어 박힌 정문조가 고함을 지르며 소란을 피웠다.

"비켜 봐! 어떤 놈이야? 어떤 놈?"

감방 창살에 나타난 새로운 얼굴이 영일이에게 으르렁거렸다. 감방장 짝귀였다.

"너 뭐야? 이 새끼야? 엉!"

복도에 서 있는 영일이를 내다보며 곧 잡아먹을 듯 으르렁거리던 감방장 짝귀의 얼굴이 슬며시 안으로 사라졌다. 그는 충격받은 얼굴로 초점을 잃고 서서 "모몸몸?" 하고 뇌까렸다.

'가짜겠지? 경성 감옥 안에도 저렇게 새긴 가짜가 있었다고 하던데 뭘-. 저게 진짜면 내가 구라 친 게 탄로 나잖아? ○팔! 하필 저게 왜 우리 방으로 와? 아니겠지.'

영일이는 감방 문에 붙어 서서 그를 향해 고함을 질러 대는 정문조를 무

시하고 벽에 꽂힌 목찰을 차례로 읽어 내려간다.

'살인강도 김정국?'

"염병할, 영옥이 오마니 웬수(원수)하고 이름이 꼭 같구만 기래."

영일이는 그의 아버지와 같은 이름을 보며 중얼거렸다.

"이 문 열어! 이 새끼 너는 오늘 죽었어."

정문조가 감방 문을 발로 차며 영일이에게 엄포를 놓았다.

어느 사이에 간수가 다가와 감방 문에 열쇠를 꽂으며

"어, 모뭄몸! 또 왔냐? 평양 감옥에 갔다더니 하 이 자식."

하며 감방 문을 열어 주었다.

"박 간수! 나 딴 방으로 보내 주시우!"

"짜-식! 박 간수가 뭐냐, 박 간수가? 들어가!"

"나 이번에는 징역 오래 살 건데 좀 편하게 있다 갑시다. 다른 방으로 보내 주시우!"

"지랄 말고 빨리 들어가!"

"못 들어가겠수우, 여기는 넥꾸다이(넥타이. '사형수') 공장이잖아아."

"허- 이 자식! 너 이 방에 들어가서 한 달만 있어. 그러면 딴 방으로 보내 줄게. 빨리!"

"약속하는 거요?"

"그래."

"박 간수! 저 덩치 큰 놈 혼 좀 내 주시우! 저놈이 나 죽인다우."

영일이가 정문조를 가리키며 간수에게 말했다.

간수가 정문조를 가소롭다는 얼굴로 보며

"인마! 너- 얘 몰라? 모뭄몸? 이 자식 풀 베다 온 놈이구먼. 가쿠야! 빨리 좀 들어가라! 나 바쁘다."

하고 말했다.

영일이가 감방 안으로 들어섰다.

"하… 이 새끼가 겁대가리가 없어? 야! 이 새끼 이불 씌워!"

정문조는 간수와 영일이가 하는 말을 엿듣고 겁을 잔뜩 먹었으면서도 아직도 큰소리를 치며 허풍을 떨었다.

"가만히 있어 봐!"

감방장 짝귀가 고함을 치고는 심각한 얼굴로 영일이에게 조심스럽게 물었다.

"각구 형님이시지요?"

"인마. 간수가 그렇다고 하잖냐, 네가 빵장이냐?"

"네, 형님! 제 이름은 수길이입니다. 인사드리겠습니다!"

짝귀의 본명은 수길이라고 한다. 그러나 그가 워낙 허풍을 잘 쳐서 그 또한 모를 일이다. 그의 설명에 의하면 그가 수길이라는 이름 대신 짝귀로 불리게 된 사연은 2년 전에 있었던 사건 이후라고 한다. 그가 오장동에 있는 술집에서 친구와 술을 마시고 있는데 오장동 깡패 13명이 그를 잡으러 술집으로 들이닥쳤다고 한다.

그는 술집 입구에 서서 밖으로 나오라는 깡패들을 향해

"이 따라 놓은 술은 마저 마셔야겠다. 기다려라!"

하고는 따라 놓았던 술잔의 술을 '홀-짝' 마시고는 칼을 꺼내 자신의 좌측 귀를 잘라 안주로 질겅질겅 씹으면서 일어섰다는 것이다.

그때 한쪽 귀를 잘라먹어 그 후로 짝귀라는 별명을 갖게 되었다는 설명이다. 그러나 그것은 근래에 변경된 설명이었고 예전의 것은 그가 일하던 양복점에서 주인이 임금을 주지 않아 주인 앞에서 재단 가위로 자신의 귀를 잘랐다는 것이었다.

"형님! 이 자리로 오십시오!"

짝귀가 영일이에게 그의 자리를 양보했다.

영일이는 짝귀가 넓게 차지하고 지내던 사형수의 옆자리로 왔다.

김정국은 수감자들 사이에서 벌어지는 총성 없는 서열 정하기를 신기한 시선으로 바라보고 있었다.

김정국이 보기에도 모몸몸(가쿠)은 짝귀보다 훨씬 어렸다. 그런 어린 사람에게 거칠기 짝이 없는 짝귀가 쩔쩔매고 있는 것 또한 흥미로웠다.

영일이는 옆자리에 앉아 있는 김정국을 마주 보았다. 웬만한 수감자들은 밖에 있는 가족들이 들여보내 준 한복을 죄수복 대신 입고 있었다. 그러나 사형수 김정국은 색이 바랜 낡은 죄수복을 입고 있었다.

김정국은 오른편 광대뼈가 함몰되어 얼굴이 초승달 같았고 왼편 이마에서 눈 밑까지 심한 흉터가 있었다. 또한 그의 콧날은 부러져 내려앉아 있었고 앞니도 없었다. 더욱이 양 눈언저리에 검은 기미까지 짙게 끼어 있어 보기 흉한 외모를 하고 있었다.

"인마! 너 이름이 무어라고 했지?"

"수길이입니다."

"그래. 수길아! 네가 이리 와라!"

영일이는 김정국과 가까이 있는 것이 싫어 짝귀를 툭 차며 자리를 바꾸자고 했다.

다음 날 아침 6시였다.

"기상! 기상!"

간수는 감방 문에 달린 쇠창살을 곤봉으로 '드르륵 드르륵' 긁고 다니며 소리쳤다.

수감자들은 덮었던 누더기 이불을 개어 놓고 감방 문 앞에 줄을 맞춰 앉아 세수를 하러 나갈 준비를 했다. 기결수(형무소 내의 사역은 기결수들의 일이다.) 청소 당번들이 복도를 오가자 조용했던 형무소 안이 분란해졌다.

"가쿠 형, 가쿠 형, 가쿠 형 어느 방에 계시우?"

복도에서 기결수 죄수가 영일이를 소리쳐 찾았다.

"나 15방에 있다."

영일이가 복도를 향해 소리쳤다.

"형! 형이 여기 오셨다는 얘기를 어젯밤에 박 간수한테 들었수우."

"너- 아직도 여기서 삥삥이 치냐(썬나)?"

"나갔다가 다시 들어온 지 사 개월 됐수, 형! 오시느라고 수고 많았우. 여기 덕광이, 상규, 운영이, 기복이, 다 와 있우. 이제 곧 인사드리러 올 거유."

"알았다."

영일이는 아직도 누운 채 하품을 길게 하며 대답했다.

날이 밝자 9명의 기결수가 차례로 영일을 찾아와 인사를 하고 갔다.

감방 내의 수감자들이 서로 보며 "진짜다." 하고 수군거리며 영일이한테서 시선을 떼지 못하는 반면, 짝귀와 정문조는 전과 다르게 감방 구석에서 다리도 펴지 않고 얌전히 앉아 있었다.

김정국은 처음으로 영일이를 밝은 빛 아래서 선명하게 볼 수 있었다. 그를 보는 순간 이마에 큼지막하게 새겨진 '모품몸'이라는 세 글자가 제일 먼저 눈에 들어왔다.

영일이는 간수가 감방 문을 열어 주면 제일 먼저 세면을 하러 뛰어나가 겠다는 듯 웃옷을 벗어 던지고 문 옆에 대기하고 있었다. 상의를 벗어 던 진 그의 떡 벌어진 등판에는 갈색과 분홍색의 흉터 종양이 마치 몇 마리 의 뱀이 감고 있는 듯 흉측하게 불거져 있었다.

김정국은 영일이 등에 난 흉터를 보며

'무슨 잘못을 얼마나 했기에 저토록 혹독한 체벌을 받았을까?'

하는 생각을 했다.

그는 다시 영일이 이마에 새겨진 '모뭄몸'이라는 글자를 올려다보았다.

'저것은 사회에 대한 불만의 표출인가? 아니면 자신을 학대해서 제 이마 에 저런 짓을 한 것인가? 저 청년의 부모가 저 모습을 보았으면 얼마나 놀 라고 괴로워할까?'

김정국은 저자는 태어나지 않으니만 못한 불쌍한 인간이라고 생각했다.

식사 시간이 되자 식사 당번이 다시 영일을 찾아왔다.

"가쿠 형님! 상규 형이 형님 방에 가다 밥 더 집어넣으라고 하는데 몇 개 더 들여보낼까요?"

"응-, 스무 개만 더 넣어라!"

그날 20개의 밥 덩어리가 가외로 더 들어왔다. 그 감방의 수감자들 모 두는 기쁨을 감추지 못했다.

오전 11시, 김정국이 짝귀를 불렀다.

"감방장! 지금부터는 형무소에서 우리에게 주는 밥 외에 가외로 밥을 받지 말게!"

"왜요?"

짝귀가 화들짝 놀라며 김정국에게 물었다.

"우리가 이곳에서 주는 정량 외 가외로 밥을 받아먹으면 다른 수감자들이 그만큼 몫을 빼앗기기 때문일세."

무슨 말부터 해야 좋을지 몰라 입만 벌리고 있던 짝귀가

"다른 감방에서는 모두 다 사 먹어요- 어, 형무소에서 야미(불법) 밥 사 먹는 건 만고에 진리인데 이 아저씨 별 참견 다 하시네. 아저씨가 참견할 일이 아니니깐 가만히 있어요!"

하고 말했다.

"자네는 배식 당번들이 밥을 나누어 줄 때마다 수감자들이 치지 말라고 고함치는 소리가 안 들리던가? 자네 같은 사람들이 식사 당번들에게 뒷거래로 밥을 더 받아먹으니까 식사 당번들이 선량한 수감자들의 밥을 도둑질하게 되는 거야. 그러니 밥을 더 받아먹는 일 따위는 해서 안 되네."

"씨-발, 죄수는 전부 도둑놈이지 선량한 죄수가 어디 있어?"

짝귀가 분통을 터트렸다.

점심 시간이 다가오자 짝귀가 영일이의 눈치를 살피며 물었다.

"각구 형님! 어떻게 할까요?"

"……."

"각구 형님! 점심이 올 시간인데 어떻게 하지요?"

짝귀가 재차 물었다.

"하, 그 자식 답답한 놈이네, 그걸 왜 나한테 물어-어, 인마!"

영일이는 짝귀에게 핀잔을 주고 정문조를 불렀다.

"야! 덩치 큰 놈!"

"……."

"대답해! 이 자식아!"

"……."

"어- 이 자식 봐라! 너- 대답 못 해?"

"네?"

"너는 형무소에서 주는 밥만 먹고 살겠냐, 못 살겠냐?"

"못 삽니다."

정문조가 대답했다.

"빵장! 얘가 야미 밥 못 받아먹으면 배고파 죽는단다. 빵장이면 아이들 배곯지 않게 해야지 인마!"

영일이의 말을 듣고 있던 김정국이 다시 한번 경고했다.

"만약에 오늘 이후 부정한 밥이 또 이 감방에 들어온다면 나는 즉시 간수를 부르겠네."

그러나 점심에도 20개의 밥이 가외로 더 들어왔다.

식사 시간이 끝난 후 김정국이 간수를 부르는 신호기를 내려놓았다.

"누구야? 패통 친 게?"

간수가 다가와서 패통을 제자리에 세워 놓고는 감방 안을 들여다보며 물었다.

"접니다."

김정국이 감방 문 앞으로 가까이 다가앉으며 대답했다.

"뭔데?"

사형수인 것을 보고(사형수는 포승으로 묶이고 가죽 수갑을 차고 있다) 간수의 말투가 다소 부드러워졌다.

"오늘 아침과 점심에 식사 당번들이 우리 방에 밥 스무 덩어리씩을 가외로 더 넣고 갔습니다. 그러면 다른 방 수감자들이 그만큼 밥을 덜 먹어야 하는 것 아닙니까? 앞으로는 저희 방에 밥이 가외로 들어오는 일이 없도록 해 주십시오!"

말없이 서서 생각에 잠겨 있던 간수가

"알겠네."

하고 대답하고는 무슨 일을 벌일 것 같은 얼굴로 돌아갔다.

다음 날 식사 당번들이 다른 사람들로 모두 교체되고 전에 있던 식사 당번들은 징벌방에 갇혔다는 소식이 들려왔다. 그 후 뒤에서 욕설을 퍼부으며 분을 참지 못하던 짝귀가 김정국에게 타협을 시도했다.

"아저씨! 아저씨는 야미 밥 먹지 마세요! 우리까지 못 받아먹게 하지 말고요. 아저씨도 보시다시피 여기서 주는 밥만 먹고는 사람이 살 수 없는 것을 아시잖아요?"

"……."

"우리 중에는 징역을 오래 살 사람들도 있는데 아저씨가 우리하고 무슨 대천지웬수를 진 것도 아니지 않습니까아? 아저씨, 야미 밥 받아먹는 것 참견하지 마시고 눈감아 주시오, 예?

"……."

"만수야, 아저씨가 눈감아 주신댄다. 야미 밥 받아라!"

수갑 찬 손으로 이를 잡고 있던 김정국이

"내가 이 방에 있는 동안은 그런 짓 하지 말게!"

하고 경고했다.

"영감님, 영감님은 매끼 사식이 들어오고 간수들에게 붓글씨를 써 주고 받는 것도 있으니까 아쉬울 것 없다 그겁니까?"

짝귀가 이마에 주름을 잡으며 짜증스레 물었다.

"젊은이! 형무소 측이 수감자의 숫자에 맞추어 밥을 짓는 것 아닌가?

그마저도 수감자들이 겨우 생존할 수 있을 정도의 양만을 주는 것인데 그것을 부정한 사람들이 부정한 방법으로 일부를 빼앗아 먹으면 그렇지 않아도 허기에 시달리는 사람들의 밥 덩어리가 더욱 줄어든다는 것을 왜 모르나? 그리고 나는 한 번도 간수들이 주는 음식이나 사식을 먹어 본 적이 없네. 앞으로도 그럴 것이고….."

"씨-발, 넥구다이만 아니면 어유."

짝귀가 감방 문에 가서 주먹으로 문을 치며 분통을 터트리고는 창살 밖을 내다보고 섰다.

두 사람이 다투는 광경을 보고 있던 영일이가 김정국에게 말했다.

"영감님! 배고파서 그러는 아이들 괴롭히지 마시고 그냥 놔주시오! 여기는 여기대로 살아가는 방식이 있는 건데 아이들 찔러서(고발해서) 혼나게 하면 속이 시원합니까?"

"이 사람아! 자네들은 별생각 없이 남의 밥을 빼앗아 먹나 본데, 자네들에게 밥의 일부를 빼앗기는 수감자들은 영양실조로 죽는다는 것을 왜- 생각지 않나? 그리고 틀린 것은 누구든지 틀렸다고 해야 하고 틀린 일을 계속할 때는 고발할 수밖에 없는 것이야."

"씨발, 말 더럽게 많네."

수감자 중 누군가가 김정국을 비난했다.

"……."

"영감님은 그렇게 정의로운 양반이 일본 놈들이 한국 사람 굶어 죽이면서 일 년에 몇십만 섬씩 수탈해 가는 쌀이나 간섭하면서 사회에 있을 것이지 왜, 살인강도 짓은 하고 여기에 들어와 있는 거요? 너절하게 죄수들 야미 가다 밥 참견이나 하고 말이야."

영일이는 비위가 상한다는 얼굴로 팔베개를 하고 벌렁 누워 천장을 올려다보고 말했다.

"……."

"사형수라 대우해 주는 것을 벼슬한 것으로 안다면 실수하시는 거외다."

영일이의 계속되는 빈정거림에 김정국이 못마땅한 표정으로 그를 힐끔 보며 핀잔을 주었다.

"사내놈이 너절하게 뭔 말이 그리 많아."

"뭐요?"

영일이가 상반신을 번쩍 들어 올리며 소리쳤다.

"자빠져 있는 놈이 어떤 놈이야? 줄 맞춰 앉지 못해?"

간수가 누워 있는 수감자들을 발견하고 곤봉으로 감방 문이 부서져라 두드리며 고함 쳤다.

형무소의 하루가 저무는 밤 11시 30분, 11사 15방 김정국과 영일이가 수감되어 있는 감방에 새 수감자가 들어왔다.

"빨리 들어가, 이 새끼야!"

문 앞에 누워 자던 수감자가 빨리 들어가라고 새로 들어오는 수감자의 다리를 차며 엄포를 놓았다.

새로 들어오고 있는 수감자는 누워 있는 사람들을 어떻게 지나가야 할지 몰라 우물쭈물하고 있었다. 그는 촘촘히 누워 있는 사람 사이로 지나가다가 만약 밟기라도 한다면 필경 맞아 죽을 것 같은 두려움에 사로잡혔다.

"빨리 지나가, 이 새끼야!"

누워 있는 수감자가 짜증을 부렸다.

어렵게 그는 누워 있는 사람들을 지나 새우젓 독(변기) 옆에 가서 벗어 들고 들어온 검정 고무신을 끌어안고 서 있었다.

5분여를 서 있던 신입자가 갑자기 비명을 지르며 울기 시작했다. 그는 이같이 참혹한 환경 속에서 하룻밤도 아니고 적어도 몇 달을 있어야 한다는 절망감에 빠져 울부짖는 것이었다.

누워 자던 수감자들이 조용히 하라고 고함을 지르고 발로 걷어차도 그 새 수감자는 아랑곳하지 않고 미친 듯 울부짖었다.

마침내 간수들이 달려와서 그를 끌고 나갔다. 간수들은 곤봉으로 그를 때려 기절시켜 질질 끌고 와 다시 감방 안에 넣고 돌아갔다.

그 간수는 이 같은 상황에 어떻게 대처해야 하는지를 잘 알고 있었다.

김정국은 의식을 잃은 신입자를 제 옆에 누이고 이불을 덮어 주었다. 다음 날도 김정국은 새 수감자가 두려움에 떨지 않도록 친절하게 대해 주었다.

그 일이 있고부터 김정국은 새로 들어오는 수감자들을 그의 옆에 불러 잠자리를 만들어 주며 그들이 안도하도록 힘썼다. 그러나 그들은 얼굴에 흉한 흉터가 있고 두 다리가 없는 김정국을 꺼리고 피하려는 기색이 역력했다.

김정국의 이 같은 행동이 반복되자 수감자들의 불만이 고조되고 드디어 감방장 짝귀가 김정국에게 분통을 터트렸다.

"영감님! 도대체 왜 그러는 겁니까? 니미, 새로 들어오는 놈들은 벤키통 있는 데서 자는 게 만고에 진리인데, 니미, 왜 자꾸만 여기다가 재우냔

말입니다?"

"그러면 이렇게 하세! 신입자들이 안정을 찾을 수 있도록 이틀간만이라도 여기에서 재우고 그다음에 그리로 보내세!"

"그러면 이렇게 하세요! 대신 영감님도 야미 가다 밥 받는 거 간섭하지 마세요!"

"그건 안 돼."

고등법원에서 사형이 선고된 김정국의 사건은 자동으로 대법원에 상고되었다.

김정국은 일본인 간수들의 청탁을 받아 붓글씨를 써 주는 일과 죄수들의 항소장(항소이유서)을 써 주는 일 그리고 형무소 측의 비인간적인 처우에 항의하여 단식투쟁을 하는 등으로 형무소 생활을 이어 나가고 있었다.

한 달에 한두 번 간수들이 감방 및 복도 청소에 유난히 신경을 쓰며 수감자들을 닦달하는 날이면 예외 없이 뒤이어 형무소 소장이 10여 명의 간수를 거느리고 나타났다. 그동안 감방 안에 있는 수감자들은 정좌를 하고 줄을 맞추어 앉아 있어야 했다.

오늘도 소장이 순시를 하는 날이었다. 청소를 하느라고 분주했던 형무소 안이 조용해지고 수감자들은 줄을 맞춰 앉아 있었다.

뒷짐을 진 형무소 소장이 근엄한 표정으로 지나가며 감방 안을 살폈다. 그리고 김정국의 11사 15방 앞을 지나가며 감방 안을 들여다보았다.

형무소 소장의 순시 도중 수감자들이 형무소 소장에게 말을 걸거나 질문을 하면 순시가 끝난 후 간수들에게 끌려 나가 혹독한 처벌을 받는다는 것을 김정국도 들어서 알고 있었다.

그런데도 김정국은 형무소 소장과 눈이 마주치자 그를 불러 세웠다.

"소장님!"

형무소 소장은 대답 없이 김정국을 바라보았다.

"현재 저희들에게 제공되는 급식 양은 인간이 생존할 수 없는 적은 양입니다. 양을 늘려 주십시오!"

수갑을 차고 앉아 있는 사형수 김정국을 무표정한 얼굴로 쳐다보고 섰던 소장이 일본 남쪽의 느린 말투로

"참았다 집에 가서 배불리 먹어-어!"

하고는 가 버렸다.

평소에 감정이 좋지 않던 영일이는 김정국이 가소롭다는 듯 웃음을 참지 못한다.

김정국과 영일이 같은 감방에서 생활한 지 13일째 되는 날이었다. 김정국은 집필방(글을 쓸 수 있도록 허락된 방)에 가서 젊은 수감자의 항소이유서를 써 가지고 감방으로 돌아왔다. 감방의 수감자들이 어젯밤 새로 들어온 25세 전후의 수감자를 가운데 앉혀 놓고 둘러앉아 신입식을 시키고 있었다.

"이놈의 새끼! 우리는 5년째 징역을 사느라고 기름이 다 빠지고 껍데기만 남았다. 사회에서 잘 처먹고 살아 살찐 네놈 피 좀 빼 먹고 영양 보충 좀 해야겠다. 돌아앉아!"

새로 들어온 수감자를 노려보며 험상궂게 생긴 정문조가 을러 댔다.

신입자가 겁에 질린 눈망울로 사방을 두리번거렸다.

"뭘 봐, 이 새끼. 돌아앉지 못해?"

다른 수감자도 을러 댔다.

신입자는 걱정이 가득한 얼굴로 마지못해 돌아앉았다.

"이놈의 새끼! 조금이라도 소리를 쳐 봐! 즉시 이 송곳으로 콱- 찔러 죽여 버릴 테니까."

"……."

"야- 이 새끼들아! 이 새끼 잡아!"

정문조가 소리치자 여러 명의 수감자들이 달려들어 신입자를 바닥에 쓰러뜨렸다. 그리고 죽을힘을 다해 반항하는 신입자를 깔고 앉아 옷을 벗겼다.

"야! 송곳 줘!"

"여기 찔러! 여기가 피가 제일 많이 나오게 생겼어."

그들은 바닥에 깔려 신음하는 신입자의 살을 여기저기 꾹꾹 눌러 보며 쑤군거렸다. 몸을 이곳저곳 쿡쿡 누를 때마다 신입자는 그곳에 힘을 불끈불끈 주며 놀랐다.

"너는 저리 비켜! 너는 저번에도 잘못 찔러서 사람을 죽였잖아."

"인마, 그래도 내가 피를 많이 뽑아야 우리가 전부 먹잖아? 비켜!"

그들은 티격태격 서로 다투는 시늉을 했다. 호흡이 척척 잘 맞는 것으로 미루어 보아 그들은 이 같은 짓을 여러 번 해 온 것 같았다.

"바가지 어디 있냐? 여기다 받쳐!"

"한 번에 콱 찔러!"

그들은 창백한 얼굴로 뒤를 돌아보려는 신입자를 돌아보지 못하게 붙들었다. 그리고 시멘트 벽에 뾰족하게 간 나뭇가지로 신입자의 옆구리를 쿡 찔렀다.

신입자는 비명을 지르며 몸부림쳤다.

"가만히 있어, 새끼야! 아까운 피 다 흘리잖아."

수감자들은 신입자를 돌아보지 못하도록 붙잡고 받쳐 놓은 바가지에 미리 준비해 두었던 물을 쪼르륵 소리가 나게 따랐다.

순간 신입자가 신음을 하며 몸을 부르르 떨었다.

못마땅한 표정으로 이 광경을 보고 있던 김정국이 더 이상은 못 참겠다는 듯 소리쳤다.

"그만들 해! 그만!"

수감자들이 하나둘 흩어졌다. 한동안 감방 안은 침묵이 흘렀다. 오래지 않아 짝귀가 침묵을 깨고 김정국을 향하여 시비조로 말을 건넸다.

"아이들 징역 때우는데 거- 간섭이 너무 지나친 것 아니요-오? 니미."

"……."

"니미 우리가 신입식을 시키면 사람을 죽이기를 해에- 아니면 정말로 피를 빨아먹기를 해?"

"이 사람아! 그것이 자네들에게는 장난일지 몰라도 저 사람에게도 장난인가? 남을 괴롭히는 장난 말고도 얼마든지 있지 않은가."

"……."

잠시 조용하던 짝귀가 분을 참지 못하고 다시 불평을 늘어놓았다.

"니미, 공자님 행세를 하려면 점잖은 사람들이 모여 사는 동네에 가서 해야지 여기는 앞을 봐도 도둑놈, 뒤를 봐도 도둑놈, 너도 도둑놈 나도 도둑놈, 몽땅 도둑놈들뿐인데, 도둑놈들한테 공자님처럼 살라구 하면 그게 말이 되는 거야?"

"……."

"영감님이 형무소 죄수들을 거룩하게 살게 하기 위해서 오신 산타 할아버지요?"

"......."

"니미 내 말을 알아 먹기나 할래나 몰라?"

짝귀 말에는 대꾸 없이 써 가지고 들어온 항소이유서에만 온통 신경이 쓰인다는 듯 순서를 맞추어 보고 있던 김정국이 짝귀를 힐끔 쳐다보며

"거- 사내 녀석이 참 말도 많네."

하고 핀잔을 주었다.

그러자 짝귀가 벌떡 일어섰다.

다리를 포개어 뻗고 앉아 두 사람을 보고 있던 영일이가 짝귀를 불렀다.

"야, 짝귀야! 아, 새끼. 오래도 지랄하네, 인마. 시끄러워. 고만해-에!"

짝귀는 망설이다가 주먹으로 벽을 치며 애써 참는다.

영일이가 이번에는 김정국을 노려보며

"영감님도 그만하시오! 하루가 10년 같은 징역살이에 허기도 잊고 잠시나마 웃자고 하는 장난인데, 이 감방에 있는 수감자들이 영감님한테 우리를 다스려 달라고 벼슬을 준 것도 아니고 형무소 소장이 영감님한테 어떤 직책을 준 것도 아닌데 무슨 권리로 일일이 간섭을 하며 주장질을 하는 거요?"

김정국은 영일이를 힐끔 올려다보고는 대꾸하지 않고 하던 일로 되돌아갔다.

김정국의 사건이 대법원에서 확정되었다.

그는 이제 내일 당장이라도 사형이 집행될 수 있게 된 것이다.

김정국과 영일이 사이에서 이따금 이상한 일이 발생했다.

영일이가

"짝귀야!"

하고 부르면 짝귀는

"왜요!"

하고 김정국을 향해 대답을 하고, 김정국이 짝귀를 부르면

"왜요, 형님!"

하고 영일이에게 대답하는 일이 종종 일어났다. 그 같은 일은 짝귀뿐만이 아니고 다른 수감자들에게서도 발생했다.

그것은 김정국과 영일이의 목소리가 흡사했기 때문에 뜻하지 않게 발생하는 사고였다.

영일이가 11사 15방에 들어온 지 18일 되는 날이었다.

덜컹거리는 소리를 뒤이어 감방 문이 활짝 열렸다. 열어젖힌 문 가운데 2명의 간수를 양편에 거느린 보안과장이 우뚝 서 있었다.

감방 안을 찬찬히 둘러보고 난 보안과장이 간수에게 손을 뻗어 검은 표지의 장부를 건네받았다.

한동안 갈피를 넘기고 서 있던 보안과장이

"카네에이이치!"

하고 호명을 했다.

"네."

영일이 대답했다.

'카네에이이치'는 일본의 강압에 의해 영일이가 일본식으로 개명한 이름이었다.

"누구야?"

영일이가 앞으로 나섰다.

장부에서 눈을 떼고 영일이를 유심히 보고 있던 보안과장이 다시 장부에 시선을 두며 이번에는

"김정국!"

하고 김정국을 호명했다.

"예."

김정국이 대답했다.

"본적?"

"인천시 신홍동올습니다."

"카네에이이치, 너는?"

"인천시 신홍동⋯."

김정국과 김영일이 동시에 서로 마주 보았다.

"번지는?"

"옛날 주소라 번지가 없는데요."

영일이가 대답했다.

"아버지 이름은?"

"⋯⋯."

"아버지 이-르음?"

"김정국⋯."

영일이는 말꼬리를 흐리며 김정국을 다시 내려다보았다.

"어머니 이름은?"

"정순례."

보안과장이 들고 있던 장부를 덮고 한 발 뒤로 물러서며 명령했다.

"둘 중에 하나 나와!"

김정국과 영일이가 마주 보았다.

"둘 중에 하나 나와!"

간수가 다시 다그쳤다.

"두영아! 내 짐 챙겨라!"

영일이가 그의 자리로 가며 말했다. 영일이는 묵묵히 짐을 꾸려 들고 일어섰다.

"영일아!"

양팔로 땅을 짚은 김정국이 영일이를 올려다보며 불렀다.

영일이는 김정국을 힐끔 돌아보고는 감방 문을 나섰다.

"영일아, 너였냐? 너였구나, 영일아!"

애타게 부르는 김정국에게 영일이는 대답 없이 간수를 앞장서 걸어가 버렸다.

"뭐 이런 일이 있어?"

영일이는 지금 그에게 일어나고 있는 일들이 믿기지 않아 혼잣말을 했다. 그는 어머니로부터 줄곧 아버지에 대한 비난을 들어오며 자랐다. 또한 북경으로 아버지를 찾아갔다가 당했던 비참한 기억을 지금도 잊지 않고 있다.

그런 아버지였지만 그는 지난 동안 아버지를 증오하거나 분노의 마음은 가지고 있지 않았다. 다만 아버지를 지혜롭지 못한 사람 정도로 생각하며 불만스러워하는 정도였다. 그런데 아버지를 만난 순간 반사적으로 그가 행한 행동은 그간 자신도 모르는 사이에 어머니에게 세뇌된 결과였는지 아니면 아버지가 그간 그를 등한시했다고 부리는 일종의 투정 내지는 응석이었는지, 혹은 강도범이란 누명을 쓰고 형무소에서 아버지를 만나게 된 억울한 운명과 부끄러움이 반작용하여 일어난 행동이었는지 그 자신도 모를 행동을 했던 것이었다.

다만 분명한 것은 부자가 흉악범 신세로 형무소에서 만난 것이 남들 보기에 부끄러워 아버지를 외면하고 온 것은 아니었다. 하반신이 없고 추하게 생긴 품위 없는 아버지를 주위 사람에게 소개하게 된 것이 수치스러워 그런 행동을 한 것 또한 분명 아니었다.

'부모도 자식들도 모두 버리고 떠났으면 자신만이라도 편하게 지낼 것이지 저게 뭐야. 어디 한 군데 성한 곳이 없는, 만신창이가 된 저런 몸으로 왜- 저런 꼴로 가족들 앞에 나타나서 눈물 나게 해?'

여기까지 생각하던 그는 볼을 타고 흐르는 눈물을 손등으로 닦았다.

형무소 측은 부자 간이나 형제 사이의 죄수들을 같은 형무소에 수감하는 것을 극도로 꺼렸다. 그것이 사형수일 경우에는 더 말할 나위가 없었다. 보안과장은 김정국과 영일이가 서로 연락을 주고받지 못하도록 멀리 떼어 놓기 위해 영일이를 일본인 수감자들만 수용하는 3옥사로 데리고 가도록 간수에게 지시했다.

아버지가 있는 감방이 점점 멀어짐에 따라 영일이는 자신이 한 이유를 모를 행동에 후회가 점점 더해져 갔다.

일본인만 수감하는 3옥사는 수감자가 적어 감방이 남아돌았다. 형무소 측은 3옥사 입구에 비어 있는 감방 7-8개를 촘촘히 칸을 막아 징벌방(형무소 안의 형무소)으로 만들어 놓고 있었다.

영일이를 데리고 온 간수는 형무소 측의 지시(어느 감방으로 넣으라는)를 기다리는 동안 영일이를 잠시 징벌방 앞에 세워 두었다. 영일이는 징벌방 벽에 기대서서 다시 중얼거렸다.

"뭐 이런 일이 있어?"

그는 하반신이 잘려 나가고 얼굴마저 만신창이가 되어 있는 아버지를 떠올리며 불행하고 마음 아파서 울먹이며 혼잣말을 했다.

"알았어야 솜바지 저고리라도 입혀 주었을 것 아니야? 다 떨어진 죄수복을 입고… 탈옥을 시켜야지. 내가 탈옥을 시킬 수 있어."

벽에 기대서서 고개를 떨어뜨리고 시멘트 바닥을 응시하고 서 있는 영일이 눈에 그가 신은 검정 고무신이 4개로 보였다.

"꼬마야!"

"……."

"꼬마야!"

바로 뒤 귓가에서 부르는 소리에 영일은 뒤를 돌아보았다.

"이거 줏어!"

징벌방 안에서 창밖 너머 영일이가 서 있는 바닥을 눈동자로 가리키며 얼굴이 커다란 일본인 사내가 말했다. 영일은 바닥을 대충 살폈으나 눈물이 가득 고인 그의 눈에는 아무것도 띄지 않았다. 그는 다시 생각에 잠겼다.

'어떤 놈이야, 도대체? 어떤 놈이 저렇게 만든 거야?'

혁 수정을 차고 있어 밥을 개처럼 먹던 아버지…. 감염된 혁 수정에서 전염되어 생긴 상처에서 꿈틀대는 구더기를 잡아내고 있던 아버지를 떠올리며 영일은 아버지가 불쌍하고 마음이 아파 다시 눈물이 핑 돌았다.

"어! 이 새끼 봐! 너! 이거 못 줏어?"

영일에게 징벌방 안에서 커다란 얼굴이 눈을 부라리며 을러 댔다.

"뭘 인마?"

눈물이 그렁그렁한 눈으로 영일이는 다시 한번 바닥을 살피며 짜증 섞인 목소리로 말했다.

"어, 너- 이- 쌍놈의 새끼, 죽을래?"

찌푸려진 커다란 얼굴이 버럭 소리를 질렀다. 순간 영일이가 창살 사이로 손을 넣어 커다란 얼굴을 콱 찌르며

"아니! 이런 개새끼가 있어?"

하고 흥분해서 소리를 질렀다.

얼굴이 큰 수감자는 감방 문을 발로 차고 고함을 지르며 감방 문을 열라고 난동을 부리기 시작했다. 간수가 달려와 영일이를 일본인 수감자 17명이 있는 감방에 서둘러 넣었다. 얼굴 큰 사내의 고함 소리와 난동은 30분이 지나도록 그치지 않고 3옥사에 울려 퍼졌다.

간수들이 몰려오고 이윽고 형무소 소장이 왔다.

얼마 후 영일이가 있는 감방 문이 열렸다.

"어떤 놈이야?"

형무소 소장이 감방 문 앞에 서서 물었다.

"저 녀석입니다."

간수가 가리킨 영일이를 형무소 소장이 노려보며 말했다.

"이 자식, 나쁜 놈 아냐? 너- 인마! 저놈이 어떤 놈인 줄 알아? 나쁜 자식."

"……."

분이 풀리지 않은 얼굴로 한참을 말없이 노려보던 형무소 소장이 다시 입을 열었다.

"너- 인마! 저놈이랑 한번 붙여 줘?"

"……."

"나쁜 놈."

형무소 소장은 분이 풀리지 않은 듯 영일을 노려보고 섰다가 가 버렸다.

일본 죄수들은 감방에 영일이가 들어오자 그들끼리 똘똘 뭉쳐 하나가 되었다. 그들은 감히 영일에게 신입식을 시키지는 못했지만 식사 때가 되면 배식구에서 날아 들어오는 마지막 한 개, 영일의 밥을 받아 주지 않고 바닥에 구르게 했다.

제16장

오열

　사정없이 닫아 걸리는 감방 문 앞에 앉은 김정국은 끓어오르는 오열을
참느라 온몸에 경련이 일었다.

　'누가 자식을 낳아 저토록 방치했을까 하고 한심스럽게 생각하던 저 아
이가…. 난폭하기 이를 데 없고 두려움을 모르는 무지몽매한 범죄자들마
저도 두려워 떠는 저 아이가 내 아들 영일이란 말인가? 마치 동아줄을 이
리저리 감아 놓은 것 같은 흉터 종양, 보는 것만으로도 섬뜩한 학대받은
흔적들이 가득한 저 아이가 내가 지켜 주지 못한 내 아들 영일이란 말인
가? 몸이 저 지경이 되도록 맞을 때 얼마나 놀라고 아프고 외로웠을까? 얼
마나 혹독한 반항심에 몸부림쳤으면 제 얼굴에 낙인을 새겨 붙이고 다닐
까? 저토록 위급했을 때 저토록 갈등할 때 도와줄 사람이 없었다니….'

　뜨거운 눈물이 김정국의 볼을 타고 흘러내렸다. 그는 울음 섞인 목소리
로 다시 웅얼거린다.

　'일본의 침략을 받고 나는 내 신념과 가치를 위해 전쟁터로 나갔다.

　병사 90%가 전사하는 살육의 현장에서 나는 항상 불안한 생을 이어 와
야만 했다. 내 청춘도 내 정신세계의 순결도 내 가족도 나는 돌보고 지킬

능력이 없었다. 내 인생에 내가 무엇을 어디서 어떻게 잘못했었기에 이처럼 불행한 일들이 겹겹이 밀려와서 나를 덮친단 말인가?'

비탄에 몸부림치던 김정국이 조여드는 가슴을 끌어안고 쓰러졌다.

"죽여라! 죽여! 공격! 채정개의 부대가 동남 방향에서 공격해 온다. 나를 따르라! 죽-여! 죽여라!"

김정국은 밤새도록 "죽여라! 죽여라!"를 외쳐 댔다. 그 고함은 그가 장개석의 국민군의 공격을 격퇴할 때 지르던 고함이었다.

그는 "청두를 향해 싸워 나가자!"라는 홍군의 노래를 목청껏 부르는가 하면 곧이어 "죽여라! 죽여라! 국민군 놈들이 화공전을 편다!"를 밤새도록 줄기차게 부르짖었다.

김정국은 형무소 독방으로 옮겨지고 3일 만에 혼수상태에서 깨어났다.

영일이는 아버지를 만나기 위해 면회를 신청해 보았으나 형무소 측에서 받아 주지 않았다. 형무소 규정에 재소자 간의 면회, 서신 교환, 인편을 통한 연락 등을 불허하고 있기 때문이었다.

영일이는 아버지와 면회도 서신 연락도 할 수 없었다. 다만 외부로 나가는 편지는 엄격한 사전 검열을 통해서 허용되므로 영일은 마음에 내키지 않지만 영변 어머니에게 아버지에 대한 상세한 내용을 적고 면회를 와 줄 것을 요청했다.

현재 영일이가 있는 일본인 수감자 옥사는 항소장을 걸으러 다니는 기결수를 비롯하여 배식을 하는 기결수까지 모두 일본인들이었다.

영일이는 일본인 수감자들만 수감하는 감방으로 옮겨 온 후로는 외부

와 접촉이 완전히 차단되었다. 영일이는 형무소 보안과장이

"둘 중에 하나 나와."

라고 했을 때 아버지를 그곳에 두고 그가 나온 것을 거듭거듭 후회했다.

매일 오전 10시경, 밖에 마차가 오면 죄수들은 감방별로 변기(새우젓 독)를 들고 나가 비워 온다.

각 감방 사람들은 변기가 나가고 들어오는 동안 일어서서 서성댔고 복도는 변기를 들고 나가고 들어오느라 어수선했다. 그 와중에 독방에 갇혀 있던 수갑을 찬 얼굴 큰 사내가 별안간 영일이의 감방으로 뛰어들었다. 그는 앉아 있는 영일에게 달려들며 수갑 찬 팔을 영일의 머리 너머로 넘겨 목에 두르고 마주 앉았다.

그는 이마로 영일의 이마를 툭툭 받으며

"너- 이 새끼야! 내 눈 좀 봐! 너- 이거 어떻게 할 거야?"

하며 눈을 부라렸다.

그의 눈언저리는 손톱에 찔린 상처가 두 군데 있었고 눈동자는 짙은 자주색으로 충혈되어 있었다. 영일이도 그때 일로 검지와 중지 사이가 쇠창살에 걸려 찢어져 있는 상태였다.

영일이도 이마로 덩치 큰 사내의 이마를 툭툭 받으며

"인마! 네가 자꾸 질척거리니까 맞지. 넌 너대로 가서 징역 살아아! 난 말이야. 지금 가정 문제로 심히 괴로운 사람이야, 알았냐?"

하고 말했다.

"요- 쥐새끼, 아가리 놀려?"

그는 소리를 지르며 영일의 목을 감고 있는 수갑 찬 팔을 조이기 시작했다. 일순간에 감방 안은 아수라장이 되었다. 잠시 후 수갑을 찬 덩치 큰 사

내는 수갑을 차지 않은 영일이 밑에 깔려 일방적으로 맞았다.

간수들이 달려와 영일에게 가죽 수갑을 채우더니 독방에 넣었다. 덩치 큰 사내는 감방 문을 열라고 발로 차며 계속 난동을 부렸다. 40분가량이 지났을 무렵, 형무소 소장이 독방에 갇혀 있는 영일이 앞에 와서 섰다.

한동안 말없이 영일을 노려보던 형무소 소장이 간수에게

"이 자식 끌어내!"

하고 명령했다.

"데리고 따라와!"

형무소 소장이 앞서가면서 간수들에게 다시 명령했다.

영일이가 끌려간 곳은 간수들이 유도와 검도를 연마하는 도장이었다. 마루가 깔린 넓은 도장 안에는 유도복과 검도 도구들이 벽 여기저기에 걸려 있었다.

잠시 후 영일이가 들어왔던 문으로 수갑을 찬 얼굴이 큰 사내가 간수 2명의 호위를 받으며 들어왔다.

그는 호위해 들어오는 2명의 간수보다 키가 머리 하나가 더 컸다.

"풀어 줘!"

소장이 팔짱을 끼고 뒤로 물러서며 명령했다. 소장의 명령에 따라 간수가 영일이와 덩치 큰 사내의 수갑을 풀어 주었다. 간수들이 도장의 중앙을 비워 놓고 뒤로 물러섰다. 도장 가운데에는 덩치 큰 사내와 소장을 물끄러미 바라보고 서 있는 영일이만 남겨졌다.

"이리 와, 이 새끼야!"

덩치 큰 사내가 눈을 부라리고 소리치며 영일에게 빠른 속도로 다가왔다. 손을 뻗어 잡을 정도의 거리로 그가 접근해 왔을 때였다. 그를 피해 두 번 뒷걸음질을 치던 영일이가 멈춰 서며 달려드는 그를 향해 주먹을 날렸다. 순간 덩치 큰 사내가 마룻바닥에 털썩 주저앉았다.

영일이는 고통스러운 표정으로 입을 딱, 벌리고 앉아 있는 덩치 큰 사내를 보며 더 이상 공격하지 않았다. 대신 그는 오른손 주먹을 덩치 큰 사내의 얼굴 앞에 흔들어 보이며

"이 새끼야! 이 주먹에 벽돌 두 장이 깨져-어."

하고 형무소 소장이 들으라고 의기양양해서 소리쳤다.

오늘 아침 얼굴이 큰 그 사내가 영일이가 있는 방에 뛰어들었을 때의 일이었다. 영일이는 그의 큰 덩치를 보고 당황했었다. 그런데 서로 잡고 밀치던 중 영일이는 그가 힘을 쓰지 못하는 것을 느꼈다. 영일은 그가 오랜 수감 생활로 굶주려 기운을 쓰지 못하는 것이라고 생각했었다.

도장 마룻바닥에 앉아 있는 얼굴 큰 사내는 영일이가 더 이상 공격을 하지 않고 돌아서자 어깨를 감싸 안고 간수들을 향하여 통증을 호소했다. 싸움은 싱겁게 끝이 났다. 얼굴이 큰 사내는 들것에 실려 나갔다.

"데리고 가!"

형무소 소장이 자리를 뜨며 간수에게 영일이를 데리고 가라고 명령했다. 영일은 징벌방에 넣어졌다.

징벌방은 가로 90센티, 세로 1.4미터로 다리를 펴고 누울 수가 없었다. 그러나 영일이는 그런 불편함보다 아버지를 탈옥시키기 위한 활동을 할 수 없는 입장이 더 고통스러웠다.

영변 어머니에게 보낸 편지는 답장조차 오지 않았다.

체육관에서 싸움이 있은 3일 후 간수가 영일을 찾아왔다. 그 덩치 큰 일본 녀석은 그날 싸움에서 빗장뼈(쇄골)가 부러졌는데 그 녀석에게 고소를

당해 사건을 하나 더 추가하지 않으려면 그에게 얼마라도 치료비를 물어주라는 것이었다.

김정국의 사형 선고가 대법원에서 확정되었다. 사형이 확정되자 형무소 측은 사형수 아버지와 아들을 같은 형무소에 두지 않으려고 김정국의 사형 집행을 서두르고 있었다.

김정국은 감방을 옮긴 지 8일 만에 6사 2방으로 또 감방을 옮겨 갔다. 사형수는 사형을 집행하려고 감방에서 불러내면 결사 저항하며 감방을 나오지 않는다. 그 같은 사태를 미연에 방지하기 위해서 형무소 측은 사형 집행 날짜가 가까운 사형수는 감방을 자주 옮겨 사형수에게 혼돈을 준다. 사형을 집행하는 날도 감방을 바꾸는 것으로 알고 순순히 감방을 나오게 하기 위함이다.

김정국은 그 같은 형무소 관행을 들어서 알고 있었다. 그는 지난 한 달 동안 감방을 세 번이나 옮겨 다녔다. 그는 이제 사형 집행 날이 얼마 남지 않았음을 직감했다.

간수가 그의 감방 안을 오래 들여다보고 있기만 해도 그는

'올 것이 왔구나, 오늘이 나의 마지막 날이로구나.'

하는 생각이 들었고, 간수가 눈인사만 친절하게 해도

'오늘이 그날이구나.'

하고 생각했다.

그는 1주일이면 몇 번씩 사형장으로 끌려 나가는 오산으로 가슴 뛰는 순간을 맞이하곤 한다.

김정국이 영일이와 헤어지고 한 달이 조금 지났을 때였다.

"이백오 번 나와!"

간수가 감방 문을 열며 소리쳤다.

"……."

"이방이다(감방을 옮긴다)."

김정국은 감방을 옮긴다는 간수의 말이 오늘은 믿어지지 않았다.

'내가 감방 문을 나서면 감방 문 양옆에 숨어 섰던 간수들이 와락 달려들어 양장을 끼겠지. 그리고 사형장으로 끌고 가겠지. 영일이를 다시 볼 수 없게 되는구나.'

그는 선뜻 간수를 따라나서지 못하고 짐을 챙긴다는 구실로 돌아앉았는데 무엇을 해야 할지 몰라 우두커니 있었다. 가슴이 뛰었다. 먼 거리에서라도 영일이를 한 번만이라도 볼 수 있었으면 했던 기대가 사라져 갔다.

"이백오 번! 뭘 해?"

그는 잠시 멈춰 있다가 문으로 다가갔다.

"짐 안 가지고 나와?"

간수가 김정국에게 물었다.

김정국은 간수를 한동안 올려다보며 표정을 살피다가 다시 되돌아 앉았다.

사형 집행 날짜가 임박했음을 짐작한 그는 가지고 있던 얼마 안 되는 물건을 모두 수감자들에게 나누어 주었기 때문에 수건 그리고 칫솔 외에는 가지고 나올 것이 없었다. 간수를 따라 긴 복도를 팔로 걸어가며 '적어도 3-4일 정도는 더 살겠구나.' 하고 생각하던 김정국은 그 같은 기대를 하는 자신이 부끄러워 얼굴이 달아올랐다.

영일이는 독방에 갇힌 지 2주일 반 만에 징계가 풀렸다. 간수가 전에 있던 3사 5방에 넣으려고 하자 영일은 감방 문 앞에 버티고 서서 일본인들만 수용하는 3사에 들어가는 것을 완강히 거부하며 항의했다. 간수들이 몰려와 몽둥이를 휘두르며 협박했다. 영일이의 항의는 묵살되고 말았다.

아침 식사를 막 끝낸 7시 30분이었다.
"이백오 번! 출정."
간수가 김정국의 감방을 들여다보고 소리치며 지나갔다.
김정국은 이번에는 사형을 집행하기 위해 불러내는 것이 아니라고 확신했다. 일요일을 제외하고는 매일 아침 그 시간이면 법원에 나가야 될 수감자들을 간수들이 호명해 왔고 또 간수는 김정국 외에도 여러 명을 호명했기 때문이다. 그러나 그는 간수가 그를 호명하는 자체가 싫었다.
'출정이라면 법원에 나간다는 말이 아닌가? 나에게 무슨 재판이 남아 있다는 말인가? 동지들이 잡혀 와서 내가 증인으로 필요해진 것인가?'
그는 독립운동가로서는 너무 오래 살아 있어서 항상 부끄럽게 생각해 왔다. 이제는 생존해 있는 동료들도 별로 없어 재판에 증인으로 출석할 일도 없다.
감방 문이 열렸다. 김정국은 어느덧 습관처럼 감방 문을 나서는 것에 대한 두려움이 있었다.
"이백오 번 나와!"
김정국이 감방을 나섰다. 확신하고 나왔으면서도 그는 혹시나 하는 마음으로 감방 문 좌우를 살폈다. 간수가 한 명일 뿐 숨어 있는 간수들은 없었다. 순간 긴장감이 풀리며 심장으로부터 뇌로 올라오던 뜨뜻한 느낌이 사라졌다.

복도에는 호명되어 감방을 나온 30-40명의 수감자들이 그들이 나온 감방 문 앞에 서서 간수의 다음 명령을 기다리고 있었다.

잠시 후 간수가 그들을 인솔하여 중앙으로 나갔다. 중앙에는 다른 건물 감방에서 포승으로 묶어 데리고 온 100여 명의 수감자들이 와 있었다. 그들은 50-60명씩 굵은 밧줄에 굴비 엮이듯 묶여 있었다. 간수들이 새로 데리고 나온 수감자들도 줄을 세운 후 포박했다. 다만 김정국만은 포박할 수 없었다. 팔로 걸음을 걸어야 하기 때문이었다.

갑자기 감방이 있는 곳에서 고함 소리가 몇 차례 터져 나오고 간수들이 우르르 그리로 달려갔다.

이어 독 깨지는 요란한 소리가 나고 다시 고함이 산발적으로 터져 나왔다. 뒤이어 노랫소리와 함께 인분 냄새가 확 풍겨 왔다. 김정국은 노래를 듣는 순간 무엇에 홀린 듯 그곳을 향해 가고 있었다.

그 노래는 중국 공산혁명 초기인 1924년에 공산당이 부르던 '인터내셔널가'라는 노래였다.

대다수의 간수들이 코를 막고 주춤주춤 뒤로 물러나와 서로의 등 뒤로 피해 섰다. 그러나 김정국은 무엇에 홀린 사람처럼 제자리로 돌아가라는 간수의 고함 소리도 아랑곳하지 않고 냄새가 진동하는 그곳을 향해 다가갔다. 그곳에는 깨진 새우젓 독이 나동그라져 있었고 인분이 널려 있었는데 그 똥 덩이 위에서 한 사내가 알 수 없는 소리를 지껄이며 뒹굴고 있었다.

그는 출정 시간의 혼란한 틈을 타서 감방에 있는 새우젓 독(변기)을 복도로 들고 나와 깨뜨리고 광기를 부리고 있는 것이었다. 그는 복도에 깔린 인분 위에 엎드려 수영을 하는 흉내를 내기도 하고 간수들에게 뿌리기도 했다. 간수들은 숨을 쉬기 힘든 정도의 역한 냄새 속에 어떻게 해야 할지 몰라 전전긍긍하고 있었다.

"뭣들 하고 있어? 잡어!"

보안과장이 달려오며 소리쳤다.

간수 4명이 흠칫 놀라며 광인을 잡으려고 가다가 그중 한 명이 오물에 미끄러져 뒤통수를 땅에 부딪치며 하늘을 보고 넘어졌다. 그는 몸에 오물을 묻힌 채 머리를 감싸 잡고 복도 한편으로 비켜섰다.

"야- 이 새끼야! 너- 미친 척하는 거 다 알아. 너 가만히 있지 못해?"

간수 하나가 소리쳤다.

그때, 인분을 뿌리며 난동을 부리고 있는 사내를 김정국이 "조 동지." 하고 불렀다.

그러나 그는 들은 척도 하지 않았다.

간수가 다가와 김정국의 뒷덜미를 잡아 질질 끌어냈다.

광기를 부리던 사내가 중국말을 노래에 섞어 "정치위원장 동지 오신 것 알고 있습니다." 하고 노래했다. 정치위원장은 한때 김정국이 중국 공산당 내에서 가졌던 직함이다.

그는 다시 중얼거리다가 양손을 모아 똥을 퍼서 자신의 머리 위에 올려놓았다. 걸쭉한 액체와 덩어리가 그의 얼굴을 타고 흘러내렸다.

간수들이 코를 막으며 제각기 탄성을 질렀다.

그는 마치 소시지 같은 똥 덩어리를 주워 들고 내려다보더니 입에 넣고 먹었다.

그것을 보고 섰던 간부급 간수 일본인이 돌아서 중앙으로 달려 나와 허리를 굽히고 구토를 했다. 순간 굴비 엮이듯 수십 명씩 포승에 길게 묶여 있던 수감자들의 대열이 뱀처럼 구불거리며 크게 요동쳤다. 수감자들이 간수가 토해 놓은 오물을 먼저 먹으러 가려고 묶여 있는 포승을 서로 끌고 당겼기 때문이다.

그로 인해 포승에 묶여 있는 일부 수감자들은 갑작스럽게 끌려가다가 복도에 나동그라졌다.

"이런 더러운 새끼들! 이 새끼들아! 제자리로 돌아가지 못해? 이 더러운 새끼들!"

간수가 달려들어 토해 놓은 오물에 코를 박고 있는 수감자들을 곤봉으로 때렸다. 체격이 육중하고 얼굴에 기름이 번들거리는 45세 전후의 주임간수가 2명의 간수를 거느리고 나타났다.

그는 역한 냄새가 진동하는 똥 위에서 뒹굴고 있는 조진혁 앞에 서서 명령했다.

"일어서서 세면장으로 들어가라!"

"……"

"세 번 경고하겠다. 일어서서 세면장으로 들어가라!"

벽을 향해 무슨 말인가를 뇌까리고는 히죽히죽 웃고 있는 조진혁을 향해 그가 다시 한번 경고했다.

"마지막 경고다. 즉시 일어나서 세면장으로 들어가라!"

10초가량을 지켜보고 섰던 주임간수가

"요이-씨!"

하며 두 걸음 뒤로 물러나 웃옷을 벗었다. 그는 대동하고 온 간수의 곤봉을 낚아채 들고 인분이 깔려 있는 위를 성큼성큼 걸어가 광기를 부리고 있는 조진혁에게 다가갔다. 그리고 곤봉을 감아 쥐고 조진혁의 머리를 향해 사정없이 내려쳤다. 둔탁한 소리와 몽둥이가 튀어 오르지 않은 것으로 미루어 보아 두개골이 함몰된 것이 분명했다. 주임간수는 이미 의식을 잃고 쓰러져 있는 조진혁을 향해 네 번이나 더 곤봉으로 내려쳤다.

조진혁은 형기를 마치지 않고 형무소를 나갈 수 있는 유일한 방법을 시도하다가 무참한 최후를 맞이한 것이다. 이 광경을 목격한 김정국은 법원에 도착해서도 주위의 시선을 의식하지 않고 눈물을 펑펑 쏟으며 소리 내어 울었다. 오랫동안 이어지는 간장을 녹이는 듯한 그의 애절한 울음 속에는 그 자신의 쌓였던 한도 내포되어 있었다.

법원에 불려 나온 기결수들은 대한문 옆 붉은 벽돌 2층 건물, 옷장 속처럼 좁게 만들어 놓은 창도 없는 감방에 갇혀 있다가 차례로 불려 나갔다.

약 2시간 후 간수가 호명하는 20여 명의 이름 가운데 김정국도 끼어 있었다. 개 목줄을 잡고 뒤따르는 사람처럼 간수는 앉은뱅이 김정국의 배에 포승을 감아 붙들고 고등법원 판사실 앞에 도착했다.

간수가 열어 붙들고 서 있는 판사실 문을 팔과 몸으로 걸어 느리게 들어오고 있는 김정국을 본 판사가 자리에서 일어섰다. 그는 고등법원에서 김정국에게 사형을 선고했던 판사였다.

50세 전후인 판사는 눈가에 잔주름 진 얼굴로 김정국에게 웃어 보였다.

"김정국 선생님! 오시느라고 수고 많으셨습니다. 이리로 앉으시지요."

그의 말투는 정중하고 차분했다.

"……."

"형무관! 포승을 풀어 드리고 여기 소파에 앉으시도록 도와드리게!"

판사가 간수에게 명령했다. 간수가 포승을 풀고 김정국을 뒤에서 번쩍 안아 소파 위에 올려놓았다. 간수가 밖으로 나간 후 판사는 소파에 와서 김정국을 마주 보고 앉았다. 판사는 테이블 위에 준비해 놓은 차를 따라 김정국에게 권했다.

"김 선생님, 오래전부터 꼭 한 번 김 선생님을 모시고 이야기도 나눌 겸 이곳에서 점심을 같이하려고 벼르고 있었습니다."

"……."

"김 선생님!"

"……."

"식사를 전혀 안 하신다고 들었는데요?"

"아닙니다, 밥은 주는 대로 잘 먹고 있습니다."

"제가 그동안 사식을 들여보내 드렸는데 일절 안 드신다고 하더군요."

"아! 네."

"……."

"저는 그 사식이 판사님이 들여보내 주시는 것이기 때문에 먹지 않은 것이 아닙니다. 저는 그 사식을 누가 보내 주는 것인지 전혀 모르고 있었습니다."

"네, 제가 모르시도록 했습니다."

"……."

"형무소에서 생활하시기 어려움이 많으시지요?"

"그런대로 괜찮습니다."

"차 드시지요!"

판사는 손바닥에 찻잔을 받쳐 들고 향을 맡고 있는 김정국을 애처로운 눈길로 바라보았다.

고등법원에서 김정국에게 사형을 언도했던 판사는 재판장을 떠나면서 김정국이 남기고 간 말이 오랫동안 그의 귓전에서 떠나지 않았었다. 그는 꼭 한 번 김정국을 만나야겠다고 생각하고 있던 중 예상보다 빠르게 김정국의 사형 집행 승인서가 올라왔다.

서명을 하지 않을 수 없는 사형 집행 승인서를 1주일씩이나 책상 위에 놓아 두고 덕수궁이 내려다보이는 창가에 서서 괴로워하던 판사는 결국 어제 김정국의 사형집행문에 서명을 하고 또 자신의 판사직을 사임하는 사직서를 제출했다. 사형집행문 서명이 끝난 지금 김정국은 하시라도 죽게 되는 것이다. 판사는 잔잔한 눈빛으로 김정국의 얼굴을 한동안 말없이 바라보았다.

12시가 되자 판사는 준비해 두었던 점심을 테이블 위에 차려 놓으며 말했다.

"김 선생님! 제가 김 선생님을 위해 할 수 있는 일이 아무것도 없어 안타깝습니다."

판사가 직접 테이블 위에 차려 놓는 음식은 불고기, 김치, 미역국과 고사리무침 등 정성이 엿보이는 한국 음식들이었다.

김정국은 항소장을 걷으러 다니는 기결수에게 영일이 소식을 알아보아 달라고 부탁했다. 그러나 영일이가 일본인만 수감하는 감방에 있어 소식을 전할 수 없다고 했다.

법원을 다녀오고 2일 후 오전 9시.

"이백오 번. 이방이다."

간수가 김정국을 나오라고 불렀다.

이방을 하면 적어도 5일간은 이방을 하지 않는다. 그런데 이방을 한 지 4일 만에 또 이방을 한다는 것으로 미루어 보아 김정국은 오늘이 사형을 집행하는 날임을 확신했다.

김정국은 감방 문 앞에서 감방 안의 사람들을 돌아보았다.

김정국의 행동에서 무엇을 느꼈는지 감방 사람들도 모두 동작을 멈추고 숙연해졌다.

김정국은 땅을 짚은 팔이 부르르 떨렸고 입이 말랐다. 그는 감방 안 사람들에게 눈인사를 했다.

감방 문을 향해 돌아서는 김정국을

"아재이-요!(아저씨요!)"

하고 감방 안에서 가장 나이가 어린 수감자가 불렀다.

김정국이 말없이 그를 돌아보았다.

"좋은 곳으로 가시이소!"

"......"

김정국은 그에게 무슨 말을 할 심적 여유가 없었다. 심장이 힘차게 박동치는 소리가 '쿵쿵' 들려왔다. 김정국에게도 죽음을 당한다는 일은 항상 두렵고 피하고 싶은 가장 원하지 않는 일이었다.

'가자! 이제 죽자! 두려워 떨지 말고 죽자! 죽을 수밖에 없지 않는가?'

김정국은 온 힘을 다해 감방 문 밖으로 나갔다. 감방 문밖에는 한 명의 간수만이 있었다.

제17장

통곡의 미루나무

사형수들이 제일 괴로워하는 순간이 아침 잠에서 깨어 의식이 돌아왔을 때이다. 사형 집행은 항상 오전에 이루어지기 때문이다. 사형수들은 매일 몸을 깨끗이 닦고 오전 내내 긴장 상태에서 보낸다. 김정국이 감방을 옮기고 3일이 지났다.

오전 10시였다.

"이백오 번!"

덜컹- 덜커덩.

감방 문에 열쇠를 꽂아 넣으며 간수가 소리쳤다.

"이방이다."

김정국은 감방 문을 열고 서 있는 간수의 얼굴을 살폈다.

간수는 시선을 피했다.

순간 김정국은 가슴이 뛰고 정신이 혼미해졌다.

감방 문 앞까지 온 그는 뒤로 몸을 돌려 감방 안을 돌아본다.

감방 안에 있는 수감자들은 모두가 숙연해져 있었다.

김정국은 정신이 헛갈리고 사리가 어두워져 있어 감방 안 사람들과 눈

인사조차 하지 못했다.

감방 문을 나서기 전 그는 공연히 다시 한번 몸을 돌려 감방안을 바라보고 감방 문턱을 넘어섰다.

감방 문 양편에 숨어 섰던 간수 4명이 와락 달려들어 김정국을 잡았다.

순간 멀리 복도 끝에 서 있던 간수가

"십일 사 감방! 일동- 기립!"

하고 외쳤다.

우-르르.

15개의 감방에 수감되어 있는 수감자 전원이 일어서며 내는 마루 소리가 요란하게 들려왔다.

이어 옆 옥사 건물에서 간수가 외쳤다.

"십 옥사 감방, 일동- 기립!"

우-르르.

연이어 다음 건물에서 간수가 외쳤다.

"구 옥사 감방, 일동- 기립!"

우-르르.

"팔 옥사 감방, 일동- 기립!"

우-르르.

"칠 옥사 감방, 일동- 기립!"

"기립!"

"기립!"

"기립!"

이 건물에서 시작된 간수들의 구령이 다음 건물, 또 그다음 건물로 이어지며 점점 멀어져 갔다. 그 소리는 희미하게 들리기 시작했다. 이 구령은 형무소에 수감된 모든 수감자들을 일으켜 세운 뒤, 바른 자세로 다시 앉아 사형 집행이 끝날 때까지 침묵을 유지하게 하려는 것이다. 이 행위는 사형수에 대한 예우로, 형무소 측에서 사형 집행 시 진행하는 의식이다.

서대문 형무소 안이 고요해졌다.

간수들의 외침이 다시 시작되었다.

"십일 옥사 감방, 착석!"

우-르르.

"십 옥사 감방, 착석!"

우-르르.

"구 옥사 감방, 착석!"

우-르르.

"착석!"

"착석!"

"착석!"

우르르르, 우르르르.

마루 구르는 소리가 다시 한 번 요란하게 나는 것을 끝으로 형무소 안은 고요에 빠졌다. 사형을 집행하는 이 순간 형무소 안은 바늘이 떨어지는 소리도 들릴 정도로 고요하다. 형무소 안의 모든 수감자들은 감방 안에서 정좌를 하고 줄을 맞춰 앉아 사형 집행이 끝나도록 기다리고 있다.

말없이 김정국의 팔을 잡고 한동안 서 있던 간수가 적막을 깨뜨리며 멈춰 있는 김정국에게 나지막하게 말했다.

"김정국 씨, 가시지요!"

이 말은 김정국이 형무소에 들어온 이후 간수들에게서 처음으로 들어 보는 존댓말이었다.

김정국은 의연하려는 노력했다.

간수에게 잡은 팔을 놓으라는 눈짓을 했다. 간수는 김정국의 얼굴을 한동안 들여다보다가 잡았던 팔을 놓았다. 왼편의 간수도 따라 팔을 놓았다. 김정국은 두 손으로 땅을 짚어 몸을 들어 올려 앞에 옮겨 놓았다.

텅 비어 있는 듯 적막한 긴 복도를 느리게 가고 있는 김정국을 양옆과 뒤에서 5명의 간수가 에워싸고 따랐다. 그가 움직여 앞으로 나갈 때마다 엉덩이가 시멘트 바닥을 스치며 내는 소리가 고요에 빠져 있는 형무소 안에 슥 슥 하고 울려 퍼졌다.

그런데 갑자기 김정국이 고함을 치기 시작했다.

"나는 내 백성을 죽이고 수탈하는 침략자 일본에 반대하여 투쟁…"

김정국을 에워싸고 따르던 간수들이 와락 달려들어 김정국의 입을 막았다.

"김정국 씨!"

김정국은 입을 막은 간수의 손을 뿌리치며 다시 소리쳤다.

"너희… 무슨 염치로 억울… 나를 죽인단…."

간수들이 뿌리치는 김정국의 입을 막았다.

"……."

"……."

"김정국 씨! 이러시면 저희가 김 선생님을 강제로 입을 막아 업고 가는 수밖에 없습니다."

"……."

"어떻게 하시겠습니까?"

간수들이 김정국의 입을 막고 서서 물었다.

노기 띤 눈으로 간수를 노려보던 김정국의 눈빛이 온화하게 변해 갔다. 김정국은 입을 막고 서 있는 간수의 손을 툭툭 두 번 가볍게 쳤다.

한동안 김정국의 입을 막고 섰던 간수가 김정국을 놓아주었다. 김정국은 동서로 길게 뻗은 복도를 지나고 남쪽을 향한 복도를 지나 건물 밖으로 나왔다. 그는 자신이 나온 건물 입구에 멈춰 서서 뒤를 돌아보고 좌우 형무소 건물들을 둘러본다. 간격과 열을 맞춰 뚫려 있는 수많은 창과 검은색 지붕을 제외하면 벽돌로 지은 형무소 건물들은 모두 붉은색이다.

7사옥 감옥 건물과 6사옥 감옥 건물 사이에 V 자 마당이 있었다. 햇빛이 눈부시게 쏟아지고 있는 약 100평 크기의 마당에 비둘기 두 마리가 평화롭게 먹이를 찾고 있었다.

김정국은 한동안 비둘기를 바라보고 서서 움직이지 않았다. 그 V 자로 뻗어 나간 감방 건물 끝에서 약 50미터를 더 지난 곳에는 5미터 높이의 형무소 담이 시야를 막아서 있었다.

"김정국 씨!"

간수의 재촉을 받고도 김정국은 수많은 창이 뚫려 있는 붉은색 감옥 건물들을 바라보며 움직이지 않았다.

"김정국 씨. 가시지요!"

간수가 다시 재촉했다.

김정국은 멀리 보이는 인왕산을 바라본다.

"아 이 불행한 처지에서 벗어나 저 산속으로 한없이, 정처 없이 갈 수 있으면 얼마나 좋을까?"

김정국은 잠시 푸른 하늘을 응시하다가 두 손으로 땅을 짚고 몸을 들어올려 앞으로 옮겨 놓았다. 그는 다시 땅을 짚은 두 팔에 몸을 실으며 느린 가락으로 노래를 부르기 시작한다.

"아리랑- 아리랑- 아라리요- 아리랑 고개를 넘어간다."

사형을 당하려고 사형장으로 끌려가고 있는 김정국에게 공포와 슬픔, 조바심이 엄습해 온다. 그는 밀려오는 죽음의 공포에서 의연해지려고 노래를 시작한 것이다.

그가 태어난 사랑하는 조국, 우리 민족의 대표적인 민요인 '아리랑'을 노래하는 것이다.

그가 부르는 노랫소리가 고요 속에 잠긴 형무소에 멀리멀리 퍼져 나간다.

"나를 버리고 가시는 님은~"

항상 그랬듯이 오늘도 사형 집행이 끝날 때까지 모든 수감자들은 줄을 맞추어 앉아 침묵하고 있었다. 그동안 사형 집행을 남의 일로만 여겨 왔던 영일이도 오늘은 혹시 하는 생각으로 가슴을 졸이고 있었다.

"청천 하늘엔- 별도 많고- 우리네 가슴엔- 수심도 많다"

사형장으로 끌려가며 사형수가 부르는 노랫소리가 창밖에서 점점 가까이 들려왔다.

감방 출입문 반대편 벽 1.9미터 높이에 쇠창살이 박힌 창문이 있다.

영일이가 벌떡 일어나 그 창에 가서 매달려 밖을 살폈다.

창살 밖으로 V 자 황토 마당이 보였고 그 마당 끝에 높은 형무소 담이 시야에 들어왔다.

"이천만- 동포야- 어디 있느냐- 삼천리강산만- 살아 있네-"

사형수의 노랫소리가 점점 가까워졌다. 불안감에 못 이겨 영일이는 쇠창살을 으스러지게 움켜쥐었다.

형무소 담을 따라 사형장으로 가며 김정국이 부르는 노랫소리가 더욱 가까워졌다. 마침내 V 자 마당 끝, 건물 모퉁이에서 간수 5명의 경계를 받으며 가고 있는 키 작은 김정국의 모습이 나타났다.

"아버지! 아버지! 아버지! 아버지-이-!"

영일이가 쇠창살 사이로 팔을 내밀고 휘저으며 미친 듯이 울부짖는다. 김정국이 동작을 멈추고 창밖으로 손을 저으며 절규하는 영일이를 바라본다.

"영일아! 내 아들 영일아! 미안하다. 그래도 네가 나를 애비라고 불러 주는구나."

김정국은 탄식한다.

간수가 김정국과 영일이 사이를 막아섰다.

"김정국 씨, 가시지요!"

간수가 재촉했다.

김정국은 다시 움직여 앞으로 나아가기 시작했다.

"나를 버리고 가시는 님으-은. 십 리도 못 가서 발병 난다."

"이보시오! 여보시오! 아들이 보는 앞에서 아버지를 이러면 안 되는 것 아니오. 중지하시오, 아버지! 가지 말아요!"

영일이 창밖을 향해 고함을 질러 댔다.

고요한 형무소 내에 영일이 부르짖는 고함 소리가 메아리쳤다.

간수가 달려와 영일에게 앉으라고 감방 안을 향해 소리쳤으나 그는 듣지 못한다.

"아리랑 아리랑 아라리요."

5명의 간수가 에워싸고 따르는 가운데 김정국이 형무소 높은 담을 따라 동쪽으로 150여 미터가량을 왔다. 그곳 높은 담 아래로 2-3미터 높이의 두덩이 있었다. 그 두덩 위에 판자로 지어진 작고 가벼워 보이는 검은색 단독건물이 있는데 이 건물이 지금 김정국이 끌려가고 있는 사형장이다. 판자로 짓고 검은색을 칠해 놓은 사형장은 2층 건물이었다.

이 건물은 흙을 쌓아 올려서 1층을 가려 놓고 잔디를 심어 놓아 마치 두덩 위에 지어 놓은 단층 조그만 건물처럼 보인다. 그러나 반대편, 사람들의 접근을 막아 놓은 곳으로 가서 보면 원두막처럼 1층이 비어 있는 2층 건물이다.

사형장 건물 앞에는 빈약하게 자란 나이 먹은 미루나무 한 그루가 서 있었다. 사람들은 이 미루나무를 '통곡의 미루나무'라고 불렀다. 이곳까지 끌려온 독립운동가들이 사형장으로 들어서기 전 이 미루나무를 끌어안고 통곡을 하기 때문에 붙여진 이름이다.

"아리랑 고개로 넘어간다. 나를 버리고 가시는 님은 십 리도 못 가서 발병 난다."

김정국이 사형장 앞에 다다랐다.

김정국은 사형장 입구 3단 시멘트 계단 앞에서 멈춰 섰다.

그는 불구의 몸으로 그 계단을 어떻게 오를 수 있는지 고민하는 듯했다.

계단 오르기를 주저주저 망설이던 김정국이 두 팔과 엉덩이를 다리 삼아 꽃게가 옆으로 기어오르듯이 어렵게 계단을 오르기 시작한다.

김정국을 에워싸고 온 5명의 간수들은 3개의 계단을 힘겹게 오르고 있는 김정국을 도우려 하지 않았다. 그들의 그 같은 행동은 그들이 간수 직업에 종사하면서 발전시킨 가치관, 도덕관 따위에서 비롯된 것일 것이다.

사형수들은 다만 몇 초라도 더 살아 있으려고, 사형장에 조금이라도 늦게 도착하려고 심혈을 기울인다.

그들은 사형장으로 끌려가는 길에 빗물만 조금 고여 있어도 그것을 빌미로 시간을 끌며 그 고인 빗물을 크게 비켜 돌아가는 것이다.

긴 나무 의자 3개가 출입문에서부터 앞을 향해 놓여 있었다.

김정국이 사형장 안으로 들어서자 앞줄 맨 앞자리 의자 가운데 홀로 앉아 있던 사람이 일어서며 앞으로 손을 모았다. 그는 사형을 집행할 판사였다. 판사가 서 있는 10-15미터 앞부터는 한 뼘 정도 높이의 마루가 깔려 있었다.

'가자! 가자! 의연해지자!'

김정국은 자신을 달래며 간수를 따라 단 위로 올라갔다. 천장에는 대낮인데도 백열등이 켜져 있었다. 사형 집행 간수가 다가와 김정국을 단상 중앙에 앉히고 손을 등 뒤로 모아 묶었다. 다른 사형수들과 달리 다리가 없는 김정국은 다리를 묶지 않았고 꿇어 앉히지도 않았다.

판사의 간추린 판결문 낭독이 끝났다. 잠시 장내가 고요해졌다.

"김정국 씨! 하실 말씀 있습니까?"

판사가 물었다.

이것은 사형수에게 마지막 소원을 묻는 것이리라고 김정국은 생각했다. 사형 집행관이 사형수의 소원을 모두 들어줄 수는 없기 때문에 이같이 완곡한 표현으로 묻는 것이리라고 그는 생각했다.

"나는 내 조국 대한민국이 독립된 부강한 나라가 되기를 축원합니다.

나는 내 조국 대한민국을 짓밟은 일본이 패망하여 금수강산 내 조국 대한민국에서 쫓겨 가기를 기원합니다.”

용수(베갯잇같이 만든 검은 천)를 든 간수가 김정국의 옆에 다가와서 판사를 주시하고 섰다.

간수를 보며 판사가 끄떡 고갯짓을 했다.

간수가 어깨까지 내려오는 용수를 김정국의 머리에 씌우고 공중에 매달린 밧줄을 잡아당겨 김정국의 목에 걸었다.

김정국은 지금 벌어지고 있는 끔찍한 현실을 회피하기 위해 애써 영일이의 생모를 생각했다. 중병이 들어 사경을 헤매면서도 핏덩어리를 이 세상에 홀로 두고 어떻게 눈을 감겠느냐며 어린 영일이를 끌어안고 몇 날 며칠을 땅이 꺼지고 간장이 녹아내리도록 절규하던 영일이 생모의 그때 그 모습이 손에 닿을 듯이 선명했다.

서모에게 학대받을 영일이가 불쌍하다고 울부짖는 영일이 생모에게 김정국은 수없이 많은 맹서와 약속을 해 주었었다.

그때를 회상하며 김정국이 울먹이며 말했다.

“미안하오. 영일이 어머니! 내가 영일이를 이토록 처참해지도록 방치했습니다.”

판사가 조용한 목소리로 간수에게 명령을 내렸다.

“집행하시오!”

벽 뒤로 들어가 기다리고 서 있던 간수가 어깨 높이의 벽에 고정되어 있는 줄을 당겼다.

틸컹!

하는 소리와 함께 포승에 묶여 앉아 있던 김정국이 사방 3자의 마룻바닥과 함께 아래로 무너져 내렸다. 김정국이 목에 감긴 동아줄로 인해 허공에 매달렸다.

2분여가 지났다. 그는 묶인 몸을 두 차례 뒤척이고는 고요해졌다.

서대문 형무소 1945년 8월 22일.

많은 수감자들이 8.15 특별사면으로 석방되었다. 그러나 김영일은 흉악범으로 분류되어 사면 석방에서 제외되었다가 뒤늦게 독립투사의 아들이라는 사실이 인정되어 석방되었다. 그는 각고의 노력 끝에 서대문 형무소 뒷산에 아무렇게나 버려지듯이 묻혀 있는 아버지의 유해를 찾아 화장을 했다. 그는 아버지의 유골함을 들고 남산에 올라갔다. 산길을 따라 남산을 두 바퀴나 돌았으나 유골을 뿌릴 마땅한 장소를 찾지 못했다.

"아버지! 이곳은 아버지가 지내시기에는 너무 비좁습니다. 사람들의 왕래도 너무 많고요. 한강으로 가시지요. 그곳에서는 한강물을 따라 아버지 고향인 인천으로도 가실 수 있고 중국으로 가실 수도 있어요."

그는 남산을 내려와 한강에 도착했다. 한강의 백사장이 있는 편에는 놀이 나온 사람들이 있어 유골을 뿌리기에 적합하지 않았다.

김영일은 한강 다리를 건너 흑석동 방향에서 강으로 내려갔다.

그는 한강물에 아버지의 유골을 떠내려 보내고 섰다. 그는 아버지의 유골을 한 줌 강물에 뿌리고는 흐르는 강물을 바라보며 말했다.

"아버지, 죄송합니다. 좋은 모습으로 아버지 앞에 나타나야 하는 건데….
아버지, 죄송합니다. 감옥에서 구해 드리지 못해서…."

그는 다시 아버지의 유골을 한 줌 강물에 뿌리고는

"형무소 보안과장이 감방 앞에 서서 둘 중에 하나 나오라고 했을 때 내가 나가는 것이 아니었어요. 아버지를 낯선 감방으로 보내기 싫어서 내가 대신 나간 것이었습니다. 내가 그 감방에 있었으면 아버지를 구해 드릴 수 있었는데….”

그는 또 한 줌의 유골을 강물에 띄웠다.

“아버지! 나는 지난 세월 동안 왜 우리 아버지는 남들처럼 살지 못하나 하고 안타까워했습니다. 그래서 아버지 원망도 많이 했었지요. 그래도 아버지가 어디엔가 살아 계시다는 것만으로 나는 외롭지 않았습니다. 그런데 이제는 세상이 공허하군요.”

김영일은 아버지 유골을 한강에 띄우고 조금 남겨 두었다.

정미소를 찾으면 그곳에 유골 일부를 묻으려는 생각에서였다.

“아버지, 안녕히 가십시오! 아버지, 안녕히 계십시오!”

김영일은 아버지에게 작별을 고하고 건너왔던 한강 다리를 되돌아 건너오고 있었다. 그가 한강 다리의 끝부분에 이르렀을 때였다. 그곳에는 20여 명의 사람들이 모여 서서 다리 아래를 내려다보고 있었다.

그중 한 중년 남자가 그의 옆을 지나가는 김영일을 향해 돌아서며

“나쁜 놈들, 그렇게 악착을 떨더니….”

하고 김영일에게 여기서 무슨 일이 벌어지고 있는지 보고 가라는 듯이 말했다.

김영일이 걸음을 멈추고 사람들이 모여 있는 다리 난간으로 다가가 강 아래를 내려다보았다.

“저런, 저런.”

저만치 아래 백사장을 달리는 어린아이를 어른이 뒤쫓아 가서 잡아 머리에 총을 겨누는 광경을 바라보며 다리 위의 사람들이 탄성을 질렀다.

"아버지, 살려 주세요!"

"탕! 탕!"

살려 달라고 빌며 애원하는 어린아이를 쏘아 죽이고 난 중년 사내가 다시 울부짖는 계집아이와 사내아이를 차례로 또 쏘아 죽였다. 그는 다시 돌아서서 무릎을 꿇고 앉은 중년 부인의 머리에 총을 댔다.

"저런, 저런."

다리 위의 구경꾼들이 다시 소리쳤다.

"탕!"

구부렸던 용수철이 펴지듯 무릎을 꿇고 앉아 있던 여인이 펄쩍 뛰며 옆으로 쓰러졌다.

"탕!"

사내는 자신의 머리에도 총을 대고 쏘았다.

"싸지 싸, 그렇게 못되게들 놀더니만⋯."

구경꾼 중에서 어떤 이가 소리쳤다.

한강 백사장에는 가족들과 둘러앉아 음식을 먹거나 이야기를 하고 있는 일본인 무리가 아직도 15-20군데쯤 더 있었다. 그리고 이미 동반 자살을 해서 여기저기 쓰러져 있는 일본인들의 시체 집단이 10여 군데 눈에 띄었다. 다리를 떠받들고 있는 네 번째 교각에서 200미터 떨어진 곳에도 먹다 남은 음식이 펼쳐져 있었고 그 주위로 자살한 일가족 6명의 시체가 아무렇게나 쓰러져 있었다. 멀리 강둑 위 세 곳에도 일본인 가족들의 시체가 있었다.

"여기만이 아니에요. 요즈음 사방에서 일본 놈들이 자살극들을 벌이고 있어요, 북악산에서도 그렇고요."

"일본 본토에서는 말할 것도 없다지 뭐예유. 그렇게 못되게 굴더니….."

다리 위에서 그 광경을 보고 서 있는 사람들이 제각기 한마디씩 했다.

"경실이 아버지! 저 독한 일본 사람들이 왜 저렇게 맥없이 자살들을 하남유?"

"아 그거야 이제 저희들이 양키들한테 졌으니께 지들이(저희들이) 조선에 들어와서 한 것처럼 양키한테 당해야 할 테니께 그것이 무서워서 죽는 것 아니것써어?"

강물 가까이에 자리를 펴고 8명의 가족이 둘러앉아 음식을 먹고 있던 곳에서도 또 총성이 나기 시작했다. 중년 남성이 3명의 소녀와 1명의 사내아이를 차례로 쏘아 쓰러뜨렸다. 그는 다시 두 노인의 머리를 차례로 쏘아 쓰러뜨렸다. 젊은 사내가 총을 쏘고 있는 사내 앞에 무릎으로 다가와서 머리를 들이밀었다.

"탕!"

중년 사내는 그 젊은이의 머리에 총을 쏘았다. 이를 옆에서 지켜보던 사내아이가 강둑을 향하여 달아나기 시작했다. 총을 쏘던 사내가 고함을 지르며 아이를 따라갔다. 아이는 비명을 지르며 50여 미터를 달아나다 사내에게 붙잡혔다.

"아버지, 살려 주세요! 아버지, 살려 주세요!"

다급하게 울부짖는 아이의 소리가 김영일한테까지 들려왔다. 사내는 애원하는 아이의 머리에 총을 대고 쏘아 쓰러뜨렸다. 이곳저곳에서 총성이 울려 퍼졌다.

다리 위에 모여 섰던 중년 남성이

"어유! 끔찍해서 더는 못 보겠네."

하며 돌아서 가 버렸다.

김영일은 백사장으로 내려갔다.

처와 어린 자식들의 목을 일본도로 베어 죽이고 자살한, 피가 낭자한 일가족의 시체에 파리들이 까맣게 달라붙어 있었다.

김영일은 권총으로 자살한 시체에서 권총을 취해 허리춤에 꽂고 백사장을 되돌아 나왔다.

그는 을지로 입구를 지나 부지런히 걸었다. 그는 허리에 찬 권총을 더듬어 만져 보았다.

그는 을지로 입구에서 원남동 박준창의 집으로 가는 지름길인 수표동으로 접어들었다.

관수동을 지나고 종로 4가에서 창경원 방향으로 길을 건너 원남동으로 들어섰다.

드디어 박준창(아스카 지사토)의 집이 골목 안으로 저만치 보였다.

김영일은 열려 있는 작은 철문을 밀고 안으로 들어섰다.

마당에는 예전 그가 묶여 채찍질을 당했던 은행나무 세 그루가 울창한 잎으로 마당 전부를 그늘로 만들어 놓고 있었다. 그는 허리에 찬 권총을 다시 한번 만져 보며 현관을 향하여 갔다.

"다른 데 가 봐! 여기는 우리가 맡았어."

김영일은 흠칫 놀라 소리 나는 곳을 돌아보았다. 담장 옆 라일락 잎이 무성한 그늘 밑에 모자를 눌러쓴 40대 남자가 10살 정도의 사내아이와 함께 솥을 안고 이불 보따리 위에 걸터앉아 있었다. 그는 일본인 집주인이 집을 버리고 일본으로 도망치거나 자살을 하면 그 집을 차지하려고 마당에서 기다리고 있는 중이었다.

그의 말을 무시하고 김영일이 현관문으로 갔다.

"아니, 근데 이 자식이 사람 말을 듣는 거야 처먹는 거야?"

아이를 데리고 이불 위에 걸터앉아 있던 사내가 성난 얼굴로 김영일을 쫓아왔다.

"야! 이 ○새끼야! 여기는 우리가 맡았다고 했잖아. 안 가? 피 보기 싫으면 꺼져!"

사내가 다시 한번 핏대를 세웠다.

"당신은 이 집하고 뭐요?"

의아한 표정을 지으며 김영일이 물었다.

"일본 놈이 살던 집은 먼저 차지하는 놈이 임자야아. 알아? 이 집은 내가 받았으니까 딴 데 가 봐!"

김영일이 웃옷을 훌렁 벗어 사내에게 등을 보이며 말했다.

"이 집 주인 놈이 말이야, 저 은행나무에 나를 묶어 놓고 이렇게 했어. 그리고 이놈 때문에 형무소 살이도 세 번씩 했거든. 그래서 죽이러 왔어, 네가 대신 죽을래? 갈래?"

김영일의 바지춤에 꽂힌 권총과 등에 난 흉터에서 눈을 떼지 못하던 사내가

"시발, 재수 옴 붙었네, 수남아! 가자!"

하며 돌아섰다.

김영일이 현관문을 박차고 안으로 들어섰다. 현관 앞에는 남자의 구두와 나막신(게다) 두 켤레가 놓여 있었다.

현관 입구에서부터 10여 미터 앞에 3개의 계단이 있었고 우측은 벨벳 소파가 놓여 있는 응접실이었다. 소파와 마주한 벽에는 커다란 동양화가

걸려 있었고 그 밑 나지막한 진열대 위에는 일본도 2개가 칼 걸이에 걸려 장식되어 있었다.

김영일은 응접실을 지나 3단짜리 계단에 올라섰다. 좌측으로 약 25미터 길이의 긴 복도가 누워 있었고 그 끝은 우측으로 구부러져 있어 보이지 않았다. 복도의 좌측에는 3개의 미닫이 방문이 연이어 있었고 우측은 3/4이 투명 유리들이 박힌 미닫이문이었다. 그 유리문으로 아기자기하게 꾸며진 정원이 내다보였다.

김영일은 첫 번째 방문을 발을 뻗어 조심스럽게 밀어 열었다. 방은 비어 있었다. 그는 두 번째 방문을 열어 보았다. 등받이 의자가 방 한가운데 쓰러져 있었고 그 의자 위로 악명 높던 종로 경찰서 형사과장 아스카 지사토(박준창)가 천장에 목을 매고 늘어져 있었다. 그는 아직 혀가 나오지 않았고 피부색으로 보아도 아직 살아 있었다.

김영일은 응접실에 장식되어 있는 일본도를 가지고 와서 박준창의 목에 맨 줄을 끊었다. 박준창이 다다미 위에 풀썩 떨어졌다. 김영일은 박준창의 목을 조이고 있는 줄을 늦추어 놓고 그 방을 나와 덴타로를 찾아 집 안을 둘러보았다.

복도 끝 구석 방에 이미 사망한 기모노를 입은 젊은 여인이 천장을 보고 반듯이 누워 있었다.

덴타로는 집 안 어디에도 없었다. 김영일은 박준창이 있는 방으로 돌아왔다. 박준창이 깨어나 양손으로 다다미 바닥을 짚고 앉아 있었다.

그는 방 앞에 나타난 김영일을 놀란 얼굴로 바라보았다.

김영일은 뒤 정원으로 나가는 미닫이 유리문을 열어 놓고 박준창을 등지고 정원을 향해 걸터앉았다.

"박준창! 나한테 할 말 있어?"

"……."

"너는 말이야, 개만도 못한 인간이야, 너도 알지?"

"……."

"당신은 내 전 재산이었던 카메라를 빼앗은 자식 놈의 편을 들어 나를 세 번씩이나 옥살이를 시키고 내 인생을 망쳐 놓았어."

"……."

벽 모퉁이에 한쪽 다리를 세우고 앉아 있던 박준창이 목이 완전히 잠겨 알아듣기조차 힘든 목소리로

"대신 이 집도 갖고 모두 가지시게."

하고 힘들여 말했다.

일본도로 땅을 후벼 파고 앉아 있던 김영일이 그 말을 듣고 박준창을 노려보며 말했다.

"이런 더러운 새끼! 너는 내 인생을 송두리째 망가트려 놓았어."

"나를 죽이려면 죽이게. 아니면 내가 죽을 수 있게 자리를 피해 주게!"

박준창이 다시 쉰 목소리로 말했다.

김영일이 먼 곳을 응시하며 물었다.

"너도 나처럼 저 은행나무에 묶어 놓고 채찍으로 때려 죽일까?"

5분여가 지났다.

"자네도 나를 죽이고 싶을 것 아닌가?"

박준창이 물었다.

"……."

"……."

"반쯤 죽여 놓고 싶지. 그러니까 여기까지 왔지."

박준창이 일어섰다. 그는 쓰러진 의자를 세우고 그 위에 올라가서 자신의 목에 걸려 있는 끊어진 줄을 천장에서 내려온 줄에 이어 묶었다. 그리고 의자를 발로 차고 공중에 매달렸다.

어깨 너머로 고개를 돌려 박준창의 행동을 지켜보던 김영일이 다시 일본도로 땅을 후벼 파고 앉아 있다.

2-3분이 지나자 박준창이 몸을 축 늘어뜨렸다. 김영일이 방으로 들어가 박준창의 목을 맨 줄을 일본도로 내려쳤다. 허공에 매달려 있던 박준창이 다시 바닥으로 떨어졌다. 박준창이 길고 큰 호흡 소리를 내는 것을 들으며 김영일은 들고 있던 일본 검을 동댕이쳐 놓고 그 집을 나왔다.

제18장

한국인은 경거망동하지 마라!

1045년 9월 7일, 미군이 비행기를 동원해서 한국의 높고 푸르른 가을 하늘에 미 육군 총사령관 맥아더 포고령 제1호라는 삐라를 뿌려 댔다.

김영일은 삐라를 주워 읽어 보았다. 포고령에는 맥아더, 즉 미군정은 군사 점령자로서 38선 이남의 최고통치권과 입법권, 행정권을 가진다고 일방적으로 선포하면서 주민들은 이에 복종해야 한다고 주장하고 있었다.

김영일은 기차를 타고 동인천역에 와서 내렸다. 아버지가 일본인에게 빼앗겼던 정미소를 찾기 위해서 인천에 온 것이다. 그가 가지고 있는 정미소에 대한 기억은 소학교 시절 그 앞을 한두 번 지나가 본 것이 전부였다.

그는 신흥동 입구에서 10도 경사의 대로를 따라 걸어 내려갔다. 정미소 정문을 언덕 아래로 내려다보며 그는 아버지를 생각했다.

'아버지는 이 정미소를 빼앗기고 얼마나 억울하고 분했을까?

이 정미소를 일본 놈에게 빼앗기는 바람에 평온했던 우리 가정이 풍비박산이 난 거야.'

정미소 문 안으로 들어서는 김영일을 수위가 수위실 창문을 열고 내다보며

"어떻게 오셨습니까?"

하고 불러 세웠다.

김영일은 뭐라고 대답해야 좋을지 잠시 머뭇거렸다.

"이 정미소 책임자를 만나러 왔는데 안내를 좀 부탁합니다."

"무슨 일로 그러시는데요?"

"그건 정미소 책임자를 만나서 할 말입니다. 안내해 주시지요."

"그렇지만 무슨 일로 사장님을 찾으시는지를 알아야 정미소 출입을 시켜 드릴 수 있고 또 사장님께 무슨 용무로 오셨다고 말씀드릴 수 있습니다."

"혹시 이 정미소를 일본 놈에게 빼앗긴 김정국 사장님을 알고 계시거나 들어 보셨습니까?"

"우리들은 입사한 지가 오래지 않아서 그 당시 일은 자세히 모릅니다. 대충은 들어 알고 있는 정도이지요."

"나는 그 사장님의 아들 되는 사람이올시다."

"아! 네."

수위가 자리에서 일어서며 대답했다.

"현재 이 정미소는 누가 운영합니까?"

"최 공장장님이 사장이 되셨습니다."

"다나베는 일본으로 갔습니까?"

"네! 일본으로 갔지요-오. 하여튼 이곳으로라도 잠깐 들어오시지요! 햇볕도 따갑고 하니…."

"아닙니다. 최 사장이라는 사람을 만나야겠는데 안내해 주시겠습니까?"

"아 네, 제가 안내해 드리겠습니다, 가시지요! 사장님이 사무실에 없으면 자택으로 가시면 됩니다. 강 씨! 나 다녀올게."

수위가 수위실을 나와 앞장서서 걸었다. 멀리 보이는 공장 건물들까지 약 40-50미터 넓이의 도로가 일직선으로 뻗어 있었다.

"이건 누가 사는 집인가요?"

정미소 철문을 가운데 두고 길 건너 수위실과 마주 보고 있는 건물을 가리키며 김영일이 수위에게 물었다.

"얼마 전까지 다나베 사장의 동서가 살고 있었는데 보름 전에 최 사장님의 처남 식구가 이사 와서 살고 있습니다."

김영일은 아직도 멀리 보이는 공장 건물들을 향해 넓은 길을 따라 걸어 내려갔다.

길 좌측은 일본식 검정 나무 담장이 길을 따라 100여 미터가량 쳐져 있었다. 둥글둥글하게 잘 전지된 푸른 상록수들이 그 담장을 넘어와 호화스러운 정원이 그 너머에 있음을 말해 주고 있었다.

나무 담장이 끝날 무렵 활짝 열린 대문 안 깊숙한 곳에 사치스럽게 지어 놓은 일본식 가옥 두 채가 보였다.

"저 집은 누가 사는 집입니까?"

노송이 하늘을 덮고 있는 대문 앞에 멈춰 서며 김영일이 수위에게 물었다.

"그 집은 사장님 자택입니다."

수위가 대답했다.

김영일은 노송이 가지를 늘어뜨리고 있는 밑을 지나 후원으로 나갔다. 후원에는 놀이 배를 띄워도 좋을 만큼 넓은 연못이 펼쳐져 있었다. 연못은 크고 작은 바윗돌들로 둘러싸여 있었고 바윗돌 사이사이에 회양목과 철쭉이 심겨 자라고 있었다.

안내를 속히 끝내고 수위실로 돌아가 봐야 한다는 수위의 재촉을 받고도 그는 한동안 걸음을 떼지 못하고 그곳에 머물러 있었다. 그 집을 나와 다시 약 50미터를 더 걸어 내려갔다. 많은 도정 공장 건물들과 쌀 창고들이 흩어져 있었고 그 건물들 좌측 앞에 행정사무실 건물 3동이 있었다.

김영일은 수위를 따라 정미소 사무실 안으로 들어섰다. 그곳에는 20-25명의 직원들이 책상에 앉아 사무를 보고 있었고 사무실 우측에는 또 하나의 넓은 방이 있었다.

김영일을 안내해 온 수위가 그곳으로 들어가고 오래지 않아 키가 큰 50대 후반의 남자가 고뇌에 찬 얼굴로 수위를 따라 나와 김영일을 맞이했다.

"이리로 들어오시지요."

사장이 그가 나온 사무실을 손짓으로 가리키며 권했다. 그곳에도 7명의 사무원들이 붙여 놓은 여섯 개의 책상에 둘러앉아 있었다.

"모두들 잠시 나가 있어요!"

사장이 사무실 안에 있는 사람들을 향해 말하고는 김영일에게 소파에 앉기를 권했다.

"나는 일본 놈에게 이 정미소를 빼앗긴 김정국 사장님의 아들 되는 사람이올시다."

"……."

"해방이 되어 정미소를 찾으려고 왔으니 일본 놈을 우러러 섬기던 자들은 3일 안에 이 정미소에서 모두 나가시오! 공장의 시설물이나 용품은 손을 대서는 안 됩니다."

사장 최명부가 침울한 표정으로 물었다.

"김정국 사장님은 지금 어디에 계십니까?"

"내 아버지는 일본과 싸우다가 서대문 형무소에서 교수형을 당해 돌아가셨습니다."

"아 네."

삼화정미소 공장장 최명부의 12년 전후의 일이었다.

점을 보러 가는 친구를 따라 점치는 집을 갔던 최명부는 점쟁이로부터

"늘그막에 복이 있겠소."

라는 말을 들었었다. 그 점쟁이의 말이 맞았던지 2주일 전, 언감생심 꿈도 꾸어 보지 못했던 삼화정미소가 쌀 200섬과 함께 그에게 굴러 들어온 것이었다.

8.15 해방을 맞아 삼화정미소 사장이었던 다나베가 급히 일본으로 도망을 가면서 공장장인 최명부에게

"내가 20년 내에 다시 돌아올 터이니 그때까지 자네가 이 정미소를 맡아 잘 운영해 주게."

라고 하는 것이었다.

최명부는 어느 날 자고 일어나니 몇백 명의 직원을 거느리는 정미소의 사장이 되어 있던 것이었다. 대기업의 사장이 된 그는 살맛 나는 나날을 보내고 있었다.

깨어 있는 시간이 행복해서였는지 그는 새벽 4시면 잠에서 깨어 일어나 아침 해가 뜨기를 기다렸다. 세수를 하다가도 혼자 웃었고 심지어 화장실에 앉아서도 마음이 기뻐

"허참, 허참."

하며 히죽히죽 웃었다. 그런 그에게 오늘 날벼락이 떨어진 것이다.

최명부의 머릿속에서는 많은 생각들이 분주히 오가고 있었다.

"내 요구에 이의가 있습니까?"

"아 아닙니다. 김 사장님의 아드님이 정미소를 넘겨 달라고 하시면 넘겨드려야지요."

최명부는 이제 세상이 바뀌었는데 공연히 욕심을 부리다가 친일파로 몰려서 험한 꼴을 당하느니

'정미소는 원래 내 것이 아니었다아.'

라고 생각하고 순순히 내주어야겠다고 생각했다.

"저에게 김 사장님의 아드님이라는 것만 입증시켜 주시면 정미소를 하시라도 넘겨드리겠습니다. 물론 틀림은 없으시겠지만 요즈음 세상이 얼마나 험하고 무섭습니까?"

"부자 관계를 서류로 확인시켜 달라는 말입니까?"

"네! 제가 김정국 사장님의 아드님은 워낙 어릴 적에 보았기 때문에 알아 뵐 수가 없습니다. 제 입장에서 아무에게나 정미소를 내줄 수는 없지 않습니까?"

"호적등본을 떼어 가지고 3일 내에 오겠소. 그리고 오늘은 정미소를 돌아보고 가야겠으니 안내해 주시지요."

"아! 네."

김영일은 최명부의 안내를 받아 정미소 곳곳을 돌아보았다. 정미소는 그가 오랫동안 지내왔던 서대문 형무소보다도 넓었고 건물의 개수 또한 많았다.

굽실거리며 정미소 곳곳을 안내하던 최명부가 갑자기 생각났다는 듯 말했다.

"도련님은 저와도 인연이 깊습니다!"

"……."

"도련님 어머님이 일찍 돌아가셔서 도련님이 젖을 뗄 때까지 우리 집사람이 도련님께 젖을 먹여 키웠습니다."

최명부의 공치사에 영일이 퉁명스럽게 말했다.

"그런 사람이 왜 우리 아버지를 외면하고 이제껏 일본 놈 밑에서 충성을 바쳤습니까?"

"그건 저뿐만이 아니고 조선인이 살아가려면 그럴 수밖에 없었습니다. 우리 같은 사람들을 친일파니 뭐니 한다면 당시의 현실을 모르고 하시는 말입니다."

"이보시오, 최 선생님! 정의는 말장난이나 변명으로 지켜지는 것이 아니요."

김영일이 정미소를 떠난 후 최명부는 동생과 2명의 처남을 급히 불렀다. 그는 처남에게 정미소 가동을 중단하고 공원들을 모두 퇴근시키라고 지시했다. 그리고 동생에게는 배다리 시장 쌀 도매상들을 찾아다니며 도정을 끝내고 쌓아 놓은 쌀을 싼값에 처분하도록 시켰다.

그의 동생은 정미소를 영일에게 순순히 넘겨주려는 의견에 반대했다. 그러나 최명부는 철없는 동생을 꾸짖었다. 해방이 된 뒤로 친일 행적이 있는 사람들은 생명에 위협을 느끼고 피신하고 있을 때였기 때문이다.

9월 8일, 영일은 호적등본을 떼러 가기 위해 거리로 나섰다. 거리에는 순사들이 거리 요소요소에 나와 의사와 산파, 우편배달부를 제외하고는 외출을 금한다며 집으로 들어가라고 소리치고 다녔다.

그러고는 일본 경찰의 삼엄한 경계 속에 미군 7사단이 인천에 상륙했다. 일본 경찰의 호위를 받으며 인천에 상륙한 미군은 환영 나온 민중에게 이유 없는 멸시와 적대감을 노골적으로 드러냈다.

일본 경찰은 미군의 상륙을 환영하러 나온 독립투사였던 두 사람을 집으로 들어가라는 경고를 무시했다고 총을 쏘아 사살하고 9명에게 총상을 입혔다.

일본 군경이 무장을 해제하는 날인 9월 9일에도 무장을 갖춘 일본인 경찰들이 시내를 돌며 환호하는 군중들에게 집으로 돌아가라고 호령하고 다녔다. 하늘에서는 미군 비행기가 낮게 떠다니며

"한국인은 경거망동하지 말라"

는 삐라를 연실 뿌려 댔다.

법원과 구청 등 모든 관공서는 업무를 중단했다. 삼삼오오 모여 앉아 잡담을 하고 있던 구청 직원이 김영일의 질문에 업무가 언제 다시 재개될지 알 수 없다고 답변했다.

송림동 염전 소금 창고를 빌려 쌀을 숨기기에 여념 없던 최명부에게 기쁜 소식이 날아들었다. 미군정이 일본제국주의 법원이 판단해 놓은 판결을 무효화하거나 다시 심의하지 말라는 법령을 공포했기 때문이다.

그 법령은 일제 대법원에서 패소한 김정국은 해방된 정국에서도 그 판결을 존중해야 한다는 의미이다. 정미소를 김영일에게 순순히 넘겨주려는 최명부의 생각은 며칠 전의 것이었다.

김영일이 정미소를 다시 찾아갔다. 정미소 수위 2명이 있었으나 그들은

전과 다른 수위들이었다.

"어떻게 오셨습니까?"

"최명부 씨를 만나러 왔습니다."

"아, 사장님이요? 사장님은 지금 안 계시는데요."

그는 어디론가 다급히 전화를 걸면서 대답했다.

"그래요? 그러면 사무실에 가서 기다리지요."

그런데 수위가 달려 나와 정미소 안으로 들어가려는 김영일을 험상궂
은 얼굴로 막아섰다.

"어디를 들어가?"

그리고 또 다른 수위는 들고 있던 전화에 대고

"어이-! 빨리들 와!"

하고 소리쳤다.

"이 사람들이 왜- 이래? 사무실에 들어가서 기다린다는데."

수위들의 예민한 반응이 우습다는 듯 영일이 껄껄 웃으며 말했다. 수위
들은 긴장을 늦추지 않았다.

"안 됩니다. 사장님이 나가시면서 공원 외에는 그 누구도 들여보내지
말라고 하셨습니다."

김영일은 그들이 본래 수위가 아니고 자신의 출입을 막기 위해 최명부
가 특별히 보내 놓은 사람들일 것이라는 생각을 했다. 정미소 안에서 5명
의 사내들이 수위실로 달려왔다.

"뭐야? 뭐? 나가시오!"

김영일은 그들 5명에게 밀려 정미소 철문 밖으로 쫓겨 나왔다. 김영일
은 순순히 정미소를 넘겨주지 않겠다는 최명부의 의도를 읽을 수 있었다.

김영일은 9월의 따가운 햇볕을 피해 정미소 뒤, 담 밑에 앉아 어찌할 바를 모르고 오랜 시간 생각에 잠겨 있었다.

다음 날 김영일은 하인천에 살고 있는 소학교 동창 백형득을 찾아가 만났다.

백형득의 아버지는

'야구 경기를 널리 보급하고 아마추어 경기인(선수) 및 단체를 지도하며 우수한 경기자를 양성하는 것을 목표로 한다.'

라는 슬로건을 내걸고 1923년 출범한 조선야구협회 회장이었다.

일제의 탄압으로 조선야구협회는 곧 해산되었지만 인천 야구인들은 그 후에도 흩어지지 않고 모여서 활동을 계속해 오고 있었다. 그러나 그들은 몹시 궁핍한 처지에 놓여 있었다.

김영일은 3일 후인 일요일부터 야구팀을 데리고 정미소 마당에 와서 합숙 훈련을 하면 야구단의 제반 경비와 숙식을 제공해 주겠다고 백형득과 약속했다.

다음 날인 금요일.

김영일은 서울로 올라갔다. 그는 신마치(충무로 5가에서 남산 방향) 유곽(사창가) 지대를 장악하고 있는 유명한 깡패두목 이일도를 찾아가 만났다. 이일도는 김영일과 수원 형무소에서 같이 복역한 감방 동기였다.

김영일은 이일도에게 융성한 대접을 받고 다음 날인 토요일, 그의 아이들(부하) 10명을 빌려 데리고 정미소에 당도했다.

그는 공원들이 모두 퇴근할 때를 기다렸다.

오후 6시, 그는 일행에게 담을 넘어 들어가 수위들이 소란을 피우지 못하게 제압하라고 시켰다. 정미소 정문을 지키고 있는 수위들이 그들 일행에게 순순히 문을 열어 주지 않을 것 같아서였다.

강도가 들이닥친 것으로 알고 놀라 떨던 수위들이 김영일의 설명을 듣고 나서는 안도하며 오히려 협조했다.

김영일은 그날 최명부의 식구들과 최명부의 살림 도구들 그리고 최명부의 처남 식구들을 모두 정미소에서 완력으로 끌어냈다. 설령 살인 사건이 났다고 해도 경찰이 출동하지 않는 혼란한 시국이었으므로 김영일은 아무런 후환 없이 일을 잘 끝낼 수 있었다.

다음 날인 일요일 아침, 백형득이 야구 유니폼을 입은 23명을 데리고 정미소 마당에 와서 운동을 시작했다. 김영일이 정미소에 야구단을 합숙시키는 이유는 혹시 있을지 모르는 최명부 일행의 정미소 재진입의 의지를 사전에 봉쇄하기 위한 무력시위 의도였다.

월요일 아침, 김영일은 출근하는 공원들을 정미소 문 앞에서 돌려보내고 사무원 5명과 공원 10명을 뽑아 정미소로 데리고 들어왔다. 그는 사무 직원들에게는 적재되어 있는 쌀의 양을 파악하게 하고 공원들은 쌀 창고와 도정 공장들의 바닥에 흩어져 있는 쌀을 쓸어 모으라고 지시했다.

정미소 쌀 창고 곳곳 바닥에서 쓸어 모은 쌀만 93가마가 나왔다.

그는 정미소 뒷마당 양지 바른 언덕에 한강에 띄우고 남긴 아버지 유골을 묻고 그 앞에 무릎을 꿇고 앉아 기쁘고 슬퍼서 울었다.

정미소 마당에는 매일 야구 선수들의 가족과 친지들이 몰려와 야구 경기를 보며 응원과 환호를 했다.

미군정이 포고령 2호를 선포하며, 미국 군대의 명령을 위반하거나 질서를 해치는 행위를 하는 자는 군사법정에서 사형 등 처벌을 받는다고 경고

했다. 이로 인해 한국인들은 미군을 더 이상 환영하지 않고 일본의 뒤를 이은 점령군으로 인식했다.

　김영일이 정미소를 되찾은 지 8일이 지난 오전 10시경이었다. 백발이 성성한 유판이라는 노신사가 정미소로 김영일을 찾아왔다. 그는 김정국 사장의 동창생으로 정미소를 다나베에게 빼앗긴 1920년까지 김정국 사장을 도와 정미소에서 상무로 재직했던 사람이었다. 유판 노인의 조카는 현재 정미소에서 사무원으로 일하고 있었다.
　유판 노인이 김영일을 찾아온 이유는 정미소를 되찾은 김영일이 정미소를 어떻게 운영하는 것인지 몰라 손을 놓고 있다는 말을 조카에게서 듣고 도움을 주려고 찾아온 것이다.
　"추수철일세. 이제 국가 비축미 도정 입찰에도 참여해야 하고 할 일이 많네."
　유판 노인은 매일 정미소에 나와 김영일에게 정미소 운영에 대해 가르치며 출근한 사무원들을 진두지휘해 나갔다.

　미군정은 남한의 유일한 정부를 자처하며 일제 통치 방식을 유지한 채 강력한 물리력으로 통치했다. 한국에는 7만 명이 넘는 미군이 주둔했으나, 전 지역을 통제하기엔 역부족이었다. 이에 미국은 친일 경찰 체제를 부활시켜 저항 세력을 통제하려 했다. 미군정은 자신들의 친일 경력과 동족에게 저지른 악행이 보복당할 것이 두려워 숨어서 떨고 있던 친일파들을 고스란히 끌어안았다. 그리고 친일파들을 미군정의 관리나 일본인들이 차지하고 있다가 물러간 경찰 수뇌부 자리에 앉혀 우리 국민 위에 군림시켰다.

박준창은 평양 경찰서 서장으로 승진 발령되어 갔고 검사로 갓 임명되어 춘천 지검에 나가 있던 박외돌(덴타로)은 서울지방 검찰청으로 옮겨 왔다.

친미군정 경찰이 된 친일 경찰들은 치안 유지나 시민들의 생명과 사유 재산 보호 같은 경찰 본연의 업무는 하지 않았다. 그들은 전국적인 경찰 조직을 기반으로 미군정에 반기를 드는 진보세력과 좌익세력을 제거하는 일, 식량 공출, 언론, 집회, 파업통제 등 모든 영역에 걸쳐 지배권을 행사 했다.

9월 25일, 미군정은 일본인 재산을 몰수하고 12월 6일 법령 제33호를 통해 그 재산을 적산으로 접수했다. 몰수된 재산은 친일파와 친미파에게 시가의 1/10로 넘겨져 지지 기반을 만들었고, 김영일의 정미소도 47명에게 불하되었다.

정미소를 불하받은 사람들이 김영일을 찾아와 정미소를 비워 달라고 요구했다. 그들이 다녀간 이후부터 김영일은 심각한 표정으로 홀로 앉아 있는 시간이 많아졌다.

김영일이 사장실에 홀로 앉아 권총에 기름칠을 하고 있더라는 말을 조 카에게 들은 유판 노인이 오랜만에 정미소로 김영일을 찾아왔다.

유판 노인은 김영일에게 변호사를 찾아가 상담할 것을 권유 했다.

영일에게 변호사는 미군정 포고령의 내용 및 그를 위반했을 시 사형에 처해질 수 있다는 포고령을 상기시켜 주었다. 그리고 그는 김영일이 미군 정으로부터 정미소를 불하받은 사람들의 행사에 물리적으로 맞서게 되면 미군정 포고령 가운데 적어도 4개 조항에 대항하는 일이라고 알려 주었다.

끝으로 변호사는 기어코 미군정에 맞서 투쟁을 하려거든 단독으로 하지 말고 같은 처지에 있는 피해자들을 규합해서 연대투쟁 하라고 조언해 주었다.

영일은 정미소를 빼앗기고 분노와 실의에 빠져 나날을 보내고 있었다.

2개월 정도가 지났을 무렵이었다.

미군정에 반대하는 투쟁이 경기도에서 일어났고, 1946년 여름 전국으로 퍼져나갔다. 김영일은 이 소식을 듣고 희망에 부풀어 하의도로 달려갔다. 하의도 농민들은 해방 후 되찾은 토지가 미군정에 의해 신한공사로 넘어가자 저항했다. 1946년 8월 2일, 경찰과 충돌한 농민들은 미군정 반대 구호를 외치며 일어섰고, 김영일도 이들과 함께 체포되어 목포로 연행되었다.

9월 초, 대구에서 전국노동자평의회가 총파업을 준비하며 미군정에 요구를 제시했으나 거부당했다. 9월 24일 26만 노동자가 파업에 돌입하자 미군정은 무장경찰을 투입했고, 대구 시민들은 이에 맞서 경찰서를 습격하며 무기를 탈취했다. 10월 1일, 미군정은 계엄령을 선포했으나 항쟁은 전국으로 확산되었다.

하지만 이상하게도 서울에서만은 이 같은 항쟁이 일어나지 않고 있었다.

김영일은 서울에서도 항쟁이 일어나도록 그가 불씨를 지펴야겠다고 생각했다. 그는 북경에서 어머니 정순례가 일거리를 찾으러 다닐 때 널빤지에 글을 써서 목에 걸고 다니던 일을 떠올렸다.

그는 '양키 물러가라! Yankee go home!'이라는 글을 써서 목에 걸고 시청 앞과 대한문 앞에 서서 1인 시위를 벌였다. 그 시위 효과는 대단했다.

시위를 시작한 지 불과 두 시간이 지나기도 전에 반응이 나타났다. 신문사 기자가 김영일의 목에 걸린 슬로건과 시위하는 모습을 사진 찍고 취재를 해 갔다.

다음 날 김영일의 시위 기사가 신문에 큼직하게 실렸다.

제19장

박외돌 검사가 기다리는 공안 검사실

"영감님! 이거 보셨습니까?"

서울지방 검찰청 공안과 검사실 이 계장이 막 출근해서 책상에 가서 앉는 박외돌 검사 앞에 반으로 접은 조간신문을 놓아 주었다.

"아니, 이거 뭐야? 양키 고 홈? 대한문 앞 1인 시위?"

박외돌은 신문에 실린 기사를 중얼중얼 읽어 내렸다.

"아니, 경찰 놈들은 뭘- 하고 자빠졌어? 이런 자식을 즉각 잡아들이지 않구선."

"……."

"아니? 가만있어 봐! 이 자식은….."

박외돌 검사가 흠칫 놀랐다.

"이 계장! 수사관 2명 데리고 나가서 이 자식 잡아들여요! 놓치지 말고 어서요!"

두 시간이 지나도록 이 계장에게서 소식이 없자 박외돌 검사는

'내가 직접 나가서 잡아 왔어야 했는데….'

라며 후회하고 있었다.

김영일은 어제에 이어 오늘도 '양키 물러가라! Yankee go home!' 등 더 많은 슬로건을 적어 목에 걸고 시청 앞으로 나왔다. 그런데 그를 기다리고 있는 사람이 있었다. 신문사 기자였다.

그는 김영일에게 이름과 직업과 시위를 하고 있는 이유와 목적을 물었다. 그동안 여러 지방에서 일어나고 있는 시위에 참가해 온 김영일은 미군정청에 대한 민중의 불만과 요구사항에 대해 잘 알고 있었다. 그는 민중과 함께 외쳤던 시위 목적과 내용들을 기자에게 막힘없이 쏟아내고 있었다.

"미군정청은 해방군이 아니라 그들이 자처하듯이 조선에 점령군으로 들어왔소. 미군정청은 적산이라는 이름으로 사유재산을 빼앗고 친일파를…."

"실례합시다. 검찰에서 나왔소, 잠깐 같이 갑시다."

기자에게 열변을 토하고 있는 김영일 앞에 양복 차림을 한 3명의 남성이 나타나서 지갑을 펴 신분증을 보이며 말했다. 김영일은 동행을 요구하는 약해 보이는 세 놈을 '때려눕히고 피해 버릴까.' 하는 생각도 잠시 했었다.

그러나 그는 범법 행위를 한 일이 없고 하의도와 대구에서도 시위 도중 체포되었으나 곧 석방되었기 때문에 순순히 그들의 동행 요구에 따랐다.

검찰청에 도착한 그는 붉은 벽돌로 지은 5층 건물로 끌려갔다. 김영일을 앞세우고 온 수사관이 검사실 문을 열어 주며

"들어가!"

하고 반말로 영일에게 명령했다.

검사실으로 들어서던 김영일은 제자리에 우뚝 멈춰 섰다. 길게 붙여 놓은 책상 2개를 지나 가로로 따로 놓인 책상에 덴타로가 회전 의자에 앉아 있었기 때문이었다. 덴타로가 비스듬히 기대앉아 있는 책상 위에는 검사

박외돌이라고 써진 명패가 놓여 있었다.

김영일은

"이게 또 무슨 일이야."

하고 중얼거렸다.

검사 박외돌(덴타로)은 펜대를 거꾸로 들고 톡-톡-톡-톡-책상을 치고 앉아 영일을 노려보며 한동안 말이 없었다.

"너, 저거 누가 써 줬어?"

수사관이 들고 온 김영일이 목에 걸었던 알림판을 박외돌이 펜대로 가리키며 물었다.

"……."

"알았어, 데리고 올라가!"

박외돌이 김영일의 답변은 들어 볼 필요 없다는 듯 수사관에게 명령했다.

김영일은 수갑이 채워지고 5층 수사과 조사실로 끌려갔다. 조사실은 탁구대 3대를 놓을 수 있는 넓이였다. 조사실 입구에 작은 책상이 하나 놓여 있었고 조사실 한가운데에는 투박하고 볼품없는 팔걸이 나무 의자가 하나 놓여 있었다. 김영일은 그 의자에 앉혀졌다.

그 방에는 잡혀 온 사람들에게 겁을 주어 고분고분하게 만들기 위한 전시용인지 아니면 정말로 그것으로 사람을 고문하는 것인지 모를 물건들이 모퉁이마다 놓여 있었다.

김영일이 고개를 돌려 바라본 곳에도 물이 반 정도 담긴 함석 양동이에 곡괭이 자루 하나가 잠겨 있었다. 10여 분 후 어둠침침한 취조실 문이 열리며 환한 빛을 등지고 박외돌이 걸어 들어왔다.

"시가쿠! 나는 너 같은 공산당 때려잡는 공안 검사다."

박외돌이 양복저고리를 벗어 출입구 앞에 놓인 책상 위에 던져 놓으며 말했다.

"······."

"너, 양키 고 홈 어디서 누구한테 배웠어?"

박외돌의 물음에 김영일이

"덴타로! 나 너랑 더 이상 얽히고 싶지 않으니까 나한테 잘못이 있다면 다른 검사한테 넘겨줘!"

하고 말했다.

"흥, 이 자식 전과자 티 내네, 이 자식아! 너 전과자 쿠세(버릇, 습관) 부리냐? 그건 검사인 내가 알아서 할 일이야. 이 빨갱이 새끼야!"

"덴타로! 나는 우리 어머니가 공산당을 겪어 봐서 그놈들이 어떤 놈들인지 잘 알아. 공산당 놈들을 잘 모르는 사람들이나 빨갱이 하지 나 같은 사람은 빨갱이 안 해."

덴타로가 이번에는 넥타이를 풀어 책상, 그의 옷 위로 던졌다.

"시가쿠! 내가 인간 개조하는 데는 명수야. 대학 다닐 때 돈 주고 배웠지."

하며 이번에는 와이셔츠 소매의 단추들을 풀고 소매를 걷어 올렸다.

"어떤 놈 지시를 받고 양키 고 홈을 했어?"

덴타로가 김영일의 등 뒤로 가서 일본 경찰의 곤봉을 들고 오며 물었다.

"미군정은 물러가라? 이 새끼야! 네가 물러가란다고 물러가? 엉?"

덴타로가 곤봉으로 의자에 앉아 있는 김영일의 머리를 내려쳤다. 김영일이 반사적으로 허리를 굽히며 수갑 찬 손으로 머리를 감쌌다. 곤봉은 다시 영일의 머리를 감싼 손에 사정없이 내리꽂혔다. 손과 팔이 수천 볼트의 전기에 감전되는 것 같았고 손이 절로 부르르 떨렸다.

김영일이 고통을 참지 못하고 손을 감싸는 순간 곤봉이 다시 날아와 김영일의 머리를 내려쳤다.

'탱-' 하는 소리를 내며 김영일을 내려쳤던 곤봉이 튀어 올랐다. 순간 앞이 캄캄해지고 머릿속에서 수만 개의 섬광이 번쩍였다. 곤봉은 다시 영일의 대퇴(넓적다리)를 강타했다.

"아-악."

비명을 지르며 김영일은 의자에서 바닥으로 굴러떨어졌다.

"이 빨갱이 새끼야! 양키 고 홈 누가 시켰어-어?"

박외돌이 다시 고함을 질렀다.

"나는 내 정미소를 찾으려고 투쟁을 한 것뿐이야. 내가 누가 뭘 시킨다고 할 것 같으냐?"

"뭐? 북조선에서와 같은 토지개혁을 실시하라? 모든 권력을 인민위원회로 이관하라? 이 자식아! 너 그런 구호를 누가 써 줘서 붙이고 다녔어?"

몽둥이가 다시 날아왔다. 몽둥이는 김영일의 몸 어디를 가리지 않고 다섯 번째 날아들었다. 김영일은 비명을 지르며 시멘트 바닥을 이리저리 굴렀다. 김영일은 머리에서 이마를 타고 눈으로 흘러드는 피를 손으로 닦아내며 말했다.

"그건 경북 지방과 하의도 사람들이 한 구호를 적어 놓은 것뿐이고 나는 양키 고 홈은 했다."

"그래? 그 소리는 누가 시켰냐? 박헌영이가 시켰지?"

"나는 박헌영이가 누군지도 알지 못해."

"야! 이 무식한 새끼야! 누가 시키지 않았으면 너 같은 무식한 놈이 영어를 어떻게 알아, 이 자식아!"

덴타로가 고함을 지르며 사정없이 몽둥이로 내려쳤다. 김영일은 순간 분노가 치밀어 올랐으나 참을 수밖에 없었다.

"너하고 나하고 학교 같이 다녔잖아? 나도 그 정도는 알아."

"이 새끼야! 너 경성중학교에서 영어 배웠어? 너- 영어 선생이 누구야? 너 영어 선생 본 적 있어?"

영어는 아들도 "유(You)", 손자도 "유"라고 부르고 아버지, 어머니도 "유"라고 부르는 야만인들의 언어라고 배운 것이 김영일과 덴타로가 경성 중학교를 다니는 동안 배운 영어의 전부였고 그것이 영어 수업의 처음이 자 마지막이었다.

박외돌은 법의 정당한 절차 없이 사사로이 김영일에게 참혹한 매질을 3 일째 가하고 있었다.

"너는 열흘 안에 내 똥구멍을 빨게 될 것이다. 만약 내가 너를 그렇게 만 들지 못하면 내가 네 똥구멍을 빨아 주마. 약속하마."

덴타로가 곤봉으로 김영일의 얼굴을 힘껏 찌르며 소리쳤다. 김영일의 코에서 흐르는 피가 바닥에 뚝뚝 떨어졌다.

"덴타로! 내가 그동안 잘못했다. 이제 그만하자! 나 너무 맞아서 지금 죽기 일보 직전이야."

"마음 놓고 죽어, 이 자식아! 너는 어차피 빨갱이라고 자백을 해도 사형 이고 빨갱이가 아니라고 부인해도 내 손에 맞아 죽는 거야."

"……."

"누구냐? 미군정을 전복시키라고 지령을 내린 놈이?"

"덴타로! 내가 너희 집에서 목을 맨 네 아버지를 살려 줬어, 알아? 그러 니 이제 그만하자."

"뭐- 이 자식아? 너 우리 집에 갔어? 너 우리 집에 왜 갔어? 엉? 왜 갔어?"

박외돌이 소리칠 때마다 곤봉이 김영일의 몸에 내리꽂혔다.

"이 친일파, 개새끼야! 죽여라! 이 개놈의 새끼!"

김영일이 고함을 지르며 박외돌에게 달려들다가 발을 묶은 줄에 걸려 넘어졌다. 다시 박외돌에게 달려드는 김영일을 옆에 서 있던 수사관이 밀어 넘어뜨렸다. 머리에서 다시 불똥이 튀고 등과 어깨에 통증이 일어났다.

"이 친일파 역적놈의 새끼야! 죽여!"

김영일은 악을 쓰며 달려들었다.

"영감님! 이 자식 저한테 맡기시고 내려가시지요."

나이 먹은 수사관이 박외돌의 양복과 넥타이를 들고 와서 주며 말했다.

"죽여라! 이 새끼야!"

어디를 가리지 않고 내려치는 박외돌의 무자비한 몽둥이질에 김영일은 '법을 아는 네놈이 설마 법을 어기고 나를 죽일 수야 있겠냐?'

하는 생각과 극에 달한 분노로 손과 발이 묶인 몸을 바짝바짝 들이대며 죽이라고 덤벼들었다.

김영일은 너무 많은 매를 맞아 2일 동안 비몽사몽을 헤매고 있었다. 그가 겨우 의식을 회복했을 때 조사관이 다시 그를 취조실로 끌고 갔다.

월요일 아침 검사실에 출근한 박외돌에게 수사관이 다가왔다.

"영감님! 이제 김영일이를 그만 다루시고 넘기지요! 그 자식 다 죽게 생겼던데요."

"당신 왜- 그래? 나한테 이래라저래라 하는 거야?"

"아! 아닙니다, 영감님! 그 자식 똥을 싸던데 똥을 싸면 죽거든요. 죽으면 시끄러워질까 봐서요."

"죽으면 왜? 뭐가 문젠데? 빨갱이 새끼 교수형으로 죽이나 취조하다 죽이나 죽여 없애는 거 우리가 하는 일 아니야?"

김영일은 불과 며칠 사이에 비참한 모습으로 변해 있었다. 몹시 애를 쓰거나 죽게 되어 몹시 괴로워할 때 온몸에서 끈끈한 땀(진액)이 흐른다. 이 진땀으로 김영일의 온몸과 머리카락이 물을 묻힌 듯 젖어 있었다.

그의 눈은 동공이 풀려 있었다. 취조실 바닥에 혼절해 쓰러져 있다가 의식을 회복한 김영일 앞에 덴타로가 곤봉을 늘어뜨리고 서 있었다. 김영일은 그가 지금 왜 이곳에 쓰러져 있는지, 덴타로가 그의 앞에 왜 서 있는지 지금 그에게 무슨 일이 일어나고 있는지 알 수가 없었다.

"일어나, 이 새끼! 일어나!"

쓰러져 있는 김영일을 박외돌이 곤봉으로 사정없이 내려쳤다. 영일은 다 죽어 가는 자신에게 덴타로가 다시 매질을 하는 것을 보고

'나는 죽는구나.'

하고 생각했다.

다시 박외돌이 곤봉으로 김영일을 난타했다.

김영일은 죽을 힘을 다해 움직여지지 않는 몸을 끌고 박외돌에게 다가 갔다.

"형! 살려 주세요! 잘못했습니다. 형!"

김영일은 박외돌의 다리를 끌어안으며 애원하였다.

"야- 새끼야! 내가 왜- 네 형이야. 어? 내가 왜- 네 형이야. 이 새끼야?"

"선생님! 살려 주세요! 검사님! 살려 주세요!"

김영일이 박외돌의 구두에 입을 대며 애원하였다.

"이 새끼 네가 유리병으로 내 배를 찔렀어? 이 개새끼야!"

박외돌이 다시 곤봉으로 내려치며 고함을 질렀다.

제20장

이 집사 할머니와 푸른 눈의 윌리엄 선교사

지난 며칠째 연일 강추위가 몰아치고 있었다. 어제저녁 미국인 선교사 윌리엄은 화장실을 가야 하겠다고 벼르면서도 게으름을 피우다가 그대로 잠이 들었다. 이른 새벽 그는 더듬더듬 더듬어 성냥을 찾아 석유 등잔에 불을 켰다.

그는 고개를 돌려 머리맡에 엎어 놓은 빈 사과 상자 위를 바라보았다. 그 나무 상자 위에는 그가 한국에 올 때 어머니가 사서 짐 속에 넣어 준 담뱃 갑보다도 작은 독일제 융한스 탁상시계가 4시 43분을 가리키고 있었다.

"도대체 알 수가 없어. 왜 추운 지방 사람들이 화장실을 바깥, 그것도 먼 곳에다가 만들어 놓는 거야? 날씨가 더운 남부 사람들도 화장실을 집 안 에다 만들어 놓는데(미국의 남부 사람들이 화장실을 실내에 설치해 놓고 생활해서 북부 사람들의 빈축을 샀었다)."

윌리엄 선교사는 오줌보가 터질 것 같아 더 이상은 참지 못하고 불평을 늘어놓으며 밖으로 나왔다.

밖에는 함박눈이 내리고 있었다.

"으으읍."

품속을 파고드는 찬바람에 윌리엄 선교사는 신음 소리를 내며 그의 큰 몸을 부르르 떨었다. 그는 고무신에 쌓인 눈을 그대로 눌러 신고 마당으로 내려섰다.

발목을 넘게 쌓인 눈이 윌리엄 선교사가 옮겨 놓는 발걸음을 따라 '뿌-드득 뿌-드득' 소리를 냈다.

"쿨-룩, 쿨룩쿨룩."

그는 들려오는 기침 소리에 흠칫 놀라 그 자리에 멈춰 섰다. 교회 마당 한편에는 돌로 탑을 쌓고 그 위에 세운 종각이 있었는데 그 기침 소리는 분명 그곳에서 들려왔다.

"쿨룩- 쿨룩- 쿨룩-."

윌리엄 선교사는 조심스럽게 발소리를 죽여 가며 교회 종각을 향해 다가갔다.

"누구세요?"

선교사가 소리쳐 물었다.

"이 집사입니다."

노부인의 목소리였다.

"이 집사가 누구예요?"

선교사가 걸음을 빨리해서 다가가며 물었다.

"……."

교회 종각 밑에는 노부인이 머리에 하얀 눈을 수북이 이고 서 있었다.

"아이고, 할머니! 아니, 이 밤중에 왜 여기에 와서 이러고 서 있어요?"

윌리엄 선교사가 놀라며 물었다.

"교회 문을 열어 줄 때를 기다리고 있지요."

"아니, 교회 문은 왜요?"

"기도를 하고 가려고요."

선교사가 푸른 눈을 휘둥그레 뜨며 다시 물었다.

"예-에? 기도를 누구한테 하나요?"

"하나님한테 하지요."

"아! 아이구-우. 할머니-이! 하나님도 이 시간엔 주무시지요-오. 가셨다가 하나님이 깨시면 다시 오세요!"

"시편 121장에 우리를 지키시는 하나님은 졸지도 않고 잠을 자지도 않으신다고 하잖아요? 찬송가 73장에도 하나님은 졸지도 않고 잠을 자지도 않고 우리를 지키신다고 하고요."

윌리엄 선교사는 할 말을 잃었다. 그는 교회 문을 열어 주고 잠시 잠들었다가 일어나서 예배당으로 나갔다.

할머니는 차가운 마룻바닥에 쪼그리고 앉아 "쿨룩쿨룩" 기침을 하며 몇 시간씩 기도를 하다가 돌아갔다. 그런데 다음 날 새벽 윌리엄 선교사가 혹시나 하고 문을 열고 밖을 내다보았더니 그 할머니가 또 종각 밑에 서서 교회 문을 열어 주기를 기다리고 서 있는 것이었다.

서양 사람들은 새벽기도라는 개념이 없기 때문에 윌리엄 선교사는 교회 문을 열어 주면서도

"이게 도무지 무슨 일이야? 매일 아침 와서 저러면 나는 잠을 언제 자나? 큰일 났네."

하고 중얼거렸다.

할머니의 윌리엄 선교사 아침잠 깨우기는 계속 이어져 나갔다.

계절이 바뀌고 봄비가 쏟아지는 어느 날 새벽이었다. 흠뻑 젖은 몸으로

마룻바닥에 앉아 기도를 하고 있는 할머니 곁에 윌리엄 선교사가 다가와 서 앉았다.

"할머니! 동대문 근처에 사신다면서요?"

"예!"

"아 그러시면 그 근처 교회를 나가세요! 이 멀리까지 고생하고 오지 마시고요."

"그럴 만한 사정이 있어서 그럽니다."

"왜요? 무슨 사정인지 말하면 안 되나요?"

"우리 집 근처에 있는 교회들은 모두 신사참배를 한 교회들이랍니다."

윌리엄 선교사는 또 한 번 할 말을 잃고 말았다. 그는 이 할머니가 자신이 생각했던 것처럼 단순한 할머니가 아니라는 생각이 들었다. 할머니의 새벽기도는 하루도 거르는 날 없이 이어졌다.

"할머니! 무슨 기도를 맨날 와서 그렇게 열심히 하세요?"

윌리엄 선교사는 신도가 가져다준 애호박을 기도를 마치고 돌아가는 할머니 손에 쥐여 주며 물었다.

"네, 기도할 제목이 있어서요."

"할머니! 기도는 이렇게 일찍 교회에 와서 열심히 많이만 한다고 하나님이 들어주시는 것이 아니에요."

"……."

"하나님! 우리 아들이 편안하게 잘 먹고 잘살게 복 많이 내려 주시고 나 죽을 때 고통 없이 자다가 죽게 해 주세요! 이런 기도는 맨날 해도 꽝이에요. 하나님! 제 아들이 저렇게 어렵게 사는 걸 보는 에미의 마음이 너무나 아파서 죽을 것 같습니다. 하나님 도와주세요! 이런 기도를 한다면 쪼-오-

끔 하나님이 생각해 보실 거예요. 그런데 할머니! 우리 이웃에 살고 있는 동혁이네는 어린아이가 다섯이나 되는데 맨날 굶고 있어요. 제가 돕기에는 더 이상 힘에 부칩니다. 하나님! 그들을 맡아 주세요. 그들이 굶지 않게 먹여 주세요! 그런 기도를 한다면 하나님이 당장 들어주시지-요-오."

"……."

"……."

"선교사님! 어떤 몹쓸 사람들이 다 죽게 된 젊은이를 이른 새벽 찌뿌차(지프, jeep)에 싣고 와서 오관수 다리 위에서 개천 아래 모래사장에 던져 놓고 갔답니다. 제가 마침 그 광경을 보았기에 그 젊은이를 데려와서 돌봐 주었어요. 그 청년이 지금은 상처들도 다 아물고 밥도 먹어요. 그런데 정신이 온전치가 못하답니다. 이 젊은이가 가족을 찾도록 도와주어야 되지 않겠어요? 경찰서에 가서 신고도 했는데 별 소식이 없답니다. 왜 하나님은 제 기도를 들어주지 않으시는 걸까요?"

윌리엄 선교사는 다시 한번 할 말을 잃고 말았다.

윌리엄 선교사는 할머니의 선하고 따뜻한 이야기에 감동하여, 그녀의 얼굴을 새롭게 찬찬히 바라보았다. 세월의 흔적이 고스란히 담긴 얼굴은 깊은 주름으로 가득했지만, 그 안에는 따뜻함과 인자함이 스며들어 있었다. 오랜 세월의 고난이 할머니를 더 아름답고 깊이 있는 사람으로 만든 듯했다.

한동안 침묵이 흘렀다.

"할머니! 조금만 더 기다려 보세요! 그런 기도라면 하나님이 꼭 들어주실 겁니다. 그 젊은이가 걷기는 하나요?"

"걷기는 하는데 통 방문 밖을 나가려고 하지 않아요."

"정신이 온전치 못하다면 할머니가 위험할 것 아니에요?"

"그렇지는 않아요. 아주 어린아이처럼 온순하답니다."

"……."

"그런데 한 달에 한두 번씩 매 맞는 비명을 지르면서 방 벽을 뚫고 들어가 숨으려는 것처럼 몸부림을 치면서 울부짖어요. 끔찍해서 못 보겠어요."

윌리엄 선교사는 할머니의 이야기를 듣는 동안 그 젊은이의 일에 관심이 생기고

'내가 그의 가족을 찾아 주어야지.'

하는 마음이 불끈 솟았다.

그날 윌리엄 선교사는 그 젊은이를 보기 위해 할머니 집을 방문하겠다고 했다.

"내가 사는 집이 너무나도 누추하고 사람답지 못하게 사는 내가 부끄러워 거절을 해야 하는데 딱한 그 청년을 생각하면 거절할 수도 없고…"

할머니는 말을 흐렸다.

할머니의 말대로 그의 집은 청계천 변에 있는 빈민촌이었다.

청계천은 넓이가 150미터는 족히 되어 보였는데 그 넓이 중 1/4 정도에만 무릎 깊이의 맑지 않은 물이 흐르고 있었다.

그 위를 오관수 다리가 가로지르고 있었다.

오관수 다리는 나무로 건축되었지만 짐을 실은 트럭들이 교차해 지나다녀도 온전한 폭 30미터가량의 다리였다.

오관수 다리 밑에는 20명 정도의 집 없는 사람들이 다리를 지붕 삼아 살아가고 있었다.

청계천을 가운데 두고 양편에는 다닥다닥 이어 지은 판잣집들이 청계

천을 따라 내려가며 끝없이 이어져 있었다. 그 판잣집들은 구청으로부터의 철거 명령을 면하기 위해 지은 지 오래된 것처럼 보이려고 무연탄을 물에 개어 벽마다 발라 놓아 동네가 탄광촌같이 온통 검게 보였다.

윌리엄 선교사는 언젠가 카메라를 가지고 와서 이 동네를 사진 찍어 가겠다고 생각했다.

앞장서 가던 이 집사 할머니가 옆으로 반 보 비켜서며 3미터 아래로 내려다보이는 청계천 모래사장을 가리켰다.

윌리엄 선교사는 어찌할 바를 모르고 잠시 머뭇거렸다. 그는 다시 앞장서는 할머니를 따라 그제야 개천 모래밭으로 내려섰다.

"할머니! 장마철에는 이곳에 물이 차지 않나요?"

"육칠 월에는 그렇지요."

"그러면 어디로 다녀요?"

"그때는 잠시 이 일대 집들이 물에 잠겨 피신을 해야 하지요."

"……."

할머니 뒤를 따라 길인 듯 개천인 듯 애매하고 꼬불거리는 길을 100미터가량 가서 판잣집과 판잣집 사이로 들어섰다.

그곳에서 할머니는 알량한 솜씨로 만들어 창호지를 붙여 놓은 나무문을 당겨 열며

"내가 손님을 한 분 모시고 왔다우. 놀라지 말우!"

하고 방 안을 향해 말하고는 돌아서 윌리엄 선교사 옆으로 비켜섰다.

"안녕하세요? 내 이름은 윌리엄입니다."

윌리엄 선교사가 방 안 한구석에 무릎을 세우고 경계심 어린 표정으로 앉아 있는 사람을 보며 말했다.

그는 오랫동안 햇빛을 보지 않아 피부가 백지장처럼 희고 어린아이 살 결처럼 깨끗했다. 사내의 길게 자란 머리카락 사이로 이마에 쓰여진 '모품 몸'이라는 글자가 제일 먼저 윌리엄 선교사의 눈에 들어왔다.

그는 오른손을 떨고 있었는데 손목에는 심한 흉터가 나 있었다. 그리고 두 발목에도 끈으로 오랜 시간 결박당했던 검은 흉터가 있었다. 그는 누구와도 눈을 피하고 마주치려고 하지 않았다.

월요일 오전, 윌리엄 선교사는 한국을 점령 통치하고 있는 미군정청의 사령관을 찾아갔다. 조선총독부 시절에 서양 선교사가 일본인 조선총독을 찾아갔다면 문전박대를 당했을 것이다. 그러나 기독교 국가이고 기독교 지도자를 스승처럼 존경하는 미국인들은 달랐다.

미군정청 사령관은 윌리엄 선교사를 정중하게 맞이했다. 선교사는 사령관을 찾아온 이유를 설명했다.

"그 젊은이가 한 달에 몇 번씩 매 맞는 동작을 하며 울부짖을 때 '검사님, 잘못했습니다. 검사님, 살려 주십시오! 나는 공산주의자가 아닙니다.'라며 절규를 합니다. 그 젊은이는 공안 검사에게 잡혀 가서 고문을 당한 것이 분명합니다."

"……."

"미군정청은 조선총독부를 흉내 내서 조선인들에게 위압적이고 적대적이고 멸시하는 태도로 일관하고 있습니다. 지금 미군정청에 대한 조선인들의 실망과 분노가 폭발하고 있습니다. 그런데 미군정이 시민을 잡아다가 고문하고 죽어 가는 사람을 차에 실어다가 오관수 다리 위에서 개천물에 던져 넣는 이런 짓을 하면 조선인의 저항은 더욱 증폭되고 거칠어질 것입니다."

"······."

대답 없이 앉아 듣고만 있는 사령관에게 윌리엄 선교사는 따끔한 경고를 하고 일어선다.

"만약 범인을 찾아 처벌하지 않으시면 나는 이 일을 미국선교본부에 보고할 것이고 본국에 있는 내 친구들에게 이 사실을 서방 세계에 널리 알려 달라는 편지를 쓸 것입니다."

"선교사님! 이 사건을 명심해서 처리하겠습니다."

이틀 후 미군정 사령관은 경찰 수뇌와 검찰 수뇌를 그의 직무실로 불러들였다. 미군정청 사령관은 검, 경 수뇌들에게 김영일을 고문하고 차에 실어다가 개천에 버린 검사를 즉시 찾아 보고하라고 명령했다.

윌리엄 선교사가 미군정 사령관을 만나고 온 3일 후인 어제 오전이었다. 수사관이라는 중년 남자 2명이 와서 김영일의 몸을 세세히 살피고 종이에 기록해 갔다. 그리고 오늘 다시 3명의 수사관이 찾아와 김영일의 옷을 벗기고 흉터들을 사진 찍어 갔다.

이 집사 할머니는 여러 사람들이 찾아와서 수선을 피우고 가는 이런 날이 탐탁하지 않았다. 전에도 몇 차례 동네 사람들이 찾아와 방문을 열고서서 김영일에게 말을 시키고 수군대다가 돌아갔었다.

집 안이 어수선했던 그런 날이면 어김없이 김영일이 발작을 일으키곤 했다. 그런데 오늘은 수사관 여러 명이 몇 차례 와서 수선을 피우고 갔다.

뿐만 아니라 판자촌 동네에 양복 입은 신사 여러 명이 와서 장시간 있다가 가고 서양 사람까지 이틀에 걸쳐 이 집을 방문했다. 그러자 궁금증을 느낀 동네 사람들까지 구경 난 듯 할머니 집으로 몰려왔다.

이 집사 할머니는 불안한 마음으로 부엌에 쭈그리고 앉아 풍로에 올려놓은 끓는 냄비를 우두커니 바라보고 있었다.

"악- 아악- 으으윽. 아악-."

"으으! 윽, 아악. 살려 주세요! 악- 으으으-악."

김영일은 공포에 질린 얼굴로 방 모서리에 박혀 앉아 비명을 지르며 도망가려고 발버둥을 친다.

"내가 이럴 줄 알았어. 내가 이럴 줄 알았다니까. 사람들이 수선을 피우고 가더라니. 내가 이럴 줄 알았어. 하나님, 저 불쌍한 청년을 굽어살펴 주시옵소서."

"으으- 흐악- 검사님, 살려 주세요!"

"으흐- 흐악-. 악- 아악- 으으윽. 아악-."

- 끝 -